# Nuit blanche à Manhattan

SARAH MORGAN

# Nuit Blanche à Manhattan

ROMAN

*Traduction de l'anglais (Royaume-Uni) par*
JEANNE DESCHAMP

*Titre original :*

SLEEPLESS IN MANHATTAN

Ce livre est publié avec l'aimable autorisation de HARLEQUIN BOOKS S.A.



HARPERCOLLINS FRANCE
83-85, boulevard Vincent-Auriol, 75646 PARIS CEDEX 13.

www.harlequin.fr

ISBN 978-2-2803-6433-1 — ISSN 2271-0256

## Chers lecteurs,

Je n'ai jamais pu décider si j'étais plutôt fille des villes ou fille des champs. Si vous avez déjà lu un de mes livres, vous devez savoir à quel point j'adore à la fois la plage et les montagnes (surtout lorsqu'elles sont enneigées). J'aime l'air pur et la proximité avec la nature, et si vous me suivez sur Instagram, vous avez dû voir que mon compte est plein de photos de paysages. Mais la vérité, c'est que je suis aussi amoureuse des grandes villes. J'adore leur énergie, leur bourdonnement, leur rythme.

Lorsque mon éditrice (son nom est Flo et elle est géniale sur tous les plans) m'a suggéré de choisir un *background* urbain pour ma prochaine série, je n'étais pas convaincue. « Je ne sais pas si je saurai écrire en mode citadin ! » lui ai-je lancé. Ce à quoi elle m'a répondu : « Mais tu n'écriras pas sur la ville ! Ton livre parlera d'amour, d'amitié, au sein d'une petite communauté de personnes, comme dans chacun de tes romans. Et, en plus, tu adores New York. »

Elle a raison : j'adore New York. J'ai eu la chance de m'y rendre à plusieurs reprises, et mon enthousiasme pour cette ville ne cesse de croître à chaque visite. Parce que New York figure dans nombre de mes films préférés (*Quand Harry rencontre Sally* et *Hitch, expert en séduction*, pour ne citer que ces deux-là), j'ai en permanence l'impression de déambuler dans un décor de cinéma. Je dois me faire violence pour ne pas me promener bouche ouverte et doigt pointé en l'air. (Et au cas où vous vous poseriez la question, mon monument préféré à New York est le Chrysler Building. Il est magique et, oui, il apparaît dans ce livre.)

L'idée des personnages m'est venue presque d'elle-même et New York a si bien fonctionné, en tant que décor, que j'avais l'impression d'avoir un protagoniste de plus dans mon intrigue. La personnalité de la ville a ajouté une petite étincelle supplémentaire à l'histoire de chacun de mes personnages, et lorsque mon éditeur m'a proposé des titres, j'étais vraiment très enthousiaste. *Nuit blanche à Manhattan* est l'histoire de Paige et commence à un moment de sa vie où tout semble sur le point de s'effondrer.

J'espère que vous tomberez amoureux de ces personnages et que vous aurez plaisir à suivre leurs aventures tandis qu'ils tentent de gérer leurs vies et leurs amours au cœur de la Grande Pomme. Si vous voulez de l'aide pour visualiser le décor, jetez donc un coup d'œil sur mes tableaux Pinterest ! Ils sont couverts de photos qui ont nourri mon inspiration pendant que j'écrivais cette série.

Bons baisers de Manhattan !

*Sarah*

*Ce livre est dédié à Nicola Cornick,*
*une auteure fantastique et une amie*
*comme on les rêve.*

*« Il y a quelque chose dans l'air de New York qui rend le sommeil inutile. »*

— SIMONE DE BEAUVOIR

# Chapitre 1

*« Quand tu grimpes l'échelle sociale, pars toujours du principe que quelqu'un regarde sous ta jupe. »*

— PAIGE

— *Pro-mo-tion.* Je crois bien que c'est mon mot préféré. Vous n'avez même pas idée depuis combien de temps j'attends ce moment !

Emportée par le flux des banlieusards pressés, Paige Walker suivit ses deux amies, Eva et Frankie, dans l'escalier du métro. Elles émergèrent au soleil quelques instants plus tard sous un ciel idéalement bleu. Loin au-dessus de leurs têtes, les gratte-ciel de Manhattan flirtaient avec le ventre duveteux des nuages. Dans cette forêt de métal et de verre éblouie par la claire lumière du matin, les buildings semblaient rivaliser entre eux. L'Empire State Building. Le Rockefeller Center. Toujours plus grand, toujours plus haut, toujours plus impressionnant, avec cet air de dire : « Admirez-moi. »

Paige admirait et souriait. Aujourd'hui était un grand jour pour elle, et même la météo s'était mise au diapason.

New York était probablement la ville la plus excitante au monde. Paige adorait sa vitalité, son rythme échevelé, les promesses qui semblaient vous attendre à chaque coin de rue.

Son job chez Star Events, elle l'avait décroché directement en sortant de la fac, par un coup de chance d'autant plus incroyable que ses deux meilleures amies avaient été embauchées elles aussi par la même société. Travailler dans une grosse boîte d'événementiel basée à Manhattan était pour elle un rêve devenu réalité. L'énergie bouillonnante de New York s'infiltrait sous sa peau et lui courait dans les veines telle une poussée d'adrénaline. Ici, elle pouvait choisir qui elle souhaitait être et vivre sa vie sans qu'on lui demande vingt-cinq fois par jour comment elle se sentait. Pris dans l'agitation effrénée de la ville, les gens étaient trop préoccupés d'eux-mêmes pour avoir le temps de penser aux autres. Les interactions glissaient en surface ; personne ne cherchait à sonder ses profondeurs. Elle se fondait dans la masse et c'était tout ce qu'elle demandait.

Paige n'aspirait pas à se faire remarquer. Elle ne voulait pas être différente, ou avoir quoi que ce soit de particulier. Et ne souhaitait surtout pas incarner une sorte de figure emblématique du courage pour qui que ce soit.

Elle recherchait l'anonymat. Aspirait à la normalité — quoi que cela puisse signifier. Ici, à New York, elle avait trouvé à satisfaire son besoin d'indépendance. Le chaos urbain offrait une forme particulière de protection de la vie privée. Tout ici allait tellement plus vite.

Tout, ou presque. L'exception, c'était son amie Eva qui ne commençait à fonctionner qu'après 10 heures du matin.

Cette dernière traînait les pieds et bâillait à s'en décrocher la mâchoire.

— En ce qui me concerne, « promotion » n'est pas mon mot préféré. Pour moi, ce serait plutôt « amour ». Ou, à défaut, cela pourrait être « sexe ». Enfin, je crois. Mes souvenirs de la chose sont un peu flous. Il y a tellement longtemps que je ne pratique plus l'*ars erotica* que j'ai peur d'avoir oublié comment ça marche. Si, par miracle, je me retrouve de nouveau nue dans un lit avec un mec, il faudra que je consulte un mode d'emploi, genre *Le Sexe pour les nuls*. Pourquoi n'y a-t-il personne, dans tout Manhattan, qui ait envie de vivre une bonne vieille histoire d'amour ? Je ne cherche pas un coup d'un soir. Je veux du durable. Du pour la vie. Les canards y arrivent bien. Alors pourquoi pas nous ?

Eva s'immobilisa pour remettre sa chaussure et de longues vagues de cheveux blonds glissèrent vers l'avant, tout comme ses deux beaux seins ronds, généreux comme les plus appétissants des cupcakes. L'homme qui arrivait en face d'elle s'arrêta net, bouche bée — et les quatre passants suivants l'emboutirent.

Dans l'espoir de prévenir un carambolage piéton, Paige attrapa le bras de son amie et la tira sur le côté.

— Tu sais que tu es un vrai danger ambulant, toi !

— C'est ma faute, si mes lacets se défont ?

— Ce ne sont pas tes lacets qui posent problème. Tu viens de dévoiler à tout Manhattan que tu es en situation d'abstinence sexuelle et que tu souhaites y remédier.

Frankie se rapprocha pour faire barricade.

— Le problème, c'est que des douzaines de banquiers d'affaires doivent déjà jouer des coudes pour pouvoir gérer tes avantages. Et je ne parle pas de tes avantages financiers. Lève-toi, la Belle au bois dormant. Je vais faire ton lacet.

— Je n'ai pas l'ombre d'un capital à confier à des banquiers. Au moins, ça me permet de dormir la nuit plutôt que de m'angoisser sur des taux d'intérêt et des rendements financiers. A mes yeux, c'est tout bénéfice, même si ce n'est pas le genre de bénéfices auquel les banques sont habituées.

Eva se releva et se frotta les yeux. Avant 10 heures du matin, elle avait du mal à y voir net.

— Je sais m'attacher les lacets toute seule, Frankie. Je n'ai plus six ans.

— Tu n'étais pas un tel danger public à six ans. C'est

moins dangereux si je me baisse, moi. Je n'ai pas le genre de poitrines qui devrait s'accompagner d'une mise en garde du ministère de la Santé. Ni un cerveau qui fuit, incapable de filtrer ce qui me sort de la bouche. Allez, pousse-toi un peu plus sur le côté. On est à New York, ici. Cela frise l'infraction caractérisée de bloquer le flot des actifs qui se ruent chaque matin pour aller bosser.

Une pointe d'irritation venait de passer dans la voix de Frankie. Assez nette pour qu'Eva se renfrogne.

— On ne risque quand même pas une amende parce qu'on s'arrête trois secondes sur un trottoir ! Qu'est-ce que tu as à râler, ce matin ?

— Rien.

Paige et Eva échangèrent un regard. Elles savaient l'une et l'autre que ce « rien » voulait dire qu'il y avait bel et bien quelque chose, mais qu'il valait mieux ne pas insister. Frankie parlerait lorsqu'elle serait prête, mais il lui fallait toujours un temps d'incubation préalable.

— Bloquer le grand rush des banlieusards le matin pourrait être considéré comme une provocation, intervint Paige. Quant à Eva, la séduction, c'est inné chez elle. Déjà toute petite. Tu ne te rappelles pas que pour l'anniversaire de ses huit ans, Freddie Major a menacé de casser la figure de Paul Matthews si elle refusait de se marier avec lui plus tard ?

L'ombre d'un sourire joua sur les lèvres de Frankie.

— Freddie Major... Je me souviens de lui avoir mis une grenouille dans son T-shirt, à celui-là.

Eva frissonna.

— Tu étais vraiment une sale gamine, tu sais.

— Que veux-tu que je te dise ? Je n'ai jamais su m'y prendre avec les hommes. Quel que soit leur âge.

Frankie fourra sa cannette dans la main d'Eva.

— Tiens-moi ça trois secondes. Et si tu la jettes dans une poubelle, c'est la fin de notre amitié.

— Notre amitié a survécu à plus de vingt années de fréquentation assidue. Alors elle pourrait bien tenir encore le choc même si je balançais cette cochonnerie.

— Je te déconseille d'essayer.

Frankie se laissa tomber avec souplesse en position accroupie.

— On a tous le droit d'avoir un vice ou deux, non ? Et le mien, c'est que je me fiche de manger sain. Je suis accro à la *junk food*. Et j'assume.

— Mais le Coca light ne peut pas remplacer un *vrai* petit déjeuner ! Avec tes habitudes alimentaires, tu joues avec ta santé. Pourquoi tu ne veux pas que je te prépare un bon smoothie au chou kale et aux épinards frais ?

— Parce que quand j'avale un truc, j'aime autant ne pas avoir à le vomir dans la minute qui suit. D'ailleurs, mes habitudes alimentaires ne sont pas plus dangereuses que ton style vestimentaire. Et je n'étais pas d'humeur à prendre un petit déjeuner ce matin, de toute façon.

Frankie noua les lacets des Converse vert flashy d'Eva pendant que la houle des passants pressés continuait de s'écouler autour de leur petit îlot.

— Mais pourquoi tu ne fais jamais de double nœud, Ev ?

— Parce que j'étais un vrai zombie quand je me suis habillée, ce matin.

Frankie fit la grimace lorsqu'un New-Yorkais trop pressé la percuta au passage. Elle se leva, cueillit son Coca light des mains d'Eva, ses cheveux virevoltant telles des langues de feu sur ses épaules.

— Aïe ! Ça vous écorcherait la bouche de vous excuser ?

Elle rajusta ses lunettes et tourna la tête pour foudroyer du regard le type en costume qui poursuivait son chemin sans même un regard en arrière.

— On ne vous a jamais dit qu'il était de bon ton de pratiquer une anesthésie avant de prélever une paire de reins à coups d'attaché-case ?

Marmonnant des menaces, elle se massa les côtes.

— Il y a des jours comme ça où j'aurais presque envie de retourner vivre à la campagne.

— Non ? Sérieux ? Tu serais prête à revenir t'installer à Puffin Island ?

Paige changea son sac d'épaule.

— Eh bien pas moi. Même lorsque je suis tassée si serré dans le métro que j'ai l'impression d'être enlacée par un boa constrictor. L'île est belle, c'est sûr. Mais c'est une île. Et ça dit bien ce que ça veut dire.

Coupée de la civilisation par les eaux houleuses de la baie de Penobscot, elle s'était sentie suffoquer petit à petit sous un épais manteau d'anxiété parentale.

— Ça me change la vie d'habiter là où les gens ne connaissent pas chaque détail de mon histoire.

Il y avait eu des moments où la vie sur l'île lui avait paru tourner au parentage collectif. « Paige, tu ne crois pas que tu devrais enfiler un pull ? » « Paige, j'ai encore vu l'hélicoptère qui t'a transportée à l'hôpital, mon pauvre petit. » Elle s'était sentie prisonnière, piégée, comme si l'île tout entière n'était qu'un énorme poing serré, déterminé à l'empêcher de s'échapper à tout prix.

Sa famille et ses proches avaient été si protecteurs envers elle que cela avait tourné à l'obsession. La garder en aussi bonne santé que possible, veiller sur sa sécurité, lui éviter les chocs, les heurts, les inquiétudes : telle semblait avoir été la mission de chaque personne qu'elle côtoyait. Elle suffoquait sous ce joug. Combien de fois n'avait-elle pas eu envie de crier haut et fort la question qui lui brûlait les lèvres depuis l'enfance : « Ça sert à quoi d'être en vie si on n'a pas le droit de vivre ? »

Partir pour New York avait été un besoin vital, l'événement le plus stimulant de toute son existence. « La ville qui ne dort jamais » n'avait rien à voir avec Puffin Island, sur à peu près tous les plans. Certains auraient pu penser que Paige avait tout à y perdre.

Mais à ses yeux, cette cassure ne présentait que des aspects positifs.

Frankie avait l'œil sombre.

— De toute façon, je ne pourrais jamais remettre les pieds à Puffin Island. Je n'ai pas envie de me faire lyncher. L'océan me manque parfois, mais il y a un truc que je ne voudrais jamais revivre : les regards qui tuent chaque fois que ma mère avait l'heureuse idée d'aller piquer une fois de plus le mec d'une autre.

Elle repoussa les cheveux qui lui tombaient sur les yeux et finit son Coca d'un trait. Un mélange de colère, de frustration et de détresse semblait irradier d'elle. Elle écrasa la cannette dans sa main, si fort que les jointures de ses doigts en blanchirent.

— A Manhattan, au moins, on compte encore quelques individus mâles que ma mère ne s'est pas envoyés. Cela dit, l'effectif des non-amants de ma mère a officiellement diminué d'un élément depuis hier.

— Elle s'est encore trouvé un nouveau mec ?

Paige comprenait mieux pourquoi Frankie paraissait autant à fleur de peau.

— Elle t'a briefée par texto ?

Frankie haussa les épaules.

— Seulement après avoir tenté de me téléphoner quatorze fois de suite, sans que je prenne ses appels. Tu te demandais pourquoi je n'étais pas d'humeur à prendre un petit déjeuner ce matin, Ev : apparemment, l'heureux élu a vingt-huit ans et « il la baise avec toute l'ardeur d'un satyre en rut ». Ma mère a une façon d'entrer dans les détails qui me coupe radicalement l'appétit.

Le ton désinvolte de Frankie ne parvenait pas à masquer son désarroi. Paige glissa son bras sous le sien.

— Ça ne durera pas.

— Evidemment que ça ne durera pas. Rien ne dure avec ma mère. Mais tant qu'elle sera avec lui, elle se débrouillera pour le délester de son fric. Je ne vous demande pas de pleurer sur le sort de ce type, hein. Rien ne l'oblige à se laisser plumer. Pourquoi les hommes sont-ils à ce point incapables de garder leur braguette fermée ? Il faut vraiment être crétin pour se laisser manœuvrer comme ils le font et n'y voir que du feu !

Paige songea à ses propres parents et à leur long et heureux mariage.

— Je connais plein d'hommes qui n'entreraient pas dans son jeu.

— Eh bien moi, j'en ai vu des dizaines qui y entraient, eux, dans son jeu. Ma plus grande angoisse, c'est de tomber un jour sur l'un de ses pigeons à l'occasion d'un événement qu'on organise. Bonjour la honte ! Je vois la scène d'ici... Je devrais peut-être changer mon nom de famille.

— Aucune chance que tu rencontres un ex de ta mère par ici. New York est une grande fille généreuse qui te tient bien à l'abri sous un délicieux manteau d'anonymat.

Eva prit le bras de Frankie.

— Un jour, ta mère tombera vraiment amoureuse et tout baignera, tu vas voir.

— Oh ! arrête. Même toi, Eva, tu ne réussiras pas à tirer la vie sexuelle de ma mère du côté de la romance. L'amour n'a rien à voir avec ses motivations. Les hommes, c'est son business, à ma mère. Son inépuisable fonds de commerce. Elle est P-DG de la société PJT — connue également sous le nom Plume-le Jusqu'au Trognon.

Eva soupira.

— Elle est très perturbée, c'est vrai.

Frankie s'immobilisa net.

— *Perturbée ?* Ma pauvre Eva, il y a longtemps que ma mère a laissé ce stade loin derrière elle. On peut parler d'autre chose ? Je n'aurais jamais dû aborder le sujet. A tous les coups, ça va me pourrir la journée. Ce n'est pas faute d'avoir été prévenue, pourtant : ça me fait le même effet à chaque fois. Vivre à New York, c'est royal sur pas mal de plans. Mais le fait de pouvoir éviter ma mère la plupart du temps est de loin le plus grand avantage.

Pour la millionième fois ou presque, Paige dédia une pensée de gratitude émue à ses parents. Même s'ils la surprotégeaient jusqu'à la rendre folle, ils étaient d'une normalité réconfortante, comparés à la mère de Frankie.

— Vivre et travailler à New York, c'est la meilleure chose qui nous soit arrivée, à toutes les trois. D'ailleurs, je me demande comment on faisait pour survivre sans le shopping chez Bloomingdale's et les desserts de Magnolia Bakery.

— Et sans nourrir les canards de Central Park, ajouta Eva avec une moue nostalgique. C'est ce que j'aime le plus ici. Tous les week-ends, j'y allais avec ma grand-mère.

Le regard de Frankie se radoucit.

— Elle te manque affreusement, n'est-ce pas ?

Le sourire d'Eva perdit de son éclat.

— Dans l'ensemble, ça ne va pas trop mal. Il y a les bons et les mauvais jours, bien sûr. Mais je suis déjà bien moins triste qu'il y a un an. Elle avait quatre-vingt-treize ans, donc je peux difficilement me plaindre que la vie me l'ait enlevée trop tôt. C'est juste que ça fait biz' de ne plus la voir. Ma grand-mère était la seule constante dans ma vie et maintenant, pfff... Plus rien. Je n'ai personne d'autre. Plus aucun lien du sang avec qui que ce soit.

— Tu as un lien de cœur avec nous, décréta Paige. Nous sommes ta famille. On devrait sortir ce week-end, qu'est-ce que vous en dites ? Journée shopping ? Et si on se faisait le stand maquillage de Saks Fifth Avenue et qu'on allait danser dans la foulée ?

— Danser ? J'adore ! Je valide à 100 % !

Eva se mit à tortiller des hanches de façon provocante

et faillit occasionner un nouveau carambolage humain. Frankie lui prit le bras et tira d'un geste sec pour la faire avancer.

— Aucune semelle de gel au monde ne suffira à protéger nos pieds d'une expédition shopping et danse combinés. D'ailleurs, le samedi, c'est soirée cinéma. Je vote pour une nuit de l'horreur.

Le visage d'Eva s'allongea.

— Plutôt mourir. Je n'en dormirais pas de la nuit.

— Je ne voterai pas non plus pour l'horreur. Peut-être que Matt accepterait une soirée « films de filles » pour fêter ma promotion ?

Frankie rajusta ses lunettes.

— Tu rêves. Ton frère préférerait sauter du sommet de son immeuble plutôt que de se cogner une série de films *girly*. Et il n'a pas tout à fait tort.

Résignée, Eva haussa les épaules.

— Et pourquoi on ne sortirait pas ce soir au lieu de samedi ? Je ne risque pas de rencontrer quelqu'un si on ne bouge jamais de chez nous.

— Les gens ne s'installent pas à New York pour trouver un partenaire pour la vie, riposta Frankie. Ils viennent pour la culture, pour l'expérience, l'argent... La liste est longue mais trouver l'amour-toujours n'y figure pas.

— Alors pourquoi es-tu venue atterrir ici ?

— Parce que je voulais un lieu anonyme, un lieu qui bouge. Et parce que mes meilleures amies y étaient. Et puis il y a des côtés de New York que j'adore. La High Line, les Jardins botaniques et le petit coin secret de Brooklyn où nous habitons. J'adore vivre dans notre super vieille maison en pierre de grès. Une authentique *brownstone* — c'est la classe, non ? Et je serai reconnaissante toute ma vie à ton frère de nous le louer à prix d'ami.

Eva donna un coup de coude à Paige.

— Tu as entendu ? Frankie a émis un commentaire positif sur un *homme*.

— Matt fait partie des rares exceptions masculines de cette planète à entrer dans la catégorie « fréquentable ». Mais c'est juste un ami. Je suis en solo par choix. Ce n'est pas une solution par défaut mais une solution tout court.

Le ton de Frankie restait nonchalant.

— Je me suffis à moi-même et j'assume. Tant que je gagne ma vie, je ne dois rien à personne. Etre célibataire, c'est un projet de vie comme un autre. Pas une maladie honteuse.

— En tout cas, mon projet de vie à moi n'est *pas* de rester seule. Avoir envie d'aimer quelqu'un n'est pas non plus une maladie honteuse, alors inutile de me regarder de cet œil dédaigneux, Frankie ! Franchement, ça me déprime que le préservatif que je trimballe dans mon sac ait passé sa date de péremption.

Eva glissa une boucle blonde rebelle derrière une oreille et fit dévier habilement la conversation vers un sujet plus consensuel :

— J'*adore* l'été. Les robes légères, les tongs, une pièce de Shakespeare jouée dans le parc, faire de la voile sur l'Hudson, passer de longues soirées sur notre super toit en terrasse. Je n'en reviens toujours pas que ton frère ait pu aménager ce lieu, Paige. Il est génial.

Paige ne lui donna pas tort.

Matt, qui était son aîné de huit ans, avait quitté l'île des années avant elle pour monter sa propre boîte de paysagiste en plein cœur de New York. Et son entreprise était en plein essor.

Frankie hâta le pas.

— Le jardin sur le toit en plein Brooklyn, c'est LE paradis pour moi. Comment ça s'est terminé alors, pour le gros contrat que Matt espérait décrocher dans Midtown ? Il est signé ?

— Il n'a pas encore la réponse. Mais sa boîte marche bien, de toute façon.

Et à présent, c'était au tour de sa petite sœur de prendre son envol professionnel.

Sa promotion d'aujourd'hui marquait une étape importante dans son plan de carrière. Et avec un peu de chance, elle marquerait également une étape dans la guérison des tendances surprotectrices qui régnaient dans sa famille. Naître avec une cardiopathie congénitale avait fait de son enfance un parcours du combattant, ponctué par d'incessantes consultations médicales, de séjours hospitaliers, d'interventions chirurgicales répétées. Elle avait été jalousement couvée par des parents aimants et dévorés par une angoisse qu'ils avaient cherché en vain à dissimuler. Pendant toutes ces années, elle s'était sentie sans recours, privée de tout pouvoir d'initiative sur elle-même, sur sa santé, sur son avenir. Mais le jour où elle était sortie de l'hôpital, après ce que l'on espérait être sa dernière opération, elle s'était juré que les choses allaient changer. Heureusement, à part quelques contrôles de routine, elle avait laissé derrière elle cette vie médicalisée à outrance et se portait désormais comme tout un chacun. Mesurant sa chance, elle avait décidé de vivre pleinement chaque instant de sa nouvelle existence. Mais pour cela, il y avait eu une étape préalable à franchir : quitter Puffin Island. Ce qu'elle avait fait sans une hésitation. Depuis, elle vivait avec jubilation une vie libre et normale.

Eva interrompit le cours de ses pensées.

— Bon, les filles, on se dépêche ? Ce n'est pas le bon jour pour arriver en retard.

Frankie fit la moue.

— *Elle* ne nous fera quand même pas le coup de la remarque, genre : « Vous n'êtes pas payées pour bosser à mi-temps » ? On a travaillé toutes les trois jusqu'au milieu de la nuit ou pas loin.

Paige n'avait pas besoin de demander qui était la « elle » en question. *Elle*, c'était Cynthia, la directrice événementielle, et le seul aspect que Paige n'aimait pas dans son travail. Cynthia était arrivée à Star Events un an après elle et l'atmosphère au sein de la boîte avait changé presque sur-le-champ. Comme si quelqu'un avait versé un liquide toxique dans un clair torrent de montagne et contaminé tous ceux qui s'y abreuvaient.

— Je n'arrive toujours pas à croire qu'elle ait pu virer Matilda comme ça. L'une d'entre vous a eu de ses nouvelles ?

Eva secoua la tête.

— Je n'arrête pas d'essayer de l'appeler mais elle ne répond pas. Je me fais du souci pour elle. Elle avait vraiment besoin de ce boulot pour vivre. Je n'ai pas son adresse, sinon je serais allée faire un tour chez elle.

— Continue d'appeler. Et je vais essayer de persuader Cynthia de changer d'avis et de la reprendre.

— C'est quoi son problème, à cette femme ? Elle est en colère tout le temps. Si elle déteste ce qu'elle fait, pourquoi ne pas changer de boulot, tout simplement ? Chaque fois que je la vois, je suis tentée de m'excuser même quand je n'ai rien fait. J'ai toujours l'impression qu'elle est le grand requin blanc au sommet de la chaîne alimentaire et que je suis le bébé phoque qu'elle va avaler d'une bouchée.

Paige secoua la tête.

— Cynthia ne quittera jamais Star Events. D'où l'intérêt d'obtenir cette promotion. Je serai moins souvent en contact avec elle, avec de plus grosses responsabilités. Et j'aurai mes propres clients à gérer.

Elle resterait encore quelques années pour accumuler de l'expérience et un jour, dans pas trop longtemps de préférence, elle se lancerait à son compte et ne recevrait plus d'ordres de personne.

C'était son rêve.

Plus qu'un rêve, même. Un projet.

— Tu seras top, comme boss, déclara généreusement Eva. Depuis le jour où tu as organisé la fête d'anniversaire de mes huit ans, j'ai su que tu irais loin dans la vie. Bon, bien sûr, ce ne sera pas difficile d'être meilleure que Cynthia. J'ai entendu quelqu'un dire l'autre jour qu'elle avait besoin de casser tous ceux qui bossent pour elle et qu'elle ne s'estime satisfaite que lorsqu'elle a réussi à faire fondre quelqu'un en larmes.

Incapable de s'en empêcher plus longtemps, Eva se planta devant une vitrine. Oubliés, requins et bébés phoques, tandis qu'elle flottait dans le nirvana qui précède l'achat compulsif.

— Vous croyez qu'il m'irait, ce top ?

Paige la tira d'autorité par le bras.

— Il est possible qu'il t'aille, mais ce dont je suis sûre, c'est qu'il ne rentrerait pas dans ton armoire. Il faut d'abord que tu jettes avant d'acheter.

— Est-ce ma faute si je m'attache aux objets ? C'est un phénomène émotionnel qui ne se contrôle pas.

Frankie se posta de l'autre côté d'Eva pour faire barrage à la tentation du lèche-vitrines.

— Comment peux-tu t'attacher à ce point à de vulgaires *fringues* ?

— C'est facile. S'il m'arrive un truc positif lorsque je porte telle ou telle robe, par exemple, je la remets quand j'ai besoin d'avoir confiance en moi. Aujourd'hui, par exemple, j'ai mis mon top porte-chance pour être tout à fait sûre que la promotion de Paige serait assortie d'une hausse de salaire conséquente.

— Comment un banal T-shirt pourrait-il porter chance ?

— J'ai vécu de très beaux moments en le portant.

Frankie secoua la tête.

— Epargne-nous les détails, surtout.

— Ça tombe bien, car je n'avais pas l'intention de te

les communiquer. Tu ne sais pas tout de moi, Frankie. J'ai des côtés très mystérieux.

Tout en parlant, Eva se dévissait le cou pour essayer de jeter un œil dans la vitrine.

— Je ne pourrais pas au moins regarder un peu ?

— Non. Pas le temps.

Paige la tira vers l'avant.

— Mystérieuse, toi ? Tu es un vrai livre ouvert, Ev.

— J'aime autant être un livre ouvert que cruelle et inhumaine. Et on a toutes notre petite addiction perso, non ? Frankie, c'est les plantes. Et toi, les rouges à lèvres.

Elle jeta un coup d'œil à Paige.

— Jolie nuance, d'ailleurs. C'est un nouveau ?

— Oui. Et son petit nom c'est, « Réussite d'été ».

— Tout à fait de circonstance. On pourrait fêter ta promotion tous ensemble ce soir. A moins que Cynthia ait prévu de t'inviter quelque part ?

— Cynthia ? Tu rêves ? Elle n'a aucune vie sociale.

Paige avait passé des heures et des heures à essayer de comprendre sa boss, mais elle n'avait toujours pas réussi à percer à jour le fonctionnement de cette femme.

— Je ne l'ai jamais entendue parler de quelqu'un ou de quelque chose à l'exception du boulot.

— Tu crois qu'elle a une vie sexuelle ?

— Aucune d'entre nous n'a de vie sexuelle... Nous sommes à Manhattan, je te rappelle. Tout le monde ici court du matin au soir. Personne n'a plus de temps à consacrer au sexe, de nos jours.

— Personne... à part ma mère, marmonna Frankie.

— Et Jake ! se hâta de préciser Eva. Il était à l'événement qu'on a organisé pour Chase Adams l'autre soir. J'ai trouvé que c'était le mec le plus sexy de la soirée. Et brillant, avec ça. Il s'envoie en l'air régulièrement, lui. Bon, bien sûr, le fait d'être chaud comme la braise, avec un corps de rêve, ça aide. Je peux comprendre que tu aies eu un méga-*crush* pour lui à l'adolescence, Paige.

Une crispation douloureuse noua le ventre de Paige, comme si on lui avait mis un coup dans l'estomac. Mais elle sourit sans rien en laisser paraître.

— Hou là... Ça remonte à la préhistoire !

Penser à la vie sexuelle de Jake n'aurait pas dû l'affecter, en principe. Vraiment pas.

— C'est important, un premier amour, poursuivit Eva sur un ton rêveur. C'est un sentiment qui ne s'efface jamais complètement.

— Cela vaut aussi pour une première désillusion. Là aussi, ça laisse des traces qui ne sont pas près de s'effacer. Ma passion pour Jake quand on était ados est retombée depuis longtemps. Alors inutile de me regarder avec ces yeux dégoulinants de romantisme.

Cela dit, sa relation avec Jake était loin d'être simple.

Il y avait des jours où elle regrettait que son frère et lui aient conservé des liens d'amitié aussi étroits.

Si Jake avait juste été une rencontre parmi d'autres du temps où elle était ado, elle aurait pu rire de son histoire, passer à autre chose et oublier. Au lieu de quoi elle était vouée à traîner ce souvenir embarrassant comme un boulet au pied. Il ne la lâchait pas et elle continuait d'entendre son cliquetis humiliant derrière elle.

Même encore maintenant, après toutes ces années, elle se recroquevillait d'horreur lorsqu'elle repensait à ce qu'elle avait dit à Jake ce jour-là. Et, pire encore, lorsqu'elle repensait à ce qu'elle avait *fait* ce jour-là.

Elle s'était avancée nue vers lui et...

La simple évocation de la scène lui donnait envie de ramper sous terre.

Jake y repensait-il, parfois ? Parce que pour elle, cela virait presque à l'obsession.

Eva continuait de papoter :

— Je parie qu'il figure sur la liste des « Cent objectifs à atteindre avant de mourir » de quelques millions de femmes.

Frankie secoua la tête d'un air incrédule.

— N'importe quoi. Sur ces listes, on trouve des projets du genre « pratiquer le parachutisme en chute libre », « grimper au sommet du Machu Picchu », etc. Des expériences vertigineuses et inoubliables.

— Je suis sûre que faire l'amour avec Jake Romano serait à elle seule une expérience vertigineuse et inoubliable. Je préférerais ça de loin au parachute. Mais il faut reconnaître que j'ai toujours eu la phobie du vide.

Paige allongea le pas sans rien dire.

Elle ne saurait jamais si l'amour avec Jake pouvait être « vertigineux et inoubliable ».

Elle avait eu beau lui faire des avances plus qu'explicites, Jake n'avait même pas été *tenté* de l'embrasser.

Elle avait rêvé de le voir submergé par un appétit sexuel incontrôlable. Au lieu de quoi, il s'était dépêtré avec délicatesse de l'adolescente nue qui se cramponnait à lui de tous ses membres, comme il aurait écarté du linge balayé par le vent qu'il se serait pris en plein visage.

Le plus humiliant, dans l'histoire, avait été son attitude empreinte de patience et de gentillesse. Il n'avait pas eu à lutter contre un désir irrépressible. La seule chose dont il avait eu à se défendre, c'était d'elle.

C'était la première et la dernière fois qu'elle avait dit « Je t'aime » à un homme. Elle avait été tellement sûre que son attirance pour lui était réciproque ! S'être trompée de façon aussi retentissante l'avait rendue méfiante envers ses propres ressentis.

Ces temps-ci, elle se montrait très, très prudente avec son cœur. Elle pratiquait une activité sportive régulière, mangeait ses cinq fruits et légumes par jour et se focalisait sur son travail, dont elle retirait nettement plus d'excitation que des rares relations amoureuses qu'elle comptait à son actif.

Paige s'immobilisa devant l'entrée de Star Events et inspira un grand coup. Ce n'était pas le moment de ruminer au sujet de Jake alors qu'elle avait un rendez-vous important avec le destin. Cet homme avait tendance à lui ramollir les jambes et le cerveau. Et elle avait besoin d'être au top.

— Bon, cette fois-ci, nous y sommes. On ne rigole plus. Il est interdit de rire entre ces murs.

Cynthia les attendait à l'accueil.

A sa vue, Paige ressentit une pointe d'irritation.

Même un jour comme aujourd'hui, elle ne pouvait pas se fendre d'au moins un *petit* sourire ?

Par chance, même sa patronne ne parvenait pas à gâcher le plaisir qu'elle prenait à son travail. Elle adorait la création événementielle. Soigner chaque détail et faire de chaque événement un moment mémorable était un pur bonheur pour elle — en gardant toujours l'objectif « client heureux » en ligne de mire. Enfant, elle avait adoré organiser des fêtes pour ses amis. Aujourd'hui, elle avait fait son métier d'une activité qui la passionnait. Et elle s'apprêtait à monter en grade.

La perspective de passer à un niveau de responsabilité supérieur lui remonta le moral et elle traversa le hall en souriant.

*Chef de projet événementiel.*

Elle avait déjà plein d'idées en tête. Son équipe travaillerait d'arrache-pied parce qu'ils seraient motivés et non par crainte des répercussions. Et la première chose qu'elle ferait, une fois aux commandes, ce serait de trouver un moyen pour réembaucher cette pauvre Matilda.

— Bonjour, Cynthia.

— Pour autant que je me souvienne, ton contrat ne mentionne pas que tu es employée ici à temps partiel.

On pouvait toujours compter sur Cynthia pour casser l'ambiance, quel que soit le niveau d'euphorie au départ.

— L'événement organisé pour Capital Insurance s'est terminé après minuit et les trains étaient bondés ce matin. Nous avons...

— ... abusé de la situation.

Cynthia jeta un regard appuyé sur la pendule accrochée au mur, même si elle savait parfaitement quelle heure il était.

— Je veux te voir dans mon bureau tout de suite. Qu'on en finisse.

Il était question de son entretien de promotion et elle lui parlait d'en finir ? Joyeux. Du coin de l'œil, Paige vit ses deux amies se fondre discrètement dans le décor et disparaître, Eva chantonnant tout bas le thème des *Dents de la mer.*

Paige réprima un sourire.

Le fait de collaborer avec ses deux meilleures amies était un des aspects de son job qu'elle préférait. Alors qu'elle suivait Cynthia dans le couloir, elles croisèrent Alice, une des chargées de clientèle. Notant ses yeux rougis au passage, Paige s'immobilisa.

— *Alice ?* Qu'est-ce qui se... ?

Mais Alice pressa le pas sans répondre. Paige se promit d'aller la voir plus tard et de lui demander ce qui n'allait pas.

Une dispute avec son petit ami ?

Des problèmes liés au travail ?

Elle savait qu'ils étaient nombreux parmi les employés de Star Events à avoir été horrifiés par le licenciement de Matilda, à la suite d'une simple maladresse avec un plateau de champagne. Un malaise palpable régnait dans les couloirs. Et chacun se demandait en secret qui serait la prochaine victime sur la liste.

Suivant sa supérieure dans son bureau, Paige referma la porte.

Bientôt, elle serait elle-même en position de prendre des

décisions d'embauche. En attendant, cette entrevue qui s'annonçait serait son heure de gloire. Elle avait travaillé dur pour obtenir cette promotion et elle était déterminée à vivre intensément ce moment de consécration.

En croisant les doigts pour qu'on lui accorde une augmentation *conséquente.*

Eva avait raison. Ce serait bien de fêter l'événement dès ce soir. Elles trouveraient un bar sympa pour lever quelques verres remplis d'une boisson à bulles euphorisante. Puis elles iraient danser quelque part. Il y avait une éternité qu'elles n'étaient plus sorties en boîte.

Cynthia attrapa un dossier.

— Comme tu le sais, Paige, nous cherchons à rationaliser le service pour réduire nos coûts. Je n'ai pas besoin de te préciser que le marché de l'événementiel est très concurrentiel.

— Oui, j'en suis consciente. Et j'ai justement quelques idées que j'aimerais partager avec toi.

Paige se pencha pour prendre son sac mais Cynthia secoua la tête et l'arrêta d'un geste.

— Nous ne te gardons pas ici, Paige.

— Et on m'envoie où ?

Elle n'avait pas envisagé un instant que sa promotion pourrait s'accompagner d'une mutation sur un autre site. Et il n'en existait qu'un seul, en l'occurrence : Los Angeles. A l'autre bout du pays. Ce n'était pas du tout ce à quoi elle s'attendait. Sa vie était à New York. Et elle ne souhaitait quitter ni la ville ni ses amis.

— Je pensais que je resterais travailler ici. Los Angeles, c'est un grand changement.

Cela dit, si elle voulait sa promotion, elle devrait peut-être jouer le jeu et accepter d'être mutée. Et si elle demandait un délai de réflexion ? Vu les circonstances, cela ne paraîtrait peut-être pas déraisonnable de sa part ?

Cynthia ouvrit le dossier.

— Qu'est-ce qui te fait penser que nous t'envoyons à Los Angeles ?

— Tu as dit que tu ne me gardais pas ici.

— Nous te licencions.

Paige la regarda d'un air effaré.

— Pardon ?

— Nous sommes obligés de faire des coupes claires dans les effectifs, Paige.

Cynthia feuilleta le dossier sans croiser son regard.

— Pour dire les choses crûment, nos résultats dégringolent. Tout le monde dans notre branche licencie et diminue les heures de travail.

Ils la licenciaient.

Elle n'était ni promue ni mutée à Los Angeles.

Licenciée.

Ses oreilles en bourdonnaient.

— Mais j'ai ramené neuf clients importants ces six derniers mois ! C'est essentiellement grâce à moi que Star Events s'est développée ces deux dernières années et…

— Le problème, c'est que nous avons perdu un très gros compte : Adams Constructions.

La nouvelle lui fit l'effet d'un électrochoc.

— Quoi ?

Chase Adams, à la tête du conglomérat du bâtiment le plus dynamique de Manhattan, avait été l'un de leurs principaux clients. C'était à la suite d'une réception organisée pour lui que Matilda avait été licenciée.

*Juste retour des choses ?* se demanda Paige. Pour commencer, Cynthia avait viré Matilda, et à présent c'était Chase Adams qui les virait eux.

Et elle subissait les dommages collatéraux.

— Je n'étais pas en position de me défendre, poursuivit Cynthia. Cette idiote de Matilda avait gâché la soirée.

— C'est pour ça qu'il a décidé de ne plus avoir recours à nos services ? A cause d'un incident mineur ?

— Renverser un seul verre de champagne pourrait à la rigueur être qualifié d'incident. Faire tomber un *plateau entier*, c'est plutôt de l'ordre de la catastrophe. Adams a insisté pour que je me débarrasse d'elle. J'ai essayé de le persuader de revenir sur sa décision, mais il est resté inflexible. Tout Manhattan lui appartient ou presque. Il fait partie des acteurs économiques les plus influents de toute la ville.

— Justement ! Quel intérêt avait-il à écraser Matilda ?

Paige avait bien quelques termes en tête pour qualifier l'attitude de ce Chase Adams — et aucun d'entre eux n'était flatteur. S'il y avait quelqu'un à blâmer à ses yeux, ce n'était sûrement pas Matilda.

— Bon, ce qui est fait est fait. Naturellement, nous te donnerons d'excellentes références pour ta recherche d'emploi.

*Recherche d'emploi ?*

Elle n'avait aucune envie de travailler ailleurs. Sa place était ici, chez Star Events, dans cette agence pour laquelle elle s'était démenée. Elle n'avait pas mérité ce qui était en train de lui tomber dessus !

Sa bouche était si sèche qu'elle avait du mal à articuler. Son cœur battait à tout rompre dans sa poitrine, lui rappelant que la vie était fragile, les certitudes précaires. Ce matin encore, elle avait eu le sentiment que le monde était à ses pieds. Mais toute la maîtrise qu'elle avait cru détenir sur son avenir venait de lui être arrachée.

D'autres qu'elle avaient décidé de son sort. Derrière des portes fermées s'étaient tenues des conversations chuchotées au cours desquelles on avait réglé son « cas » sans rien lui demander. Et maintenant, on attendait d'elle qu'elle fasse bonne figure.

Une chose au moins pour laquelle elle ne manquait pas d'entraînement… Elle le faisait sans même y penser, chaque fois que la vie devenait difficile, de la même manière automatique qu'un ordinateur est programmé pour se mettre en veille.

Elle s'y entendait mieux que quiconque pour dissimuler ses peurs, ses désarrois, sa révolte.

*Reste professionnelle, Paige.*

— Tu m'as promis que si je remplissais les objectifs de performance que tu m'avais fixés, je serais promue chef de projet événementiel. Non seulement je les ai remplis, mais je les ai *dépassés*.

— Nos perspectives ne sont plus ce qu'elles étaient. En tant que structure commerciale, nous devons rester flexibles et nous adapter aux exigences du marché.

— Combien sommes-nous à partir ? C'est pour ça qu'Alice pleurait ? Elle doit dégager, elle aussi ? Qui d'autre encore à part elle ?

Frankie et Eva seraient-elles aussi touchées par la vague ?

Eva n'avait plus de famille vers qui se tourner. Quant à Frankie, elle préférerait s'alimenter dans les poubelles plutôt que de demander le moindre sou à sa mère.

Cynthia la considéra froidement.

— Des considérations de confidentialité élémentaires m'interdisent de te donner des noms.

Paige ne répondit rien. Elle se sentait anéantie. Comment les choses avaient-elles pu déraper à ce point ? La tête lui tournait. Elle avait eu toute confiance en ses employeurs. Ils lui avaient fait de grandes promesses et elle avait rempli sa part du contrat. Pour atteindre ses objectifs, elle s'était donnée à fond, sans jamais compter ses heures. Elle avait travaillé comme une possédée en plaçant son avenir entre leurs mains. Et qu'avaient-ils fait de sa confiance ? Ils n'avaient pas jugé bon de la prévenir. N'avaient pas prononcé un seul mot pour la préparer au coup qu'ils allaient lui assener.

— L'agence s'est développée grâce aux contrats que j'ai décrochés. Je peux te montrer les chiffres qui le prouvent.

Le ton de Cynthia resta froid.

— Nous parlons en termes de résultats d'équipe, ici à Star Events. Je ne dis pas que tu n'es pas douée pour ce que tu fais. Tu aurais juste tendance à être un peu trop amicale avec les personnes que tu diriges et tu devrais dire « non » aux clients plus souvent — cet épisode où tu t'es précipitée pour envoyer au pressing en urgence le costume de cet homme, c'était du grand n'importe quoi. Mais à part cela, je ne te reproche rien. Ce n'est pas la qualité de tes prestations qui est en cause.

— J'ai fait nettoyer son costume parce qu'il avait renversé son verre de vin rouge sur lui et qu'il voulait impressionner son employeur. A la suite de quoi, il a fait plusieurs fois appel à nos services. Et je suis amicale parce que j'aime travailler au sein d'une équipe épanouie et dans un environnement positif.

Deux concepts totalement étrangers à l'univers de Cynthia.

En la regardant, Paige comprit qu'elle avait devant elle une porte verrouillée à double tour. Rien de ce qu'elle pourrait dire n'arriverait à l'ébranler. Elle perdait son temps.

Partie pour être promue et augmentée, elle se retrouvait sans emploi.

Il lui faudrait faire appel à sa famille pour qu'ils l'aident. Une fois de plus, elle deviendrait une source de préoccupation pour ses parents et pour son frère aîné. Et leur réaction instinctive serait de la protéger.

Son cœur s'accéléra. Paige, par habitude, porta la main à sa poitrine. A travers le tissu de sa chemise, elle sentit sous ses doigts la forme du petit cœur en argent qu'elle portait parfois dissimulé sous ses vêtements.

Le temps d'un éclair, elle se retrouva transportée dans son lit d'hôpital. Elle avait de nouveau dix-sept ans, entourée de cartes de vœux de rétablissement et de ballons gonflés à l'hélium, tétanisée par l'angoisse dans l'attente d'une intervention cardiaque imminente. Des scénarios lugubres se déchaînaient dans sa tête. Elle était à bout de ressources. Terrifiée.

La porte s'ouvrit et un médecin en blouse blanche entra, avec un dossier à la main.

Elle se prépara mentalement à de nouveaux examens, de nouvelles douleurs, de nouvelles annonces inquiétantes. Puis elle reconnut Jake.

— Ils n'ont pas voulu me laisser entrer en dehors des heures de visite, donc j'ai rusé pour contourner le règlement. Tu m'appelleras « docteur Romano », s'il te plaît.

Il lui adressa un clin d'œil avant de fermer la porte derrière lui.

— Il est temps de prendre vos médicaments, mademoiselle Walker. Et je ne veux pas entendre de récriminations, sinon je vous prélève le cerveau et je le donne à la science.

Jake avait toujours su la faire rire. Mais pas seulement. Sa présence avait aussi d'autres effets sur elle. Des effets qui la faisaient regretter de ne pas porter quelque chose de sexy et moulant plutôt qu'un maxi T-shirt avec un personnage de dessin animé dessus.

— C'est toi qui opères ?

— Je m'évanouis à la vue du sang et je ne fais pas la différence entre un foie et une rate, donc non, je préfère éviter d'y aller au bistouri.

Il plongea la main dans la poche arrière de son jean et en sortit une petite boîte.

— Dépêche-toi de l'ouvrir avant que l'infirmière chef vienne me virer d'ici, seringue brandie.

Pendant un instant de folle, de délicieuse confusion, elle avait cru qu'il lui offrait une bague de fiançailles. Et son cœur — cet organe qui lui en faisait voir de toutes les couleurs depuis toujours — en avait oublié de battre l'espace d'une seconde.

— Qu'est-ce que c'est ?

Les mains tremblantes, elle avait ouvert l'écrin. Et avait trouvé sur un lit de soie bleu nuit, un très joli petit cœur en argent accroché à une chaîne délicate.

— Oh ! Jake...

Trois mots étaient gravés au dos du pendentif.

*Un cœur fort.*

— J'ai pensé que le tien pourrait avoir besoin d'un petit coup de pouce. Porte-le, mon cœur, et pense à lui comme à un soutien chaque fois que le tien aura une faiblesse.

Ce n'était peut-être pas une bague, mais il l'avait appelée « mon cœur » et lui avait offert un collier.

Cela voulait forcément dire quelque chose, non ?

Elle en avait oublié de redouter l'opération et n'avait plus pensé qu'à Jake.

Le temps que les brancardiers arrivent pour l'emmener au bloc, elle avait déjà programmé pour Jake et elle une vie entière ensemble, sans oublier de trouver les prénoms de leurs quatre enfants.

Sur la table d'opération, ils avaient dû extraire le collier de force d'entre ses doigts serrés. Et dès l'instant où elle en avait été physiquement capable, elle l'avait mis à son cou.

*Un cœur fort.*

Paige continuait de le porter lorsqu'elle avait besoin de courage. Comme aujourd'hui, par exemple.

Elle se leva en mode pilotage automatique. L'urgence, désormais, était de trouver sans tarder un autre emploi. Elle n'avait pas de temps à perdre à essayer de forcer des portes qui resteraient fermées.

— Je suggère que tu débarrasses ton bureau dès aujourd'hui. Tu toucheras une indemnité de licenciement, bien sûr.

*Licenciement.*

Si « promotion » était son mot préféré, « licenciement » était celui qu'elle aimait le moins. Rien que de le prononcer, le son lui heurtait les oreilles. C'était comme si elle subissait de nouveau un traitement chirurgical lourd. Mais cette fois, c'étaient ses rêves et ses espoirs qu'on lui extirpait au scalpel. Adieu perspectives d'ascension sociale. Adieu projet de se lancer un jour à son compte.

Elle quitta le bureau de Cynthia, referma la porte derrière elle.

Et commença à prendre la pleine mesure de sa situation. Si elle avait su ce qui allait se passer, elle ne se serait pas offert ce café en chemin. Elle n'aurait pas craqué pour un nouveau rouge à lèvres alors qu'elle en avait déjà une collection complète. Effarée, elle restait là, plantée sur place, à regretter chaque dollar qu'elle avait dépensé au cours de l'année écoulée. En se relevant de sa dernière opération, elle s'était promis de vivre pleinement les bons comme les mauvais moments. Mais elle n'avait pas anticipé celui-ci.

Longeant un couloir désert, elle se dirigea vers les toilettes les plus proches, dans un silence que ne troublait que le cliquetis fantomatique de ses talons.

Moins d'une heure plus tôt, elle embrassait l'avenir avec optimisme et enthousiasme.

Et tout à coup, elle se retrouvait les mains vides.

Sans emploi.

Seule dans ce lieu sans âme, elle laissa enfin glisser son masque.

Au siège social high-tech de sa société en plein cœur de Manhattan, Jake Romano était assis les pieds sur son bureau et écoutait d'une oreille distraite la personne qui lui parlait au téléphone.

En face de lui, une jeune journaliste blonde s'agitait dans son fauteuil et essayait de regarder discrètement l'heure sans qu'il le remarque. Jake n'accordait que de rares interviews, mais cette fille avait manœuvré avec tant d'habileté qu'elle avait réussi à déjouer la vigilance de son assistante. Comme il admirait la ténacité lorsqu'elle s'accompagnait de créativité, il avait accepté de la recevoir. Sur une impulsion qu'il regrettait déjà. Et a priori, la fille la regrettait autant que lui. Ils avaient déjà été interrompus à trois reprises et elle s'énervait un peu plus à chaque fois.

Considérant que les questions qu'elle lui avait posées frisaient l'indiscrétion, il jugea qu'il pouvait se permettre de la faire attendre encore un peu et se concentra sur son interlocuteur.

— Vous n'avez pas besoin d'un designer de contenu web pour quelques modifications mineures sur l'application. Ce dont vous avez besoin, c'est d'un bon rédacteur.

La journaliste baissa la tête et relut ses notes. Combien d'interruptions tolérerait-elle encore avant de craquer ?

Il retira les jambes de son bureau et se prépara à mettre fin à l'appel :

— Je sais que vous êtes un homme très pris, donc je ne vais pas monopoliser votre temps. J'ai bien compris que vous êtes sensible à l'esthétique des thèmes, mais une conception esthétique, ça ne vaut pas un clou si le contenu ne suit pas. Quant à la théorie, c'est bien, mais ce qui compte, c'est de régler de vrais problèmes pour des personnes réelles. En parlant de problèmes, je réfléchis au vôtre d'abord et je vous recontacte. Si je décide que nous sommes les personnes indiquées pour faire le boulot, je parlerai à mon équipe et nous organiserons une rencontre en face à face. Dans tous les cas, laissez-moi l'initiative de la chose.

Il coupa la communication.

— Désolé, dit-il en reportant son attention sur la journaliste.

Le sourire qu'elle lui décocha était aussi factice que l'excuse qu'il venait de lui servir.

— Pas de souci. Vous êtes un homme difficile à joindre.

J'en sais quelque chose. J'ai passé un an à tenter de mettre cette interview sur pied.

— Et maintenant, c'est chose faite. Avons-nous terminé ?

— J'ai encore une ou deux questions à vous poser.

Elle marqua une pause, comme pour rassembler ses idées.

— Nous avons parlé de la réussite spectaculaire de votre business, de vos objectifs philanthropiques et de l'idéologie que défend votre entreprise. J'aimerais pouvoir en dire un peu plus à nos lecteurs sur Jake, l'homme. Vous êtes né dans un des quartiers les plus défavorisés de Brooklyn et vous avez été adopté à l'âge de six ans.

Jake garda une expression neutre.

La journaliste lui jeta un regard interrogateur.

— Désolée, je n'ai pas entendu votre réponse… ?

— Je n'ai pas entendu de question.

Elle rougit.

— Vous êtes en lien avec votre mère ?

— Régulièrement, oui. Elle tient le meilleur restaurant italien de New York. Je vous le recommande chaudement.

— Vous parlez de votre mère adoptive… Maria Romano, précisa-t-elle en jetant un coup d'œil sur ses notes. Je pensais à votre vraie mère.

— Maria *est* ma vraie mère.

Ceux qui le connaissaient auraient reconnu le ton qu'il venait de prendre et auraient couru aux abris, mais la journaliste restait là, tranquille, comme une gazelle inconsciente sous les griffes du prédateur.

— Donc vous n'avez pas gardé de lien avec votre mère biologique ? Je me demande comment elle vit le fait que son fils dirige aujourd'hui une entreprise d'envergure mondiale qui vaut des millions.

— Ne vous gênez surtout pas pour lui poser la question. Votre temps est écoulé.

— Vous n'aimez pas parler du passé ?

— Le passé, c'est de l'histoire ancienne. Et j'ai toujours

été meilleur en maths. Je décline ma vie au présent. Désolé d'avoir à vous chasser, mais j'ai des clients qui requièrent mon attention. Ils paient pour ça.

— Oui, bien sûr.

La jeune femme glissa son magnéto dans son sac.

— Vous incarnez le rêve américain, Jake. Votre interview sera une source d'inspiration pour des millions de gens qui en ont bavé dans leur enfance. En dépit de votre passé, vous affichez une magnifique réussite dans le domaine de l'entreprise.

*Pas « en dépit de »*, songea Jake. *A cause de.*

Car c'était bien à cause de son passé qu'il avait monté ce business.

Ayant éconduit la journaliste, il se dirigea vers une des cloisons en verre de son luxueux bureau vitré et examina à ses pieds les grandes tours de Manhattan noyées de soleil, tel un roi Midas contemporain en contemplation devant ses richesses.

Ses yeux le brûlaient à force de nuits trop brèves, mais il les gardait grands ouverts, se gorgeant du spectacle étourdissant qui se déployait devant lui. Une vue comme celle-ci se payait au prix fort et il avait pu s'acquitter lui-même du moindre dollar.

*Pas mal pour un garçon né dans les quartiers pourris de Brooklyn à qui on a toujours dit qu'il ne ferait jamais rien de bon de sa vie.*

S'il avait été d'humeur, il aurait pu confier à cette journaliste trop curieuse une histoire qui aurait fait les gros titres et lui aurait probablement valu le prix Pulitzer.

Il avait grandi les yeux rivés sur les promesses étincelantes de Manhattan qu'il voyait miroiter de l'autre côté de l'East River. Obnubilé par le spectacle, il en oubliait les aboiements incessants des chiens, les hurlements de la rue, les coups de klaxon agressifs. Heure après heure, il dévorait des yeux, le cœur plein de désir, ce monde si proche et néanmoins aux antipodes du sien. Par-delà le large bras d'eau soumis aux marées qui séparait Brooklyn de Manhattan, il avait vu des constructions hautes comme le ciel et rêvé de vivre de l'autre côté, là où les immeubles dressaient leurs hautes silhouettes orgueilleuses, là où les surfaces en verre reflétaient la lumière et l'ambition.

Manhattan, en ce temps-là, lui avait paru aussi lointaine et inaccessible que le Taj Mahal. Mais il avait eu le temps de regarder et de rêver tout son soûl. Son père fantôme n'avait jamais pris place dans le tableau familial. Même tout petit, il passait l'essentiel de son temps livré à lui-même pendant que sa mère adolescente enchaînait les heures de travail, jonglant avec trois jobs différents.

« Je t'aime, Jake. C'est toi et moi contre le monde entier. »

Jake fixait aveuglément l'entrecroisement compliqué des rues en contrebas. Il y avait longtemps, très longtemps, que personne n'avait plus mentionné sa mère biologique. Et le temps était plus loin encore où il était resté assis sur une marche d'escalier à attendre en vain son retour.

Que serait-il devenu si Maria ne l'avait pas recueilli chez elle ?

Il devait tout à sa mère adoptive. Et pas seulement le réconfort d'un foyer aimant. Détournant les yeux de la vue, il porta son attention sur l'ordinateur ultrasophistiqué posé sur son bureau. C'était Maria qui lui avait dégotté sa première bécane, un truc antique qui avait appartenu à l'un de ses cousins. A quatorze ans, il avait piraté son premier site ; à quinze, il avait compris que ses capacités dépassaient largement la moyenne. Et il avait à peine plus de seize ans lorsqu'il avait sélectionné l'entreprise domiciliée dans les plus majestueux bureaux en verre qu'il avait pu trouver, s'était présenté à l'accueil et leur avait expliqué pourquoi ils étaient vulnérables à une cyberattaque massive. Ils avaient commencé par lui rire au nez. Jusqu'au moment où il leur avait montré avec quelle facilité il pouvait passer outre à leur système de protection informatique. Là, ils avaient cessé de rire et avaient commencé à l'écouter.

Il était devenu une légende dans l'univers de la cybersécurité — l'adolescent doué de charisme, étonnamment sûr de lui, et capable de soutenir des conversations d'un niveau technique vertigineux avec des interlocuteurs qui avaient deux fois son âge et en savaient deux fois moins que lui.

Il leur avait montré en quoi ils étaient naïfs, avait mis en lumière les faiblesses de leurs défenses et leur avait appris à y remédier. Au lycée, il avait séché tous ses cours de littérature, mais n'avait jamais manqué une seule heure de math. Les chiffres et lui étaient amis.

Parti de rien, il avait été très déterminé à aller dans la bonne direction. Et pas n'importe comment. Jake avait tracé son chemin de manière à laisser pour de bon le passé derrière lui.

Grâce à ses interventions rémunérées en entreprise, il avait pu financer ses études supérieures. Et quelques années plus tard seulement, il avait réuni la somme nécessaire pour acheter un restaurant à sa mère — c'est ainsi qu'il avait toujours considéré Maria, même avant qu'elle ne l'adopte officiellement — afin qu'elle puisse faire profiter tout Brooklyn de ses talents culinaires sans qu'ils aient tous à s'entasser dans sa cuisine, serrés comme des olives dans un bocal.

Avec l'aide de Matt, son meilleur ami, il avait monté sa propre société et conçu un logiciel de chiffrement dont un développeur avait acheté les droits pour une somme qui l'avait mis définitivement à l'abri de toute inquiétude matérielle.

Au bout de quelques années, lassé d'opérer sur le marché surchargé de la cybersécurité, il s'était passionné pour le marketing numérique.

Aujourd'hui, sa société s'était diversifiée et proposait de tout, en partant des contenus créatifs jusqu'à la conception et la mise en œuvre de l'expérience client. A l'occasion, si l'envie l'en prenait, il acceptait encore au cas par cas des missions de conseil en cybersécurité. C'était justement un de ces audits en sécurité informatique qui l'avait tenu éveillé face à son ordinateur pendant une bonne partie de la nuit précédente.

La porte de son bureau s'ouvrit de nouveau et Dani, son assistante, entra avec une tasse de café.

— J'ai pensé que tu pourrais en avoir besoin. Désolée pour la journaliste. Il n'y a pas eu moyen de faire barrage. Cette fille est plus tenace qu'un moustique cramponné à une poche de sang.

Dani se baladait pieds nus dans ses chaussettes rayées, un *dress code* un peu particulier, adopté par une bonne moitié des employés de Jake. Il n'était pas du genre à se focaliser sur pareils détails vestimentaires. Les gens qui venaient travailler pour lui pouvaient tout aussi bien se présenter en costume trois pièces ou en pyjama. Il ne s'intéressait pas non plus à leurs diplômes ou aux grandes écoles qu'ils avaient fréquentées. Deux aspects seulement retenaient son attention : la passion et le potentiel.

Dani avait l'un et l'autre.

Elle posa le café sur son bureau et les arômes lui frappèrent les narines, puissants et toniques, se frayant un passage entre les nuages qui lui obscurcissaient le cerveau. Ce flou dans sa tête lui rappelait qu'il avait travaillé jusqu'à 3 heures du matin la veille.

— Elle t'a posé des questions ? dit-il.

— Des milliers, oui. Essentiellement au sujet de ta vie privée. Elle voulait savoir si c'était à cause de ton enfance pourrie qu'on te voyait rarement deux fois de suite avec la même femme.

La mine joyeuse, Dani lui tendit une pile de messages.

— Ton ami Matt a appelé quatre fois. Il avait l'air stressé.

Jake prit une gorgée de café, savourant les arômes et le boost bienvenu de la caféine.

— Matt n'est *jamais* stressé. C'est M. Calme en personne.

— Je peux te dire qu'au téléphone, tout à l'heure, il avait plutôt l'air de M. Flippé.

Dani ramassa les quatre tasses à café vides disséminées sur le bureau de Jake et les empila les unes sur les autres.

— Je ne suis pas contre le fait d'entretenir ton addiction à la caféine, mais de temps en temps, tu pourrais adopter une formule combinée, genre : repas équilibré plus repos nocturne. C'est ce que font les gens normaux, au cas où tu te poserais la question.

— Mais je ne me pose pas la question.

Il s'interrogeait, par contre, sur les appels répétés de Matt aux heures de bureau. Et pourquoi avoir laissé quatre messages à son assistante au lieu de lui téléphoner directement ? Attrapant son téléphone, il vit qu'il avait six appels manqués. Un début d'inquiétude le saisit.

— Matt t'a dit ce qu'il voulait ?

Dani rattrapa de justesse une des tasses vides qui menaçait de basculer du haut de la pile.

— Non. Mais il te demande de le rappeler dès que tu peux. La journaliste n'en revenait pas de t'avoir entendu refuser de bosser pour Brad Hetherington. C'est vrai que tu l'as envoyé promener ? C'est un des mecs les plus riches de New York. J'ai lu ça dans *Forbes* la semaine dernière.

— C'est aussi une tête de nœud égocentrique et je fais tout ce que je peux pour éviter d'avoir affaire à ce genre d'individus. Les fréquenter m'altère dangereusement l'humeur. Un conseil, Dani : ne te laisse jamais intimider par l'argent. Suis ton feeling.

— Donc on ne va pas bosser pour Hetherington ?

— Je ne sais pas encore. J'en suis au stade réflexion en cours. Merci pour le café. Tu sais que tu n'es pas obligée ?

Il le lui répétait tous les jours depuis qu'elle avait commencé à travailler pour lui. Et elle continuait à le fournir en café quand même.

— Considère que c'est une forme de retour sur investissement.

Il lui avait donné sa chance alors que d'autres lui avaient claqué la porte au nez. Et Dani ne semblait pas prête à l'oublier.

— Tu as travaillé tard hier soir et tu as commencé tôt ce matin. J'ai pensé qu'il était temps de te booster avec un petit shoot de caféine.

L'expression de son regard disait qu'elle aurait volontiers donné de sa personne pour contribuer à le réveiller.

Mais Jake fit mine de ne pas le remarquer.

Si contrevenir aux règles imposées par les autres était un de ses passe-temps favoris, il n'enfreignait jamais celles qu'il se fixait lui-même. Et sa règle numéro un se résumait à peu près à ceci : « Garde ta vie privée en dehors du boulot. »

Une chose était certaine : il ne ferait jamais rien qui puisse nuire à son entreprise. Sa réussite était beaucoup trop importante pour lui. Avec ça, il était peut-être un génie de l'informatique, mais il était le premier à reconnaître que ses talents ne s'étendaient pas à la sphère relationnelle.

Dès que Dani eut quitté la pièce, il appela Matt.

— C'est quoi l'urgence ? Tu es en panne de bières ?

— J'en conclus que tu n'as pas lu les dernières *business news* ?

— Je suis en entretien depuis le lever du soleil. Qu'est-ce que j'ai loupé ? Quelqu'un a piraté ton site web et tu as besoin d'un expert ?

Réprimant un bâillement, Jake effleura une touche de son clavier pour ramener son écran à la vie. Et regretta qu'on n'ait pas encore inventé de technique analogue pour remettre en marche son cerveau bloqué en mode off.

— Encore une prise de contrôle du capital d'une société ?

— Star Events a licencié la moitié de son personnel.

Il n'en fallut pas plus pour le tirer de son état comateux.

— Paige n'a pas eu sa promo ?

— Je ne sais pas. Elle ne répond pas sur son téléphone.

— Tu crois qu'ils l'ont virée ?

— C'est une possibilité.

La voix de Matt était tendue.

— Comme elle reste injoignable, je me dis que c'est même très probable. Généralement, quand elle se coupe comme ça, c'est qu'elle est en mode stoïque.

Jake n'avait pas besoin de demander à Matt ce qu'il voulait dire par là. Il avait vu Paige « en mode stoïque » assez souvent pour savoir ce que cela donnait. Et il détestait quand elle se cachait derrière son masque de bravoure. Tout comme il détestait l'imaginer effrayée, luttant contre la panique, et cherchant à toute force à le cacher.

— Quel merdier, marmonna-t-il.

— Elle a travaillé comme une malade pour obtenir cette promotion. Ça fait un an qu'elle ne parle que de ça. Je n'ose même pas imaginer dans quel état elle peut être.

— C'est une grosse claque, oui.

Il aurait fait n'importe quoi pour éviter que Paige se casse ainsi le nez dans son parcours professionnel. En esprit, il se vit traverser la ville, saisir le ou la coupable à la gorge et le ou la réduire en purée.

— Tu as essayé de joindre Eva ou Frankie ?

— Elles ne répondent pas non plus. J'espère au moins qu'elles sont ensemble, toutes les trois. Je ne voudrais pas que Paige s'isole, qu'elle se coupe des autres.

Il n'aimait pas cette idée non plus.

Jake se leva et se mit à faire les cent pas. Il s'immobilisa devant la vitre, le temps de dresser de tête la liste des possibilités d'action.

— Je vais passer quelques coups de fil. Déjà pour savoir ce qu'il en est exactement.

— Tu peux m'expliquer pourquoi elle ne répond pas quand on l'appelle ? s'énerva Matt. Elle me stresse, là.

— Tu passes ton temps à t'inquiéter pour elle.

— C'est ma petite sœur.

— Sœur cadette, peut-être, mais c'est une adulte. Et tu la surprotèges. Laisse-la vivre sa vie. Elle est plus solide que tu ne le penses. Paige est forte et en excellente santé.

Mais ça n'avait pas toujours été le cas.

Jake gardait un souvenir très net de Paige adolescente, pâle et trop mince dans son lit d'hôpital blanc, se préparant à subir une grosse intervention cardiaque. Il revoyait Matt, blanc comme un linge et dévoré d'une angoisse tellement étrangère à sa nature, les yeux creusés par les nuits sans sommeil qu'il passait assis au chevet de sa sœur.

— Qu'est-ce que tu fais ce soir, Jake ?

Il perçut la fatigue dans la voix de Matt.

— Ce soir, c'est sexe au programme. Soirée hot.

Il n'était pas sûr de réussir à se réveiller suffisamment pour être performant, cela dit. Son ami n'était pas le seul à subir les effets de la fatigue. S'il continuait à ce rythme, Jake serait probablement le premier homme sur terre à copuler en état de coma avancé.

— Avec Gina ?

— Gina, c'était le mois dernier.

— Ça t'est déjà arrivé de coucher avec la même femme pendant plus d'un mois d'affilée ?

— Uniquement par erreur, quand je perds la notion du temps.

Il n'était pas du genre à s'éterniser dans une relation. Avec des histoires systématiquement brèves, il faisait l'économie des complications.

— Donc ce n'est pas du sérieux, entre cette fille et toi ?

Matt s'interrompit sur un petit rire.

— Désolé d'avoir posé la question. J'oubliais que tu ne croyais pas à l'amour.

L'amour ?

L'œil fixe, Jake regardait la ville baignée de lumière. La voix de Matt finit par percer le brouillard des souvenirs.

— Jake ? Tu es encore là ?

— Ouais, je suis là.

Mais pourquoi sa voix s'éraillait-elle comme ça ?

— Si cette fille ne compte pas pour toi, annule et viens nous rejoindre ici. Je ne veux pas être seul à me dépêtrer de la situation, si elles ont été virées toutes les trois. Ma sœur est dure à gérer en cas de crise, essentiellement parce qu'elle s'obstine à affirmer que tout va bien quand ça ne va pas. Essayer de lui faire admettre qu'elle est en difficulté équivaut à peu près à attaquer un mur d'acier à la perceuse. Qu'elle se comporte comme ça avec notre mère, OK. Mais quand c'est à moi qu'elle fait le coup, je pète un câble.

— Tu me demandes de renoncer à une nuit 100 % sexe avec une Suédoise blonde pour t'aider à persuader ta petite sœur et ses amies d'être sincères quand elles expriment leurs émotions ? Traite-moi de rabat-joie si tu veux, mais ce n'est pas ce que j'appelle une proposition convaincante pour un vendredi soir de détente.

— Elle est suédoise, ta copine ? Comment elle s'appelle ? Elle travaille où ?

— Son prénom est Annika. Je ne lui ai pas demandé son nom de famille et je me fiche de savoir où elle bosse tant que ce n'est pas pour moi.

Jake retourna s'asseoir à son bureau. L'image de femme qui lui dansait dans la tête n'était pas celle d'Annika. Où était Paige en ce moment ? Il l'imagina arpentant les rues quelque part, occupée à brasser des idées noires. Seule. Dissimulant son angoisse sous son éternel masque souriant.

*Merde.* Il attrapa un crayon à papier et se mit à griffonner sur un carnet placé à côté de son ordinateur.

— Les femmes en pleine crise lacrymale, ce n'est pas mon champ de compétence principal, Matt.

— Tu as déjà vu Paige pleurer ?

Les doigts de Jake se crispèrent sur le crayon.

*Yep. Je l'ai déjà vue pleurer.*

Et il avait été la cause de ses larmes.

Mais Matt n'avait jamais eu vent de cet épisode.

— J'ai vu pleurer Eva, en tout cas. Régulièrement, même.

— Eva versera toujours quelques larmes devant un film triste ou un joli coucher de soleil. Mais tu sais qu'elle n'a pas manqué un seul jour de travail après le décès de sa grand-mère ? Chaque matin, elle s'est tirée du lit de force, s'est maquillée pour dissimuler ses yeux rouges et gonflés, et s'est traînée jusqu'au métro. Eva est plus forte qu'elle n'en a l'air.

Un silence tomba sur la ligne.

Puis Matt revint à la charge :

— Ecoute, s'il y en a une qui chiale, c'est moi qui m'y colle. Ça marche ?

Jake songea à sa Suédoise du moment. Puis ses pensées se reportèrent sur Paige. Paige avec qui il faisait de réels efforts pour ne voir en elle que la petite sœur de son meilleur ami.

*Petite* sœur.

S'il répétait le mot assez souvent, son cerveau finirait peut-être par se persuader que Paige n'était encore qu'une enfant. Il pouvait refuser l'invitation de Matt, mais s'il ne les rejoignait pas ce soir, il lui serait plus difficile de lui venir en aide. Et il avait pleinement l'intention de donner un coup de main. Savoir que Paige ne souhaiterait pas qu'on intervienne compliquait la situation. Elle détestait qu'on la protège, avait horreur d'être couvée. Rien ne lui était plus insupportable que d'être le point focal de l'anxiété générale.

Cela, il le comprenait. Il la comprenait *elle*.

Voilà pourquoi il était déterminé à présenter son aide d'une manière qui serait acceptable pour Paige.

Et la première chose à faire serait de la sortir de la phase « état de choc » pour la propulser en phase « action ».

— OK. Je vous rejoins ce soir.

Son vendredi soir programmé pour s'offrir des distractions sexuelles sans lendemain venait de partir en fumée.

Au lieu de passer la nuit avec une créature étourdissante de sensualité, il se comporterait de façon fraternelle avec une fille qu'il s'appliquait à éviter dans la mesure du possible.

Mais pourquoi l'évitait-il, au juste ?

Parce que Paige Walker n'était plus *petite* depuis longtemps. Elle était femme à 1000 %. Et ses sentiments envers elle n'avaient jamais rien eu de fraternel.

— Merci, vieux. J'apprécie.

Matt paraissait soulagé.

— Ah ! au fait, Jake ? Une dernière chose.

— Quoi ?

— Sois sympa avec elle.

— Parce que je ne suis pas sympa, comme gars, peut-être ?

— Si. Mais pas avec Paige. Je sais que vous ne vous entendez plus si bien que ça, elle et toi.

De nouveau, la fatigue se faisait sentir dans la voix de Matt.

— En temps normal, ça ne me dérange pas trop que vous soyez à couteaux tirés. Et tu sais pourquoi. Il y a eu un moment où j'ai vraiment cru qu'elle était amoureuse de toi.

Et c'était bien le cas. *Follement* amoureuse, même.

Elle le lui avait dit elle-même, d'une voix tremblante et vibrante d'espoir avec, dans les yeux, le mirage des lendemains qui chantent.

Et ces mots, elle les avait prononcés nue.

Un craquement sonore le fit soudain tressaillir. Jake baissa les yeux : il venait de briser le crayon à papier en deux morceaux.

— Tu peux être tranquille de ce côté-là, Matt. Paige n'est clairement pas amoureuse de moi maintenant.

Il n'avait pas réussi grand-chose de bon dans ses relations avec les femmes. Mais il avait au moins réussi ça : trouver une méthode imparable pour éradiquer les sentiments tendres qu'il avait pu lui inspirer à l'époque. Aujourd'hui, il ne provoquait plus d'autres émotions en elle qu'une irritation chronique. C'était un art en soi d'horripiler Paige. Il y avait des jours où il faisait même semblant de prendre plaisir à la remonter contre lui.

Il veillait à entretenir entre eux un antagonisme permanent.

S'arrangeait pour la prendre systématiquement à rebrousse-poil.

Veillait ainsi à sa sécurité.

— Tant mieux, parce que je ne voudrais surtout pas d'un mec comme toi dans la vie de ma sœur. Tu m'as promis de ne jamais poser tes pattes sur elle. Tu n'as pas oublié, hein ?

— Non. Je n'ai pas oublié.

Cette promesse lui liait les mains depuis dix ans. Ainsi que la conviction qu'une fille comme Paige n'était pas faite pour composer avec les réalités brutes d'une histoire avec lui.

— Hé ! Jake, tu ne le prends pas mal, hein ? Tu es comme un frère pour moi. Mais tu sais aussi que tu serais un mauvais plan pour Paige. D'ailleurs, je me demande pourquoi je te parle de ça alors que ma sœur ne te fait ni chaud ni froid. Je sais bien qu'elle n'est pas du tout ton style.

Jake acquiesça d'une voix monocorde :

— Tu l'as dit. Pas mon style du tout.

— Tu accepterais de faire quelque chose pour moi, Jake ?

Ce soir, je voudrais que tu laisses vibrer ta corde sensible. Essaie de ne pas la provoquer ni de la faire tourner en bourrique, pour une fois. Sois gentil avec elle. Tu penses pouvoir y arriver ?

*Gentil ?*

D'un geste brusque, il ouvrit un tiroir pour en sortir un nouveau crayon.

— Je pense pouvoir en être capable, oui.

Il serait gentil — cinq minutes.

Puis il rattraperait le coup en repassant en mode « attaque ».

Il le ferait pour Page parce qu'il tenait à elle. Et il le ferait pour Matt parce que leur amitié était belle et solide.

Et il le ferait aussi pour lui-même parce que l'amour, de son point de vue, revenait à jouer à la roulette russe et qu'il était prêt à prendre beaucoup de risques, dans la vie, mais sûrement pas celui-là.

# Chapitre 2

*« Lorsque la vie te claque la porte au nez, il y a toujours moyen d'entrer en passant par une fenêtre. »*

— *EVA*

— Tu n'oublieras pas de brûler ton T-shirt porte-bonheur, Eva.

Sur le toit en terrasse de leur maisson de Brooklyn, le regard perdu dans le vague, Paige fixait les grandes tours étincelantes de Manhattan à travers les hautes herbes décoratives qui ondulaient doucement juste devant elle. Le jardin ombragé offrait une généreuse oasis parfumée au cœur d'une ville où dominaient l'acier et le verre.

Son paysagiste de frère avait perçu le potentiel là où d'autres n'avaient vu que le délabrement. Et il avait pu acquérir la *brownstone* à l'allure fatiguée pour une valeur bien inférieure à celle du marché. Il l'avait aménagée lui-même, la divisant en trois appartements, dont chacun avait un charme bien à lui. Mais la pièce maîtresse, le joyau, c'était le toit. Matt avait su transformer un espace inutilisé et apparemment dépourvu d'intérêt en un havre de calme et de paix. Les conifères qui bordaient la terrasse habillée de bois offraient leur ombre à de grands bacs de plantation en métal laqué débordant de genévriers, de lilas des Indes et de roses. Invisible de la rue, ce petit paradis végétalisé échappait aux regards curieux du touriste lambda suffoquant au milieu de la bousculade de Times Square. Il fallait être habitant de la ville pour se familiariser petit à petit avec le monde secret de ses toits — une myriade de jardins perchés nappant le haut des immeubles comme les décorations sur un gâteau de mariage.

L'été, ils se retrouvaient tous là après le travail, s'affalaient dans des chaises longues ou s'installaient sur des coussins confortables pour boire un verre et refaire le monde. Le samedi, c'était soirée cinéma et ils invitaient des amis pour un marathon de films projetés sur un écran improvisé pendant que la ville pressée continuait de bourdonner à leurs pieds.

C'était le lieu favori de Paige.

La flamme des bougies scintillait dans des photophores en forme de cloches en verre, et les lavandes et le jasmin embaumaient l'atmosphère. C'était un paisible décor estival qui semblait à des années-lumière de la folie urbaine de Manhattan. Monter sur la terrasse un moment suffisait presque toujours à lui rendre sa sérénité.

Mais pas aujourd'hui.

*Chômeuse.*

Le mot lui remplissait la tête, colonisait ses neurones et ne laissait aucune place pour autre chose.

Devant elle, la table de jardin était couverte de spécialités culinaires variées. Des pois chiches grillés aux épices, des petites salades de légumes crus avec des sauces à base d'huile d'olive et de plantes aromatiques fraîches, différentes sortes de tapenades. Lorsque Eva était stressée, elle se mettait derrière les fourneaux. Et elle avait passé l'après-midi entier à enchaîner les préparations. Le réfrigérateur était rempli à craquer.

Aucune d'entre elles n'avait avalé une bouchée.

— Je l'ai jeté à la corbeille, mon T-shirt porte-chance.

La voix d'Eva était lugubre.

— Je regrette, cela dit, car je n'aurai peut-être pas les moyens de m'en racheter un autre de sitôt. Je ne sais pas pourquoi je déprime à ce point, franchement. Ce n'est pas comme si je l'avais adoré, mon boulot. Contrairement à toi, Paige, ça ne me passionnait pas. Si je le faisais, c'était juste pour payer mon loyer et parce que ça nous permettait de bosser toutes les trois ensemble. Mais ce n'est pas mon rêve, l'événementiel. Ce que j'aimerais, c'est développer mon blog de cuisine de manière à avoir suffisamment de followers. Mais cette promotion, c'était ton rêve à toi. Ça doit être horrible, ce que tu vis en ce moment.

Paige fixait l'océan des toits devant elle en essayant de répertorier et d'étiqueter ses émotions. Mais c'était le chaos à l'intérieur et elle ne maîtrisait plus rien.

— Moi, ça va.

Elle recourut à son faux sourire avec la facilité des grands habitués du faire-semblant.

— Il ne faut pas vous inquiéter pour moi, toutes les deux.

Frankie était à genoux et prenait soin des plantations. Elle arrosait, taillait, enlevait les fleurs mortes et ne prononçait pas un mot.

Paige savait ce que cela signifiait.

Lorsque Frankie était révoltée ou en colère, elle était du genre à le dire sans ménagement. Mais lorsqu'elle avait peur, elle s'enfermait dans le silence.

Et ce soir, elle ne pipait pas mot.

Du fait de son enfance compliquée, il était vital pour Frankie de pouvoir assurer elle-même son autonomie financière.

Paige ressentait elle aussi ce besoin, mais pour de tout autres raisons.

Miss Tigresse, la chatte abandonnée recueillie par son frère, bondit et atterrit soudain devant elles, comme un démon velu surgi de nulle part. Eva en renversa son verre.

— Ah zut ! Pourquoi faut-il toujours qu'elle nous tombe

dessus par surprise ? Elle a de gros problèmes psychologiques, cette bestiole.

Elle se leva et Paige lui passa une serviette en papier.

— Je sais, je sais... Ce chat est la raison pour laquelle j'ai des taches impossibles à récupérer sur presque tous mes vêtements.

Elle tendit la main pour la caresser mais la chatte s'éloigna avec un balancement dédaigneux de la queue, repoussant toute marque d'affection physique.

Paige soupira.

— Vous comprenez, vous, pourquoi mon frère n'a pas recueilli un chiot adorable au lieu de cet engin ?

— Parce que les chiens ont besoin d'attention et que Miss Tigresse c'est le chat solitaire et sauvage dans *Le chat qui s'en va tout seul*, commenta Frankie, citant Kipling.

Se sentant comprise, Miss Tigresse fit un léger détour pour venir lui effleurer la jambe.

— Ah, tiens ! Je suis dans ses bonnes grâces, on dirait.

— Si elle arrêtait de griffer et de sauter sur les gens sans prévenir, elle ne serait pas « le chat qui s'en va tout seul », grommela Eva en tapotant sa robe trempée avec la serviette. Je croyais que les chats avaient une intuition qui leur permettait de repérer un humain traumatisé et de lui apporter du réconfort.

Sa voix se mit à trembler.

— Ce soir, on était censées faire la fête et boire du champagne et on se retrouve toutes les trois sur le carreau. Je ne me sens pas au top, là. Comment pouvez-vous être aussi calmes, toutes les deux ?

Paige observa Miss Tigresse qui s'étirait sur la terrasse à côté de Frankie.

— Je suis un peu en colère, Ev.

*Et morte de peur*, mais ça, elle n'était pas disposée à l'admettre devant qui que ce soit.

— En colère contre Cynthia parce qu'elle a fait de

grandes promesses et que ses propos étaient limite malhonnêtes. Et je suis en colère contre moi, parce que j'ai été assez stupide pour gober ce qu'elle me racontait. Si j'avais perçu la mauvaise foi de ces gens, nous n'en serions peut-être pas là.

Eva attrapa une seconde serviette en papier.

— C'est logique de faire confiance aux gens qui nous emploient, non ?

— Ce n'est jamais *logique* de faire confiance à qui que ce soit.

Frankie tenta de caresser Miss Tigresse, mais la chatte cracha un avertissement.

Paige secoua la tête.

— En parlant de confiance... La seule personne qui peut l'approcher, c'est mon frère. Même moi, elle me rejette, alors que je la nourris quand Matt est absent. Il n'y a pas de justice.

Eva versa de la vinaigrette sur une des salades composées qu'elle venait de préparer.

— Je me demande pourquoi je prépare à manger alors qu'aucune d'entre nous n'a faim. Cuisiner est mon antistress. J'emmerde Cynthia. Je les emmerde tous, cette bande de cons !

Frankie leva les sourcils.

— C'est la première fois de ma vie que je t'entends dire des gros mots.

— C'est aussi la première fois que je me fais virer. C'est une expérience entièrement inédite. Mais je peux vous assurer qu'elle ne figurait pas sur ma liste des « Cent objectifs à atteindre avant de mourir ».

Eva remua sa salade sans ménagement, en envoyant voler quelques feuilles de laitue au passage. Luisantes d'huile, elles brillaient doucement dans la lumière tamisée.

— Le seul point positif, c'est que je n'aurai pas à annoncer à ma grand-mère que je suis au chômage. Vous savez ce qui est le pire pour moi ? C'est l'idée que je ne vais sans doute plus jamais travailler avec vous deux.

Des larmes brillèrent dans ses yeux. Paige la rejoignit en deux pas.

— On va trouver des solutions, Ev. Ne t'inquiète pas.

Elle avait mis toute la conviction possible dans sa voix, comme si le fait d'affirmer énergiquement les choses pouvait leur réalité.

Le visage enfoui dans son cou, Eva hoqueta :

— Mais on a regardé les annonces. Il n'y a rien.

Frankie abandonna son jardinage pour venir les rejoindre.

— Pour le moment, il n'y a rien, mais on va continuer à chercher, voilà tout.

Elle frotta l'épaule d'Eva qui sourit à travers ses larmes.

— Ouah ! C'est quoi ? Une séance de câlins de groupe ? J'en déduis que la situation est grave si Frankie me serre dans ses bras.

— C'était plutôt un truc genre bonne claque amicale dans le dos qu'un câlin proprement dit, marmonna Frankie. Et ne va pas en faire une habitude, surtout. C'était juste un instant de faiblesse. Tu me connais : je suis à peu près aussi tactile que Miss Tigresse. Mais j'ai le même ressenti que toi. Star Events ne me manquera pas. Le fait de travailler toutes les trois ensemble, c'était super important pour moi, en revanche.

Paige fut assaillie par une bouffée de colère et d'impuissance où venait se mêler une bonne dose de culpabilité. D'un point de vue professionnel, elle avait été leader de leur petite équipe. Pourquoi n'avait-elle rien vu venir ? Aurait-elle manqué de vigilance à un moment ou à un autre ?

Elle n'arrêtait pas de tourner et de retourner la question dans sa tête.

— Ça ne tient pas debout pour moi que Chase Adams ait rompu toute relation commerciale avec Star Events sous prétexte que Matilda a fait tomber un malheureux plateau de champagne.

— Tu penses que Matilda sait que c'est à cause d'elle que la moitié des effectifs a été licenciée ? demanda Eva, l'air soucieux. C'est peut-être pour ça qu'elle ne répond plus au téléphone. J'espère qu'elle ne se sent pas coupable, au moins.

— Nous continuerons de l'appeler. C'est tout ce que nous pouvons faire, Ev. Et si nous trouvons un nouveau job, nous essaierons de l'impliquer dans la nouvelle équipe. Qu'est-ce que je dis ? Pas si. *Quand* nous aurons trouvé un nouveau job.

Rester positive ne lui avait jamais paru aussi éreintant.

Elle avait gardé son faux sourire tout l'après-midi, bien déterminée à leur rebooster le moral. Chaque jour, à chaque seconde, des milliers de personnes perdaient leur emploi. Tout comme chaque jour, à chaque seconde, d'autres personnes trouvaient à se faire embaucher. Elles avaient des compétences. Il fallait juste qu'elles persévèrent.

Elle l'avait dit et répété, telle une caricature de perroquet, avec la ferme intention de s'autoconvaincre. Même son rêve de monter un jour sa propre agence ne tombait pas forcément à l'eau. Varier son expérience en travaillant dans une autre structure pouvait être un plus. Le projet se trouvait mis en attente. Il n'était pas mort.

Elle avait raisonné, rationalisé et s'était creusé la tête pour dégager les aspects positifs de la situation. Mais l'après-midi passé à la pêche aux jobs sur les différents sites web avec Frankie et Eva avait épuisé leurs maigres réserves d'optimisme. Elles avaient fini par jeter l'éponge pour monter se réfugier sur le toit.

Mais l'effet relaxant du lieu tardait à se faire sentir. Une nouvelle vague de panique et de frustration monta en Paige. Ce n'était pas en tournant en rond sur une terrasse à se lamenter qu'elles retrouveraient un emploi.

Eva s'effondra dans un fauteuil mais Paige demeura debout, fixant sans la voir la débauche de floraisons printanières dans les bacs. Elle ferait mieux de redescendre et d'appeler quelques-unes des entreprises pour lesquelles elle avait organisé des événements. Si, par le plus grand des hasards, elles recrutaient…

Des voix masculines ponctuées par des tintements de verres interrompirent le cours de ses pensées. Paige tourna la tête et vit apparaître son frère au sommet des marches.

Elle se hâta de faire appel à son sourire de façade. Lequel tint jusqu'au moment où elle repéra les cheveux noirs brillants et les épaules puissantes de l'homme qui arrivait juste derrière Matt.

*Ah non, pas lui !*

Elle ne se sentait vraiment pas en état. La dernière personne au monde devant qui elle voulait se montrer à un tel moment de vulnérabilité, c'était bien Jake Romano.

Dans un monde où les hommes étaient incités à ne pas se couper de leur part féminine, Jake assumait sans complexe une personnalité 100 % masculine. Contrairement à ses habitudes, il était en costume pour une fois, mais il avait déboutonné sa chemise et il n'y avait aucun signe de cravate. Même la coupe raffinée de la veste ne minimisait en rien la largeur des épaules ainsi que la puissance à vif d'un corps de guerrier. Il irradiait littéralement une énergie que l'on sentait contenue. C'était le genre d'hommes que l'on préférait ne pas rencontrer à la nuit noire dans une ruelle déserte.

Sauf si on était une femme.

Paige détourna les yeux. Par chance, les lueurs discrètes des bougies et la faible lumière de la lune créaient des zones de pénombre entre les flaques de lumière. De tous ceux qui étaient présents ici ce soir, Jake était celui qui la connaissait le mieux.

Il la connaissait trop bien, même.

Il avait été l'objet de tous ses fantasmes d'adolescente et la source de sa plus grande désillusion. Rien n'était plus violent que le rejet lorsqu'on avait dix-huit ans ; et avec Jake, elle s'était pris un scud d'une puissance rare.

Si elle avait eu le choix, elle se serait arrangée pour ne plus jamais croiser son chemin. Mais, compte tenu de l'amitié de ce dernier avec Matt, ce n'était pas dans l'ordre du possible.

Qu'elle le veuille ou non, Jake était étroitement mêlé à leurs existences à tous.

— Vous pouvez faire demi-tour, messieurs. Il n'y a plus rien à fêter. Nous avons été virées toutes les trois. Non seulement je n'ai pas eu ma promotion, mais je suis officiellement à la recherche d'un emploi.

Un nœud de panique lui serrait l'estomac. Elle pouvait garder ses émotions secrètes, mais il serait absurde de vouloir dissimuler les faits. Tôt ou tard, il faudrait annoncer la nouvelle à ses parents. Sachant qu'elle plongerait sa mère dans l'angoisse.

Or, des angoisses à cause d'elle, sa mère en avait déjà eu plus que sa part.

Même si Paige affichait une santé parfaite depuis plusieurs années, sa famille continuait de la traiter comme si elle était en sucre. Connaissant leur propension à se ronger les sangs, elle faisait toujours en sorte de ne leur fournir aucun motif d'inquiétude. Ils la protégeaient et elle les protégeait en retour.

— Oui, je sais. J'ai vu les actualités économiques.

Matt posa la bouteille de champagne sur la table et serra Paige fort dans ses bras.

— Tu aurais pu répondre au téléphone.

Son étreinte, solide et familière, avait quelque chose de réconfortant. Mais elle resta malgré tout tendue comme un arc.

— Je vais bien, Matt.

— Oui, c'est ça, bien sûr.

Son rire manquait d'humour.

— Ne fais pas ça, s'il te plaît.

— Ne fais pas quoi ?

— Me dire que tout va bien quand rien ne va.

Les mains sur les épaules de Paige, il l'écarta de lui et examina ses traits d'un regard scrutateur.

— Pourquoi tu ne m'as pas appelé, Paige ?

— J'étais occupée à chercher un nouvel emploi. Je voulais avoir une bonne nouvelle à t'annoncer. Pas une mauvaise.

Son frère avait toujours été un peu comme son ange gardien. Elle avait encore en mémoire un très vieux souvenir, avec Matt qui la relevait alors qu'elle venait de chuter tête la première sur la plage. Il l'époussetait pour enlever le sable, la soulevait dans ses bras et la portait jusqu'à la mer pour la faire rire aux éclats.

Si leurs parents avaient accepté qu'elle parte faire ses études à New York, c'était uniquement parce qu'ils savaient pouvoir compter sur Matt pour veiller sur elle. Au début, il avait pris ses responsabilités un peu trop au sérieux et quelques disputes mémorables avaient éclaté entre eux.

Petit à petit, ils avaient chacun appris à faire des compromis. Mais chassez le naturel et il revient au galop : Matt avait toujours un peu trop tendance à vouloir la « sauver » à la moindre occasion.

Certains hommes étaient des protecteurs-nés et Matt en faisait partie.

Les mains de son frère étaient fermes et rassurantes sur ses épaules.

— Je suis là pour amortir les mauvaises nouvelles. Les grands frères, c'est fait pour ça. Tu veux que j'aille casser la figure à ta boss ?

— Non. Mais si je croisais Chase Adams, je crois que je le réduirais bien en purée moi-même.

A sa grande consternation, elle se sentait au bord des larmes.

— Chase Adams ? Qu'est-ce qu'il a à voir dans cette histoire ?

Jake se débarrassa de sa veste d'un mouvement d'épaules et s'étala sur la chaise la plus proche. Il lui faisait penser à ces grands félins nonchalants capables de prendre leurs aises avec une royale élégance dans n'importe quel contexte.

— C'est à cause de lui que Matilda a été virée et que nous avons été licenciées toutes les trois. Sans avertissement préalable.

Paige se dégagea des bras de son frère et donna rapidement quelques détails.

— C'est abusif, non ? Virer quelqu'un qui fait tout à fait bien son boulot à cause d'une simple maladresse ?

Jake prit une assiette.

— Tu es sûre de ce que tu racontes ? Parce que ça ne ressemble pas à Chase, ce que tu me décris là.

Il avait des yeux gris qui lui faisaient penser au brouillard en montagne et à la fumée d'un feu de bois.

— Parce que tu connais Adams ?

— On le connaît tous les deux, en fait.

Matt s'assit et Miss Tigresse lui bondit aussitôt sur les genoux.

— J'ai eu l'occasion de concevoir les aménagements extérieurs sur une de ses propriétés. Et je suis d'accord avec Jake. Ça ne correspond pas au personnage.

Jake scruta le contenu d'un saladier rempli de légumes crus coupés en dés.

— Hou là. Vous n'auriez pas un peu de malbouffe qui traîne ? Des hamburgers pleins de graisses saturées ? Des frites bien huileuses avec du ketchup ?

— S'il te faut du toxique, je peux te concocter une petite sauce à l'arsenic, proposa Eva de sa voix douce.

Paige gratifia Jake d'un regard noir.

— Nous avons perdu notre boulot et toi tu penses à ton estomac ?

— Je suis un homme, que veux-tu.

Faisant l'impasse sur les légumes crus, Jake posa quelques olives et des *bruschette* sur son assiette.

— Deux éléments de mon anatomie sont hautement prioritaires à mes yeux : mon estomac et mon…

— Tu n'es pas drôle.

— Et toi tu es trop tendue. Il faut que tu te lâches un peu.

Ses mots faisaient mal.

— Désolée, vraiment. Pardonne-moi d'être affectée par la perte brutale de mon emploi. C'est complètement inconvenant de ma part.

Elle se frotta les bras.

— J'ai remis mon avenir entre les mains de Cynthia and Co et ils ont trahi la confiance que j'avais placée en eux. J'ai travaillé dur, atteint et même dépassé tous mes objectifs. Et en guise de remerciements, ils me montrent la porte. Je pensais avoir une prise sur mon avenir et je m'aperçois que je ne maîtrise rien.

Une fois que Cynthia lui avait assené la nouvelle, Paige était partie à la recherche de Frankie et d'Eva et les avait trouvées l'une et l'autre dans le même état qu'elle.

Dans leur *brownstone*, Frankie louait le rez-de-jardin, Paige et Eva se partageaient le premier étage et Matt occupait le duplex. Une répartition idéale qui faisait leur bonheur à tous les quatre. Mais Paige n'avait qu'à jeter un coup d'œil sur les épaules crispées de Frankie pour savoir qu'elle se demandait combien de temps encore elle aurait les moyens de verser son loyer. Même au prix d'ami que Matt leur accordait. Elles avaient conscience toutes les trois que seule la générosité de Matt leur permettait d'habiter ce coin privilégié de Brooklyn. En début de carrière, la plupart des gens de leur âge s'entassaient encore à plusieurs dans des logements grands comme des boîtes à chaussures.

Bénéficier des largesses de Matt allait à l'encontre de son sentiment d'indépendance. Mais si elle avait montré des velléités de vivre ailleurs, elle aurait suscité un vent de panique dans le cercle familial. Elle avait donc accepté de louer à petit prix chez son frère et s'était promis de lui revaloir cela à la première occasion.

A ce rythme, ce moment pourrait ne pas arriver de sitôt.

Elle se laissa tomber sur un coussin en face de Jake.

Miss Tigresse ronronna et s'étira sur les genoux de Matt.

— Elle n'aime vraiment que toi, murmura Frankie. Ce chat a de gros problèmes.

Les doigts de Matt glissaient dans la fourrure du chat.

— C'est ce qui la rend intéressante, cette bestiole.

Il marqua une pause.

— Je sais que toutes les trois, vous vous sentez passablement malmenées par la vie, en ce moment. Mais vous allez retrouver du travail.

Il avait relevé ses manches de chemise et Paige découvrit les marques de griffures sur ses avant-bras.

— C'est Miss Tigresse qui t'a massacré comme ça ?

— Juste un buisson de houx mal luné. Normalement, ce n'était pas à moi de le tailler mais un de mes gars est tombé malade.

Matt faisait partie de ces employeurs qui préféraient faire eux-mêmes le sale boulot plutôt que de décevoir un client. Telle était la personnalité de son frère et la raison pour laquelle sa boîte était en pleine expansion. Son talent et sa créativité étaient très prisés, mais il n'avait pas perdu pour autant ses capacités à mettre la main à la pâte.

— On a trouvé zéro annonce, Matt. Il n'y a rien.

Miss Tigresse ronronnait de plus belle, les yeux fermés, s'abandonnant avec une grâce féline aux mains caressantes de son maître.

— Tu connais beaucoup de monde qui trouve du travail en deux heures, toi ? Donnez-vous un peu de temps.

— Du temps ? Encore faudrait-il en avoir. Eva et Frankie ont juste eu une maigre prime de licenciement de rien du tout.

Et même si elle ravalait sa fierté et qu'elle acceptait une aide financière de sa famille pendant quelques mois, cela ne serait d'aucun secours à ses amies. Une vague de découragement la saisit, si aiguë qu'elle en frissonna.

— Et puis Eva a raison. Même si on trouve du boulot, on ne sera plus ensemble. Alors que notre petite équipe est super bien rodée et qu'on était au top. Je ne sais plus quoi faire.

Une boule se formait dans sa gorge, menaçant de lui bloquer la voix. Elle se trouvait pathétique. Comme si elle n'en avait pas déjà vu des vertes et des pas mûres avec ses problèmes de santé ! Qu'était devenu son légendaire courage ?

Jake planta son regard dans le sien et elle eut la pénible intuition qu'il savait qu'elle était à deux doigts de craquer. Elle détestait se sentir transparente face à lui, alors qu'il était si facile pour elle de dissimuler ses sentiments aux autres.

— Je vais te dire, Paige, ce que tu dois faire.

Il prit la bouteille de champagne et elle ne put s'empêcher de noter la façon dont sa chemise lui moulait les épaules. Il avait le corps d'un lutteur et on devinait, même sous les vêtements, le relief troublant de sa musculature.

— Bon, on va commencer par faire la fête. Puis, une fois que nous aurons descendu cette bouteille de champagne, tu pourras commencer à envisager de monter ta propre société. Tu veux pouvoir faire confiance à ton boss ? Une seule solution. Prends toi-même les commandes.

# Chapitre 3

*« Si dans un premier temps, tu vois que ça ne marche pas, change de projet. »*

— PAIGE

*Prendre elle-même les commandes ?*

Matt fit la grimace.

— Si c'est censé être une blague, elle n'est pas drôle, Jake. Sers-nous donc à boire — et en silence de préférence. Seules les suggestions sérieuses sont acceptées.

— Je n'ai jamais été aussi sérieux de ma vie. Paige faisait tout le boulot dans cette boîte merdique, de toute façon. Alors qu'est-ce qui l'empêcherait de faire la même chose mais à son compte ?

La main de Matt s'immobilisa sur le pelage de Miss Tigresse. Celle-ci protesta en venant loger son museau avec insistance au creux de sa paume.

— On ne se met pas à son compte sur un coup de tête. Il y a des risques. De *gros* risques.

— Vivre est un risque.

Jake ajouta de la salade sur son assiette.

— En choisissant d'entrer dans une boîte, Paige était censée jouer la carte de la sécurité, et elle se retrouve le bec dans l'eau du jour au lendemain. Donc où est la vraie prudence ? Elle a toujours dit qu'elle voulait monter sa propre agence un jour. Pourquoi ce jour ne serait-il pas aujourd'hui ? Ça lui permettrait de recruter elle-même et de continuer à travailler avec Frankie et Eva. Et voilà. Problème résolu. Et maintenant, champagne !

Le cœur de Paige se mit à cogner contre ses côtes. C'était une idée complètement folle. Idiote, même.

*A moins que ?*

Matt fit la grimace lorsque Miss Tigresse quitta ses genoux d'un bond.

— C'est le genre de projets qui se prépare, que l'on laisse mûrir le temps qu'il faut. Franchement, ce n'est pas le bon moment.

— C'est le moment idéal, au contraire.

Jake goûta un bout de pâté végétal, fit la grimace, puis revint à la charge :

— Cela dit, Paige, si tu préfères t'arracher les cheveux et pleurer sur ton sort, moi, ça ne me dérange pas. Qu'on boive ce champagne dans l'allégresse ou par compassion, ça m'est complètement égal. Sers donc les bulles et buvons !

Il fallait reconnaître une chose en faveur de Jake : il ne cherchait pas à la protéger. Ne l'avait jamais fait, d'ailleurs.

Ce qui ne l'empêchait pas pour autant de la rendre folle d'exaspération.

— Je n'ai jamais demandé à personne d'avoir pitié de moi !

Elle avait adoré, dans le temps, que Jake la connaisse si bien. Aujourd'hui, elle aurait préféré mille fois être indéchiffrable pour lui. Sa façon de lire en elle lui faisait l'effet d'une intrusion dans sa vie privée, comme si elle lui en avait confié la clé et qu'il refusait de la lui rendre.

— C'est vrai que j'ai l'intention de me lancer un jour à mon compte, mais je veux d'abord pouvoir m'appuyer sur une solide expérience. Il s'agit d'apprendre, pour commencer, puis de prendre le temps de construire un projet suffisamment pensé et cohérent pour...

— Ça, c'est juste du bla-bla appris par cœur, Paige. Du baratin. Tu as peur, c'est tout.

D'un mouvement rapide du poignet, Jake ouvrit le champagne. Miss Tigresse fit un bond sur place lorsque le bouchon sauta et traça sa trajectoire jusqu'à l'autre bout de la terrasse.

Mais comment Jake se débrouillait-il pour toujours percevoir aussi précisément ce qu'elle ressentait ?

— Ce n'est pas une question de peur. C'est une question de raison.

— Tu es douée pour ce que tu fais, oui ou non ?

— Oui, je suis douée. Je peux le dire sans hésiter. C'est pour ça que je comptais ferme sur cette promotion et que...

— Tu as besoin d'être guidée et soutenue par ta hiérarchie ?

Paige songea à tout le temps que Cynthia passait planquée dans son bureau.

— Non.

— Es-tu capable de démarcher toi-même tes clients ? Tu gères l'aspect commercial ? Tu décroches toi-même tes contrats ?

— Je ne faisais que ça ! J'ai ramené neuf nouveaux clients chez Star Events au cours des six derniers mois et j'ai augmenté leur chiffre d'affaires de...

— Les détails chiffrés, on s'en fiche. Là, je te parle juste des conditions nécessaires à la base. Nous avons déjà établi que tu étais douée pour l'événementiel, que tu n'as pas besoin d'être épaulée, donc la seule chose qui te retient, c'est la crainte de l'inconnu. C'est plus facile de rester dans ta zone de confort et d'opter de nouveau pour un poste de salariée, parce que c'est une expérience que tu connais déjà. Mais tu as bossé pour une garce absolue, Paige, qui t'a laissée te décarcasser en s'octroyant tous les bénéfices de ton travail. Quel est l'intérêt de continuer dans ces conditions ?

— Rien ne dit que mon prochain employeur aura les mêmes travers.

— Peut-être pas. Mais le meilleur moyen d'en être sûre, c'est de prendre toi-même la place. Essaie de voir les choses de cette manière : Cynthia est une sociopathe. Et tu n'auras plus jamais affaire à elle. De mon point de vue, cela ressemble à une opportunité.

Le timbre rugueux de sa voix était plutôt agréable. Sexy, même. Comme voilé par un excès de baisers et d'excitation. La voix d'un homme qui serait sorti d'une nuit entière de sexe.

Ce qui, connaissant Jake, était probablement le cas.

La pensée la dérangeait plus qu'elle ne l'aurait dû, de même que les sensations de chaleur et de nervosité qui l'envahissaient chaque fois que son regard se portait sur lui. Eva aurait dit que c'était une réaction humaine normale, parce que Jake Romano était « l'homme le plus excitant de la planète », ça sautait aux yeux. Mais Paige aurait quant à elle préféré être immunisée.

Il y avait quelque chose d'humiliant dans le fait de ressentir une attirance physique forte pour quelqu'un qui lui avait fait comprendre en termes clairs qu'elle le laissait de glace. Si sa tête avait reçu le message cinq sur cinq, son corps, lui, ne voulait rien entendre. Elle aurait aimé que celui-ci se montre un peu plus raisonnable.

— Tu m'accuses de lâcheté, c'est ça ?

— Avoir peur, ce n'est pas être lâche. C'est normal d'avoir la trouille.

Jake reposa le champagne avec calme.

— Tiens, prends-toi un verre. Il est temps de mettre en œuvre ton plan B, mon trésor.

— Je n'ai pas de plan B. Et ne m'appelle pas « mon trésor ».

— Pourquoi ?

— Parce que je ne suis pas *ton* trésor.

Mais il y avait eu un temps où elle avait souhaité l'être. L'avait souhaité désespérément, même.

Le regard planté dans le sien, Jake prit son temps pour répondre.

— Ma question était : « Pourquoi n'as-tu pas de plan B ? »

— Ah.

La vague de honte qui la submergea était corrosive, comme de l'acide attaquant le métal. La présence de Jake la rendait aussi gauche, nulle et inhibée qu'une adolescente balourde gouvernée par ses seules hormones.

— Je t'ai déjà dit que je ne pensais pas avoir besoin d'un plan de secours puisque je comptais être promue. Tu as un plan B, toi ?

— Toujours.

Leurs regards se trouvèrent.

— Tu es trop tendue, Paige. Trop dans le contrôle. Tu planifies chaque étape de ton parcours, mais il faut parfois laisser les choses se faire. Laisser la vie advenir. Le changement est toujours déstabilisant, parfois effrayant, mais des fois il suffit juste de lâcher prise et de se laisser porter par le courant. Fonce, prends des risques. Ça peut être jubilatoire de se jeter à l'eau, tête la première.

La désinvolture avec laquelle il faisait abstraction de ses angoisses l'exaspérait. Tout comme il l'aurait mise hors d'elle s'il s'était montré protecteur et compatissant.

— C'est facile à dire lorsqu'on a des millions sur son compte en banque, du boulot à ne plus savoir qu'en faire et qu'on est propriétaire d'un appartement de luxe à Tribeca. Il y en a parmi nous qui ont encore des loyers à payer.

Sa réponse était aussi stupide que malvenue et elle la regretta sitôt dite. D'autant plus qu'elle n'aurait pas réagi ainsi si ses sentiments envers lui avaient été moins compliqués.

Jake ne prit pas la peine de dissimuler son agacement.

— Tu crois qu'ils sont arrivés comment, ces millions, Paige ? Que je me suis réveillé un matin pour découvrir qu'un philanthrope quelconque avait gentiment viré un gros montant sur mon compte ? J'ai développé mon entreprise à la force du poignet, en bossant comme une brute. Et j'ai toujours payé mon propre loyer.

Un grand bruit se fit entendre. Frankie venait de laisser échapper un pot émaillé de ses mains. Les morceaux gisaient au sol.

Matt repoussa Miss Tigresse qui était revenue sur ses genoux et se leva.

— Attention de ne pas te couper, Frankie.

— C'est bon, marmonna-t-elle.

Elle garda la tête baissée en rassemblant les fragments pendant que Matt l'observait.

— C'est à cause du loyer ? Parce qu'il n'y a pas d'inquiétude à avoir de ce côté-là. Tu me paieras quand tu pourras.

Le rouge qui monta aux joues de Frankie jurait avec le roux flamboyant de ses cheveux. Elle lui jeta un regard farouche.

— Je suis en mesure de payer mon loyer moi-même. Je n'aurai jamais besoin d'un homme pour régler mes dettes.

Paige savait que Frankie pensait à sa mère. Et Matt aussi, sans doute, car il formula sa réponse avec précaution :

— Je ne te propose pas de t'*offrir* ton loyer. Je voulais juste que tu saches que je ne suis pas pressé. Tu me paieras dès que tu auras retrouvé du boulot. Considère qu'il s'agit d'un prêt.

— Je ne veux pas de ton prêt. Je me démerde, OK ?

Frankie jeta les morceaux de poterie brisée dans un sac-poubelle et dut se rendre compte à quel point son attitude devait paraître ingrate car ses épaules s'affaissèrent.

— Ecoute, je ne...

Matt l'interrompit calmement :

— C'est OK. Tu n'as pas à expliquer. Je comprends.

Paige nota l'expression de désespoir qui passa un instant sur les traits de son amie. Et comprit que c'était précisément parce que Matt comprenait que Frankie se sentait à ce point mortifiée.

Tous ceux qui l'avaient connue à Puffin Island étaient au courant des détails scabreux concernant sa mère.

Chaque nouvel épisode dans la longue série des exploits sexuels maternels avait anéanti Frankie. Et la honte ne la lâchait pas, même maintenant, alors qu'elle vivait à distance confortable de l'île où les activités en chambre et autres « turpitudes » de sa mère faisaient partie des légendes locales.

Frankie prit une grande inspiration.

— C'était de l'agressivité gratuite de ma part. Désolée.

— Tu n'as pas à t'excuser. C'est moi qui me suis mal exprimé.

Les yeux d'Eva se remplirent de larmes et elle se leva d'un bond pour embrasser Matt.

— Tu ne t'es pas mal exprimé. Au contraire. Je t'adore, Matt. Tu es le meilleur. Pourquoi n'y a-t-il pas plus d'hommes comme toi à Manhattan ? Ouille !

Elle fit un bond en arrière, chassée par Miss Tigresse qui venait de lui attaquer la jambe dans un feulement.

— Ton seul défaut, au fond, c'est cette chatte. Pourquoi ne pas avoir adopté un modèle un peu plus câlin et sympa ?

— Parce que les chats câlins et sympas ont *déjà* des foyers. Celle-ci était plus difficile à caser.

Matt prit Miss Tigresse dans ses bras pour l'éloigner d'Eva.

— Il faut lui laisser un peu de temps, c'est tout. Elle sera de meilleure compagnie une fois qu'elle aura compris qu'elle peut nous faire confiance à tous.

Eva considéra la chatte d'un œil sceptique.

— Matt, cet animal ne fera *jamais* confiance à personne. Elle est psychotique au dernier degré.

— Nous avons tous nos raisons pour nous comporter comme nous nous comportons. Si nous nous montrons patients, elle se radoucira.

Il caressait le chat tout en parlant, mais Paige nota qu'il avait le regard fixé sur Frankie.

Jake tendit un verre de champagne à Eva.

— Cette chatte est un atout. Elle a sauvé Matt des millions de fois des griffes de femmes prédatrices déterminées à le saigner jusqu'à l'os. Elle est plus efficace que n'importe quel garde du corps.

Il examina les plats disposés sur la table.

— Tu n'as vraiment pas un paquet de chips qui traîne, Ev ? Quelque chose de gras et de salé pour me boucher les artères ?

Frankie remonta ses lunettes sur son nez, laissant une trace de terreau sur sa joue.

— Toutes les femmes ne sont pas des prédatrices.

La main de Jake s'immobilisa au-dessus du saladier.

— C'était juste une remarque d'ordre général. Tu es bien susceptible ce soir, Frankie. Je sais que tu as eu une journée difficile, mais ce n'est pas une raison pour nous la faire genre acte III de *La Femme Cactus*.

Paige s'apprêtait à lancer un commentaire apaisant, mais son frère l'arrêta d'un signe discret de la tête et se dirigea vers Frankie. Il s'accroupit à côté d'elle et lui dit quelque chose que Paige ne put entendre mais qui eut pour effet d'amener un rapide sourire aux lèvres de son amie. Elle murmura quelque chose en retour et Paige se détendit.

Les paroles de son frère semblaient avoir eu pour effet de calmer la situation.

Il avait toujours eu du talent pour trouver les mots qu'il fallait.

Jake attrapa une bière et la leva en la regardant.

— Je bois à la vie prudente et à l'avenir sans risque.

Paige grinça des dents.

Si Matt était le tact incarné, Jake, lui, parlait cash. Il disait franco tout ce qu'il pensait, sans se soucier du lieu ni du moment.

Si elle ne s'était pas retenue, elle lui aurait vidé son verre de champagne sur la tête. Fidèle à lui-même, il l'asticotait, la provoquait et la poussait à bout.

— Tu as une façon de t'y prendre avec les femmes qui demanderait à être sérieusement améliorée, Jake.

— Je n'ai pourtant pas eu beaucoup de plaintes jusqu'ici sur la façon dont je prends les femmes.

Ses paupières mi-closes dissimulaient l'ironie amusée dans son regard. Le spasme de désir qui la parcourut la choqua par son intensité. Elle aurait pourtant dû avoir l'habitude, depuis le temps. Pendant plus d'une décennie, l'idée d'embrasser Jake avait joué un rôle majeur dans ses fantasmes, même si elle avait essayé mille fois de réorienter ses rêveries diurnes sur des scénarios moins périlleux. Mais il lui suffisait souvent de fermer les yeux pour visualiser aussitôt Jake Romano investissant son incroyable énergie physique dans le jeu de la séduction, puis usant de son charisme et de sa sexualité brûlante pour lier une femme à lui à jamais. Même si Paige avait cessé depuis longtemps d'espérer qu'il puisse se passer quelque chose entre eux, elle avait découvert que l'attirance sexuelle ne se déconnectait pas sur commande. Il y avait des jours où elle se disait que ce serait une véritable délivrance s'il pouvait un jour l'embrasser pour de bon. Histoire de sortir du monde de l'imaginaire et de se défaire une fois pour toutes de l'obsession du Baiser mythique de Jake. La réalité, comme chacun sait, n'est jamais à la hauteur du fantasme. Elle ne demandait pas mieux que de voir ses illusions piétinées.

La brise légère d'été jouait dans ses cheveux, et des voix et des rires montaient des rues en contrebas. Les habitants du quartier rentraient chez eux, après le théâtre, le restaurant ou le cinéma. Les lumières brillaient dans les vitrines, des chiens aboyaient, une sirène hurlait au loin, des portières claquaient. Le cœur de Brooklyn n'avait pas cessé de battre. La vie continuait.

Avec un pincement de nostalgie, Paige se revit telle qu'elle s'était sentie le matin même, tandis qu'elle réfléchissait à la tenue qu'elle enfilerait en vue de son entretien, excitée par la perspective de la promotion, la tête bourdonnante de projets d'avenir.

Et maintenant, plus rien.

Que ferait-elle le lendemain au réveil ? Se lever, sortir du lit, et puis quoi ? Passer la journée à frapper aux portes des uns et des autres ? Même si elle trouvait un nouveau job, les chances d'être employée avec Eva et Frankie étaient quasi inexistantes.

Elle essaya de se représenter une journée de travail sans ses amies.

— Il faudrait que je dispose de quelle somme si je voulais créer ma propre entreprise ?

Elle avait prononcé les mots très vite, le cœur battant.

— Il y aurait quelques frais initiaux à prévoir, répondit Jake. Honoraires d'avocat, frais de greffe et de publication, etc. Je veux bien assumer cette dépense. Je crois en toi.

Matt se leva et jeta un regard incendiaire à Jake.

— Va lui chercher un bol de chips, Ev. Assez pour lui remplir la bouche et qu'il arrête de parler.

Paige secoua la tête.

— Non, laisse-le s'exprimer.

Elle savait que si elle voulait des réponses claires, mieux valait poser les questions à Jake. Il ne la protégerait pas comme le faisait son frère.

— Tu penses que ce serait dans mes cordes, alors ?

Jake prit une grande gorgée de bière.

— Tu peux y arriver, oui, mais en changeant d'état d'esprit. En acceptant l'idée que le risque zéro n'existe pas. Tu es cramponnée à ton besoin de tout contrôler comme un grimpeur accroché à la roche. Tu veux des garanties mais la vie n'en donne pas, surtout quand on est soi-même à la barre. Tu veux du sûr et il n'y aura rien de sûr. Des coups durs, tu en subiras forcément, en revanche. Tu bosseras comme une dingue et parfois pour rien. Des milliers et des milliers d'entreprises se cassent la figure tous les jours. C'est une aventure pour les âmes fortes. Cœurs fragiles s'abstenir.

Si elle avait été Miss Tigresse, elle l'aurait griffé.

— Je n'ai pas peur de prendre des risques si c'est pour quelque chose que je désire vraiment. Et mon cœur va très bien, merci. Il est aussi solide que le tien.

D'ailleurs, il cognait à tout rompre dans sa poitrine, comme pour la soutenir.

Et pourquoi pas, après tout ?

Une idée prenait forme dans sa tête et, avec elle, montait une bouffée d'excitation inattendue. Une partie de l'accablement qui avait pesé sur elle depuis l'entretien avec Cynthia se dissipait. Elle se sentait plus légère.

— Peut-être qu'on devrait se lancer, en effet. Frankie ? Eva ? Vous êtes partantes ?

Frankie leva les yeux de ses plantes.

— Partante pour quoi ?

— Lancer notre propre agence.

— Parce que c'est sérieux comme idée ? Je pensais que c'était juste une de tes habituelles disputes avec Jake.

— Eh bien non. C'est du sérieux. Nous avons les compétences. Et nous faisons du bon boulot, toutes les trois.

— Ce n'était pas l'avis de Cynthia.

Voyant Eva se tasser sur elle-même, Paige eut un sursaut de colère.

— Ah non, Eva. On ne laisse pas Cynthia saper notre confiance en nous. Pas question.

— Bon, d'accord. Mais je ne crois pas être le genre de personne faite pour la direction d'entreprise.

Eva poussa un long soupir sceptique.

— Glacer un gâteau de mariage, OK. Pour la pâtisserie, je me débrouille. J'ai un certain talent pour la rédaction d'articles et les gens ont l'air d'apprécier mon blog. Mais les stratégies commerciales m'assomment. Et les tableaux Excel me donnent mal à la tête.

— Je me chargerai de ces aspects-là. Ton talent naturel pour la cuisine, c'est ton atout à toi. Tu inventes des nouveaux plats chaque jour de la semaine et tu as un super contact avec les gens. Les clients t'adorent. Tu es inégalable lorsqu'il s'agit d'apaiser les tensions ou de régler des conflits.

Frankie se redressa sur ses talons et essuya le terreau qui lui collait aux doigts.

— Aucune d'entre nous n'a d'expérience dans la gestion d'entreprise.

Paige réfléchissait à toute vitesse.

— J'apprendrai. Je suis prête à assumer le côté gestion.

Elle avait des contacts. Des capacités. Et si elle pouvait organiser des événements pour Star Events et le faire bien, qu'est-ce qui l'empêchait de prendre elle-même les rênes ?

— Nous serions autonomes, les filles. On déciderait nous-mêmes avec qui on veut travailler. Ce serait cool.

— Ce serait aussi très risqué.

Matt affichait une mine soucieuse.

— Une des principales raisons pour lesquelles les nouvelles entreprises échouent, c'est qu'elles ciblent mal leur clientèle ou sous-estiment la concurrence. La ville regorge d'organisateurs d'événements.

— Donc il faut qu'on soit différentes. Meilleures. Les clients apprécient la petite touche personnelle. Quand on est super riche, on s'attend à une super qualité de service. Star Events offrait un package d'événements prédéfinis et ne prévoyait aucun écart, mais qu'est-ce qui nous oblige à nous aligner sur leur fonctionnement ? « Et si, en plus d'organiser votre événement, cher monsieur, chère madame, nous prenions en charge les petites corvées qui alourdissent votre quotidien ? » Ça faisait râler Cynthia, mais les clients qui avaient affaire à nous étaient ravis de nous trouver toujours prêtes à improviser une petite prestation supplémentaire. Nous étions là pour mettre leur soirée au point, mais aussi pour faire du cat-sitting ou apporter la cravate en soie chez le teinturier.

Eva considéra Miss Tigresse d'un œil sombre.

— Je ne crois pas être faite pour le cat-sitting. Et comment ferons-nous pour proposer un tel éventail de services alors que nous ne sommes que trois ?

— On externalise. Peut-être en créant un réseau de fournisseurs de services attitrés. Nous ne serons pas une grosse agence boursouflée employant des gens comme Cynthia qui tirent un salaire sans pour autant rapporter de business. L'idée, c'est de créer une structure légère, de jouer sur la flexibilité. Nous ne sommes pas les seules à avoir perdu notre boulot. Certains de nos ex-collègues ne demanderont pas mieux que de bosser pour nous en free-lance.

Elle se prenait au jeu. Son esprit fonctionnait à toute vitesse, bondissait par-dessus les obstacles, jonglait avec les possibilités et les solutions.

— Envisageons la question autrement : quels sont nos plus ? Nos domaines d'excellence ? Nous sommes organisées et nous avons des contacts — *plein* de contacts, et des bons. Nous connaissons tous les lieux incontournables à New York — les clubs, les bars, les restaurants. Nous savons comment obtenir les meilleurs billets d'entrée pour les meilleurs spectacles. Nous avons l'art, toutes les trois, de redresser la barre quand tout va mal. Nous sommes multitâches à fond, chaleureuses et ultra-bosseuses. Quelle est LA chose qui manque le plus aux gens de Manhattan ?

Eva attrapa un gilet et se couvrit les épaules.

— A part le sexe, tu veux dire ?

Jake sourit.

— Parle pour toi.

Paige ignora l'interruption.

— Le *temps*. Les gens n'ont plus de temps. Ils ont des milliers d'objectifs, professionnels et perso, mais ils ne savent plus comment les caser dans leur emploi du temps. Ce manque crée du stress et de la frustration. Tout le monde veut des journées de quarante-huit heures parce que vingt-quatre ne suffisent plus. Et c'est là que nous intervenons, mes chéries. Nous allons être celles qui vont rajouter du temps au temps.

Frankie ajusta ses lunettes.

— Jamais les grosses boîtes ne feront appel à une petite agence de trois personnes.

— Les petites structures ont leur avantage : la flexibilité et la réactivité, par exemple. Et cela ne nous empêche pas d'être aussi professionnelles qu'une grosse société avec des bureaux à Los Angeles.

— Ça pourrait marcher.

Frankie se leva, oubliant pour une fois ses plantes.

— Mais comment on établit notre clientèle ? Faire de la pub nous coûterait une fortune.

— On fait comme on a toujours fait. On va les voir et on présente notre argumentaire. Puis on leur organise un événement du tonnerre, on met de l'ordre dans leurs vies stressées et frénétiques, ils parlent de nous à leurs amis et le tour est joué.

— Et si ça marche, ce sont nos vies paisibles qui deviendront stressées et frénétiques.

Les yeux bleus d'Eva brillaient, mais cette fois c'était de l'excitation et non plus des larmes.

— Si tu es prête à te lancer, Paige, je veux bien te suivre.

Frankie hocha la tête.

— Moi aussi. Travailler pour un dragon tyrannique, ça m'a dégoûtée de la condition de salariée. Reprenons le contrôle en main. On commence par quoi ? Tu penses qu'il faudra combien de temps avant de commencer à dégager un salaire ?

La question brutalement concrète lui fit l'effet d'une douche froide.

Paige déglutit avec peine.

Son ventre se noua. La théorie était une chose, mais il restait à mettre son idée en pratique. Et si l'entreprise se cassait la figure ? Ce n'était pas Star Events qu'elle mettrait en difficulté, cette fois, mais ses amies qui comptaient sur elle.

— Si tu veux vraiment te lancer, dit Matt, tu devrais commencer par demander des conseils autour de toi.

Paige secoua la tête.

— Non merci. Si je le fais, je veux le faire à mon idée.

Jake se renversa en arrière, les mains croisées derrière la nuque, en l'observant de sous ses cils baissés.

— Paige, la forte tête… Tu veux que je te dise combien de start-up j'ai vues échouer ces dernières années ?

— Non. Et je te rappelle que c'est toi qui me pousses à me lancer.

— Je ne t'ai pas dit qu'il fallait foncer comme un gamin dans un magasin de jouets. Il ne s'agit pas de partir dans tous les sens. Il faut que tu saches où tu vas. Ecouter ce que des gens bien informés ont à te dire.

— Je sais parfaitement où je vais.

Comment pouvait-on être aussi attirée par un homme et avoir envie de le frapper en même temps ?

— OK. Je prendrai des avis. Je m'adresserai à des gens qui connaissent bien le métier, comme Frankie et Eva.

— Ouais, d'accord. Bien sûr. Demande à tes amies ce qu'elles en pensent. C'est garanti qu'elles te diront la vérité.

Jake termina sa bière.

— Quand on envisage de créer son entreprise, on ne s'adresse pas aux amis pour avoir une opinion. Va voir des gens qui te diront ce qui cloche dans ton projet afin que tu puisses rectifier ce qui a besoin de l'être. Ce sera dur, décourageant, et il faudra t'accrocher, donc il vaut mieux être préparée. Si ton projet est contesté, critiqué, et que tu arrives malgré tout à le défendre, c'est que, peut-être, et j'ai bien dit *peut-être*, ton idée tient la route.

Paige sentit une vague de frustration monter en elle. Elle éprouva soudain le besoin de s'isoler et se dirigea vers l'extrémité de la terrasse pour se ressaisir à distance des regards.

*Merde. Merde. Merde.*

Pourquoi ses émotions prenaient-elles toujours le dessus avec lui ?

Et si c'était trop ambitieux de sa part de penser pouvoir prendre la tête d'une entreprise ?

Et si elle échouait ?

Elle se crispa en entendant des pas résonner derrière elle.

— Je suis désolé.

La voix de Jake s'élevait à peine au-dessus du murmure. Il se tenait si près qu'elle percevait la chaleur de son souffle sur sa joue.

Un élan de désir la transperça. Pendant un bref instant, elle crut qu'il allait l'entourer de ses bras et elle ferma les yeux, retenant sous souffle.

Mais Jake ne la toucherait pas.

Il ne la touchait jamais. Plus maintenant, en tout cas.

C'était un supplice d'être à ce point sensible au sex-appeal de quelqu'un sans que la réciproque soit vraie.

Il était rare que Jake et elle se retrouvent seuls ensemble. Seuls, ils ne l'étaient pas à proprement parler, d'ailleurs, mais le sentiment d'être tous les deux coupés du reste prédominait, peut-être parce qu'ils étaient protégés par les arbres dont les branches se balançaient doucement. Les échos de la conversation qui se tenait à l'autre bout de la terrasse leur parvenaient comme à distance.

Comme prévu, Jake ne la toucha pas. Mais il resta debout à côté d'elle, les yeux rivés sur Manhattan, de l'autre côté de l'eau.

Paige relâcha lentement son souffle.

— Dis-moi ce qui ne va pas dans mon projet. Je veux le savoir.

Il tourna la tête pour la regarder et l'atmosphère sur la terrasse parut soudain plus électrique. Plus intime.

— Il s'agit de bien étudier ton marché, de cibler ta clientèle. Et d'être claire sur ce que tu proposes. Matt a raison. Le plus important, ce sont les clients. Ils comptent plus que la façon dont tu vas structurer ton entreprise, plus que l'esthétique de ton site web ou si tu as ou non une vidéo de petits cochons volants sur ta page de démarrage. Dans un premier temps, demande-toi de quoi tes clients ont besoin, puis dans un second temps, pose-toi la question de savoir pourquoi c'est toi qu'ils viendront voir. Si ton offre est trop généraliste, les gens ne vont pas automatiquement penser à toi. Quant au marché de niche, c'est bien, mais il ne faut pas non plus que ta niche soit trop étroite. Quelle valeur ajoutée vas-tu donner au service que tu proposes ?

Se concentrer sur les questions de business n'était pas simple alors même que le velours de sa voix glissait sur la peau de Paige, lui exacerbait les sens — lui donnait le sentiment d'être nue sous la caresse sonore de ses mots.

— Nous ne pourrons pas nous permettre de restreindre notre offre en restant sur un créneau bien défini. Nous prendrons tout ce qui se propose.

— Ce n'est pas parce que tu débutes que tu dois travailler au rabais. Tu es brillante, Paige.

Ses mots lui coupèrent le souffle.

— De l'insulte au compliment et du compliment à l'insulte. Tu vas me donner le tournis, à force.

— C'est la vérité. Tu es une organisatrice-née. Ton sens aigu du détail est limite horripilant, par moments.

Elle sourit presque.

— Tu devrais peut-être te taire maintenant, avant de tout gâcher.

Le son bas du rire de Jake brisa le silence chargé d'électricité.

— Paige, tu as une check-list spéciale « soirée cinéma du samedi » pour être sûre de ne rien oublier, alors que franchement, les conséquences d'un oubli se résumeraient à quoi ? Juste un étage à descendre. Tu as tous les anniversaires de tout le monde en tête et tu sais exactement quel cadeau tu as fait à telle personne depuis des siècles — juste histoire d'être sûre de ne pas refaire le même deux fois. Je parie que tu notes aussi tes menus quand tu reçois et que tu es capable de me ressortir ce que tu as fait à manger à un tel ou une telle il y a deux ans.

— Pari gagné.

Elle fronça les sourcils.

— C'est un défaut de noter ses menus ? J'ai des amis qui ont des allergies alimentaires. Autant faire en sorte de tout garder en tête.

— C'est ce que je cherche à te dire. Tu ne négliges aucun détail, tu es inventive et tu as une bonne résistance au stress. Tu vas être tellement géniale dans ce boulot que tes concurrents vont baisser les bras et fondre en larmes. Ils me font presque pitié.

— Vraiment ?

— Vraiment. Cela dit, j'aurai quand même plaisir à te voir leur mettre la pâtée.

— Ce n'est pas gagné d'avance.

Parce que ses jambes se dérobaient, elle se cramponna à la rambarde devant elle, les yeux fixés sur le miroitement des lumières de l'autre côté de l'East River. Vus d'ici, les immeubles de Manhattan s'élançaient vers le ciel, rutilants et glamour, si tentants, comme un océan d'opportunités.

— Je ne sais pas si je suis assez courageuse pour le faire.

L'aveu tomba de lui-même et elle sentit les doigts de Jake glisser sur les siens. Sa main était forte, ferme. Rassurante.

— Tu es la personne la plus courageuse que je connaisse.

Le contact physique la surprit au point qu'elle faillit retirer la main en sursaut. Le cœur battant, elle resta immobile, ses doigts prisonniers des siens, tout comme son cœur était resté pris au piège tant d'années plus tôt.

— Je ne suis pas courageuse.

Elle pivota la tête pour le regarder. Il se tenait plus près d'elle qu'elle ne l'avait cru. Son visage était tout proche, tourné vers elle avec une expression attentive — l'expression d'un homme qui prenait les choses à cœur.

L'envie de se dresser sur la pointe des pieds et de presser ses lèvres contre sa bouche sensuelle était presque irrépressible, mais elle resta sans bouger, avec une volonté assez bien trempée pour ne pas faire un pas en avant, mais pas assez pour se forcer à reculer.

Un éclat de rire généralisé leur parvint de l'autre côté de la terrasse.

Ils ne se retournèrent ni l'un ni l'autre.

Lentement, il dégagea ses doigts des siens. Mais au lieu de remettre de la distance entre eux, il leva la main pour lui effleurer la joue.

Elle demeura immobile, le regard prisonnier de l'éclat qui brûlait dans le sien. Même si sa vie en avait dépendu, elle n'aurait pas pu détourner les yeux.

En temps normal, il la harcelait de son ironie, la mettait hors d'elle, lui donnait régulièrement envie de l'étrangler.

C'était comme s'il s'acharnait à lui donner toutes les raisons du monde de le fuir.

Cette tendresse entre eux, là, maintenant, il ne la lui avait plus jamais témoignée depuis son adolescence. Et la voir dans ses yeux maintenant lui broyait le cœur.

Jake lui avait manqué. Le Jake d'avant, ses bons conseils, sa gentillesse — le Jake avec qui elle pouvait parler des heures d'affilée.

Elle déglutit avec peine.

— Quand on n'a pas le choix, ce n'est pas du courage.

— Bien sûr que si, c'en est.

Un demi-sourire lui plissa les lèvres et elle ressentit une pointe d'envie envers toutes les femmes qu'il avait embrassées.

Malheureusement, elle ne faisait pas partie du lot.

Et ne figurerait jamais sur la liste.

Déstabilisée, agacée contre elle-même de se laisser aller à des rêveries érotiques alors que la dure réalité lui grimaçait au nez, elle se détourna.

— Merci pour les conseils.

— Je vais t'en donner encore un.

Il ne la retint pas physiquement en lui prenant la main, mais sa voix suffit à la garder captive.

— Il est important de peser le pour et le contre, mais ne suranalyse pas la situation. Si on se focalise sur les risques, on ne fait plus rien.

— J'ai l'impression d'avoir perdu tout sentiment de sécurité.

— La sécurité, ce n'est pas ton emploi salarié qui te la procure, Paige. Les jobs, ça va, ça vient. Ta sécurité, c'est toi-même qui te la donnes, avec tes capacités, ton savoir-faire, tes talents. Ces atouts-là, tu les emmènes partout avec toi. Ce que tu as fait pour Star Events, tu peux le faire pour une autre agence. Y compris pour la tienne.

Ses mots lui procurèrent un fantastique coup de boost.

Il venait de lui apporter un nouvel éclairage sur la situation. Et une bouée à laquelle se raccrocher.

Elle se sentait comme une plante flétrie par la soif à qui on viendrait de donner une généreuse quantité d'eau.

— Merci.

Sa voix s'éraillait et il lui adressa un sourire.

— Quand tu te retrouveras à travailler dix-huit heures par jour sept jours par semaine, on verra si tu auras encore envie de me remercier.

Jake se dirigea vers la partie opposée de la terrasse et se joignit aux autres. Mais Paige s'attarda encore un moment pour laisser résonner en elle les paroles qu'il venait de prononcer.

« Ta sécurité, c'est toi-même qui te la donnes. »

Eva et Frankie riaient à cause d'une réflexion que Matt venait de faire. Les entendre joyeuses et détendues lui remonta le moral.

Elle retourna se joindre à leur petit groupe.

— C'est quoi, la blague ?

— On est en train de chercher un nom pour notre future agence.

— Et alors ?

Elle sentait encore sur le dos de sa main l'empreinte de la paume de Jake. Comment un contact aussi anodin pouvait-il suffire à envoyer des milliers de décharges électriques dans toutes ses terminaisons nerveuses ?

Eva était hilare.

— Nous avons essayé de trouver quelque chose de plus pompeux que Star Events. On a pensé à Global Events. Planet Events. Universe Events.

— Nous ne ferons pas que dans l'événementiel.

Paige se posa sur l'accoudoir du fauteuil d'Eva, en faisant bien attention à ne pas tourner les yeux vers Jake.

— Nous offrirons aussi des services plus personnels.

Et nous devons mettre l'accent sur ce qui nous distingue de la concurrence.

— Nous, on sera joyeuses, répliqua Eva. C'est ce qui nous différenciera des autres.

— Nous organiserons des fêtes, des séminaires et des cocktails, mais nous serons aussi là pour résoudre les petits problèmes. « Monsieur, si vous êtes submergé de travail, reposez-vous sur nous pour choisir le cadeau d'anniversaire idéal pour votre femme. Ou chargez-nous du bouquet que vous voulez offrir à votre belle-mère. »

— Nous pouvons aussi l'empoisonner s'il le faut, la belle-mère, compléta Eva en riant. Quelques pâtisseries choisies assaisonnées à la belladone feront l'affaire.

Frankie l'ignora.

— Ça ressemble à un service de conciergerie, ton truc.

Paige réfléchit au concept.

— Oui, c'est ça. C'est ce que nous sommes. Prestataires d'événements et service de conciergerie. Nous organisons les événements et tout ce qu'il y a autour. Si vous êtes notre client, nous prenons en charge les petites choses dont vous n'avez pas le temps de vous occuper.

Eva se pelotonna contre ses coussins.

— Alors tout ce qu'il nous manque encore, c'est un nom et des bureaux.

— Nous avons besoin de clients plus que de bureaux. Dans un premier temps, nous pouvons travailler autour de la table de la cuisine. De toute façon, nous serons à l'extérieur les trois quarts du temps. Ou pendues au téléphone.

Frankie fronça les sourcils.

— Et on commence comment ? Je suis designer floral. Un peu paysagiste à mes heures. M'occuper des arrangements floraux pour une fête d'anniversaire ou un mariage, OK ; dessiner un projet pour un toit en terrasse, OK. Mais ne me demandez pas de faire de la prospection téléphonique ! Je suis incapable de me vendre.

— Moi, je saurai te vendre.

Paige tendit la main vers son sac pour en sortir son téléphone. Jake avait raison. L'organisation était son point fort. L'excitation était de retour et cette fois, sa confiance en elle aussi.

— C'est tout l'intérêt de notre collaboration. « Je suis incapable de faire des bouquets pour votre réception de fiançailles, mais je connais quelqu'un qui a les compétences. » C'est toi, Frankie, entre parenthèses... « La cuisine n'est pas mon truc mais lorsque Eva et son équipe se chargeront du service de traiteur pour votre réunion d'entreprise, vous vivrez une expérience que vous n'oublierez jamais de votre vie. »

Eva parut déconcertée.

— J'ai une équipe ?

— Tu en auras une.

— Des prestataires externes, précisa Matt. Il vaut mieux limiter les coûts de la main-d'œuvre au départ.

Frankie eut un sourire en coin.

— Tu éviteras de servir des smoothies au chou kale à nos futurs clients.

Jake parut inquiet.

— Si jamais une femme me préparait ce genre de décoctions, je romprais toute relation sur-le-champ.

— Ça se boit au petit déjeuner, rétorqua joyeusement Eva. Donc aucun danger pour toi. Tes histoires sont si brèves qu'elles s'arrêtent en général avant le petit matin.

— Le petit déjeuner est le repas le plus sérieux de la journée et le mot « sérieux » ne fait pas partie de mon vocabulaire.

Une affirmation que Paige savait être fausse. Jake faisait du conseil en cybersécurité au plus haut niveau. Son frère lui avait confié un jour que Jake était doté d'une intelligence qui se situait très loin au-dessus de la moyenne.

C'était seulement dans ses relations sentimentales que le mot « sérieux » n'avait pas sa place.

Et elle connaissait la raison pour laquelle il restait distant avec les femmes.

Il lui en avait parlé dans le temps, avant qu'elle ne gâche tout entre eux.

— C'est classe, non ?

Eva donna une bourrade amicale à Frankie.

— Je monte une entreprise avec mes deux meilleures amies. Peut-être que vous pouvez me donner un titre un peu ronflant ? Vice-présidente, ça sonne pas mal ?

Paige ressentit une nouvelle pointe d'anxiété. Prendre des responsabilités pour elle-même était une chose, mais elle entraînait ses deux amies dans une aventure qui pouvait tout aussi bien tourner au fiasco. Jake, elle le savait, employait des centaines de personnes dans plusieurs villes de par le monde.

Comment faisait-il pour dormir la nuit ?

Et Matt ? La question valait aussi pour Matt.

Paige chercha son regard. Son frère comprit qu'elle paniquait et lui adressa un clin d'œil.

— Ça y est ? Prête à demander de l'aide ? Tu pourrais découvrir que je sais deux ou trois choses utiles. Et Jake connaît bien les start-up. Il conseille et il investit. Nous avons des contacts l'un et l'autre. On peut parler de vous — présenter votre projet.

Paige ne voulait pas demander d'aide à Jake.

Discuter avec lui, même brièvement, l'avait mise dans un état impossible. Lui demander de l'aide impliquerait des contacts répétés, une proximité. Et elle ne se sentait pas assez forte — pas assez immunisée pour cela.

— Tu m'as déjà bien assez épaulée, ces dernières années. Je veux gérer cette création d'entreprise toute seule. Je peux le faire, Matt. Depuis mes quatre ans, tu as toujours été là pour me tirer d'affaire. Il serait temps que j'apprenne à me débrouiller comme une grande, non ?

— Tu fais plein de choses par toi-même.

Il soupira en voyant son air buté.

— Au moins, laisse-moi t'aider pour les démarches administratives. L'enregistrement, l'administration fiscale, l'assurance… Comme le dit Jake, il faut penser à beaucoup de choses.

Elle pouvait accepter au moins cela.

— Je veux bien. Merci.

Matt se leva.

— J'appellerai mon avocat demain. Il vous faut un business plan.

— Je m'y attelle ce soir. Et je finirai demain.

— On en parle ensemble avant que tu finalises les choses ? Il faut qu'on voie aussi pour le financement.

— Matt… Arrête de me materner, s'il te plaît.

Son frère lui jeta un regard patient.

— Je t'offre des conseils commerciaux et administratifs et une garantie financière. Et avant de refuser, tu devrais consulter tes associées.

Eva réagit sur-le-champ.

— Moi je veux bien que tu nous conseilles. Surtout si c'est gratuit. En échange, je te ferai la cuisine. En fait je veux bien faire n'importe quoi en contrepartie, sauf m'occuper de ton chat schizophréno-paranoïaque.

— Bon, j'assurerai la garde du chat, marmonna Frankie. Entre Miss Tigresse et moi, le courant passe. Elle se méfie des humains autant que moi, donc on est en phase. Si tu acceptes de nous aider, Matt, je m'occuperai du jardin en terrasse tout l'été.

— Tu le fais déjà. Et tu le fais bien. Tu n'as qu'un mot à dire et tu as ton contrat d'embauche.

Paige leva les yeux de la liste qu'elle était en train de saisir sur son téléphone.

— Hé ! L'agence n'est pas encore créée et tu essaies déjà de me piquer mes associées ?

— Raison de plus pour me prendre comme consultant. Je serai moins tenté de torpiller tes équipes.

— OK. Tu as gagné. Tu pourras assurer des fonctions de conseil. Mais ne me couve pas, surtout. Je tiens à ce que ce projet reste *mon* projet. Si ça marche, je veux pouvoir tirer toute la gloire de la réussite.

— Et si on rate, on pourra toujours accuser Matt.

Deux fossettes se creusèrent dans les joues d'Eva.

— Honnêtement, j'aimerais autant que ça fonctionne, notre affaire. Je crois que si je dois perdre mon boulot deux fois de suite, cela entamerait sérieusement ma confiance en moi.

Paige perçut une note de fragilité dans la voix d'Eva et sa détermination grandit. Elle mettrait toute son énergie dans la balance pour que ça marche. Quels que soient les sacrifices à consentir, elle y arriverait.

— Avec ça, nous n'avons toujours pas trouvé de nom pour l'agence. Et nous devons inventer un slogan percutant qui dira en quelques mots qui nous sommes.

Eva prit une gorgée de champagne.

— D'après ce que j'ai compris, nous allons faire un peu de tout. « Tout ce que vous voudrez… vos désirs seront nos ordres », déclama-t-elle avec un geste emphatique du bras.

Paige reposa son téléphone.

— C'est ça.

— Quoi ?

— C'est la formule choc qu'il nous faut. *Vos désirs seront nos ordres*. Ce sera notre slogan. Ou notre « énoncé de mission », s'il faut appeler ça d'un terme plus technique.

— Impeccable. Là, vous êtes sûres de vous attirer tous les obsédés sexuels du coin, observa Jake d'une voix lente et ironique, tout en attrapant une seconde bière.

Les flammes vacillantes des bougies baignaient d'un

éclat doré son visage aux traits fins et bronzés. Le regarder réveillait des parties de l'anatomie de Paige qu'elle aurait préféré garder en sommeil.

Elle était presque soulagée qu'il ait recommencé à se montrer détestable.

— C'est tout ce que tu as de constructif à dire ?

— Mais mon observation *est* constructive ! Sauf bien sûr si tu as envie d'attirer le type de clientèle qui viendra vous demander si les 101 positions du *Kama-sutra* font partie de vos prestations de base.

— Tout le monde ne passe pas sa vie à penser au sexe, Jake. Il nous faut un nom pour aller avec ça. Aladin Incorporated ? Aladin Girls ?

Elle fit la moue et secoua la tête.

— Non, ça ne va pas.

— Les Trois Génies ? suggéra Frankie en sectionnant une rose morte d'un coup de sécateur.

Matt se frotta le crâne.

— Euh... Génie Events ?

— Urban Génie.

La suggestion, cette fois, venait de Jake. Et sa voix basse dans le noir était plus sexy que jamais.

— Et si vous avez envie de venir frotter ma lampe, les filles, je vous recevrai à bras ouverts.

Paige tourna la tête vers lui pour lui décocher une repartie acerbe — mais demeura muette.

*Urban Génie.*

C'était exactement ça.

— J'adore.

— Moi aussi.

Frankie et Eva hochèrent la tête en chœur.

— Paige Walker, P-DG d'Urban Génie, lança Eva. Tu es aux commandes, lancée sur l'autoroute de la fortune. Et je serai ton heureuse passagère.

Elle tendit la main vers son verre de champagne et fronça les sourcils.

— Mon verre est à moitié plein.

Sa remarque fit sourire Frankie.

— J'aurais dit qu'il était à moitié vide. Ça doit en dire long sur les différences entre nous.

Paige attrapa la bouteille et acheva de remplir le verre d'Eva.

— Ce sera une structure à trois où nous apporterons chacune nos compétences. Il n'y a pas de passagers, dans l'histoire. Chacune aura le volant.

Frankie épousseta le terreau accroché à son jogging.

— Je sais changer une roue mais je ne veux pas conduire le véhicule. C'est ton boulot, ça, Paige.

La foi qu'elles avaient en elle la terrifiait tout autant qu'elle lui faisait chaud au cœur.

Jake jeta un regard à Matt.

— Trois nanas au volant. On va peut-être envisager de se déplacer en métro, dorénavant.

Paige le savait : il faisait exprès de la provoquer, mais cette fois, elle ne tomba pas dans le panneau.

Un mélange d'euphorie et d'impatience lui courait dans les veines. Elle démarrait sa propre entreprise. Là. Tout de suite. Et avec ses deux meilleures amies.

Que pouvait-elle rêver de mieux ?

— Urban Génie. Nous sommes opérationnelles. Ou presque.

Elle leva son verre et sourit.

— Eva, cours repêcher ton T-shirt porte-bonheur dans la poubelle. Nous allons en avoir besoin.

# Chapitre 4

*« On n'a rien sans rien. Tout se paie. Sauf, à la rigueur, les smoothies d'Eva. »*

— *Frankie*

— Hou hou, Eva… Réveille-toi.

Paige posa une tasse de café sur la table de chevet de son amie, mais celle-ci ne remua pas une oreille.

— Je vais aller faire mon jogging. A mon retour, je veux que tu sois debout, habillée et prête à bondir.

Un grognement étouffé lui parvint de sous les couvertures.

— Bondir où ?

— Au boulot. Aujourd'hui est notre première journée de travail pour Urban Génie. Ça va dépoter.

Paige en avait la tête qui pulsait. Elle venait de passer la moitié de la nuit éveillée à faire des listes et à noter des idées. Tout en luttant ferme pour résister à la méga-crise de panique qui pourrait la faire revenir sur sa décision.

Dans quoi s'était-elle lancée ?

Ne vaudrait-il pas mieux pour toutes les trois qu'elles recherchent plutôt un emploi ?

— Quelle heure il est, d'abord ? marmonna la voix souterraine de sous les couvertures.

— Six heures et demie.

La forme sous la couette bougea et Eva émergea, le cheveu sauvage et l'œil hagard.

— Non, sérieux ? C'est à cette heure-ci que notre journée de boulot commence, chez Urban Génie ? Je démissionne sur-le-champ.

Le soleil oblique du matin entrait à flots par la fenêtre ouverte, glissant sur les parquets en bois et les hauts plafonds. Les vêtements d'Eva étaient disséminés aux quatre coins de la chambre, mélange de couleurs arc-en-ciel et de textures assorties. Une paire de ballerines dorées dépassait de sous le lit et trois flacons de vernis à ongles aux couleurs flashy voisinaient sur la table de nuit avec un livre intitulé *Comment être belle et sexy avec un petit budget.*

Malgré sa nervosité, Paige sourit. Eva était toujours belle, quoi qu'elle fasse et quoi qu'elle porte.

Pendant ses premières années à New York, Paige avait été seule à habiter chez Matt, à Brooklyn. Eva, elle, habitait alors chez sa grand-mère. Jusqu'au moment où la vieille dame avait dû entrer en maison médicalisée et qu'il avait fallu vendre l'appartement pour payer les frais. Eva s'était retrouvée à la rue et Paige avait demandé à Matt s'il acceptait qu'elle prenne une coloc. Il avait dit oui sans hésiter. Et Frankie était venue compléter leur trio un mois plus tard.

Issues toutes trois d'une petite communauté insulaire, parachutées dans la grande ville bouillonnante, elles avaient ressoudé leur amitié. Très vite, elles s'étaient retrouvées tout aussi étroitement liées que durant leurs années d'enfance sur Puffin Island.

La cohabitation avec ses amies se passait étonnamment bien, compte tenu de leurs différences de personnalité.

Et de rythmes de vie.

Eva n'était pas du matin.

Paige la secoua par l'épaule.

— Allez, allez... On se bouge. Je veux que tu me concoctes un menu personnalisé pour Baxter and Baxter. Je vais les appeler en rentrant.

— L'agence de pub ? Je me souviens que Star Events avait répondu à leur appel d'offres.

— Et ils ont perdu parce que leur offre manquait d'originalité. Il s'agit d'une agence jeune et dynamique. Il faut que nous soyons à la hauteur.

— Je ne me sens pas dynamique.

Les yeux clos, Eva tira l'oreiller sur sa tête.

— Et je ne peux pas être originale à 6 h 30 du matin. Dégage, Paige.

— Tu as une heure pour prendre ta douche et te tenir au garde-à-vous en cuisine avec tes menus tout prêts.

Paige glissa un élastique dans ses cheveux pour les relever en queue-de-cheval et jeta un coup d'œil dans le miroir au-dessus du lit. Vérifiant ainsi d'un seul regard que la panique qu'elle ressentait était bien cachée à l'intérieur.

Ses cheveux étaient longs et lisses. Même l'humidité de New York ne parvenait pas à les faire onduler.

Eva émit un grognement.

— Tu es un vrai tyran. Ça ne te tuerait pas de faire l'impasse sur le sport, pour une fois ? Tu as déjà une forme insolente.

— Je ne la garderai pas longtemps, ma forme insolente, si j'arrête de courir. C'est mon antistress quotidien.

Sa condition physique était importante pour elle. Son corps l'avait déjà trahie une fois, même si ce n'était pas sa faute. Alors maintenant, elle faisait le maximum pour mettre tous les atouts santé de son côté.

— Tu pourras préparer le petit déj', Ev ? On mangera tout en bossant.

— Je vais me plaindre de toi au directeur des ressources humaines. Nous avons un service de ressources humaines, j'espère ?

— Tout à fait, et c'est moi. Ta plainte est bien enregistrée. Tu veux que je te ramène quelque chose ? Je pourrais faire un stop au Petit Pain. Qu'est-ce qui te ferait plaisir ? Pain aux noix ? Au levain ? Bagels ?

Le Petit Pain était leur boulangerie favorite dans le quartier. Elle était tenue par un veuf qui s'était lancé dans le métier sur un coup de tête après le décès de sa femme. Il s'était découvert une nouvelle passion et son commerce tournait bien, avec le soutien et la solidarité des gens du quartier.

Eva se redressa et se frotta les yeux.

— On n'a pas les moyens d'acheter du pain. Je me débrouillerai avec ce qu'on a dans le frigo. Il faut que je fasse ingurgiter à Frankie quelque chose qui ne soit pas bourré d'additifs. Elle n'a quasiment rien avalé hier. C'est ce texto de sa mère qui l'a cassée.

— Ouais, enfin, je la comprends… C'est déjà bizarre pour tout le monde de se dire que les parents ont une vie sexuelle, mais quand ta mère s'envoie en l'air avec des mecs qui ont ton âge et qu'elle s'en vante, c'est carrément innommable. Ce n'est pas étonnant que la pauvre Frankie ait morflé.

Paige regarda Eva rassembler son abondante chevelure ensoleillée pour l'écarter de son visage.

— Comment tu fais pour être magnifique alors que tu viens à peine de décoller la tête de l'oreiller ?

— J'ai des cheveux d'épouvantail.

— Un épouvantail tout mignon, alors. Donc tu ne veux rien ?

— Des fruits rouges ?

— Les fruits rouges, ce n'est pas un aliment de réconfort.

— Pour moi, si. Et de toute façon, nous n'avons pas besoin de réconfort, nous avons besoin d'une bonne santé. Si nous devons travailler dur et subir des doses de stress inhumaines, il faut que nous nous renforcions sur le plan nutritionnel.

— Bon d'accord. Des fruits. Et quelques paquets de café.

— Le café, ce n'est pas bon pour toi.

— Le café, c'est ma force vitale à moi. Ah non, ne te rendors pas !

Paige tira un coup sec sur la couette.

— Lève-toi et marche, Eva ! Nous avons des choses à faire, des endroits où aller, des clients à séduire et une fortune à faire. Si nous voulons aboutir à quelque chose — et j'y compte bien —, il va falloir en mettre un coup. Nous ne sommes pas là pour nous prélasser à mi-temps.

— Quel cauchemar. J'ai l'impression d'entendre Cynthia.

Mais Eva glissa les jambes hors de son lit.

— Vous parliez de quoi, Jake et toi, hier soir sur la terrasse ? Vous aviez l'air très cosy, tous les deux.

— Il s'excusait pour sa conduite idiote.

Connaissant le talent d'Eva pour tisser les éléments d'une romance à partir de n'importe quelle situation, aussi insignifiante soit-elle, Paige lui adressa un signe de la main et partit au petit trot vers la porte.

— Ne me fais pas l'affront de te recoucher. Je suis de retour dans une heure.

Soulagée d'avoir échappé à l'Inquisition, elle descendit l'escalier en courant et frappa au rez-de-chaussée.

Frankie, au moins, ne lui poserait pas ce genre de questions. Même en voyant un couple s'embrasser à corps perdu sous son nez, il ne lui viendrait pas à l'esprit d'interpréter le baiser en question comme un éventuel prélude à une quelconque histoire d'amour.

La porte s'ouvrit et Frankie apparut en pyjama. Elle tenait un petit plant de basilic à la main et, au vu des cernes noirs sous ses yeux, elle n'avait pas dormi beaucoup plus qu'elle durant la nuit.

Sa mère se serait-elle manifestée de nouveau depuis la veille ?

— Hello, Frankie. Je viens t'embarquer pour aller courir. Ça te dit ?

— Habillée comme je suis ? Je ne pense pas, non.

— Nous sommes à Brooklyn. Il n'y a pas de tabous. Même le pyjama est permis.

— Je suis censée être LA personne normale de la famille, tu te souviens ? Et de toute façon, je veux terminer ma maquette.

Paige jeta un coup d'œil par-dessus l'épaule de son amie et vit la maquette à moitié finie sur la table.

— C'est l'Empire State Building ?

— Oui. Matt me l'a offerte pour Noël. J'attendais un moment de stress pour m'y mettre.

— La journée d'hier a été assez riche, dans le genre.

Paige examina la construction, admirant la dextérité de son amie.

— Tu t'y es attaquée à cause de Cynthia ou à cause de ta mère ?

— Les deux.

Frankie se frotta le front.

— Ecoute, c'est bon. Ne te fais pas de souci pour moi. J'ai un truc qui me... Aucune importance. M'atteler à une maquette, c'est une thérapie qui marche pour moi. Je te verrai à ton retour. Il faut que je m'occupe de mon *Ocimum basilicum*.

— Ton *quoi* ? Ah, ton basilic. Tu pourrais l'appeler par son petit nom. Mais que dis-je ? Ce serait dommage de ne pas mettre en avant toute cette science que tu as acquise.

Paige lissa sa queue-de-cheval.

— Bon, je vous laisse, ton *Ocimum basilicum* et toi, et je te retrouve pour notre réunion petit déjeuner dans les bureaux d'Urban Génie à 7 h 30 tapantes.

Frankie cligna des yeux.

— Nous avons des bureaux ?

— Ta cuisine nous en tiendra lieu jusqu'à ce qu'on puisse s'offrir quelque chose de plus officiel. La nôtre est un peu plus grande, mais les portes de la tienne ouvrent sur le jardin et c'est si beau en été. Et puis ta table est dégagée alors qu'Eva monopolise la nôtre pour ses expériences culinaires. Ne prépare rien. C'est Eva qui est chargée de nous restaurer.

— Tant qu'elle ne me fait pas ingurgiter un smoothie navets-poireaux... Je ne suis pas souvent d'accord avec Jake, mais sur ce point-là, je le rejoins entièrement.

Pourquoi fallait-il que le nom de Jake retombe encore une fois dans la conversation ce matin ? Paige tourna les talons et dévala les marches jusqu'au trottoir. C'était sa période préférée de l'année, lorsque le printemps flirtait avec les promesses de l'été et que magnolias et cerisiers roses déployaient leurs floraisons somptueuses. Ils emplissaient l'air de leur parfum et laissaient éclater leurs couleurs. C'était comme si la ville fêtait sa délivrance, ayant secoué l'épaisse couche de neige sous laquelle la vie était restée enfouie pendant les longs mois d'hiver.

Lorsqu'il faisait trop chaud ou trop froid pour courir, Paige prenait des cours de spinning en salle, mais au printemps, il n'y avait pas de meilleur moyen de profiter du ciel bleu et du charme du quartier que de faire son running en extérieur.

Elle adorait les rues larges et la symétrie des alignements de *brownstones*, derrière les rangées de cerisiers du Japon. C'était le cœur même du Brooklyn cool peuplé de hipsters. Certains venaient vivre là parce qu'ils n'avaient pas les moyens de s'offrir Manhattan. Mais pour elle, Brooklyn était un vrai choix. Elle adorait les odeurs, l'ambiance, le rythme de la vie du quartier. Même à cette heure matinale, les rues bourdonnaient déjà d'activité. C'était un plaisir, en courant vers le parc, de voir les habitants vaquer à leurs occupations quotidiennes. Le soleil lui chauffait généreusement la nuque et elle respirait l'air printanier qui se chargeait tantôt d'exhalaisons fleuries et tantôt d'odeurs enivrantes de pain frais.

La panique de la veille s'était apaisée, de même que le charivari émotionnel suscité par ce moment de soudaine proximité avec Jake.

Aujourd'hui, premier jour d'Urban Génie, elle avait la ferme intention de planifier, planifier, et encore planifier. Les idées avaient afflué pendant la nuit et elle avait gardé la lumière allumée pendant des heures pour couvrir des pages et des pages de notes.

Comme Jake, elle adorait la technologie, qui satisfaisait son besoin d'ordre, facilitait son organisation et optimisait son efficacité. Ses connaissances étaient moins poussées que celles de Jake, mais elle savait faire bon usage des outils que la créativité des autres mettait à son service.

Son insomnie de la nuit précédente était uniquement due à la tension nerveuse, à l'excitation, ainsi qu'à l'utilisation abusive d'appareils mobiles — du moins tenta-t-elle de s'en convaincre. L'abus nocturne d'écrans, comme chacun sait, ne facilite pas l'endormissement.

Sa nuit blanche n'avait rien à voir avec Jake Romano.

Sauf que…

Elle atteignit le parc et accéléra sa foulée.

Rester évasive avec la romantique Eva était une chose. Mais était-il judicieux de se mentir à soi-même ? Plutôt que de rester dans le déni, elle aurait mieux fait de s'observer d'un œil lucide et d'identifier le danger. Ne serait-ce que pour mieux s'en préserver. Même si elle refusait de se sentir flattée par l'attention que Jake lui avait portée la veille, elle appréciait la façon dont il s'était comporté envers elle. Il avait boosté sa confiance en elle au moment où elle était au plus bas. Et il l'avait poussée à se battre et à transformer la malchance en opportunité alors qu'elle avait été tentée de se recroqueviller dans sa coquille.

D'habitude, Jake avait l'art de toujours lui dire exactement ce qu'il ne fallait pas. Au point qu'elle se demandait par moments s'il ne choisissait pas ses mots à dessein dans le seul but de la dresser contre lui. Mais la veille, il avait dit tout ce qu'il fallait, en revanche. Il avait réussi à la convaincre qu'elle était capable de lancer son entreprise. Et lui avait rendu son assurance malgré la claque brutale qu'elle venait de prendre.

Le problème, c'est qu'il avait aussi suscité en elle des sensations… un trouble…

*Merde.*

Elle cessa de courir et se plia en deux pour reprendre son souffle, exaspérée que Jake Romano ait gardé ce pouvoir sur ses sens.

La première fois qu'elle avait posé les yeux sur lui, elle avait dix-sept ans. La gravité de sa pathologie cardiaque avait nécessité une hospitalisation dans un service hautement spécialisé qui n'existait pas à proximité de Puffin Island. Le choix s'était donc porté sur New York, où Matt pourrait lui rendre visite.

La première fois que son frère était venu la voir avec son ami Jake, elle avait cru à une hallucination.

Par chance, elle n'avait pas été reliée à un moniteur cardiaque lorsqu'il était entré dans sa chambre, car l'appareil se serait probablement mis à hurler si fort que la moitié du service aurait accouru à son chevet.

A partir de cette première rencontre, tout avait changé. C'était comme si on avait appuyé sur un interrupteur et que l'écran de sa vie était passé du noir et blanc à la couleur.

Tout le monde l'avait complimentée sur son courage et sur le stoïcisme avec lequel elle endurait l'ennui des longues journées d'hôpital. Ce qu'ils ignoraient tous, c'était qu'elle avait trouvé une distraction incomparable :

elle passait son temps à rêver de Jake. A penser à Jake. A fantasmer sur Jake.

Qu'elle ait les yeux ouverts ou fermés, il occupait son esprit en permanence.

Elle ne vivait plus que pour ses visites, même s'ils étaient rarement en tête à tête. Chaque fois — ou presque — que les obligations professionnelles de son avocat de père l'avaient retenu dans le Maine, sa mère s'était débrouillée pour être présente. Et lorsque ni l'un ni l'autre ne pouvait se libérer, Matt était là. L'effet cumulatif de leurs anxiétés conjuguées finissait chaque fois par se communiquer à elle.

Mais Jake avait été différent.

Il l'avait divertie avec toutes sortes d'histoires plus ou moins abracadabrantes. Et les soirs où Matt devait plancher sur ses examens, c'était lui qui venait lui tenir compagnie en soirée.

Très vite, elle était tombée amoureuse.

Il avait été son premier grand amour. Et son premier grand chagrin.

Autour d'elle, on disait que cela finirait par passer, qu'on se remettait toujours d'une blessure d'amour. Et ils avaient eu raison.

Pour elle, l'humiliation avait agi comme une cure miraculeuse.

Mais sur le plan de l'attirance sexuelle, le remède avait été moins efficace.

La plupart du temps, elle faisait assez facilement abstraction de son trouble physique, parce que Jake se montrait aussi odieux qu'il était désirable. Mais la veille au soir...

La veille au soir avait été un moment d'aberration. Une réaction tout à fait inhabituelle due au fait qu'elle venait de perdre son emploi.

Ecartant Jake de ses pensées, elle prit un raccourci qui la ramena dans leur rue en passant le long d'une avenue ombragée.

Rien ne valait le soleil du matin, décida Paige. Son éclat faisait des miracles sur son moral. Après les longs mois de froid et d'hiver, c'était un pur bonheur de renouer avec les fleurs, la verdure et le bleu délavé du ciel.

Elle croisa des connaissances, échangea des saluts et des sourires.

New York était une ville de quartiers et celui où ils vivaient avait un côté village prononcé. Les rues étaient bordées d'arbres. Et entre les alignements de *brownstones* et autres maisons mitoyennes, on trouvait des cafés animés, des petits magasins de quartier débordant de produits frais, des boutiques d'artisanat ou de fleuristes. Certaines familles habitaient là depuis plusieurs générations.

Le soir, l'air vibrait des cris et des jeux des enfants, des grillons chantaient, les notes douces d'un saxo s'échappaient par une fenêtre ouverte, sur fond de tut-tut de klaxons et de hurlements de sirène occasionnels.

Paige continuait de trouver extraordinaire qu'à quelques minutes à pied de chez elle, elle puisse prendre un cours de spinning, acheter une part de cheesecake frais, se faire couper les cheveux ou se joindre à une séance collective de yoga dans le parc. Et s'il lui prenait une envie gourmande, tout était à portée de main, aussi bien le smoothie bio que le hamburger de base.

A moins de deux pâtés de maisons de chez eux, ils disposaient d'une librairie indépendante dynamique, d'une galerie d'art et de Petit Pain, qui faisait à la fois boulangerie et coffee-shop. Et, naturellement, cerise sur le gâteau, il y avait le Romano's, le restaurant italien local de la mère de Jake. En été, les tables débordaient sur le trottoir, sous la treille qui apportait son ombre bienvenue lorsque les températures montaient.

Frankie jurait que leurs pizzas étaient les meilleures de tout New York. Et comme elle passait sa vie à en manger à chaque coin de rue, personne n'avait cherché à la contredire.

A cette heure matinale, toutes les tables étaient encore vides mais de bonnes odeurs d'ail et d'origan flottaient déjà dans l'air. La porte donnant sur la cuisine était ouverte et Paige la franchit sans hésiter.

— Hou hou ? Tu es là, Maria ?

Elle trouva la mère de Jake à sa place attitrée : devant son plan de travail en train de préparer sa *pasta*.

— *Buongiorno !*

C'était un des rares mots d'italien que Paige faisait mine de connaître. Elle en maîtrisait beaucoup d'autres, mais n'en faisait pas étalage. Son apprentissage de cette langue remontait à une époque où elle vivait encore dans l'illusion d'une histoire d'amour à venir entre Jake et elle.

— Paige !

Elle se retrouva prise dans une embrassade qui mélangeait à parts égales la farine et l'affection.

— Je te dérange, Maria ?

— Jamais. *Come stai, piccola mia ?*

Paige prit une profonde inspiration. Elle avait été conquise par Maria Romano dès l'instant où Jake et Matt la lui avaient présentée. La rencontre s'était faite durant sa première semaine à la fac, alors que, fraîchement débarquée à New York, elle se promenait avec le sentiment d'avoir atterri sur une autre planète.

— Je n'ai pas eu ma promotion. Et j'ai été virée de mon boulot.

Maria desserra son étreinte généreuse.

— Jake m'a raconté ça. Il a appelé hier soir pour me le dire et je me fais du souci pour toi. Assieds-toi. Tu as mangé ?

— J'ai prévu un petit déjeuner de travail avec Frankie et Eva. On doit prendre de grandes décisions, toutes les trois. Mais un café ne serait pas de refus.

Cela ne la surprenait pas que Jake ait appelé pour prévenir sa mère. Il était farouchement protecteur avec Maria, qui l'avait d'abord recueilli chez elle alors qu'il n'avait que six ans, puis l'avait adopté par la suite. C'était Jake qui lui avait acheté le restaurant, procurant ainsi à sa mère, son oncle, sans oublier quelques cousins, un emploi, une raison de vivre et un toit.

Cinq minutes plus tard, Paige était installée à la grande table avec, devant elle, le plus parfait des expressos. Elle fit un récit circonstancié de l'entretien avec Cynthia et livra une version expurgée de la soirée en terrasse de la veille.

Elle aurait été incapable de dire à partir de quand exactement elle avait commencé à se confier à Maria. L'habitude s'était installée petit à petit durant sa première année à New York.

Matt et elle ne cuisinaient pas beaucoup, à l'époque. Chargé par leurs parents de veiller à ce qu'elle s'alimente décemment, son frère lui offrait de temps en temps un repas au Romano's pour se racheter une conscience. Les vendredis soir chez la mère de Jake étaient devenus une tradition au même titre que les soirées cinéma du samedi. Ils se retrouvaient tous à une même table et ces soirées passées sous le signe de l'amitié, dans le joyeux cocon de ce restaurant d'habitués, faisaient partie des moments de la semaine qu'elle préférait. Elle aimait l'environnement familial, l'ambiance généreuse, le chaos contrôlé. Maria était attentionnée sans être étouffante. Il lui était plus facile de se confier à elle qu'à sa propre mère. Peut-être parce que Maria lui témoignait toujours un authentique intérêt sans jamais pour autant se montrer surprotectrice.

— Donc tu montes ta propre agence. Et naturellement tu es morte de peur et tu te demandes si tu as pris la bonne décision.

L'estomac de Paige fit une embardée et elle se félicita

d'avoir décliné l'offre de petit déjeuner. Stoïque, elle afficha son sourire de guerrière.

— J'ai une pêche pas possible ! Je suis ravie de franchir le pas.

Maria se servit un café et prit place en face d'elle.

— Paige… Tu n'es pas obligée de faire semblant avec moi.

Avec un soupir soulagé, elle laissa tomber le masque.

— OK. J'avoue que je tremble dans mes bottes. J'ai passé une nuit blanche à réfléchir à tout ce qui risque d'aller de travers… Allez, vas-y, dis-le. Je suis pathétique.

— Pathétique ? N'importe quoi. Tu es honnête, c'est tout. Et je pense qu'il faut dire les choses comme on les sent. C'est naturel d'avoir peur. Ce qui ne signifie pas pour autant que tu ne prends pas la bonne voie.

— Tu crois ? J'ai peur d'agir en égoïste, de le faire uniquement par orgueil personnel. J'ai passé toute mon enfance en situation de grande fragilité, avec l'obligation de laisser aux autres le soin de me prendre en charge. Et maintenant, je voudrais reprendre la barre de ma vie en main, même si ça doit se traduire par un échec. Mais si je me casse la figure, j'entraîne Frankie et Eva dans ma chute.

— Si chute il y a. Mais pourquoi échouerais-tu ?

— Jake ne compte plus le nombre de start-up qu'il a vues s'effondrer dès la première année.

Maria prit une gorgée de son café.

— C'est mon petit qui te met des angoisses en tête, alors ?

*Petit ?*

Des épaules larges, des muscles saillants… Paige repoussa cette vision.

— Jake a juste aligné les faits. Et ils ne sont pas encourageants.

— Oublie les statistiques, Paige. Ce ne sont que des chiffres. Et ce ne sont pas les chiffres qui définissent la personne que tu es. Si quelqu'un peut t'aider et te conseiller, c'est bien Jake. C'est grâce à lui que ce restaurant tourne depuis des années. Il l'a financé, puis il m'a appris comment faire pour que ça marche. Il a passé aussi beaucoup de temps avec Carlo pour lui expliquer la gestion et tout ça.

Maria se leva pour baisser le gaz sous une casserole.

— Il faut que tu parles avec Jake. Vous êtes amis depuis longtemps. Tu sais qu'il ne te laissera pas tomber. Si tu as des soucis, il t'épaulera.

Il faudrait vraiment qu'elle soit réduite aux dernières extrémités avant d'aller voir Jake pour crier au secours, songea Paige. Mais elle ne pouvait pas faire part de ses réticences à Maria.

— Pour l'instant, je m'inquiète juste de ce qui se passera si l'agence ne marche pas. Eva et Frankie n'ont plus aucune famille sur laquelle elles pourraient se replier au cas où.

C'était sa plus grosse inquiétude.

— Imagine que je trahisse l'espoir qu'elles placent en moi ? Ce n'est pas seulement un risque personnel que je prends. J'attends d'elles qu'elles se lancent dans une aventure qui les mettra en danger. Et où elles ont plus à perdre que moi.

— Tu leur proposes un pari sur l'avenir. La vie, c'est ça et pas autre chose, Paige. Se saisir d'une opportunité lorsqu'elle se présente.

— Mais c'est *ma* décision de monter cette agence. *Mon* rêve. Et je les entraîne là-dedans avec moi.

C'était bien le poids de cette responsabilité qui l'avait tenue éveillée la majeure partie de la nuit.

— Frankie est ultra-douée dans son domaine, reprit-elle. Les fleurs et les jardins, c'est son truc. Et Eva est une cuisinière fabuleuse. Mais au final, c'est à moi d'apporter du business. Et si je ne trouve pas de clients ? Et si c'est juste une bravade de ma part de proclamer que je peux y arriver ?

Maria joua avec sa tasse de café vide.

— La nuit qui a précédé l'ouverture de ce restaurant, je

n'ai pas fermé l'œil. Pas une seconde. Une seule question tournait dans ma tête : *Et si personne ne vient?* Jake m'a dit que ce n'était pas mon boulot de me demander si les clients allaient venir ou non. « Toi, tu n'as qu'un seul objectif à atteindre, dans l'histoire, et c'est de bien faire ce que tu fais. » Mon projet à moi, c'était d'offrir une nourriture généreuse que j'aime, dans un cadre accueillant. Et il avait raison. Tu le sais, que tu as du talent, Paige. Fais de l'excellent travail et tôt ou tard, les clients te trouveront.

— Le problème, c'est que je ne peux pas me payer le luxe d'attendre patiemment qu'ils arrivent. Le risque est énorme.

Maria prit sa main dans la sienne sur la table.

— Vivre, c'est déjà un risque en soi, *piccola*. Le 100 % sans risque, c'est la mort. Lorsque mes grands-parents ont quitté la Sicile en 1915 pour traverser l'Atlantique, ils n'avaient rien d'autre que les vêtements qu'ils portaient sur le dos. Ils ont dû rembourser le coût de leur voyage et pendant des années, ils sont restés pauvres comme Job. Mais ils ont choisi de venir parce qu'ils voulaient donner une chance à leur famille d'avoir une vie meilleure.

— Et maintenant, je me sens coupable de gémir.

— Tu ne gémis pas, tu me parles de tes peurs. L'angoisse n'est pas très confortable, c'est vrai. Mais c'est aussi un formidable moteur qui aide à se donner à fond. La roue de la vie tourne, Paige. Qu'on le veuille ou non, le changement arrive. On en voit qui font tout ce qu'ils peuvent pour l'éviter, mais le changement les rattrape quand même. Mes grands-parents savaient que ce ne serait pas facile, mais c'était leur rêve et ils l'ont fait. On a connu des années de vaches maigres. Jamais je n'aurais imaginé qu'on aurait un jour notre propre restaurant, mon frère et moi. Nous n'avions rien et maintenant, nous avons…

Elle s'interrompit pour regarder autour d'elle.

— … tout. Grâce à mon Jake, parce qu'il a osé.

Sais-tu combien lui ont ri au nez lorsqu'il est allé frapper aux portes, tout gamin qu'il était ? Des dizaines et des dizaines qui étaient là à se fiche de lui. Mais il a continué à frapper quand même, et maintenant ce sont les autres qui frappent à sa porte. Alors ne va pas me dire que les rêves ne se réalisent pas.

— Oui, mais Jake, c'est différent ! Il a une intelligence largement au-dessus de la moyenne et un talent que les autres n'ont pas. Alors que moi, qu'est-ce que je fais ? J'organise. C'est à la portée de tout un chacun. Ou en tout cas de pas mal de monde.

Avec un soupir, Paige reposa sa tasse. Une nouvelle vague de doute montait en elle.

— Des millions de personnes sont capables de faire mon métier, alors que Jake est une exception. C'est pour ça qu'ils frappent tous à sa porte.

— Essaie donc de faire le compte des gens qui savent cuisiner dans cette ville. Il y en a des milliers et des milliers, non ? Et pourtant mon restaurant fait le plein tous les soirs. Tu te sous-estimes, Paige. Tu as un bon contact, un sens aigu du détail et des capacités d'organisation impressionnantes. Avec ça, tu es passionnée, déterminée et travailleuse. Tous les ingrédients sont là.

Ces « ingrédients » suffiraient-ils ? Elle se mordilla la lèvre.

— Le problème, c'est que la perte de mon boulot a démoli ma confiance en moi. Et c'est justement une grande confiance en moi qu'il me faudrait si je veux convaincre les gens de faire appel à Urban Génie.

Paige scruta le fond de sa tasse.

— Comment rayonner d'une assurance que l'on ne ressent pas ?

— Tu peux faire semblant dans un premier temps. Et ne me dis pas que tu n'en es pas capable, car tu es une spécialiste surentraînée.

La voix de Maria était calme, son regard affectueux. Mal à l'aise, Paige s'agita sur sa chaise.

— Cela m'arrive parfois de faire semblant, c'est vrai. Mais rarement avec toi.

Avec Maria, elle disait tout ce qu'elle avait sur le cœur, quel que soit le sujet abordé. Sauf un. Maria ne savait rien des sentiments qu'elle avait eus dans le temps pour son fils.

— Donc continue à feindre l'assurance même si tu doutes. Puis tu te réveilleras un matin et tu t'apercevras que tu n'as plus besoin de jouer la comédie.

— Je croise les doigts pour que tu aies raison.

Paige jeta un coup d'œil sur l'écran de son téléphone et se leva.

— Il faut que je file. Je retrouve Eva et Frankie dans un quart d'heure à la maison. Et je suis censée trouver des fruits frais pour Eva. Merci pour le café. Et pour le coup de boost, surtout.

— Venez donc prendre votre petit déjeuner de travail ici un de ces jours. Je vous bourrerai de granita aux amandes et de brioche. Ou je ferai du *pizzolo* sucré à la pistache. Je ne peux pas vous aider dans votre travail mais je peux vous nourrir — à la mode sicilienne. Et souviens-toi : même si ton chemin est raide et creusé d'ornières, cela ne veut pas dire qu'il faut t'arrêter de marcher.

— Je devrais broder cette devise sur un coussin !

Elle embrassa Maria sur la joue et ressortit dans la rue. En passant, elle acheta des fruits rouges et des prunes fraîches sur un étal et du café tout juste moulu chez son torréfacteur préféré.

Eva s'activait déjà dans la cuisine de Frankie, ses longs cheveux relevés à la diable. Sur n'importe qui d'autre, l'effet aurait été épouvantable. Eva, elle, avait juste l'air encore plus sexy que d'habitude. La lèvre inférieure coincée entre les dents, elle était occupée à saupoudrer de cannelle ses flocons d'avoine.

— Tu as pensé à mes fruits rouges ! Top !

Elle ajouta une pointe de sirop d'érable dans son mélange.

— Pose-les sur la table. Et si tu as l'intention de prendre une douche, ne traîne pas trop parce que c'est presque prêt. Frankie s'habille. Elle a eu un nouveau texto.

Elle baissa la voix, mais Paige n'eut pas le temps de demander plus de précisions car la porte s'ouvrit et Jake apparut, sa haute silhouette barrant l'encadrement.

Elle ne s'était pas préparée à le revoir aussi vite.

Jake vivait à Tribeca, dans le Lower Manhattan, une ancienne zone industrielle devenue un des quartiers les plus *trendy* et cotés de New York. Il occupait un loft avec une vue qui, selon les dires d'Eva, portait au moins jusqu'en Floride par temps clair.

Jake bâilla et Paige vit que, derrière la barrière fournie de ses cils, ses yeux gris accusaient la fatigue. Une barbe de trois jours lui noircissait les joues, et il était clair que le sommeil n'avait pas tenu une place prédominante dans ses occupations de la nuit.

Sous son bras, il portait un gros casque intégral noir. S'entasser dans le métro avec le reste de l'humanité laborieuse, ce n'était pas pour Jake. Lorsqu'il faisait le trajet entre Manhattan et Brooklyn, il roulait à moto.

A le regarder, personne n'imaginerait qu'il dirigeait une entreprise d'une envergure internationale. Avec sa dégaine, il aurait pu traîner dans les quartiers les plus mal famés de Brooklyn sans que personne ne le remarque.

— Je venais souhaiter une bonne première journée de travail à l'équipe dirigeante d'Urban Génie.

Malgré le manque de sommeil, il avait l'air sexy, viril — il était beau à tomber par terre.

Elle, de son côté, avait les cheveux collés par la transpiration, la peau luisante, et ne portait pas une once de maquillage.

*Super.*

S'il fallait vraiment qu'il débarque aujourd'hui, il aurait au moins pu arriver dix minutes plus tard, *après* sa douche et application éventuelle d'une touche de rouge à lèvres.

Cela dit, quelle différence ? Elle pouvait prendre toutes les douches qu'elle voulait et décliner les nuances de rouge à lèvres les plus spectaculaires, Jake le remarquerait à peine.

Et d'ailleurs, pourquoi ferait-il attention à elle ? La liste d'attente des femmes prêtes à passer une nuit avec Jake Romano était réputée interminable.

A ses yeux, elle était restée l'adolescente maigre et pâle qui s'était ridiculisée en se jetant à sa tête et l'avait mis dans l'obligation embarrassante d'avoir à la repousser. Après son opération, elle s'était juré de vivre pleinement le moment présent et avait aussitôt mis ce principe en application en allant s'offrir à Jake. Mais peut-être l'avait-elle mal choisi, son « moment présent » ? Elle s'était souvent demandé ce qui se serait passé si elle avait attendu quelques années de plus avant de lui faire sa grande scène de séduction.

L'aurait-il vue alors comme une adulte, en âge de jouer aux jeux des grandes personnes ?

— Qu'est-ce que tu fais ici, Jake ?

Elle dut exercer un effort de volonté méritoire pour ne pas porter la main à ses cheveux.

— J'avais rendez-vous avec mon oncle pour des questions administratives. Je me suis dit que j'allais passer vous dire un petit bonjour et vous souhaiter bonne chance.

Eva, toujours accueillante, se dressa sur la pointe des pieds pour saluer Jake d'un baiser affectueux sur la joue.

— C'est sympa. Tu es le meilleur, même si tu piques horriblement. Tu as pris ton petit déj'? Je peux te préparer quelque chose si tu veux te joindre à nous.

Paige grinça des dents. Surtout pas, non. La présence de Jake lui ôtait toutes ses facultés de concentration.

— Merci, mais j'ai déjà petit-déjeuné. A ma façon.

Jake adressa un clin d'œil à Eva qui sourit, aux anges.

— N'en dis pas plus. En guise de *breakfast*, tu as passé un moment hautement érotique avec une blonde voluptueuse, c'est ça ?

Paige haussa les épaules.

— Ne commence pas à alimenter l'imagination romanesque d'Eva, Jake, sinon elle va réserver le Plaza pour t'organiser un mariage en juin. Par « petit déj' à sa façon », Jake entend simplement qu'il a bu un ou deux cafés *ristretto* cul sec, sans rien avaler de solide.

— Quelqu'un ici a parlé de « blonde voluptueuse » ?

Matt entra derrière Jake, une cravate drapée autour du cou et une pile de documents à la main.

— Ne réponds pas au téléphone, Paige. Maman a déjà appelé quatre fois. Papa et elle ont eu l'info, pour le dégraissage chez Star Events.

— Mais comment ils ont su ça ? Je croyais qu'ils étaient à Venise ?

Après avoir passé de longues années sans trop oser s'éloigner, de crainte qu'il n'arrive quelque chose à leur fille, leurs parents s'étaient enfin décidés à faire un long voyage à l'étranger. Matt et Paige recevaient l'un et l'autre des comptes rendus réguliers de leur périple en Europe.

— Tu connais papa. Venise ou pas Venise, il aura toujours l'œil rivé sur un écran pour suivre l'actualité économique.

Le moral de Paige plongea.

— Autrement dit, ils sont dévorés par l'angoisse et m'imaginaient déjà intubée au fond d'un lit d'hôpital, c'est ça ? Tu leur as dit quoi ?

— Que tu avais tout de suite retrouvé un autre boulot et que tu te portais comme un charme.

Il déposa les documents sur la table.

— Ne renversez pas de café là-dessus, les filles. C'est sérieux, comme paperasse.

— Tu leur as dit que j'avais déjà décroché un nouveau job ?

— Oui. Du coup ils ont voulu connaître le nom de la nouvelle société qui t'emploie afin que papa puisse se renseigner sur le sérieux de l'entreprise en question.

Paige se mordit la lèvre.

— Aïe. Comment tu as fait ? Tu as craqué et tu as avoué ?

— Hé, ho, tu me prends pour un lâche ?

Matt se pencha pour piquer des fruits rouges dans le bol qu'Eva avait placé sur la table.

— Les parents, je les gère depuis aussi longtemps que toi. Que dis-je ? Depuis plus longtemps encore. Même si la situation n'a commencé à se compliquer que lorsque tu t'es pointée, avec ton pauvre petit cœur fragile et tes lèvres toutes bleues. Rien que des basses manœuvres pour attirer l'attention sur toi, si tu veux mon avis.

— Tu crois que je me suis autocreusé un trou dans une valve cardiaque ?

— Vu le bazar que tu faisais à deux ans en mangeant, ça ne m'étonnerait pas vraiment de toi. Tu devais viser un nugget de poulet avec ta fourchette et tu as loupé ton coup.

Matt avait toujours su la faire rire.

— Donc tu leur as expliqué que tu étais trop débordé par ta propre vie trépidante pour garder l'œil rivé sur la mienne ?

— Jamais de la vie. Si j'avais dit ça, ils auraient rappliqué aussi sec. Et je me serais fait souffler dans les bronches de ne pas être aussi attentif à toi que je devrais l'être.

Il prit une prune dans le compotier et la dégusta avec une grimace appréciative.

— Je leur ai raconté que tu étais pleine d'enthousiasme pour ton nouveau boulot — ce qui est la stricte vérité —, soulagée d'échapper à ce dragon de Cynthia — vrai également — puis j'ai enchaîné sans transition, en racontant quelques anecdotes au sujet de ma vie perso avant d'encourager maman à me décrire les mosaïques de Saint-Marc et la collection complète des toiles du Titien.

Paige savait que sa mère avait dû être intarissable sur les peintres vénitiens et la beauté mélancolique de la lagune...

— Merci, Matt. Je finirai par le leur dire, bien sûr. Mais une fois que l'agence aura vraiment démarré. Je ne veux pas inquiéter maman.

— Je suis tout à fait d'accord avec toi. Si tu le leur annonces maintenant, ils vont avancer leur retour et on les verra débarquer ventre à terre. Ce que j'aimerais autant éviter.

— Cela me coûte de l'avouer, mais tu es un frère presque idéal. Super-frérot, c'est toi.

— Je sais. Et ne serait-ce que pour cette raison, vous avez le droit de me nourrir ce matin.

Eva les écoutait, tout sourires.

— Je m'en charge. Assieds-toi, Super-frérot. Tu es toujours le bienvenu à ma table, à condition de me promettre de ne jamais te présenter vêtu de lycra.

— Aucun risque. Mais je ne peux pas m'asseoir. C'est un petit déjeuner en mode drive-in. Enfin, en walk-in, plus exactement.

— Comment ça ?

— On fait comme au fast-food : je passe devant toi et tu me remets ma pitance. Façon œufs et bacon, de préférence.

Il entreprit de nouer sa cravate en passant le grand pan sous l'autre. Jake lui jeta un œil incrédule.

— A quoi ça te sert de porter une *cravate* ?

— C'est un leurre qui marche avec certains clients qui l'interprètent comme un gage de compétence. Paige, j'ai arrangé un rendez-vous avec mon avocat à 16 heures tapantes. Dans son cabinet du centre. Il faudra que vous soyez là toutes les trois. N'arrivez pas en retard, surtout, car à côté de son tarif horaire, celui de Jake paraît presque dérisoire. Après ça, direction : le comptable.

Son téléphone émit un signal et Matt baissa les yeux sur l'écran pour lire son message.

Paige attrapa son propre téléphone.

— J'aurais pu prendre ces rendez-vous moi-même.

— Il fallait que je voie mon avocat de toute façon. Ça fait une économie de temps et d'énergie.

Matt fit dérouler ses mails.

— Il va examiner ton plan de développement. Ne traîne pas trop pour le faire, donc.

— Il faut qu'on aille à Manhattan, alors ?

Jake se tourna vers elle.

— Si tu veux, je t'emmène à moto.

Paige se jeta sans hésiter sur la proposition.

— Yes ! J'ai toujours eu envie de filer à moto dans les rues de New York.

Matt leva les yeux. Son expression était glaciale.

— Il est hors de question que tu prennes ma petite sœur sur ton espèce d'engin.

Paige ouvrit la bouche pour protester mais Jake la devança d'un ton suave :

— Mon espèce d'engin, comme tu dis, est un modèle hautement sophistiqué, avec un moteur de...

— C'est précisément à cause de ce moteur que ma sœur ne montera pas sur ta grosse cylindrée.

Jake leva les sourcils.

— J'ai un second casque. Ce n'est pas la première fois que je transporte une femme sur ma moto. Et aucune perte humaine n'a encore été à déplorer.

— Tu trimballes qui tu veux mais pas Paige, OK ? On fait toujours notre soirée cinéma, samedi prochain ?

Exaspérée, Paige foudroya son frère du regard.

— Matt...

— Evidemment qu'on fait notre soirée cinéma !

La voix douce d'Eva agit comme un baume sur l'atmosphère houleuse.

— On pourrait peut-être regarder un film sympa, drôle et sentimental, pour changer ?

— Je pensais plutôt à une soirée de l'horreur, rétorqua Matt tout en répondant à son texto. On pourrait se faire un grand classique comme *Le Silence des agneaux*. Et peut-être une touche de Stephen King...

Eva eut un mouvement de recul.

— Ah non ! Je *déteste* les films qui font peur. Si tu n'as pas envie de te réveiller au beau milieu de la nuit et de me trouver en train de trembler dans ton lit, trop terrifiée pour dormir seule, tu as intérêt à choisir autre chose. Je ne veux ni enfants morts ni tueurs en série. Telles sont mes règles. On pourrait revoir *Nuits blanches à Seattle* ?

— Seulement si les nuits blanches en question sont dues aux ravages d'un serial killer lâché dans la nature.

Le téléphone de Matt sonna.

— Désolé. Je suis obligé de répondre.

Il s'éloigna pour prendre la communication, laissant Paige ulcérée.

— Qu'est-ce qui lui prend, franchement ? J'accepte de faire le trajet avec toi, Jake. Je suis majeure et libre de mes actes.

Il eut un petit sourire.

— Laisse tomber. Si tu veux te battre avec Matt, tant mieux. C'est toujours un spectacle revigorant pour nous tous de vous voir vous voler dans les plumes, toi et lui. Mais je préfère rester en dehors du champ de bataille.

Paige soupira. Matt et elle allaient devoir s'expliquer sur le sujet, et à la prochaine occasion. Elle ouvrit son ordinateur portable.

— Bon, alors... Le service « événements » qu'offre notre agence sera classique. Mais j'ai ajouté le panel de prestations que proposent les conciergeries d'entreprise.

Pendant que Matt était occupé au téléphone, elle montra la liste à Eva.

— J'ai oublié quelque chose ?

Jake jeta un coup d'œil par-dessus son épaule.

— Tu as oublié de lister la brouette japonaise, le cheval à bascule, la pieuvre.

— Ha ha, très drôle. J'ai fait une liste des sociétés dont les dirigeants sont riches en cash et pauvres en temps.

Eva servit du café à la ronde.

— Mais pourquoi feraient-ils appel à nous ?

— Parce que, grâce à notre intervention, leurs salariés seront plus productifs. Et leurs vies tellement plus simples qu'avant qu'ils vont se demander comment ils ont survécu jusqu'ici sans nous. J'ai fait quelques recherches en ligne, hier soir — savez-vous combien d'heures sont perdues pour l'entreprise parce que les salariés règlent des problèmes de leur vie privée pendant le temps normalement dévolu au travail ?

Jake prit le café que lui tendait Eva.

— Les miens ne font pas ça.

— Je parie que si. Seulement tu ne le sais pas car c'est toi le patron. Dès l'instant où tu t'approches, ils changent de fenêtre à l'écran.

— Tu essaies de me dire que je suis déconnecté de ce qui se passe dans ma propre entreprise ?

— J'essaie de te dire que la plupart des gens font tellement d'heures de nos jours et le ratio travail/vie privée est en tel déséquilibre qu'ils sont obligés de fonctionner de cette manière. Et c'est là que nous intervenons, justement.

Matt raccrocha.

— Ratio travail/vie privée ? C'est quoi ce concept bizarre encore ? Désolé, là, il faut que je coure.

Il glissa son téléphone dans sa poche, rectifia sa cravate et examina rapidement son reflet que lui renvoyait la surface étincelante du four à micro-ondes.

— A plus tard, tout le monde.

Mais il s'immobilisa devant Frankie. Elle portait un

pantalon de treillis, un T-shirt propre, et ses boucles d'un roux ardent cascadaient sur ses épaules en un joyeux désordre.

Paige vit les yeux de son frère s'attarder sur la chevelure de son amie. Puis il scruta le visage de celle-ci et dut noter son expression tendue.

— Tout va bien, Frankie ?

Il parlait à voix basse et Frankie dit quelque chose que Paige ne put entendre, mais elle vit son frère hocher la tête et poursuivre son chemin sans insister.

Paige savait que Matt avait une opinion particulièrement négative de la mère de Frankie.

A l'occasion des rares visites dont elle gratifiait sa fille, il s'était toujours arrangé pour être dans le secteur. Frankie aurait probablement préféré être seule pour vivre sans témoin ces moments toujours humiliants pour elle. Mais sachant à quel point ces rencontres avec sa mère l'affectaient, ses amis essayaient d'être présents chaque fois que Gina Cole effectuait une de ses « visites parentales » impromptues.

Paige était touchée par le farouche soutien que Matt apportait à Frankie. Elle s'était demandé à l'occasion s'il y avait autre chose là-dessous qu'une simple manifestation de plus de la nature protectrice de son frère. Mais elle avait rejeté cette possibilité.

Pour Matt, la confiance faisait partie des bases élémentaires d'une relation amoureuse.

Et Frankie ne faisait confiance à personne. Elle était la première à admettre qu'elle était tellement tordue sur le plan affectif qu'elle pourrait servir de tire-bouchon.

— Tu es sûr de ne pas vouloir rester avec nous, Matt ?

Eva désigna la table d'un geste ample.

— Je déclare l'ouverture plénière de cette séance petit déjeuner. Quiconque se trouvera encore dans cette cuisine dans deux minutes sera obligé de manger un bol complet de mon gruau d'avoine.

Matt et Jake entrèrent en collision en fuyant vers la porte comme un seul homme.

— Pourquoi les mecs ont-ils tant de mal avec la nourriture saine, je me le demande ?

Offusquée, Eva répartit sa bouillie crémeuse dans des bols et ajouta des amandes et des fruits frais.

— Probablement parce que la *junk food* a plus de goût.

Frankie s'assit et s'arma d'une cuillère.

— Bon. Si j'avale ta tambouille, tu arrêteras de me houspiller sur les faibles qualités nutritives de mes apports alimentaires habituels ?

— Peut-être.

Paige poussa son ordinateur vers Frankie.

— Jette un coup d'œil là-dessus.

Les yeux rivés sur l'écran, Frankie lut la liste de leurs futures prestations tout en portant sa cuillère à sa bouche de façon mécanique.

— Ouah, dis donc, on est fortes. Enfin, c'est toi qui es forte surtout d'avoir mis ça au point aussi vite. Tu es sûre que nous sommes capables d'offrir tous ces services ?

— Si nous ne pouvons pas le faire nous-mêmes, nous savons à qui nous adresser. J'ai déjà commencé à dresser un tableau avec une liste de fournisseurs, de prestataires, de lieux, etc. Nous avons de nombreux contacts et j'ai déjà eu pas mal d'appels de gens disposés à travailler avec nous. Il semblerait que Star Events ait fait pas mal de mécontents, ces derniers temps.

— Il n'y avait pas de clause de non-concurrence dans ton contrat ?

— Seulement si je donnais ma démission. Ce qui n'a pas été le cas. Matt a déjà vérifié tout ça pour moi. Je suis allée sur Internet, voir tous nos concurrents, et j'ai regardé quels étaient les plus gros événements organisés par eux pendant l'année écoulée. J'ai ajouté tout ça sur une autre liste.

Elle se pencha pour ouvrir un nouveau fichier. Frankie jeta un coup d'œil.

— Tu es la reine de la liste, Paige. Et celle-ci est longue.

— J'ai commencé par les entreprises qui ont fait travailler Star Events, puis j'ai répertorié leurs concurrents et les boîtes qui leur sont liées. Jusqu'à présent, j'ai obtenu soixante-dix noms. Alors, libérez vos agendas pour les quelques jours à venir, les Aladine Girls. Nous allons avoir de quoi nous occuper.

Elle leva sa tasse de café.

— A nous.

Frankie joignit son geste au sien.

— A Urban Génie. « Vos désirs sont nos ordres. »

Eva souleva son mug avec tant d'enthousiasme qu'elle en éclaboussa la table.

— Que vos souhaits débordent !

— Comme ton café, compléta Frankie en se levant pour attraper une éponge.

Plus tard, ce jour-là, dans les bureaux de sa société à Tribeca, Jake sortait d'une réunion client et préparait la suivante lorsque Matt déboula sans prévenir.

— Il faut que je te parle.

— Je suis occupé.

— C'est au sujet de Paige.

Il n'avait pas envie de penser à Paige.

Il faisait toujours très attention à ne pas la toucher, mais la veille il avait relâché sa vigilance.

Le souvenir du léger tremblement de sa main sous la sienne restait présent en lui à la manière d'une empreinte physique. Et dans ses narines flottait encore son parfum — un parfum fleuri aux senteurs d'été, qu'elle portait depuis des années. L'odeur de Paige lui taquinait les sens et plongeait ses pensées dans le chaos. Elle lui donnait envie de la déshabiller de pied en cap, de l'allonger dans le carré de fleurs sauvages le plus proche et de lui faire des choses très peu recommandables.

— Je ne la prendrai pas sur ma moto si ça t'inquiète à ce point, mais tu devrais la laisser libre de prendre cette décision elle-même. Tu la surprotèges.

Matt s'affala dans le fauteuil le plus proche.

— Je ne suis pas venu te parler de ta moto. C'est au sujet de l'agence. De l'entreprise qu'elle s'est mis en tête de créer. Qu'est-ce qui t'a pris de la pousser à fond là-dedans, nom d'un chien ?

— J'ai vu qu'elle avait besoin de se sentir de nouveau en position de maîtrise. Tu as bien vu à quel point elle était abattue. Rien ne terrifie autant Paige que le sentiment de sa propre impuissance. Je l'ai juste aidée à comprendre qu'elle avait en elle les moyens de reprendre le dessus.

— Tu t'es montré agressif. Elle était en colère.

— Oui, je l'ai provoquée. On est beaucoup plus réactif dans la colère que dans la tristesse.

— *Quelle* tristesse ? Elle ne pleurait pas, si ? Je n'ai jamais vu ma sœur pleurer, d'ailleurs, même à l'hôpital, même quand elle souffrait.

Jake, qui était capable de voir arriver une crise de larmes féminine à un kilomètre, se demanda comment Matt pouvait être aussi aveugle.

— Elle était à deux doigts de s'effondrer. Et si elle avait craqué devant nous, elle aurait été mortifiée. Elle se sentait déjà mal. Ce n'était pas le moment d'en rajouter. Ce dont elle avait besoin, c'était d'être galvanisée pour agir. Et la colère est le meilleur déclencheur d'action. Tu devrais me remercier au lieu de me sauter dessus.

— Donc tu l'as mise en colère exprès.

Matt se frotta la mâchoire d'un air pensif avant de marmonner un juron.

— Et merde. Je n'avais rien capté. Comment ça se fait que tu comprennes les femmes à demi-mot, comme ça ?

— J'ai une vaste expérience dans le domaine. Ainsi que des capacités exceptionnelles pour les rendre folles d'exaspération.

Son téléphone sonna. Jake le réduisit au silence d'un geste du doigt.

Matt vit le nom qui s'affichait sur son écran.

— Brad Hetherington ? Dis donc, mon pote, tu évolues dans les hautes sphères. Tu n'as pas besoin d'oxygène pour respirer là-haut ?

— J'ai plutôt besoin d'une bêche pour déblayer le purin.

— Tu ne prends pas son appel ?

— Je l'aurais pris — si tu n'avais pas été assis dans mon bureau. Et parfois, ça paie de ne pas être joignable. Il veut quelque chose de moi, apparemment. Si je le fais attendre, il acceptera d'y mettre plus cher.

Matt secoua la tête.

— Quel effet ça fait d'avoir les grands de ce monde qui font la queue devant ta porte ?

— Ça fait que je me sens à la bourre.

Jake se renversa contre son dossier et examina Matt, qu'il considérait comme un frère.

— OK. Tu es juste venu ici pour me mettre ton poing dans la figure pour avoir contrarié ta sœur, ou il y a autre chose ?

— Il y a autre chose. Je veux que tu l'aides pour son agence.

Jake se figea. Tout en lui criait prudence.

— Pourquoi faudrait-il que je l'aide ?

— Parce que c'est toi qui l'as incitée à se lancer. Ta responsabilité est impliquée. Tu ne peux pas la laisser se planter.

— Et pourquoi voudrais-tu qu'elle se plante ?

— Parce que, pour Paige, faire appel à autrui équivaut à un aveu de faiblesse. Toi et moi, on sait d'expérience que l'entrepreneuriat est une aventure exigeante. Plus on est prêt à demander autour de soi, plus on apprend vite. Or, ma sœur pratique l'art de l'autonomie à son plus haut degré et elle insistera pour tout gérer seule. Donc il faut que ce soit toi qui prennes les devants.

*Sûrement pas, non !*

Jake tapota du bout des doigts sur son bureau. Donner à Paige le petit coup de pouce utile pour qu'elle prenne la bonne direction était une chose ; s'impliquer personnellement en était une autre.

— Elle ne voudra pas de mon aide. Tu l'as entendue hier soir.

Et il savait que ce n'était pas seulement par esprit d'indépendance que Paige refuserait qu'il lui prête assistance. Ils n'avaient plus jamais abordé la question, mais le passé flambait encore entre eux, colorait chacune de leurs interactions.

Avec lui, elle se protégeait, gardait ses distances. Et cette trêve plus ou moins armée entre eux leur convenait à l'un comme à l'autre.

— Je ne connais rien aux services de conciergerie. Ni à l'événementiel non plus, d'ailleurs.

— Tu devrais, pourtant. Tu assistes à des événements à longueur de temps.

— Pour développer mon réseau, boire du champagne à l'œil ou croiser un plan Q potentiel. Parfois les trois à la fois. Je ne planifie pas à l'avance.

Jake n'aimait pas le tour que prenait cette conversation. Il se sentait comme au bord de sables mouvants : le moindre faux pas pourrait bien le conduire à un enlisement irréversible.

— Tu as autant d'expérience que moi dans l'entrepreneuriat, Matt. Aide-la, toi.

— Paige pense que je la surprotège et elle a raison. J'essaie de ne pas le faire mais c'est plus fort que moi. Et à tous les coups, ça dégénère. Tu te rappelles quand elle passait son permis de conduire ?

Matt vit Jake faire la grimace et soupira.

— Ouais, tu vois le tableau. Je suis trop grand frère poule pour être objectif.

Matt se leva et se dirigea vers la baie vitrée.

— Pas dégueu, la vue que tu as de ton bureau, commenta-t-il d'un air distrait.

— J'ai rarement le temps d'en profiter.

Le sous-entendu était transparent mais Matt l'ignora.

— Pour moi, elle sera toujours la petite fille au cœur malade. Je la revois encore à l'hôpital, les lèvres bleuies, luttant pour respirer.

— Si tu essaies de me faire le coup du chantage affectif, tu perds ton temps. Et le mien par la même occasion.

Les paroles de Matt, pourtant, ramenaient des images, des souvenirs que Jake gardait normalement enfouis. Et en même temps que les images, remontait tout un fatras affectif ancien, une nostalgie diffuse dont il ne voulait surtout rien savoir.

— Ce n'est pas un chantage affectif. C'est la vérité. Mon réflexe primaire, c'est de l'envelopper dans du papier bulle et de tout faire à sa place. Ça a toujours été comme ça avec Paige. Depuis le premier jour.

— C'est parce que tes parents t'en ont confié la responsabilité très tôt.

Jake se leva et se posta à côté de son ami face à la vue.

— Ils comptaient sur toi pour garder un œil sur elle. C'est un fardeau de dingue qu'ils t'ont mis sur les épaules, à l'époque.

Il avait toujours pensé que c'était une tâche très lourde et très angoissante qui avait incombé à Matt.

— Paige n'est pas un fardeau, protesta-t-il, sourcils froncés.

— Paige, non, mais la responsabilité, oui. Peut-être qu'il est temps de laisser ta sœur déployer ses ailes et commettre ses propres erreurs. Toute seule, comme une grande. Au lieu de la rattraper *avant* qu'elle tombe, tu attends qu'elle s'étale et tu la relèves ensuite.

— Je ne peux pas. Je ne supporte pas l'idée qu'elle puisse se planter, s'en prendre plein la figure, avoir mal… Rien que d'y penser, ça me rend dingue.

— Tu as trop peur de l'échec. Ça doit être le lot des enfants qui ont eu des parents super performants. Echouer, c'est ce qui te permet de trouver en toi la force de te remettre debout, Matt. La réussite ne t'apprend rien sur toi-même, alors que l'échec est toujours riche en enseignements. Une fois que tu as compris, tu te remets en route et tu recommences.

Matt se passa la main dans les cheveux.

— Dans le temps, tu étais aussi protecteur que moi, avec Paige. Tu as même passé une nuit entière à côté de son lit d'hôpital parce que je ne pouvais pas me libérer. Mais c'est vieux, tout ça. Tu ne t'en souviens sans doute même plus.

Il se souvenait de chaque instant, au contraire.

— La différence entre toi et moi, Matt, c'est que je ne confonds pas la petite fille malade d'hier avec la femme d'aujourd'hui. Ce n'est pas un service à lui rendre que d'écarter tous les obstacles devant elle. Et ce n'est surtout pas ce qu'elle demande, en plus.

Malgré ses beaux discours, ne continuait-il pas, lui aussi, à la protéger à sa façon ?

Il la protégeait *contre lui-même.*

Parce qu'il se savait dangereux pour Paige. Elle avait pris un vilain coup dans les dents à cause de lui, dans le temps.

Ils n'avaient jamais reparlé de cet épisode ensemble, mais il était conscient des dégâts qu'il avait commis. Il le voyait bien, qu'elle n'était plus la même depuis. Fini la spontanéité qu'il trouvait si rafraîchissante. Avec lui, elle était en permanence sur la défensive. Et il lui facilitait la tâche en veillant à maintenir la relation sur le fil du rasoir, entre la trêve armée et l'hostilité pure et franche.

Matt tourna le dos à l'extraordinaire paysage urbain à leurs pieds.

— Je sais qu'elle déteste être protégée, mais je veux quand même que tu l'aides. C'est un service d'ami que je te demande.

Jake grimaça intérieurement. Leur amitié était la raison même pour laquelle il voulait garder Paige à distance.

— Si tu tiens à tout prix à l'aider, aide-la. Je ne vois pas en quoi je serais mieux placé que toi pour le faire.

— A part le fait qu'elle ne veut jamais rien entendre dès que ça vient de moi ? Il y a aussi que je suis architecte paysagiste. Doué dans ma spécialité, d'accord. Si elle avait besoin d'aménager un toit en terrasse, je m'en chargerais. Mais je ne suis pas un expert en marketing numérique. Et surtout, je ne suis pas en cheville avec tout le haut du panier des dirigeants d'affaires de Manhattan. Toi si. Tu pourrais lui ouvrir plus de portes que moi.

— Sitôt ouvertes, elle me les claquerait à la figure.

— Et ton nouveau copain, Brad Hetherington…

Matt désigna le téléphone de Jake d'un geste impatient de la main.

— … Ce type possède pratiquement tout Wall Street. Rien qu'avec un seul client comme lui, Urban Génie serait largement tiré d'affaire.

Jake songea aux rumeurs qui couraient sur le personnage.

— Crois-moi. Il vaut mieux que Paige se tienne aussi loin que possible de Hetherington.

— Sur le plan personnel, oui. Mais sur le plan professionnel ? Il roule sur l'or, ce type. Et il n'est pas le seul. Tu en connais un paquet, des comme lui. Elle n'a même pas besoin de savoir que tu lui donnes un coup de main. Prends ton téléphone et passe quelques coups de fil. La moitié de Manhattan t'est redevable pour service rendu.

— Je n'agis jamais par-derrière en affaires. La transparence est mon principe.

Mais avait-il été transparent dans sa relation avec Paige ?

Elle pensait qu'il ne ressentait rien pour elle. Qu'elle n'était rien de plus pour lui que la petite sœur de son meilleur ami.

— OK. Je suis prêt à faire un compromis.

C'était la seule façon d'arriver à faire sortir Matt de son bureau.

— Si Paige vient et qu'elle me demande de l'aider, je l'aiderai.

Matt jura entre ses dents.

— Tu sais qu'elle ne le fera pas.

Jake eut un haussement d'épaules.

C'était précisément là-dessus qu'il comptait.

# Chapitre 5

*« Essaie d'atteindre les étoiles, et si elles sont hors de ta portée, mets des talons plus hauts. »*

— *Paige*

Paige était affalée à sa table préférée au Romano's, près d'une fenêtre d'angle. Avec Eva et Frankie, elles s'efforçaient de mettre au point un plan C, après l'effondrement successif de leur plan A puis de leur plan B. Il y avait déjà deux semaines qu'elles avaient créé Urban Génie. Et elles n'avaient pas progressé d'un iota.

De réconfortantes bouffées d'ail et d'aromates leur parvenaient de la cuisine. Par la fenêtre ouverte, on voyait Matt faire les cent pas sur le trottoir, son téléphone collé contre l'oreille.

On était vendredi soir et il avait insisté pour les inviter à dîner toutes les trois, mais son portable n'avait cessé de sonner depuis l'instant où il avait mis le pied dans le restaurant.

Son téléphone à elle gardait un silence déprimant, en revanche.

Personne n'avait accepté de lui parler et personne ne prenait la peine de répondre aux messages qu'elle avait laissés un peu partout. Ce n'était pas vraiment la façon dont elle avait rêvé de faire ses débuts dans l'événementiel à son compte.

Un jour, promis, ses affaires marcheraient si bien qu'elle pourrait offrir un million de dîners à Matt. Son téléphone sonnerait si souvent qu'elle serait obligée d'embaucher quelqu'un pour répondre.

Paige croisa les doigts pour que ce jour-là se décide à arriver bientôt.

— Vous n'avez pas arrêté de courir cette semaine, toutes les trois.

Maria déposa devant chacune d'entre elles une assiette fumante, débordant de ses fameuses *pasta alla Norma*.

— Mangez-moi donc tout ça, mes enfants. *Buon appetito.*

— Bientôt, on n'aura même plus les moyens de se nourrir, déclara Paige d'un air sombre. Il ne nous restera plus qu'à farfouiller dans les poubelles, comme des chats SDF.

Frankie prit sa fourchette.

— Miss Tigresse était une chatte SDF. Et maintenant, elle mange plutôt comme une chatte princesse.

Maria lui tapota l'épaule.

— Vous savez que vous pouvez venir ici quand vous voulez, pour les repas. Ce n'est pas la *pasta* qui manque. Et on est toujours heureux de vous avoir.

Carlo qui passait par là renchérit avec bonne humeur :

— Avec *tre belle ragazze* comme vous juste devant la fenêtre, les affaires fleurissent.

Les affaires de tous semblaient fleurir en ce moment. A l'exception de celles d'Urban Génie.

Paige regarda autour d'elle : le restaurant était bondé. Il n'y avait pas une seule chaise libre, ni en salle ni en terrasse. Normalement, le simple fait d'être au Romano's suffisait à lui remonter le moral. Elle aimait les tables aux ferronneries compliquées et les photos de Sicile encadrées au mur. Elle les connaissait toutes en détail. Le sommet coiffé de neige de l'Etna ; la jolie ville médiévale de Taormina avec ses rues tortueuses ; un bateau de pêche voguant sur la mer plus bleue que bleue.

Les rires et les conversations résonnaient gaiement dans toute la salle. Tout le monde avait l'air heureux.

*Sauf* l'équipe d'Urban Génie.

Paige avait pour mission de remonter le moral des troupes, mais jusqu'à présent, on ne pouvait pas dire qu'elle avait été très efficace. Elle fit un effort de positivité quasi surhumain :

— Deux semaines, ce n'est pas si long que ça, pour un démarrage. Il y a d'autres entreprises à contacter.

Frankie lui jeta un regard démoralisé.

— Tu as passé *cent quatre* appels. Et ça n'a rien donné. Tout ce qu'on a fait, c'est aller récupérer un costume au pressing. Et fournir un gâteau maison pour le quatre-vingt-dixième anniversaire d'une mamie.

— La mamie, comme tu dis, s'appelle Mitzy et elle est géniale.

Eva enroula ses spaghettis sur sa fourchette, avec un appétit que leurs déboires professionnels du moment ne semblaient pas avoir entamé.

— Vous saviez qu'elle avait volé à bord d'appareils militaires aériens pendant la Seconde Guerre mondiale ?

Paige fronça les sourcils.

— Non. Comment aurais-tu voulu que je le sache ? Et comment se fait-il, d'ailleurs, que tu sois au courant ?

— Parce qu'on a commencé à discuter quand je suis allée livrer le gâteau. Et elle et moi, on s'est super bien entendues. Elle m'a montré des photos pas croyables. Puis un de ses petits-fils est passé lui rendre visite et elle a insisté pour que je reste prendre le thé.

Frankie en oublia de porter sa fourchette à sa bouche.

— Tu es carrément restée prendre le thé ?

— Ben, évidemment. Cela n'aurait pas été très sympa de refuser. D'ailleurs, je ne me suis pas forcée. Mitzy avait plein d'histoires super à raconter. Et lui, il était plutôt mignon. Enfin... Un peu coincé quand même. Genre banquier, quoi. Mitzy s'inquiète qu'il soit encore célibataire mais elle est surtout soucieuse par rapport à son autre petit-fils. Celui-là n'est pas dans la banque, c'est un écrivain connu. Il a perdu sa femme dans un accident il y a quelques années pendant les fêtes, et depuis il ne sort plus de chez lui et vit comme un ermite. Rien ne peut le consoler.

Les yeux d'Eva se remplirent de larmes.

— C'est affreux, non ? Je n'arrête pas de penser à cet homme seul enfermé dans son grand appartement vide. L'argent, dans ces cas-là, on s'en fout, non ? C'est l'amour qui compte, au final. Le reste, c'est accessoire.

Paige lui tendit une serviette en papier.

— Sauf quand on a perdu son boulot. Dans ces cas-là, l'argent peut quand même servir. Mais je suis d'accord, c'est terrible de perdre brutalement celui ou celle que l'on aime.

— C'est simple : il ne s'en remet pas. Mitzy a peur qu'il ne surmonte jamais son chagrin. Elle a tout essayé pour l'aider à se sortir de là, mais rien n'y fait. Pauvre homme. J'ai envie d'aller sonner à sa porte et de le prendre dans mes bras.

Frankie soupira.

— Tu ne le connais même pas. Donc techniquement, tu serais passible de poursuites pour agression et voies de fait. Je suis d'accord que c'est horrible ce qu'il lui est arrivé, à ce petit-fils numéro deux, mais j'ai du mal à comprendre comment tu peux verser des larmes sur quelqu'un que tu n'as jamais vu.

Eva s'essuya les yeux.

— Et moi, je ne comprends pas comment tu peux avoir le cœur aussi dur. Après avoir passé quelques heures avec Mitzy, je ne la considérais plus du tout comme une inconnue.

Frankie en laissa tomber sa fourchette.

— Quelques *heures* ? La livraison de ce gâteau était censée te prendre quarante minutes. Tu es restée combien de temps là-bas, au juste ?

— Je n'ai pas vraiment regardé ma montre.

Eva eut un geste vague de la main.

— En tout et pour tout, ça a bien dû durer quatre heures, le temps de prendre le thé, puis d'aller promener le toutou.

— Quatre heures ?

Paige cligna des yeux.

— Tu aurais pu lui facturer ton temps, Ev.

— Cela m'aurait gênée, franchement, alors qu'elle m'avait servi un bon thé et tout et tout. Si cela m'avait retardée dans mon travail, à la rigueur. Mais je n'avais rien de spécial à faire. Et puis je l'aime bien, moi, cette Mitzy.

Eva marqua un temps de silence.

— Elle m'a fait penser à ma grand-mère.

Paige posa sa main sur la sienne en entendant le tremblement dans sa voix.

— Ça va, Ev. Il n'y avait rien qui pressait, c'est vrai. Tu étais libre de disposer de ton temps.

Frankie secoua la tête.

— Ce n'est pas la question du temps qui me pose problème. C'est le fait qu'elle ne savait rien de ces gens. Elle aurait pu tout aussi bien tomber dans un antre rempli de psychopathes sanguinaires. Tu n'as donc aucun instinct de conservation, Ev ? Aucune prudence ?

Eva lui jeta un regard patient.

— D'après mon expérience, les gens sont dans l'ensemble plutôt fréquentables. Voire même adorables pour la grosse majorité d'entre eux.

— Ça veut juste dire que ton expérience est limitée.

Frankie récupéra sa fourchette et la planta avec force dans ses pâtes.

— Tout ce que j'espère pour toi, c'est que ta foi en l'être humain ne s'effondrera pas trop brutalement.

— Je l'espère aussi, parce que ce serait horrible.

Eva prit une gorgée de sa boisson.

— Au fait, le petit-fils de Mitzy — celui que j'ai rencontré aujourd'hui, pas celui qui vit cloîtré dans son appartement — est directeur d'une banque privée sur Wall Street. Du coup, je lui ai donné notre carte.

Paige la regarda fixement.

— Sérieux ?

Frankie se resservit du pain à l'ail.

— Et elle nous dit ça *après* nous avoir raconté en long et en large l'histoire de la vie de Mitzy ?

Elle avala une bouchée en fixant sur Eva un regard découragé.

— Tu n'as pas pensé que ce serait peut-être l'information qui nous intéresserait le plus ?

— Tout ce qui est humain m'intéresse. Je ne sais pas si je vous ai dit que la femme qui occupait la chambre à côté de celle de ma grand-mère était...

Paige l'interrompit.

— Ev... Tu nous parlais du petit-fils de Mitzy. Celui qui est riche et qui dirige une banque. Tu lui as donné notre carte. Et ensuite... ?

— Ensuite, rien. Il l'a prise et l'a mise dans son portefeuille.

— Il t'a dit qu'il appellerait ? Qu'il donnerait éventuellement suite ? On peut le relancer ?

— Non. Je ne lui ai pas demandé ses coordonnées et je ne connais pas le nom de sa banque. Ne me regardez pas comme ça, toutes les deux.

Les joues d'Eva étaient devenues toutes roses.

— J'ai horreur de demander aux gens s'ils peuvent nous donner du boulot. Le commercial, ce n'est pas du tout mon truc. Et s'ils acceptent parce qu'ils se sentent obligés ? Ou, pire encore, s'ils me disent non ? Je trouve ça limite humiliant.

— Des expériences humiliantes, j'en ai eu cent quatre au cours des deux semaines écoulées, observa Paige d'une voix lasse. Je suis devenue une véritable experte dans l'art de me faire jeter. Qu'as-tu appris d'autre au sujet de ce banquier ?

— Qu'il est allergique aux fraises et qu'il a été le premier de sa famille à entrer dans une grande école. Il réussit très bien dans la vie et Mitzy est très fière de lui. Et il a dit qu'il nous souhaitait bonne chance.

— De la chance…

Paige fut saisie d'un accès aigu de désespoir. Etait-elle la seule à s'inquiéter des difficultés de lancement de leur agence ? Elle voulait bien croire qu'un démarrage d'entreprise prenne du temps, mais elles n'avaient pas toute l'éternité devant elles.

— Franchement, je ne pensais pas qu'on ramerait à ce point, les filles. Avec toutes ces belles histoires de réussite qu'on lit sur Internet. On voit des gens qui créent leur société avant même de terminer leurs études, obtiennent un financement grâce à un site de crowdfunding et qui finissent par revendre leur start-up au bout de quelques années en empochant des milliards de dollars. Et moi je n'arrive même pas à convaincre les gens de décrocher leur téléphone pour m'écouter quelques minutes.

Maria s'approcha pour placer une seconde corbeille de pain à l'ail sur la table.

— Je t'ai déjà dit que tu devrais en parler à Jake. Demande-lui de vous faire un peu de pub. Il connaît tous ceux qui comptent à Manhattan… Paige, tu n'as même pas touché à ton assiette. Tu vas finir par disparaître comme une ombre, à force de ne rien avaler.

Maria s'éloigna pour servir ses *arancini* maison à la

table voisine, laissant Paige le regard fixé sur ses pâtes en voie de refroidissement.

*Hors de question de faire appel à Jake.*

Plus jamais, quoi qu'il arrive, elle ne s'adresserait à lui en position de vulnérabilité. Une fois lui avait suffi.

— J'ai encore quelques personnes à appeler. Et demain, j'établirai une nouvelle liste. Je vais élargir le réseau.

Frankie lui jeta un regard bizarre.

— Et pourquoi tu ne suivrais pas le conseil de Maria ? Jake peut nous ramener un gros poisson d'un seul coup de filet. Tu n'as pas peur d'appeler tous ces inconnus sur ta liste. Alors que tu connais Jake depuis une éternité !

— Je préfère éviter.

Elle chercha fébrilement une excuse qui paraîtrait plausible.

— Je ne veux pas confondre la sphère professionnelle et la sphère amicale.

— Et pourquoi pas ? Tout le monde réseaute, fait jouer ses relations. Le *networking*, c'est le b.a.ba du business. Je ne vois pas où serait le problème pour Jake. Tout ce qu'il aurait à faire, c'est laisser tomber le nom d'Urban Génie dans quelques conversations choisies.

Eva plissa les yeux et scruta son visage.

— C'est quoi cette tête que tu fais, Paige ? C'est à cause de ce qui s'est passé quand tu étais ado ? Parce que si c'est juste le truc de « Il m'a vue à poil » qui te gêne…

— Ça n'a aucun rapport !

— J'allais dire qu'il ne fallait pas que tu en fasses tout un fromage. Des filles déshabillées, Jake en a vu passer un paquet depuis.

Frankie tourna un regard exaspéré vers Eva.

— Tu crois que c'est le genre d'arguments qui va lui remonter le moral, peut-être ? Ce n'est vraiment pas la chose à dire, Ev.

— Pourquoi pas ? Elle n'est plus amoureuse de lui !

Eva se tut brusquement et son regard se fit interrogateur.

— Enfin, du moins... Tu es amoureuse de lui, Paige ?

Celle-ci émit une protestation étranglée.

— Absolument pas.

— C'est bien ce que je disais. C'est un épisode embarrassant du passé. Rien de plus. Tu ne devrais plus y penser.

— Si tu évitais de le lui rappeler, ce serait peut-être plus simple pour elle d'oublier ! bougonna Frankie.

Paige prit une longue inspiration.

— Ça n'a rien à voir, de toute façon. Il a probablement oublié cet incident depuis longtemps.

Elle savait très bien que ce n'était pas le cas.

Jake était en permanence sur ses gardes avec elle. Prudent. Comme si elle représentait une menace potentielle.

Et rien n'était plus mortifiant à ses yeux que l'attitude de Jake envers elle.

En réaction, elle se montrait tout aussi distante de son côté. Plus jamais, elle ne l'avait touché depuis ce fameux épisode.

Mais deux semaines plus tôt, *lui* l'avait touchée *elle*. Et pendant un instant, elle avait cru que...

Elle baissa les yeux sur sa main qui conservait, invisible, l'empreinte des doigts de Jake mêlés aux siens.

Paige secoua la tête avec impatience. Ce genre de pensées étaient précisément la raison pour laquelle elle s'arrangeait pour éviter Jake dans la mesure du possible.

Il avait eu envers elle un simple geste de réconfort amical. Rien de plus.

— Je ne vais pas faire appel à Jake. Il y a plein de portes auxquelles je n'ai pas encore frappé. Quelque chose finira bien par se présenter.

Malheureusement, la seule « chose » qui se présenta fut Jake lui-même.

La porte du restaurant s'ouvrit et Paige tourna la tête par automatisme, comme si quelque chose en elle était programmé pour percevoir sa présence dès l'instant où il arrivait quelque part. Ce soir il portait une chemise classique sur un jean, mais il aurait tout aussi bien fait tourner les têtes s'il s'était présenté en robe de bure et chaussé de godillots.

Et la sienne, de tête, il la faisait tourner de plus belle. Elle eut le temps de noter comment son cœur se gonfla de façon presque imperceptible, et cette bouffée soudaine d'euphorie avant même que leurs regards ne se rencontrent.

A la manière dont il plissa les yeux, elle comprit qu'il ne s'était pas attendu à la trouver là. Pendant une fraction de seconde, ce fut comme si elle avait dix-huit ans de nouveau et qu'elle s'avançait vers lui, prête à tout lui offrir.

Avant de se heurter à l'expression de surprise incrédule sur ses traits.

Dans ses fantasmes, elle l'avait imaginé bouleversé et submergé par un désir incontrôlable. Au lieu de quoi, il avait été… ferme, gentil et distant. Et sa gentillesse n'avait fait qu'ajouter à l'humiliation suscitée par son rejet.

Rien de plus cruel que d'opposer la simple gentillesse à l'élan d'une passion adolescente. La gentillesse était une émotion douce, modérée. En contraste total avec l'emportement d'un amour fou, prêt à tous les débordements — un amour qui se voulait absolu.

Le regard de Jake retenait le sien et n'en déviait pas. En cet instant, il ne voyait qu'elle. Le cœur de Paige se mit à battre plus vite. Elle avait l'impression de flotter, comme si elle s'élevait en apesanteur. Le souvenir de la soirée sur la terrasse revint en force. Ils avaient parlé seul à seule, il avait pris sa main dans la sienne et il…

Jake ouvrit la porte en grand et une femme pénétra dans le restaurant à sa suite.

Ses longs cheveux blonds lui caressaient la taille et elle était si frêle qu'il semblait que le plus petit souffle de vent suffirait à la faucher.

La sensation de flottement se dissipa. Le moral de Paige chuta tout net, comme une aile de parapente sortant d'une colonne thermique.

La douleur qui lui vrilla le cœur lui coupa un instant le souffle. C'était chaque fois la même chose lorsqu'elle voyait Jake avec sa conquête du moment.

Eva repoussa son assiette et soupira :

— Elles sont divines, les pâtes de Maria, mais j'ai l'impression d'être un vrai hippopotame, tout à coup. Mais... Qu'est-il arrivé à Trudi ? Je l'aimais bien, moi, Trudi. Elle, au moins, avait des formes.

— Trudi ? Mais c'est vieux. Ça remonte à quelques mois.

Trudi. Tracey. Tina. Elles finissaient par s'amalgamer et se confondre. Paige en retenait une chose : Jake Romano était pris.

Pris, à intervalles réguliers, par toutes les femmes de Manhattan ou presque.

Paige détestait cette idée. Et détestait surtout la façon dont elle réagissait. Détestait y être encore sensible à ce point.

Il était temps qu'elle se construise une vie à elle.

Et qu'elle se trouve un mec.

Maria était de retour à leur table pour leur servir ses merveilleuses salades siciliennes au fenouil et aux oranges.

— Cette fille avec Jake. Elle n'a que la peau sur les os, murmura-t-elle en aparté.

Avec un claquement de langue désapprobateur, elle posa les assiettes.

— Il débarque ici avec une fille différente à chaque fois. S'il continue à papillonner comme ça, il ne rencontrera jamais la femme qui lui convient.

Paige tripota ses couverts.

Elle croyait savoir pourquoi Jake ne voulait pas d'une relation durable. Et ce n'était pas la question de rencontrer la bonne personne ou non.

Son refus de tout engagement était lié à sa mère. Sa mère *biologique*.

Il lui en avait parlé une fois, lorsqu'il avait passé une nuit entière assis à son chevet, juste après son opération. Quelque chose, dans la pénombre aseptisée de la chambre d'hôpital, avait dû ouvrir la porte des souvenirs et favoriser les confidences.

Cette conversation-là était restée gravée dans la mémoire de Paige.

L'appétit coupé, elle regarda Jake traverser la salle du restaurant et se diriger tout droit vers leur table. Il leva la main pour saluer son oncle et s'immobilisa pour embrasser Maria. Il lui dit quelque chose en italien que Paige ne put entendre mais elle vit l'expression de Maria se radoucir.

Frankie sourit.

— Jake a parfois des côtés irritants, mais on lui pardonne tout quand on le voit faire avec sa mère. Il est super avec Maria.

Elle prit la carafe et remplit leurs verres.

— Tiens, Paige. Bois donc encore un peu de vin.

Paige prit une gorgée. Frankie avait raison. Jake manquait souvent de patience et sa franchise cinglante pouvait friser la brutalité. Mais avec sa mère, il se montrait d'une indulgence à toute épreuve.

La blonde hésitait sur le seuil et il se retourna pour lui faire signe de le rejoindre.

— C'est notre soirée chance, maugréa Frankie. Ils se joignent à nous. Mais il faut voir le bon côté des choses.

— Parce qu'il y a un bon côté ?

— Tout à fait. Cette fille n'a clairement rien avalé depuis une décennie. Aucun risque qu'elle vienne nous faucher notre repas.

Jake s'immobilisa à côté de leur table en tenant la fille par la main.

— Alors, la Urban Génie team ? Vous êtes en pleine réunion de travail ? Comment ça marche, alors ?

Paige garda les yeux rivés sur son assiette. Avait-il pris la main de la fille dans la sienne pour lui faire passer un message ?

Frankie joua avec la tige de son verre.

— Puisque tu nous poses la question…

— Ça démarre assez fort, l'interrompit Paige en hâte.

Elle ne voulait pas que Jake sache ce qu'il en était réellement. La dernière chose dont elle avait besoin, c'était qu'il s'apitoie sur son sort. Avoir été une fois déjà l'objet de la pitié de Jake lui avait suffi pour la vie.

— Pas évident de traiter un volume d'activités donné sans se laisser déborder, commenta-t-elle.

Eva, toujours d'une loyauté sans faille, prit son mensonge au bond et laissa son imagination galoper.

— Oui, on va s'agrandir et embaucher sous peu. Nous envisageons d'ouvrir des succursales à Los Angeles et à San Francisco.

Les yeux de Jake scintillèrent.

— Et vous ferez le trajet avec Tapis Volant Airlines ?

Il savait, comprit Paige, dépitée. Leurs piètres mensonges sonnaient faux. Jake avait une intelligence plus affûtée qu'une lame de cran d'arrêt. Rien ne lui échappait.

— Voilà.

Eva sourit sans l'ombre d'une gêne ou d'un remords.

— Tu ne nous présentes pas ta nouvelle amie ?

La beauté blonde famélique rejeta ses cheveux dans son dos.

— Je m'appelle Bambi.

Bambi ? C'était une blague ?

— Enchantée, euh… Bambi.

Eva lui désigna une chaise.

— Vous vous joignez à nous, tous les deux ?

Le ventre de Paige se noua. Croiser les petites amies

de Jake et échanger quelques mots était une chose. Mais voir Jake flirter avec cette Bambi pendant le dîner, c'était plus qu'elle n'avait le cœur d'en endurer en ce moment.

*Par pitié, allez vous asseoir ailleurs pour vous dévorer des yeux.*

— Oh ! je ne peux vraiment pas !

Bambi leur jeta un regard désolé.

— J'ai un shooting demain et rien qu'en respirant l'odeur de tous ces hydrates de carbone, je me sens déjà en train de gonfler. Il faut vraiment que je fasse très attention à ce que je mange. Si vous saviez comme je vous envie de ne pas avoir à surveiller votre poids.

Au prix d'un effort de volonté considérable, Paige réussit à ne pas baisser les yeux sur son ventre pour vérifier qu'elle ne s'était pas transformée en baleine.

— Tu es mannequin ?

Bambi ouvrit la bouche pour répondre, mais Eva la devança :

— C'est vrai, nous avons une chance folle car ce pain à l'ail est une tuerie. Tu es sûre que tu ne veux pas goûter au moins une bouchée ?

Elle poussa le plat sous le nez de Bambi et lui adressa un sourire suave.

— Il vaut largement la peine de se brouiller avec sa balance, je t'assure. Tout ce que cuisine Maria est à mourir. Tu devrais au moins essayer les pizzas. Elles sont légendaires par ici.

— Je suis végétalienne crudivore.

Bambi fit un pas en arrière, comme si elle craignait que le simple effet du mot « pizza » puisse se traduire par une prise de kilos spontanée.

— Je n'ai pas mangé de féculents depuis des siècles. Et si je prenais une bouchée de vos pâtes, je suis sûre que je finirais par gober l'assiette entière, genre, je n'ai pas mangé depuis des mois. C'était cool de faire votre connaissance, en tout cas… Jake ? Tu es prêt ?

— Je suis prêt.

Paige sentait le regard de Jake rivé sur elle.

— Tant mieux si tout se passe bien pour Urban Génie. Mais si tu as besoin d'aide, appelle-moi.

— Merci.

… *Mais non merci.*

Il faudrait d'abord lui passer sur le corps. Son pauvre corps saturé d'hydrates de carbone et tristement sevré de sexe.

Jake lui jeta un dernier regard puis emboîta le pas à Bambi, qui se hâtait vers la porte. Frankie se pencha pour examiner ses fesses — ou en tout cas ce qui lui en tenait lieu.

— Elle demande à Jake s'il est prêt pour quoi, à votre avis ? Avec les trois calories par jour qu'elle ingurgite, je ne vois pas où elle puiserait l'énergie pour se remuer dans un lit. D'autre part, il faudrait peut-être lui expliquer que le mot « genre » n'a pas valeur adverbiale ?

Eva se dévissa le cou à son tour pour suivre Bambi des yeux.

— J'ai vu des cure-dents plus épais que les jambes de cette fille. Tu es beaucoup plus jolie qu'elle, Paige.

— Quel rapport ? Je ne suis pas en concurrence avec Bambi.

Pas officiellement en tout cas. Alors pourquoi se comparait-elle à toutes les femmes qui traversaient la vie de Jake ? Pourquoi ce réflexe maladif ?

Frankie termina sa salade.

— Végétalienne crudivore… Où se situe la pizza, dans ce tableau ?

— Nulle part.

Eva frissonna.

— Manger sain, c'est ma passion, pourtant. Mais je

suis contre les interdits alimentaires. Il a été médicalement prouvé que dès qu'il y a des aliments tabous, ça ne sert qu'à créer des envies obsédantes.

Paige joua avec sa salade du bout de sa fourchette. C'était donc pour ça qu'elle n'avait jamais réussi à se guérir de son attirance physique pour Jake ?

Peut-être était-il pour elle comme un aliment prohibé, qu'elle ne convoitait que parce qu'elle n'avait pas le droit d'y toucher ?

Si elle avait été autorisée à se gaver de lui tout son soûl, ne serait-elle pas déjà guérie depuis des années ?

— Franchement, j'ai du mal à visualiser Jake en tendre tête à tête avec une vegan famélique.

Le moral au ras des pâquerettes, elle poignarda sa salade avec les dents de sa fourchette.

— Jake est l'équivalent moderne du *Tyrannosaurus rex*. Il est incapable de tenir plus de trois jours d'affilée sans s'enfiler un steak saignant de proportions gargantuesques. Je me suis demandé parfois pourquoi Maria ne lui servait pas carrément un bœuf entier, accompagné d'un couteau et d'une fourchette.

Avec un haussement d'épaules, Frankie reporta son attention sur son repas.

— Jamais, même si je vivais jusqu'à mille ans, je ne réussirai à comprendre ce qui se passe dans la tête des hommes. Qu'est-ce qu'il lui trouve, à son squelette ambulant ?

— Si par malheur elle se tournait de profil, on ne la verrait même plus.

Eva poussa l'assiette de *bruschette* dans sa direction.

— Allez, un petit sourire, Paige. La semaine prochaine, il l'aura déjà remplacée par une autre. Elles sont toutes interchangeables.

— Ça fait bien neuf mois que je vis comme une nonne. Je suis une ratée. Et une grosse, qui plus est.

— Mais tu as un goût très sûr en amitié, rétorqua

joyeusement Eva. Et maintenant, assez récriminé. Tu la fermes et tu manges, sinon on va être obligées de te nourrir de force et ce ne sera pas joli à voir.

Juste à ce moment-là, Paige tourna la tête vers son téléphone plongé dans un silence total depuis deux semaines. *Une vibration.* Elles le contemplèrent fixement toutes les trois puis échangèrent un regard.

— Yes ! Je sens que la chance tourne, les filles.

Paige quitta sa chaise d'un bond pour aller prendre la communication dehors. En franchissant la porte, elle croisa son frère en compagnie de Jake, qui s'était apparemment débarrassé de son cure-dents anorexique.

— Urban Génie. Comment pouvons-nous vous être utiles ?

Cinq minutes plus tard, Paige retournait à leur table en dansant presque. Son moral flottait de nouveau à une altitude raisonnable.

— Ça y est ! Les affaires démarrent ! On n'a plus qu'à se mettre en route, les filles.

Voilà pourquoi les gens s'établissaient à leur compte, comprit-elle dans un élan d'euphorie. *Parce que quand ça marche, tu sais que c'est grâce à toi.*

La sensation était incroyablement stimulante.

Même la présence de Jake installé à leur table ne ternit pas sa bonne humeur. Matt avait enfin rangé son téléphone, et Jake et lui s'attaquaient chacun à une énorme assiette de *pasta*.

— En route pour où ?

— Manhattan centre. Un groupe de juristes nous demande d'organiser un enterrement de vie de garçon pour un de leurs collègues qui est actuellement parti pour affaires en Europe. C'est notre première vraie mission. J'espère qu'ils nous feront une pub d'enfer.

Que le bouche-à-oreille puisse être vital pour leur jeune agence, elle était la première à le reconnaître. Si un client satisfait vantait leurs mérites, cela ne posait aucun problème éthique à Paige. Au contraire. Ce n'était pas du tout la même chose que de demander à Jake d'user de sa notoriété en leur faveur.

Matt prit le moulin à poivre et en arrosa généreusement ses *bucatini* aux fruits de mer.

— Vous avez déjà travaillé avec ces gens-là quand vous étiez chez Star Events ?

— Non, jamais. Et c'est génial ! J'ai envoyé des mails de suivi à certaines personnes qui n'ont pas voulu prendre mes appels — c'est comme ça qu'ils ont dû nous trouver.

Elle mourait d'envie de savoir ce que Jake avait fait de Bambi. Mais lui poser la question équivaudrait à admettre qu'elle s'intéressait à la réponse. Et elle n'avait aucune intention d'afficher sa curiosité.

— Donc, tu ne sais même pas si ces gens-là sont réglo ou non.

Et elle qui pensait que Matt réagirait avec enthousiasme ! Elle ressentit une pointe d'irritation.

— Tu veux que j'exige un extrait de casier judiciaire chaque fois qu'on nous proposera d'organiser un événement ?

Matt décortiqua une *telline*.

— Non. Mais j'aimerais autant que tu sois prudente.

— Je ne vois pas où est le risque. Je vais leur envoyer une liste de lieux possibles par mail. Et une fois que nous serons tombés d'accord, on attaque la déco, le traiteur, les boissons, etc. Les affaires tournent !

Elle attendit un commentaire encourageant de la part de son frère, mais il continua de manger en silence. Exaspérée, Paige le regarda qui mâchait, la mine renfrognée.

— Il faut quand même bien qu'on commence d'une façon ou d'une autre ! Jake ? Qu'est-ce que tu en penses, toi ?

Lui au moins ne réagirait pas en protecteur angoissé.

Jake reposa son verre de vin.

— Cette fois, je suis de l'avis de ton frère.

— C’est ridicule comme vous pouvez être méfiants, tous les deux. Si nous offrons une bonne prestation, ils nous recommanderont autour d’eux. C’est enfin une opportunité qui se présente et vous faites une tête de deux pieds de long !

Elle était d’autant plus prête à se jeter sur le premier client venu que cela la dispenserait de mendier l’aide de Jake.

— Cela vous donne le sentiment d’être grands, forts et machos de régler les choses pour moi ? C’est une question d’ego ?

Jake eut un petit rire.

— Il est blindé, mon ego, mon trésor. Même un lance-roquettes n’en viendrait pas à bout.

— Si j’en avais un sous la main, je pourrais être tentée d’essayer. Et je t’ai dit de ne pas m’appeler « mon trésor ».

— Je tâcherai de m’en souvenir, mon trésor.

— Ça suffit, vous deux.

Matt faisait des efforts pour ne pas sourire.

— Jake veille sur vous, c’est tout. Comme tout ami qui se respecte.

— Je ne veux pas qu’on veille sur moi. Je n’ai pas *besoin* qu’on veille sur moi.

— Je propose un compromis. Vous aurez besoin d’extras pour assurer le service. Jake et moi, nous pourrions nous déguiser en serveurs de choc.

— Pour circuler avec un plateau entre des dos de femmes dénudés, commenta Jake avec un clin d’œil. Dommage que ce ne soit pas un enterrement de vie de jeune fille, plutôt.

L’irritation de Paige allait croissant.

— Vous avez l’intention de jouer les gardes du corps, maintenant ? Non merci.

Son frère termina son assiette et prit sa bière.

— Promets-moi au moins de ne pas y aller seule. Déplacez-vous à trois quoi qu’il arrive.

— Il ne s'agit pas d'un rendez-vous pris sur un site de rencontres, c'est du *boulot*, bon sang !

Mais qu'aurait-elle bien pu inventer pour rendre son frère un peu moins protecteur ?

— Tout va se passer de façon impeccable, vous verrez. Et quand ce sera fait et que tout le monde sera content, je pourrai proclamer enfin *que je vous l'avais bien dit.* J'espère que vous ramperez à mes pieds, Jake et toi, pour vous excuser de votre catastrophisme compulsif.

Le regard de Jake vint chercher le sien.

— J'espère juste pour toi que tout ira aussi bien que tu le penses.

# Chapitre 6

*« Si tu t'es plantée, contente-toi d'avaler la pilule même si elle est amère, et dis-toi qu'au moins, elle est à zéro calorie et que tu ne prendras pas de poids. »*

— *Eva*

Jake scruta son écran. Il y avait longtemps qu'il ne s'était plus livré à ce petit jeu masochiste. Longtemps qu'il n'avait pas fait ce type de recherche.

Il pouvait s'arrêter là. Rabattre l'écran de son ordinateur. Il pouvait...

Pestant à voix basse contre lui-même, il vit ses doigts courir d'eux-mêmes sur le clavier et entrer les termes de sa recherche. Avec des capacités comme les siennes, trouver l'information qu'il voulait était d'une simplicité presque enfantine.

Il parcourut rapidement la page d'écran des yeux en regardant s'il y avait du nouveau depuis la dernière fois. Elle avait changé de travail, nota-t-il. Une promotion. Pour le reste, rien n'avait bougé.

Elle vivait toujours dans sa grande maison de style néo-Tudor, dans le nord de l'Etat de New York, avec son mari, ses deux enfants et son chien.

La vie parfaite.

Jake referma la page en jurant tout bas.

Pourquoi s'infligeait-il cette épreuve stérile ?

En fait, il savait très bien pourquoi. Maria l'avait regardé récemment avec, dans les yeux, une question qu'il connaissait bien : « Tu ne crois pas qu'il serait temps que tu te décides à te caser sérieusement ? » Chaque fois qu'elle lui faisait ce coup-là, il avait besoin d'une petite piqûre de rappel pour se souvenir que l'amour, ce n'était pas pour lui.

La porte de son bureau s'ouvrit et il leva les yeux, sourcils froncés, irrité d'être interrompu dans ses pensées.

— Quoi ? Qu'est-ce qu'il y a ?

Dani lui jeta un regard scrutateur mais ne fit pas de commentaire.

— J'ai quelqu'un ici qui voudrait te parler.

— Je n'ai aucun rendez-vous noté pour aujourd'hui.

— Elle dit s'appeler Paige.

Dani s'adossa contre la porte pour commenter à voix basse :

— Cette fille a eu un comportement bizarre. Elle est restée au moins dix minutes dehors à hésiter. Deux fois, on l'a vue s'éloigner sur le trottoir, et deux fois, elle a fait demi-tour et elle est revenue. On la regardait faire par la fenêtre et les paris étaient ouverts : entrera ? entrera pas ? Peut-être que tu es poursuivi par une érotomane perverse ? Tu veux que je lui dise de partir ?

Toute son équipe pensait, à l'évidence, qu'il s'agissait d'une de ses ex, venue régler ses comptes.

— Non, ne la renvoie pas.

— Tu sais pourquoi elle est là ?

Non. Mais il le devinait sans peine. Il ne savait pas ce qui le dérangeait le plus : le fait que Paige se soit décidée à lui demander de l'aide ou le fait qu'elle ait eu, à l'évidence, autant de mal à s'y résoudre.

Jake se leva et ferma son ordinateur portable. Il se félicitait à présent d'avoir procédé à cette recherche. Chacune des informations qu'il avait vues à l'écran lui rappellerait de rester prudent dans ses relations féminines.

— Dis-lui d'entrer. Je peux la recevoir tout de suite.

Il n'avait pas besoin de se demander pourquoi Paige avait failli tourner les talons par deux fois. Il le savait. Demander de l'aide lui coûtait déjà en soi. Et lui demander de l'aide à *lui* était tout particulièrement une torture pour elle.

Ce qu'il ignorait encore, en revanche, c'était ce qui la poussait à frapper à sa porte quand même. Il avait cru qu'Urban Génie avait décollé comme elles l'espéraient. Quelques jours plus tôt, il avait partagé une bière avec Matt sur un coin de comptoir et il ne lui avait rien dit de spécial au sujet de sa sœur.

En attendant Paige, il se dirigea vers la baie vitrée et son regard se perdit dans les perspectives urbaines, à travers les longs canyons de béton qui s'étiraient de Canal Street à Lower Manhattan. Ce qui avait été une friche industrielle en pleine ville s'était transformé en un des quartiers les plus onéreux et les plus appréciés de Manhattan, attirant les jeunes talents, tant créatifs que financiers. C'était la raison pour laquelle il avait choisi de vivre et de travailler à Tribeca. Sans compter le fait qu'il se trouvait à un jet de pierre du quartier de la finance.

— Jake ?

Sa voix qui l'appelait depuis la porte. Un peu voilée. Féminine. Une voix qui glissait sur lui comme la caresse d'un gant de fourrure.

Il se prépara mentalement à l'épreuve. Tout ce qu'il avait à faire, c'était la traiter comme la petite sœur de son meilleur ami. *Petite sœur.* Il répéta les mots dans sa tête à la manière d'un mantra.

Le problème, c'était que Paige Walker n'avait plus rien d'une petite fille. Il l'avait vue grandir sous ses yeux.

Avec l'impression qu'elle était passée presque du jour au lendemain des T-shirts de gamine et de la chambre d'hôpital pleine de peluches et de ballons de baudruche au stade maquillage et talons hauts. Finies les tenues de petite fille, et bienvenue à la lingerie Victoria's Secret.

Le soir où elle lui avait révélé non seulement… les secrets de Victoria, mais aussi tous les siens ou presque, restait marqué au fer rouge dans son cerveau. Même si elle s'était offerte sur un plateau, il avait réussi, par un gros effort de volonté, à réagir de façon correcte.

Et il l'avait fait de manière à s'assurer que ni l'un ni l'autre n'aurait à revivre ce genre d'épisode une seconde fois.

Il se retourna et déglutit avec peine. Elle était venue vêtue d'un ensemble noir qui dessinait la finesse de sa taille et soulignait les courbes de ses hanches. Ses talons étaient hauts et ses cheveux — dont la couleur avait la richesse et la profondeur des meilleurs crus de chocolat — tombaient, longs, lisses et souples, sur le blanc de sa chemise. Une allure très business, l'image de quelqu'un de compétent et efficace. Et elle était 100 % femme, surtout.

Il voulait la toucher.

Lui arracher tous ces vêtements sophistiqués et goûter jusqu'au plus secret de sa chair.

Bref, il était dans la merde. *Et pas qu'un peu.*

— Paige ?

Sous son maquillage impeccable, son visage était très pâle et elle paraissait épuisée, comme si elle n'avait pas dormi correctement depuis plusieurs jours.

Il voulait la prendre dans ses bras, la serrer fort et régler d'autorité tous ses problèmes. La tentation était si forte qu'il fit un pas en arrière.

Il était hors de question qu'il s'envoie la sœur de son meilleur ami.

Lorsqu'il avait une aventure avec une fille, ce qui lui arrivait moins souvent qu'on ne le pensait, il choisissait des partenaires solides avec les pieds bien sur terre et un cœur en béton armé.

Une de ses ex avait observé une fois d'un ton caustique qu'une histoire avec lui, c'était l'équivalent d'un trajet sur piste à toute allure en terrain accidenté.

Paige, elle, lui paraissait de nature à se briser dès le premier nid-de-poule. Or, s'il y avait un cœur qu'il se refusait à abîmer, c'était bien le sien. Il avait subi assez de dégâts comme ça par les soins de Mère Nature, avant qu'une bande de chirurgiens ne prenne le relais. C'était en tout cas le raisonnement qu'il se tenait.

— Alors, ça roule, pour Urban Génie ? Vous êtes très occupées ?

Les joues pâles de Paige virèrent au cramoisi.

— Et l'enterrement de vie de garçon ? Qu'est-ce que ça a donné ? Ça vous a ouvert des pistes ?

— Pas exactement, non.

Elle tripota le revers de sa veste.

— Ça n'a rien donné, en fait.

— Ah bon ? Pourquoi ?

Si seulement elle n'avait pas choisi ce rouge à lèvres corail si gai…

L'addiction aux rouges à lèvres de Paige ne datait pas d'hier et faisait sourire la plupart de ses amis. Pour lui, c'était un piège à libido de plus qui mettait sa force de volonté à rude épreuve. Car sa manie du rouge à lèvres attirait l'attention sur sa bouche — une partie de son anatomie sur laquelle il s'efforçait justement de ne pas s'appesantir.

Des bouches, il en avait embrassé plus qu'il n'aurait pu en faire le compte. Mais aucun de ces baisers n'avait laissé de trace marquante dans sa mémoire.

Alors que la bouche de Paige, qu'il n'avait jamais embrassée, restait une obsession constante.

— C'est sans importance.

Elle balaya sa question d'un sourire — un sourire dont

il l'avait vue se servir des milliers de fois avec ses parents et avec son frère.

— Qu'est-ce qui s'est passé avec ces avocats, Paige ?

Elle lui jeta un regard démoralisé.

— Il s'est passé tout ce que tu avais prévu qu'il se passerait. Donc, à moins que tu ne tiennes vraiment à en remettre une couche et à souligner que Matt et toi, vous m'aviez prévenue, je propose qu'on passe à la suite. Les détails sont sans intérêt. Disons juste que ça n'a pas été une réussite.

Il la vit serrer les poings.

— Qu'est-il arrivé, Paige ?

— Rien.

Il la connaissait assez pour savoir que ce « rien » voulait dire « beaucoup de choses ».

— Parle-moi un peu de ce rien.

— Tu vas péter un plomb et en faire tout un pataquès. Puis tu le répéteras à Matt qui pétera un plomb à son tour et en fera un pataquès pire encore. Si je voulais que Matt soit au courant, je serais assise en face de lui en ce moment.

— Je te promets de ne pas m'énerver.

— Ils réclamaient des prestations supplémentaires. De celles qui n'étaient pas indiquées sur notre liste. Voilà, c'est le moment de me faire remarquer que tu me l'avais bien dit. Ris un bon coup et on n'en parle plus.

Il n'avait jamais eu aussi peu envie de rire.

La colère se mit à bouillonner en lui.

— Ils t'ont fait des avances ?

Elle lui lança un regard d'avertissement.

— Attention, Jake. Tu m'as promis de rester calme.

— J'ai menti, murmura-t-il entre ses dents serrées. Et j'exige d'avoir tous les détails.

— Ils pensaient que nous étions comprises dans les divertissements. Mais on s'en est bien sorties. C'est tout ce que tu as besoin de savoir.

Des ombres dansèrent devant les yeux de Jake et sa vision s'obscurcit.

— Donne-moi leurs noms.

— Ne sois pas ridicule. Tu te prends pour qui ? Batman ? Tu veux leur mettre une raclée dans une ruelle obscure à la faveur de la nuit ? Je t'ai dit que nous avions repris le contrôle de la situation.

Penser à ce qui aurait pu arriver si cela n'avait pas été le cas lui faisait courir un filet de sueur glacée dans le dos.

— Vous n'auriez jamais dû vous mettre dans cette situation.

— Quelle situation ? On faisait notre travail, c'est tout. Nous sommes dans l'événementiel, si on nous propose d'organiser un événement, on organise. Qu'est-ce que tu aurais voulu qu'on fasse ? Qu'on n'accepte qu'une clientèle exclusivement féminine ? En restant toute la journée à la maison de crainte qu'il nous arrive quelque chose ?

Au son de sa voix, Jake comprit qu'elle était à deux doigts de craquer. Il prit une profonde inspiration. Il l'avait poussée à bout avec ses questions et ce n'était pas du tout ce qu'il voulait.

— C'est toi qui en fais un fromage, là. Je n'essaie pas de te protéger. Tout ce que je dis, c'est...

— ... que tu veux reprendre les choses en main et me défendre. Si ce n'est pas de la surprotection, qu'est-ce que c'est ?

Jake se frotta le front. Il comprenait mieux à présent pourquoi Matt en prenait plein les oreilles. Il avait l'impression de marcher sur des œufs avec des bottes de chantier aux pieds.

— Et c'est vraiment criminel à ce point, de vouloir casser la figure à ces idiots ?

Les yeux de Paige étincelaient.

— Ne fais pas ça, Jake. Ne me regarde pas comme si tu étais prêt à verrouiller la porte de l'extérieur et à ne plus jamais me laisser sortir. Tu n'as jamais été comme ça avec moi.

Il se força à relâcher ses muscles.

— Tu as appelé la police ?

— Cela n'a pas été nécessaire. Super-Frankie a frappé.

Un sourire lui effleura le coin des lèvres. Elle ajouta :

— Notre arme humaine...

— Frankie ?

— Ils avaient déjà commencé à boire quand nous sommes arrivées. Et on a tout de suite senti en entrant que ça risquait de dégénérer. On aurait probablement dû tourner les talons tout de suite et limiter les dégâts. Mais on voulait tellement que ça marche, notre premier événement. Donc on s'est mises d'accord pour continuer quand même.

Jake sentit son front se couvrir d'une fine pellicule de sueur. Il serra les dents.

— Paige... Passe en mode accéléré, s'il te plaît, et avance jusqu'au moment où Frankie se transforme en super-héroïne de BD.

— Eva, fidèle à elle-même, a parlé une fois de plus sans réfléchir. Dans l'idée d'offrir un service de qualité, elle a demandé ce qui pourrait leur faire plaisir et donner un caractère exceptionnel à leur soirée.

Jake lâcha une bordée de jurons.

— Quelqu'un devrait prendre Eva entre quat'z-yeux et lui préciser deux ou trois petites choses élémentaires de la vie.

— Frankie s'en est chargée. Quoi qu'il en soit, comme tout le laissait présager, un des types bien éméchés a répondu : « Toi et moi à l'horizontale, ma poule. » Et il lui a collé la main sous la jupe. Une demi-seconde plus tard, Frankie l'avait culbuté à plat sur le sol et lui enfonçait la pointe de son talon aiguille dans les abdos. Spectaculaire !

Elle secoua la tête.

— Je ris mais ça n'a rien de drôle. Inutile de compter sur eux pour nous faire de la pub, maintenant.

Les doigts de Jake se crispèrent sur l'angle de sa table de travail.

— Je ne comprends pas non plus comment tu peux en rire. Si Frankie n'avait pas été une ceinture noire de choc avec un sale caractère…

— Nous aurions réglé la situation autrement. Et Frankie n'a pas mauvais caractère. Elle est juste l'exact opposé d'Eva. Eva fait confiance à la terre entière et Frankie se méfie de tout ce qui bouge. Eva pense que notre monde bienveillant baigne sous un radieux soleil et Frankie voit de gros nuages menaçants partout. Ce qui est bien, en tout cas, c'est qu'elle soit aussi frêle d'aspect. Personne ne s'imagine en la voyant qu'elle est capable de vous mettre K-O en deux secondes. Elle a l'art de prendre l'agresseur au dépourvu.

Jake respirait déjà un peu mieux.

— A partir de maintenant, vous travaillez avec des sociétés, pas avec des individus. Passez par les voies officielles.

— Le problème, c'est que les entreprises ne font pas vraiment la queue au portillon pour avoir recours à nos services. Tu n'as pas idée du nombre de coups de fil que j'ai passés. Et je n'ai pas eu l'ombre d'un retour.

Il n'y avait plus trace de sourire sur le visage de Paige. Elle avait l'air fatiguée et abattue, comme si toute sa vitalité l'avait désertée d'un seul coup.

— C'est la raison pour laquelle je suis ici, lâcha-t-elle. Me voici, rampant jusqu'à toi pour demander ton aide. Savoure cet instant.

Il n'avait jamais aussi peu savouré quelque chose de sa vie.

— Ce n'est pas de la faiblesse de faire appel aux autres, Paige. Ce sont des pratiques normales, en affaires comme dans la vie. Normales et nécessaires.

— Tu peux présenter les choses de toutes les manières possibles, mais il reste que je n'ai pas été capable de m'en sortir toute seule.

— Arrête tes conneries.

Il se leva et contourna son bureau.

— Je sais que tu as horreur d'être étouffée et protégée…

— Oui, c'est vrai. Et en temps normal, c'est quelque chose que tu ne fais jamais. Tu es un emmerdeur, OK ?

Elle lui jeta un regard démoralisé.

— Mais même quand tu es imbuvable, une part de moi apprécie le fait que tu sois cash avec moi, que tu ne te comportes pas comme si j'étais en verre.

Si elle savait tout ce qu'il refrénait, justement…

— Tout l'art d'une création d'entreprise, c'est d'identifier ce qui te manque et d'employer des gens qui peuvent compenser tes failles. Cela requiert d'avoir une vision claire et sans complaisance de soi-même.

— Je ne peux pas me permettre d'embaucher. Nous n'avons eu aucune rentrée d'argent depuis le début.

— Qu'attends-tu de moi, au juste, Paige ? Formule ta demande. Pourquoi es-tu venue ici ?

— Je suis venue parce que Frankie a juré de me botter les fesses si je n'allais pas te trouver. Ayant vu de quoi elle est capable, j'ai pris sa menace au sérieux. Mais pour l'essentiel, je suis là parce que je me sens responsable. Eva et Frankie se sont lancées dans cette aventure pour moi. Elles auraient pu se chercher un emploi, mais je les ai persuadées que ce serait une bonne idée de monter Urban Génie. Et maintenant, nous n'avons pas de boulot, donc pas de chiffre d'affaires et je n'en dors plus la nuit et… C'est horrible. Je ne sais pas comment tu fais, toi.

Jake résista à la tentation de la réconforter en la prenant dans ses bras.

— Il faut déjà que tu arrêtes de te torturer la nuit et

que tu te focalises sur tes objectifs. Si une porte se ferme, ouvre la suivante.

Elle hocha la tête.

— Je connais la théorie. Mais quand il n'y a *que* des portes qui se ferment ?

— Matt n'est pas au courant, si je comprends bien ?

— Non. Je ne me sens pas d'affronter Matt en ce moment. Ça finirait en pugilat et je n'ai pas envie de renoncer à mon rêve à cause de quelques avocats libidineux.

Les avocats en question ne perdaient rien pour attendre, songea Jake. Paige se passa la main sur le front.

— Comment faut-il que je m'y prenne, Jake ? Dis-moi ce qu'il faut que je fasse. J'ai besoin d'aide.

— A part ces avocats, tu as appelé qui ? La dernière fois, quand je t'ai vue au restaurant, tu me disais que ça roulait pour vous.

— J'ai menti. J'ai appelé la terre entière. Tous les clients pour qui nous avons eu l'occasion de travailler quand nous étions chez Star Events. Tous les gens avec qui nous aurions aimé travailler et même ceux auxquels nous n'avions encore jamais pensé jusqu'ici. J'ai arpenté les rues, mis des flyers dans des boîtes aux lettres, multiplié les mailings. A part les juristes, la seule mission qu'on nous ait confiée a été un aller-retour au pressing et la confection d'un gâteau d'anniversaire pour une nonagénaire devenue entre-temps la nouvelle meilleure amie d'Eva. Ce qui est très touchant mais peu rémunérateur. Je ne pensais pas que ce serait aussi dur.

Jake la conseilla comme il aurait conseillé n'importe quel autre dirigeant d'une jeune entreprise en difficulté :

— C'est toujours difficile au début. Il faut affronter des refus, des refus et encore des refus. C'est pareil pour tout le monde. Ça fait partie intégrante du processus. On bataille.

— Il y a une différence entre « batailler » et « ne pas

avancer du tout ». Pour le moment, j'en suis à « ne pas avancer du tout ». Et ce n'est pas faute d'y passer du temps.

— Il faut voir plus loin que les hauts et les bas.

— Pour l'instant, j'attends toujours de voir passer un haut. Même une taupinière serait la bienvenue.

Elle eut un petit sourire crâne et il dut résister à la tentation de la serrer contre lui et de lui murmurer des mots de réconfort.

— Les hauts vont venir.

— Et si rien n'arrive ? A quel moment faut-il que je renonce et que je me mette à chercher du boulot ? Je n'ai pas le temps de faire les deux à la fois. Si je veux me donner une chance, il faut que je sois à fond dedans. J'irais jusqu'au bout sans hésiter si j'étais seule concernée. Mais il n'y a pas que moi dans l'histoire.

Elle se pencha pour se frotter la cheville et un éclair d'argent capta la lumière lorsqu'un pendentif glissa hors de sa chemise.

— Je suis inquiète pour Frankie et Eva. C'est une responsabilité qui m'incombe et je n'avais pas imaginé qu'elle me hanterait à ce point. La nuit, je reste réveillée des heures à paniquer comme une malade.

Jake avait les yeux rivés sur le collier. Elle le portait sous sa chemise blanche, invisible aux regards.

Une floraison de souvenirs lui remontait en mémoire.

Surprenant son regard, elle se hâta de faire disparaître le pendentif.

— Je ne savais pas que tu l'avais encore.

Il fut choqué d'entendre le son de sa propre voix — râpeuse comme du papier de verre. Paige rougit, clairement embarrassée.

— Tu me l'avais offert la veille de mon opération. Pour me donner du courage. Tu te rappelles ?

Il se souvenait, oui. Des gobelets en plastique débordant d'un très mauvais café, des médecins en blouse blanche aux traits creusés par la fatigue, trop occupés à sauver des vies pour prendre le temps de s'arrêter et de donner des explications. Il se souvenait des couloirs pleins de bruit et des proches aux visages ravagés.

Et il se souvenait de Paige. Livide et courageuse, affichant un sourire à toute épreuve et gardant ses peurs et ses élans cachés. Sauf cette fois-là. Lorsqu'elle avait baissé sa garde et ouvert son cœur.

La fois où il l'avait brisé.

— Je pensais que tu l'avais perdu depuis longtemps.

— Non. Je l'ai gardé. Il me rappelle que je dois rester forte lorsque la vie devient difficile. Et en ce moment, c'est incontestablement le cas. L'avenir me fait peur. Pas pour moi, parce que j'ai mes parents et Matt, quand bien même ça ne me ferait pas plaisir d'avoir à leur demander de l'aide. Mais Eva et Frankie ont placé leur confiance en moi. Et je ne peux pas les laisser tomber.

Le petit cœur en argent n'était plus visible. Mais cela ne changeait rien car Jake savait à présent qu'il reposait sur la poitrine de Paige, sur sa peau claire comme du lait.

L'effet était étrangement intime. Il avait désormais conscience qu'elle portait à même la peau un bijou qu'il lui avait donné.

Un nœud de tension se forma dans sa gorge. Arrachant son regard de l'échancrure de son chemisier, il se força à se concentrer sur ce qu'elle lui racontait.

— Tu ne leur as rien imposé, Paige. Elles ont pris une décision qui leur appartient.

— Mais ce n'était pas *leur* idée. C'est moi qui les ai entraînées dans cette galère.

Elle se frotta le front.

— Toi, cela fait des années que tu baignes là-dedans. Que l'emploi de quantité de gens dépend de la façon dont tu gères ta société. Comment tu fais ?

— Les gens qui bossent pour moi, je ne les connais pas depuis l'âge de dix ans.

— *Six*, rectifia-t-elle d'un air distrait. On s'est connues à six ans, toutes les trois. Eva s'est étalée par terre dans la salle de classe, Frankie l'a ramassée. Et ça a continué plus ou moins sur le même schéma depuis. Ça ne joue pas que dans un sens. Eva adoucit Frankie. Elle la fait rire, elle l'aide à relativiser. Nous formons une équipe soudée. Mais d'une façon ou d'une autre, ça complique les choses au lieu de les simplifier.

— Je vois bien en quoi le fait de travailler avec tes deux meilleures amies ajoute une dimension émotionnelle particulière à l'affaire, mais il faut que tu laisses cet aspect de côté. Les émotions ne doivent pas fausser ton jugement.

— Mais comment ? Comment fait-on abstraction de ses sentiments ?

— Tu les enterres. C'est ta spécialité.

— Eva et Frankie ne m'ont jamais lâchée. Elles étaient là, comme deux rocs, pendant les années difficiles. Je ne veux pas décevoir leurs attentes. Je crève de peur d'échouer et de les laisser sur le carreau.

Il savait maintenant pourquoi elle avait fait taire sa fierté pour venir frapper à sa porte.

Seulement et uniquement pour Eva et Frankie.

Jamais, sinon, elle n'aurait entrepris cette démarche.

— Arrête de penser à l'échec. Agis. Inspire à fond et fais le grand saut.

— Je me casserai la figure.

— Tu vas t'envoler, Paige. Ne pense pas à ton agence, pense au boulot. Arrête de te concentrer sur tout ce qui pourrait aller de travers et focalise-toi sur ce qui doit être fait. Fais ton job. Fais ce que tu sais faire. Il suffit de démarrer avec deux ou trois contrats. Le reste suivra.

— Mais comment le décrocher, ce premier contrat ? Si tu as un conseil à me donner, je suis tout ouïe.

Elle déglutit avec peine.

— Je commence à penser qu'il nous faudrait un miracle.

— Le bouche-à-oreille est de loin le moyen le plus sûr de se faire connaître.

Elle hocha la tête.

— Il faudrait qu'on organise un événement important pour pouvoir faire forte impression. Mais personne ne nous recommandera sans avoir auparavant fait appel à nous, et personne ne fera appel à nous si personne ne nous recommande. Et je me posais une question, en fait…

Elle se mordit la lèvre.

— Et si Chase Adams nous faisait de la contre-publicité et déconseillait aux gens d'avoir recours à nos services ?

— Ce n'est pas le cas.

— Comment tu le sais ?

— Ça fait plusieurs semaines que Chase Adams a quitté New York. Quand je compose son numéro, un message vocal m'annonce qu'il est en congé.

Il fronça les sourcils.

— Ce qui est étrange, maintenant que j'y pense.

— Pourquoi est-ce étrange ?

— Je connais Chase depuis dix ans. Et je ne l'ai jamais vu prendre des vacances. En tout cas, pas le genre de vacances où il ne répond pas au téléphone.

— Super. Donc Matilda a été virée, nous avons tous perdu notre emploi à cause de lui, et monsieur part se faire bronzer ! J'espère de tout cœur qu'il passe du bon temps.

La colère qu'elle affichait dissimulait mal le découragement sous-jacent. Jake prit une décision.

— Lorsqu'il réapparaîtra, je me chargerai de lui. En attendant, cela fait un petit moment que je songe à organiser une manifestation d'entreprise.

En fait, il n'y avait pas songé du tout. Mais cela ne pouvait pas faire de mal, de toute façon.

— Ce serait l'occasion de mettre un coup de projecteur

sur nos nouveaux produits. De faire venir mes clients actuels ainsi que d'autres que je verrais bien devenir clients mais qui n'ont pas encore compris où était leur intérêt.

— C'est une bonne idée. J'espère de tout cœur que ce sera un franc succès.

— Ce sera un franc succès, en effet, car Urban Génie va se charger de l'organisation. Les actes sont plus éloquents que les paroles. Vous ferez de l'excellent boulot et avant la fin de la soirée, vous aurez plus de commandes que vous ne pourrez en traiter autour de votre table de cuisine.

— Tu veux confier l'organisation à *nous* ?

Les yeux de Paige s'embuèrent.

— C'est trop, Jake. Un trop grand service que tu nous rends.

— Ce n'est pas un service que je te rends. Je veux simplement m'adresser à la meilleure agence d'événementiel du secteur et j'ai le privilège de savoir que c'est Urban Génie, même si les autres l'ignorent encore. Prends le temps d'en discuter avec ton équipe et reviens vers moi avec une proposition détaillée. Etonne-moi. Je veux de l'original. Du créatif.

Plus l'événement serait marquant, plus elle aurait de chances de décrocher d'autres contrats par la suite.

— Combien d'invités ?

— Je ne veux que du beau monde. Ce sera une soirée VIP.

Il plissa les yeux, réfléchissant à l'option la plus favorable pour Paige.

— Des cadres dirigeants en exclusivité.

Il fallait qu'elle rencontre des gens avec un pouvoir décisionnel, bénéficiant au minimum d'une délégation de signature.

— En petit comité, avec juste le haut du panier. Une centaine d'invités maxi. Tu as des idées de lieu ?

Le visage de Paige changea. Exit, l'incertitude. Son côté pro reprenait déjà le dessus.

— Quelque part sur un toit. Décor chic. Toute la magie de Manhattan sous les étoiles. Tu as une date en tête ?

— Le mois prochain.

C'était quasiment irréalisable à si court terme. Il se prépara à l'entendre se récrier qu'un tel délai n'était pas tenable, que les événements de cette nature se planifiaient normalement des mois à l'avance. Mais elle n'émit aucune protestation. En fait, il aurait juré que l'ombre d'un sourire avait joué sur ses lèvres.

— Dans le Downtown ?

— Je te laisse le soin d'en décider.

— Il y aurait le Loft & Garden du Rockefeller Center. Ils ont un extraordinaire jardin à l'anglaise avec une piscine miroir.

Elle réfléchissait à voix haute, le regard perdu dans ce qu'elle imaginait déjà.

— Ils ne travaillent pas avec des prestataires de services préférentiels, normalement ?

— Si. Il faudra que nous allions discuter avec eux. A si court terme, nos choix seront limités.

— Tu ne penses pas pouvoir y arriver ?

— Nous y arriverons, si. Mais il faudra faire preuve de créativité. Et savoir être persuasives.

Soudain débordante d'énergie, elle sortit une tablette de son sac. Gagné malgré lui par la curiosité, il l'observa pendant qu'elle accédait à une liste.

— Tu utilises quelle appli ?

— Aucune. Je n'en ai pas trouvé qui corresponde à mes besoins. Alors j'utilise un tableau que j'ai customisé.

— Ça te fait perdre du temps.

— Mais ça fonctionne pour moi, en tout cas.

— Je te créerai une appli. Une qui correspondra précisément à ta façon de travailler.

Elle leva les yeux et sourit.

— Laisse-moi d'abord organiser ton événement. Lorsque ta soirée aura remporté un succès foudroyant, je pourrai peut-être me permettre de te commander une appli personnalisée.

Ses doigts couraient sur les touches.

— Je vais passer quelques coups de fil et établir une liste descriptive des lieux possibles, ajouta-t-elle. Puis je reviendrai vers toi. Comme ça tu choisiras en fonction de la date. Tu voudras faire une présentation de l'entreprise ?

— Non. Ce serait trop formel.

— Peut-être quelque chose de moins académique, alors ? Des écrans géants où passerait une vidéo avec certains points marquants ? Et peut-être des postes avec des tablettes et des ordinateurs portables où les gens pourraient accéder à une partie de la technologie que tu proposes et poser des questions ?

— L'idée me plaît assez.

— Tu auras besoin d'éclairagistes professionnels.

Il était fasciné de la voir ainsi. Bourrée d'énergie. Sûre d'elle. Sexy. Malheureusement, cela ne lui facilitait pas la tâche. Elle lui apparaissait moins que jamais comme la *petite* sœur de Matt.

— Ils n'ont pas d'éclairage électrique, dans ces lieux de congrès de luxe ?

Elle sourit.

— C'est un peu plus complexe que ça. Il ne suffit pas d'appuyer sur un interrupteur. Il s'agit de rendre l'événement mémorable. Je suppose que c'est du mémorable que tu veux ?

Ce qu'il voulait, c'était elle, nue, dans une pièce plongée dans la pénombre. Sans éclairagiste. Et il savait que ça, oui, ce serait mémorable.

— C'est toi l'experte.

— C'est Frankie qui se chargera de cet aspect-là. Elle

a souvent recours à des designers lumière pour mettre en valeur les jardins qu'elle crée.

Elle jeta un coup d'œil sur son écran.

— Et en ce qui concerne le service de traiteur ? Tu as des envies particulières ?

— Je te laisse toute latitude. Ou plutôt à Eva.

— Tu ne veux pas t'en mêler du tout ?

— Contrairement à toi, je n'éprouve pas le besoin de tout faire moi-même, laissa-t-il tomber avec une pointe d'amusement dans la voix. Déléguer est ma devise. Et cette fois-ci, c'est à toi que je laisse la responsabilité pleine et entière. Je ne suis pas pour la micro-gestion.

Surtout pas dans ce cas particulier. Il voulait avoir aussi peu de contacts avec Paige que possible.

Et cela dans leur intérêt commun.

— Quel est ton budget ?

— Tu me diras ce qu'il faut que je dépense pour être sûr que ma manifestation d'entreprise fera parler d'elle pendant quelques mois.

Elle écarquilla les yeux.

— Sérieux ?

— Tu sais que je n'aime pas faire les choses à moitié.

Cela lui donnerait toute latitude pour organiser un événement qui ferait date et qui lui garantirait de nombreuses demandes par la suite.

— Reviens me voir avec une date et un nom de salle de congrès ou de toit d'immeuble, ou ce que tu veux. Puis je demanderai à mon équipe d'établir la liste des invités.

— Je sais que tu souhaites me donner carte blanche, mais y a-t-il quelque chose que tu exècres particulièrement, à part les cravates ? Je sais que tu as horreur des cravates.

Le regard de Paige glissa sur le haut de sa chemise déboutonnée puis remonta vers son visage.

— Que détestes-tu d'autre ?

— New York au moment de la fonte des neiges, la

bière tiède, les gens qui mentent, voyager dans le métro aux heures de pointe...

— Je pensais plutôt en termes de décor et de restauration. Quant au métro, je ne pense pas que tu aies souvent eu l'occasion de subir la pression des foules dans les rames, ces dernières années, ajouta-t-elle avec un léger sourire.

Il allongea les jambes devant lui.

— J'essaie d'éliminer de ma vie tout ce que je trouve détestable. Tu me connais bien, Paige, et je sais que tu feras des choix auxquels je pourrai souscrire. Je remets toute cette affaire entre tes mains.

— Merci. Nous ferons en sorte que tu ne le regrettes pas.

— Je n'ai aucune inquiétude de ce côté-là.

Paige glissa de nouveau sa tablette dans son sac.

— Vous opérez toujours à partir de la table de cuisine de Frankie ? Ça vous suffit comme espace ?

— Pour l'instant, aucun problème. Peut-être parce que nous n'avons pas encore eu l'occasion de travailler vraiment...

— Mais à partir d'aujourd'hui, vous allez carburer, toutes les trois. Nous avons un espace bureau libre à côté de mon équipe de développement mobile. Si ça t'intéresse, vous pouvez en disposer pendant quelque temps.

— Tu parles sérieusement ?

La surprise de Paige ne l'étonna pas. Il était aussi abasourdi qu'elle. C'était à se demander s'il n'avait pas inhalé une substance qui lui aurait embrumé le cerveau. Inviter Paige à travailler dans ses locaux ? *Juste sous son nez ?*

— Si tu es basée ici, ce sera plus simple de me tenir au courant de la progression de notre événement. C'est une solution temporaire en attendant que vous ayez les moyens de louer quelque chose. Ou que nous ayons besoin de ce bureau pour un autre usage, bien sûr.

De cette façon, au moins, il se ménageait une voie de

sortie. Qui sait ? Il allait peut-être devoir accroître le niveau d'activité de son entreprise rien que pour se donner une raison de revenir sur sa proposition.

— Repasse ici dès que tu auras établi les grandes lignes du projet.

— Je rentre et on s'y met illico.

Elle se leva et il la raccompagna jusqu'à la porte en verre qui séparait son bureau de l'open space où travaillait son équipe. Paige lui effleura le bras.

— Merci. C'est très généreux de ta part. Tu as toute ma gratitude.

— Ne me remercie pas.

Ses actions étaient peut-être généreuses, mais ses pensées, elles, lui auraient valu les foudres d'un comité de censure.

# Chapitre 7

*« Si tu veux partir du bon pied, n'oublie pas de prévoir des semelles de gel dans tes escarpins à talons hauts. »*

— PAIGE

Paige était penchée sur l'écran de son ordinateur portable et mettait la touche finale à sa présentation.

Elle voulait que tout soit pensé, étudié, anticipé. Qu'elle puisse être prête à répondre à n'importe quelle question.

— Oh ! cette vue ! C'est grandiose !

Plantée devant la fenêtre, Eva restait en contemplation, bouche bée. Frankie, la tête dans un carton qu'elle avait entrepris de déballer, lui jeta un regard en coin.

— Nous avons trois semaines pour mettre cet événement au point. Si tu crois que c'est le moment de faire du tourisme.

— La vue est énergisante. C'est *excitant,* Frankie. Regarde cette ville à nos pieds : partout autour de nous, des affaires prennent leur essor, des enfants naissent, des gens tombent amoureux.

— Personne ne tombe amoureux, Eva. Nous sommes à New York. Partout autour de nous des individus pressés, l'œil rivé sur l'écran de leur téléphone, en écartent d'autres sur leur passage pour pouvoir sprinter au rythme de leurs existences échevelées.

— Tu te trompes. Il y a aussi de la magie dans cette ville. Elle bourdonne d'espoirs, de possibles, de rencontres.

Avec une expression rêveuse, Eva appuya son front contre la vitre.

— Je crois que je vais adorer travailler dans des bureaux de haut luxe avec New York étalé à mes pieds. Je comprends maintenant pourquoi Jake fait tant d'heures ici. Quelle raison pourrait-il avoir de vouloir quitter un endroit pareil ?

Paige ne leva pas la tête.

Jake leur donnait une chance. C'était à elle de faire en sorte de ne pas la laisser passer.

Elle avait travaillé non-stop pendant trois jours et quasiment toute la nuit précédente pour mettre au point le planning prévisionnel. A 4 heures du matin, elle s'était endormie avec son ordinateur ouvert sur le lit. A 6 h 30, c'était une Eva aux yeux battus qui l'avait tirée des limbes du sommeil en posant à son chevet une tasse de café fort avec un muffin à la myrtille cuit du matin.

Sachant à quel point son amie détestait se lever, Paige avait été doublement émue.

Et maintenant, il ne leur restait plus que dix minutes avant d'affronter Jake en entretien.

Frankie vint jeter un coup d'œil par-dessus son épaule.

— Je suis soufflée que tu y sois arrivée. Lorsque tu nous as annoncé qu'il voulait une manifestation d'entreprise dans moins d'un mois, je me suis demandé lequel de vous deux était le plus cinglé — lui pour l'avoir proposé ou toi pour avoir accepté.

— Je voulais prouver qu'on pouvait le faire.

— Eh bien, la preuve est faite. Il ne va pas en revenir.

— A moi-même, je veux dire. J'avais besoin de me le prouver à moi-même.

Si elles étaient capables de relever le défi de cinglé lancé par Jake, rien ne pourrait plus leur résister.

— C'est d'ailleurs beaucoup trop tôt pour crier victoire. On est encore loin de la ligne d'arrivée.

— Mais en tout cas, c'est un bon départ. J'espère que Jake appréciera tes superpouvoirs de négociatrice. Parce que ce n'était pas gagné.

— Notre boulot est de donner l'impression au client que tout est simple. Rien ne doit paraître laborieux. « Vos désirs sont nos ordres », souvenez-nous.

— J'ai comme le pressentiment que pour cet événement, ça risque de donner : « Vos désirs sont notre burn-out », pronostiqua Eva. Tu es sûre que c'est juste une question de fierté professionnelle ? Il n'y aurait pas par hasard un enjeu plus personnel ?

— Pas du tout !

Paige prit une profonde inspiration.

— Que voudrais-tu qu'il y ait de personnel ?

— Je ne sais pas, mais vous faites voler tellement d'étincelles quand vous êtes ensemble que ça tourne au feu d'artifice. Par nuit noire, je suis sûre qu'on doit les voir flamber jusque dans le New Jersey.

— C'est vrai que ça vire souvent au conflit pour un oui ou pour un non, entre Jake et moi.

Et Paige détestait que ce soit le cas. La relation simple et affectueuse qu'ils avaient eue à l'adolescence lui manquait.

— Au *conflit* ?

Eva la regarda fixement.

— J'aurais plutôt décrit cela comme du magnétisme sexuel. Mais je n'ai jamais été très douée en sciences.

Paige se leva en hâte.

— Bon. En attendant, nous allons lui en mettre plein la vue, à Jake. Si notre plan prévisionnel est validé, Urban Génie aura franchi officiellement sa première étape vers le succès.

Du magnétisme sexuel entre Jake et elle ?

Bien sûr que non. Rien à voir. Il adorait la provoquer, la pousser à bout, attiser sa hargne.

— Paige ?

Dani se tenait dans l'encadrement de la porte.

— Jake termine une conférence téléphonique. Il vous attend dans un quart d'heure.

Paige sentit son taux d'anxiété s'envoler mais elle sourit d'un air décidé.

— Entendu. Merci.

Dani ne quitta pas tout de suite la pièce.

— Vous avez déjà eu l'occasion de bosser avec Jake ? Je peux vous donner quelques conseils à suivre pour éviter que ça tourne au vinaigre.

Eva parut inquiète.

— Comme quoi, par exemple ?

— Soyez concises, pour commencer. Jake a horreur de perdre son temps. Rien de tel que le bla-bla stérile pour le faire fuir. Autre règle impérative : ne surtout pas lui mentir. S'il vous demande quelque chose et que vous ne connaissez pas la réponse, dites-lui juste que vous ne savez pas. Essayer de l'embrouiller ne vous mènera nulle part. Ne me demandez pas comment il fait, mais il a un détecteur de mensonge intégré. Si vous lui mentez une fois, il ne vous croira plus jamais.

Frankie se leva.

— Autre chose ?

— Oui. N'essayez pas de lui en imposer. Il déteste ça. La seule chose qui puisse vraiment l'impressionner, c'est le boulot bien fait. Les gens qui essaient de se faire valoir l'horripilent. Il voit tout de suite clair dans leur jeu.

Eva se tassa légèrement sur elle-même.

— Pfff… Je connais Jake depuis des années, mais tout à coup, j'en ai les genoux qui tremblent et des serpents qui se tordent dans l'estomac.

— Oui, je comprends. Il a cet effet-là, sur les gens. Ce qui m'amène à mon dernier conseil.

Dani leur adressa un petit sourire contrit.

— Ne tombez pas amoureuses de lui.

Paige en avait assez entendu.

— Merci, Dani. Nous serons prêtes dans quinze minutes.

Eva se mordilla un ongle dès que Dani eut quitté la pièce.

— On parle bien de notre pote Jake, là ?

Elle s'appliqua une rapide touche de gloss, tira sur son top rose.

— Je veux dire : on a bu des bières avec lui sur notre toit en terrasse préféré et partagé des assiettes de spaghettis chez Maria des milliers de fois !

— Ne stresse pas, Ev.

Mais c'était plus facile à dire qu'à faire. Pour se distraire de son angoisse, Paige fit défiler de nouveau ses notes.

— Comporte-toi avec lui comme nous nous comporterions avec n'importe quel client. C'est purement professionnel.

A part que le personnel se faisait très insistant. Elle le sentait en permanence qui frémissait juste sous la surface. Elle avait perçu tant de courants et de remous souterrains durant leur premier entretien qu'elle avait failli réclamer un gilet de sauvetage.

Si seulement il n'y avait pas eu l'épisode du collier…

Tout aurait pu rester relativement professionnel s'il n'avait pas aperçu le pendentif en argent. Elle aurait dû cesser de le porter depuis longtemps au lieu de lui donner une place si près de son cœur.

Elle s'en voulait d'être incapable de le reléguer dans un fond de tiroir avec d'autres bijoux qu'elle ne portait plus que rarement.

Et maintenant Jake *savait*. Son secret n'en était plus un.

Elle n'aurait pas été plus embarrassée si elle était apparue nue sur le plus grand écran numérique du monde, au beau milieu de Times Square.

Pile un quart d'heure plus tard, Paige échangea un regard avec Eva et Frankie.

— Prêtes ?

Elle se sentit ridiculement tendue lorsque Jake leur indiqua d'un geste de la main qu'elles pouvaient entrer dans son bureau aux parois de verre.

Il était au téléphone, et balançait ses pieds nus avec nonchalance sur sa table de travail.

— Oui, OK, OK. Mais vous ne me payez pas pour vous dire oui et amen. Et encore moins pour vous raconter ce que vous avez envie d'entendre.

Il leur jeta un regard rapide et pointa l'index vers la table de réunion dans un coin de la pièce.

— Vous me payez pour vous dire la vérité, alors je vous dis la vérité. Après, faites-en ce que vous voulez, c'est votre problème.

Il mit fin à l'appel et ôta ses pieds du bureau.

Paige hésitait à s'asseoir. Elle avait les jambes en coton et ne se sentait pas très ferme sur ses pieds. Etre enfermée avec Jake dans un espace clos avait toujours cet effet sur elle. Son univers basculait, comme heurté par une force extérieure plus puissante que leur volonté à tous deux.

Et ce Jake-ci était un autre Jake. Les cheveux en bataille, la mâchoire assombrie par un début de barbe, il était tout en force contenue, mélange de tension et d'impatience. Dani avait précisé que le *dress code* était informel, mais Jake avait l'air de ne carrément pas s'être couché de la nuit.

Paige savait qu'il travaillait souvent en nocturne.

Et depuis qu'elle avait démarré Urban Génie, elle faisait la même chose.

Il allait et venait dans son bureau comme un fauve arpentant son territoire. Jake dégageait une assurance implacable qui fit encore monter la tension d'un cran supplémentaire.

Où avait-elle puisé le courage, dans le temps, de lui dire qu'elle l'aimait ?

Peut-être qu'il était plus approchable, à l'époque.

Jake se tourna vers Eva.

— Ça y est ? Vous êtes installées ?

— Comme chez nous, répondit gaiement Eva. Merci de nous laisser l'usage de ce bureau superbe. Je compte bien m'y accrocher !

L'expression de Jake se radoucit.

— J'ai l'intention de vous le facturer. Vous avez tout ce qu'il vous faut, alors ?

— Il nous manque juste quelques clients.

Frankie posa un dossier sur la table.

— Mais nous avons bon espoir de ce côté-là. Je pense que c'est le moment de te remercier pour l'opportunité que tu nous offres.

— Oublie les remerciements.

Le cœur de Paige battait à tout rompre. Jake se tourna vers elle en dernier.

— J'ai demandé à Dani de se joindre à nous. Comme ça, elle pourra nous servir d'intermédiaire lorsque je serai en déplacement.

Se glissant sur la chaise la plus proche, Paige ouvrit son ordinateur.

— J'ai préparé une présentation.

Dani entra à pas pressés dans le bureau et s'assit à côté de Jake. Elle était souriante et hors d'haleine.

— Désolée, boss. J'ai été harponnée au téléphone. Encore Brad. Il refuse de lâcher, c'est clair. Tu vas te décider un jour à lui répondre ?

— Peut-être… Vas-y, Paige. Commente-nous ton projet.

— Nous avons retenu trois lieux au total. Voici celui que nous recommandons.

Elle appuya sur une touche et fit apparaître l'image.

— Une vue fabuleuse sur le Chrysler Building. Les

dimensions se prêtent bien au nombre d'invités prévus. 50 % de la surface est couverte, donc si la météo nous fait un caprice, l'événement ne sera pas gâché pour autant. A l'intérieur comme à l'extérieur, le lieu est magique. J'ai déjà eu l'occasion d'organiser des événements là-bas et leur équipe est fiable, efficace et imaginative.

Dani se pencha pour jeter un coup d'œil et siffla tout bas.

— Ouah. Flashy. Qu'est-ce qu'il faut que je fasse pour être invitée ?

— Tu fais partie de l'équipe. Tu auras ton invit d'office…

Jake se pencha sur l'image.

— Ce n'est pas Matt qui leur a fait le design de la terrasse ?

— C'était un de ses premiers projets. En ce moment, c'est un des lieux les plus recherchés de Manhattan. S'ils n'avaient pas eu une annulation, il aurait fallu attendre au moins un an.

— Et Paige est une négociatrice implacable, surtout, intervint Eva. Mais elle ne veut pas qu'on le dise.

Jake se renversa contre son dossier.

— Quelle est votre vision de la réception ?

Paige se détendit un peu. Elle se sentait en terrain sûr.

— La philosophie de ton entreprise, c'est la communication — trouver des façons nouvelles et innovantes d'afficher des données de manière à améliorer l'expérience de l'utilisateur final. C'est ce thème que nous avons l'intention de refléter dans notre concept.

Elle montra de nouvelles images.

— L'idée, c'est de faire en sorte que les gens se rencontrent, se parlent, même sans se connaître. L'acoustique du lieu est excellente. Et comme on dispose de toute une partie couverte, nous pouvons utiliser toute la technologie que nous voulons sans risquer que ça tourne à la débandade.

Dani hocha la tête.

— Cool. Car la pluie et les disques durs, ça ne fait pas bon ménage.

— Nous nous occupons de toute la logistique sur place. Eva, bien sûr, s'est chargée de trouver un prestataire *ad hoc* avec une carte traiteur intéressante.

Elle tourna la tête vers Eva qui prit vaillamment la relève :

— Pour ce projet, je ferai appel à un nouveau traiteur, spécialisé dans l'événementiel : Delicious Eats. Ils sont basés à SoHo et se sont fait connaître auprès de Star Events mais Cynthia refusait de travailler avec des prestataires inconnus. Pour elle, c'était juste une formalité d'examiner les offres des uns et des autres. Elle se contentait de mettre une croix dessus et ne se tournait que vers ses partenaires attitrés — des amis, pour l'essentiel. Mais Delicious Eats propose une carte innovante et équilibrée et ne travaille qu'avec des produits frais de saison.

Jake revint vers elle en posant quelques questions. Paige ressentit une bouffée de fierté en voyant Eva répondre sans hésiter et aligner ses arguments avec clarté et compétence. Jake parut impressionné également.

— Donc pour le côté restauration, c'est réglé. Je te laisse le soin de fignoler les détails, Eva… Quoi d'autre ?

Paige prit le relais.

— Frankie sera en charge de la déco, du fleurissement ainsi que du design lumière. C'est un événement qui se déroule dans un jardin, donc l'éclairage joue un rôle majeur. Nous avons déjà abordé cette question lors de notre premier entretien.

Frankie remonta ses lunettes sur son nez.

— Nous faisons appel à une boîte spécialisée dans les éclairages d'extérieur. J'ai aussi une équipe de fleuristes et de designers floraux. Ils sont en free-lance mais j'ai déjà travaillé avec chacun d'entre eux et ce sont les meilleurs. Le toit-terrasse est élégamment conçu, avec un éclairage déjà très étudié. Nous allons juste créer des touches de lumière supplémentaires afin de personnaliser l'ambiance en jouant sur le thème. Et faire le nécessaire pour que les gens parlent encore de cette manifestation dans six mois.

Paige savait que Frankie détestait les présentations. Mais elle s'en tirait à la perfection, en restant claire et concise dans ses formulations.

Vint alors son tour.

— Nous nous chargerons de tout ce qui est audiovisuel ainsi que du transport. Il faudra également me préciser si nous devons prévoir des hébergements.

— Non, ils se débrouilleront. Ils seront nourris à mes frais et pourront déambuler une soirée durant dans un des lieux les plus prestigieux de Manhattan. S'ils ne sont pas assez grands pour réserver une chambre d'hôtel, c'est leur problème. Autre chose ?

— Des cadeaux clients ?

— Oui. Mais Dani s'en occupera.

Paige était habituée à négocier avec des clients qui se braquaient sur des détails, même infimes, et exigeaient tout un tas de modifications, quitte à changer d'avis par la suite pour revenir aux solutions qu'elle avait proposées en première instance.

— Tu ne veux rien modifier ? Pas de questions ?

— Non. Une fois que j'ai choisi un prestataire extérieur pour fournir un service, j'ai pour principe de le laisser faire. Chacun ses compétences. Par contre, il faudrait que je voie le lieu, parce que cela m'aidera à visualiser la façon la plus judicieuse de présenter les produits.

Il jeta un coup d'œil sur son téléphone.

— J'ai des rendez-vous toute la journée de demain et un projet sur lequel je dois bosser ce soir. Demain 9 heures, ça irait ?

— Du soir ?

— C'est un événement qui se déroulera en soirée. Il faudra que je voie ce que ça donne de nuit.

Paige rougit, se sentant prise en défaut.

— Oui, naturellement. Je passerai juste un coup de fil pour m'assurer que le lieu n'est pas privatisé demain soir.

— Il l'est. Je le sais, j'ai reçu une invitation. Je comptais refuser parce que c'est le style de soirée où il faut la ramener et s'habiller en pingouin. Mais on peut aller se montrer un petit moment et en profiter pour visiter.

— On ? Tu y vas avec Dani ?

Jake se leva.

— Non. Avec toi.

Le sang lui battit aux tempes.

— Moi ? Pourquoi moi ?

— Parce que tu organises cet événement, Paige, lui expliqua-t-il gentiment. S'il y a des problèmes, des questions, j'aurai besoin de m'entretenir avec la personne responsable. Toi, en l'occurrence.

— Mais je n'ai pas d'invitation.

— La mienne est valable pour moi plus une seconde personne. Tu seras ma seconde personne.

Il se tourna vers Dani.

— Appelle-les pour leur dire que j'accepte et réserve une voiture pour récupérer Paige chez elle et la conduire jusqu'au lieu. J'ai une réunion à Boston demain, donc je te retrouverai directement sur place, Paige.

Son téléphone sonna et il prit l'appel en quittant le bureau, avec Dani sur les talons.

Paige attendit que la porte se referme avant de relâcher son souffle.

— Ouf, c'est fait. Je peux vous dire que j'ai eu la trouille.

Elle ne se souvenait pas d'avoir été aussi terrifiée par une présentation auparavant. Peut-être parce qu'aucune n'avait été aussi importante à ses yeux que celle-ci. Et pas seulement parce qu'il s'agissait de la première vraie prestation que fournirait Urban Génie, mais aussi parce que c'était Jake et que pour lui, elle avait voulu se dépasser.

Objectif accompli. Il avait eu l'air satisfait.

— Super boulot, les filles. On s'en est bien sorties, non ?

Eva souriait aux anges.

— Il a adoré tes idées. Maintenant, espérons juste que le lieu lui plaira. Tu mesures un peu ta chance, Paige ? Demain : soirée ultra-chic sur une terrasse romantique, au bras du célibataire le plus hot de tout New York. Jake dans son smoking, Manhattan sous les étoiles... Chacun son habit de lumière. Qui sait ce qui pourrait se passer ?

Frankie fourra ses documents dans son sac.

— C'est maladif, cet imaginaire romanesque chez toi. Je me demande ce qu'il faudrait pour te guérir.

— Ce n'est pas une maladie, c'est juste ma façon de voir les choses. Et même si c'était pathologique, je refuserais d'être guérie.

Paige referma son portable.

— Jake ne m'a pas invitée pour mes beaux yeux. Et je sais déjà ce qui va se passer. Nous allons visiter le lieu au pas de course, il fera quelques commentaires, probablement sarcastiques, je prendrai des notes, puis nous repartirons aussi sec.

Rien de plus.

Il n'y aurait même pas de tension particulière entre eux car le toit en terrasse serait noir de monde.

— Cendrillon croyait qu'elle allait juste à un bal lambda et regarde ce qu'il lui est arrivé.

— Elle a perdu une pompe, voilà ce qu'il lui est arrivé. Et ça, c'est parce qu'elle était trop nouille pour prévoir une paire de ballerines de rechange.

Frankie se leva à son tour.

— Prends des baskets dans ton sac, au cas où, Paige.

— J'ai toujours tout ce qu'il faut. Et des semelles et des pansements aussi.

Paige se dirigea vers la porte en pensant à tout le travail qui les attendait encore.

— Tu as ce qu'il te faut, Frankie ?

— Oui. Je vais voir les designers lumière tout à l'heure. Et il faut que j'appelle Buds & Blooms, pour les arrangements floraux. Après ça, je mettrai au point la palette de couleurs, et demain j'irai voir ce que donne le marché aux fleurs. Autrement dit, je me lève à l'aube. Au moins, je ne ferai pas la fête jusque tard dans la nuit comme toi.

— Je ne fais pas la fête demain soir, Frankie. Ce sera juste boulot-boulot. Cela m'étonnerait que l'on reste plus d'une heure. A 22 heures et des poussières, je serai à la maison, en pyj', à siroter une tisane de mamie.

— Ou nue et haletante dans un lit. Avec Jake aussi nu et haletant que toi.

Eva prit un petit air romantico-canaille et Frankie leva les yeux au ciel.

— Jake est un client. Et les clients, c'est pas touche. Combien de fois faudra-t-il te rappeler cette règle élémentaire de la profession ?

— Oui, mais les patrons, dans cette agence, c'est nous. Donc on établit nous-mêmes nos codes de conduite. Si on veut se bourrer de petits gâteaux au petit déjeuner, libre à nous. Boire du champagne à nos réunions de boulot, pourquoi pas ?

— Pourquoi pas ? Parce que nous serions grasses, ruinées. Et probablement alcooliques.

Frankie ouvrit la porte.

— C'est Paige qui fixe les règles. Et même si le *dress code* est souple, il n'est jamais vraiment de bon ton, quand on bosse, de se balader avec sa petite culotte entortillée autour des chevilles.

# Chapitre 8

*« L'assurance feinte, c'est un peu comme le maquillage. Ça modifie ton apparence et personne n'a besoin de savoir ce qui se cache dessous. »*

— Paige

Entre l'aéroport et la réception, Jake se changea à l'arrière de la voiture et enfila son smoking, le tout sans interrompre sa conversation téléphonique.

— Tout ce que je dis, c'est qu'il faut tenir compte des flux et de l'utilisateur final.

Il boutonna sa chemise et plaça son nœud papillon autour de son cou en sachant qu'il ne l'attacherait qu'à la dernière minute. Il détestait à ce point tout ce qui lui serrait le cou que, ce nœud papillon mis à part, il ne possédait qu'une seule et unique cravate, un modèle Tom Ford que lui avait offert une de ses ex, bien décidée à l'embourgeoiser.

Les embouteillages succédaient aux embouteillages. Et lorsque son chauffeur s'immobilisa devant le building, il était déjà en retard.

Il entra à grands pas dans le hall, passa le contrôle de sécurité et aperçut Paige. Elle allait et venait devant les ascenseurs, ses talons claquant en rythme sur le sol en marbre poli. Vêtue d'une simple petite robe noire, elle avait l'air classe et très pro. Prête à bosser, en somme.

Puis il examina ses escarpins d'un peu plus près.

Ils étaient du même rouge brûlant que ses lèvres. Et ses stilettos étaient aussi vertigineux qu'un gratte-ciel de Manhattan.

*Merde.*

Elle avait l'air redoutablement sexy.

Un des agents de sécurité partageait manifestement cet avis. Jake passa devant lui de manière à lui boucher la vue et gâcher son plaisir. Il envisagea même brièvement de lui gâcher d'autres choses encore. Comme sa capacité à marcher droit et à garder ses dents jusqu'à ses vieux jours, par exemple.

— Paige ?

Elle se retourna.

— Ah, te voilà !

La chaleur et la spontanéité de son accueil le désarçonnèrent. Il était rare qu'il la voie autrement que réservée. Une Paige qui baissait sa garde rendait presque impossible pour lui de maintenir la sienne — du moins, pas autant qu'il l'aurait voulu. Il fit un gros effort pour se souvenir du motif pour lequel il était censé la tenir à distance. La voiture était juste dehors. Il pouvait l'embarquer avec lui sur la banquette arrière, lui arracher tout ce qu'elle avait sur le dos, sauf ces extraordinaires escarpins rouge passion, et la croquer de la tête aux pieds.

Et pourquoi pas ? Qu'est-ce qui les en empêchait ?

Elle lui adressa alors son plus beau sourire spontané de type « bonne copine » et il se rappela qu'elle était la sœur de Matt.

Et qu'il avait de solides raisons de mettre en sourdine sa libido galopante.

Une aventure avec Paige ne serait jamais chose simple.

Leur histoire aurait beau être intense et passionnée sur le plan sexuel, elle serait forcément condamnée à ne pas durer. Il ne faisait pas dans le long terme, ayant appris tout jeune que l'amour était un sentiment réversible : on pouvait vous le donner puis vous le retirer avec une déconcertante facilité. Comme il tenait à ce que les choses restent simples, claires, carrées, la parade la plus commode qu'il avait trouvée, c'était le détachement émotionnel. Ce qui impliquait que Paige était et devait rester intouchable.

Elle représentait un risque qu'il n'avait pas envie de prendre. Sans compter qu'il avait donné sa parole à Matt.

Il remit de la distance dans son attitude.

— Je suis en retard. Une circulation de dingue. Désolé.

— Pour la circulation ? Je sais que tu as du pouvoir, Jake, mais pas au point de contrôler le trafic. D'ailleurs ce n'est pas grave.

Le sourire de Paige se fit plus impersonnel.

— C'est toi le client. Tu as le droit d'être en retard. Tu es prêt ?

Client. *Exact.* Il était son client.

Il se détendit un peu.

Tout ce qu'il avait à faire, c'était la ranger une bonne fois pour toutes dans un fichier mental étiqueté « Professionnel ». Et oublier les escarpins rouge baiser.

— Jake ?

— Mmm ?

Il comprit qu'elle venait de lui poser une question.

— Quoi ?

— Je t'ai demandé si tu étais prêt.

— Prêt à quoi ?

A trouver un coin sombre dans ce building, à trousser sa petite robe noire en un tour de main et à lui faire l'amour jusqu'à ce que l'un comme l'autre ne puisse plus marcher droit ?

La réponse était oui. Il y avait longtemps qu'il était prêt pour ça.

— Je suppose que c'est en haut que ça se passe, Jake ? La soirée d'entreprise ?

Elle détachait chaque syllabe, comme si elle s'adressait à un touriste étranger.

— Tu as l'air d'avoir la tête ailleurs, dis-moi.

« Avoir la tête ailleurs » était une façon imagée de décrire le phénomène. « Furieusement excité » aurait été un terme plus précis.

— L'événement, oui. Allons-y.

Il passa devant elle de manière à l'écarter de son champ de vision. S'il avait pris les escaliers, cela aurait sans doute été préférable pour elle comme pour lui. Mais comme il ne se voyait pas monter cinquante étages en courant avec un smoking sur le dos, il appela l'ascenseur.

Les portes coulissèrent et Paige passa devant, lui offrant une vue parfaite de son dos dénudé.

Jake aima d'emblée les courbes harmonieuses de sa colonne vertébrale et la ligne délicate de ses épaules. Il se vit écarter les brides de sa robe pour s'embarquer dans une exploration fouillée de tout ce que ses vêtements cachaient encore.

Il n'avait qu'une envie : l'acculer contre le fond de la cabine, fermer les portes et tirer le meilleur parti possible de ce trajet de cinquante étages.

Seulement, lorsque le regard de Paige rencontra le sien, il s'aperçut que les parois de l'ascenseur étaient entièrement tapissées de miroirs.

Il vit le visage de Paige s'altérer sous l'effet de son regard. Dans ses yeux, il lut de la confusion et un soupçon d'autre chose encore qu'elle cherchait à lui dissimuler. Il fit mine de n'avoir rien remarqué.

Paige gardait le silence. Sa poitrine se soulevait et retombait à un rythme irrégulier, comme si elle devait se forcer à respirer.

— Jake ?

Il y avait dans sa voix une question à laquelle il n'avait pas l'intention de répondre.

Il entra dans la cabine à son tour et les portes se refermèrent. La chaleur était étouffante et l'espace plus restreint qu'il ne l'avait imaginé. Ou bien était-ce un effet de la présence de Paige ? Intéressant, comme concept de torture : se retrouver seul dans un ascenseur avec une femme que l'on désirait comme un dingue et à laquelle on se devait impérativement de résister.

Jake porta la main à son cou pour défaire le premier bouton de sa chemise. Et s'aperçut que c'était déjà fait.

Il ne voyait pas vraiment d'autre moyen à sa disposition pour faire chuter sa température corporelle. Le silence devenant oppressant, il fit un effort de conversation même s'il avait la langue bizarrement nouée.

— J'aime bien ta robe.

C'était le compliment le moins original qu'il ait jamais formulé. Mais il était incapable de faire mieux.

— *Linguine*, ajouta-t-il.

— Pardon ?

— Les bretelles. Elles sont plus larges que les bretelles spaghettis. Donc ce sont des bretelles *linguine*.

Elle parut amusée.

— Vu que tu as grandi auprès des autorités compétentes, je ne me risquerai pas à te contredire sur une question de pâtes italiennes. Tu ne veux pas t'habiller ?

Pendant une fraction de seconde, il crut qu'elle aussi venait de l'imaginer dévêtu. Puis il comprit qu'elle faisait allusion à son nœud papillon.

Il leva la main pour le nouer mais elle le devança.

— Non, laisse. Je m'en occupe. Je suis très douée pour les nœuds papillon. C'est mon père qui m'a appris.

Elle fit un pas vers lui et ses doigts effleurèrent les siens lorsqu'elle lui prit les deux pans du nœud. Très concentrée sur sa tâche, elle gardait les yeux fixés sur le mouvement de ses mains.

Malgré ses talons interminables, il la dominait toujours

d'une tête. En baissant son regard sur elle, il avait une très jolie vue sur l'éventail délicat de ses cils épais, la courbe tendre de ses lèvres, la perfection de ses épaules nues. Absorbée, elle retenait son souffle. Il ferma les yeux, désorienté par l'afflux d'un désir qui menaçait de devenir impossible à maîtriser.

Elle était en train de l'habiller. Pas de le dénuder. Rien ne justifiait l'impression d'intimité qu'il ressentait. Cerise sur le gâteau : le parfum de Paige — son traître de parfum — lui caressait les narines. Des images estivales de prés fleuris le submergeaient avec insistance. Et cette fois, aucune fuite possible. Il était coincé comme un rat. Son esprit, emporté sur les ailes de ces sensations olfactives, vagabonda librement pour créer une série d'images d'une netteté saisissante. Sur ses écrans intérieurs, elle se tenait sous le jet de la douche. Il voyait l'eau ruisseler sur son corps, suivait le trajet des gouttelettes glissant sur les reliefs et les creux qu'il lui était interdit de toucher. Il visualisait les bulles de savon opalescentes adhérant à sa peau laiteuse.

Pour chasser cette vision trop insistante, il ouvrit les yeux et se concentra sur les chiffres qui s'affichaient sur le panneau, comptant les étages en essayant de faire abstraction du contact léger des doigts de Paige dans son cou. Faire l'amour dans un ascenseur n'avait pourtant jamais été un de ses fantasmes. Tant qu'à faire les choses, il préférait les faire bien. A ses yeux, le sexe dans une cabine en mouvement équivalait à un menu fast-food avalé sur le chemin du boulot.

Pourquoi lui avait-il proposé de visiter ce lieu, bon sang ? Il aurait très bien pu se faire une idée d'après photo.

Oui, il aurait pu…

— Et voilà.

Elle fit un pas en arrière, le délivrant de son semi-délire érotique.

— C'est mieux comme ça.

Pas pour lui, non.

Il plaqua le dos contre la cloison, instaurant entre eux la plus grande distance possible. S'il y avait eu une issue de secours, il s'y serait engouffré sans se poser de questions.

— Alors, ta journée ? Ça s'est passé comment ? demanda-t-il pour dissiper la tension.

— Au pas de course.

Paige se tourna vers le miroir pour vérifier son rouge à lèvres.

— Frankie s'est entretenue avec un de tes concepteurs et elle a eu l'idée d'un design floral en code binaire. C'est original. Je pense que c'est assez cool comme idée.

— En code binaire ?

Il jeta un coup d'œil aux boutons lumineux — 35, 40, 45 — *dépêche-toi.*

— C'est très innovant, en effet.

Les fleurs de Frankie auraient tout aussi bien pu danser ou chanter, cela lui aurait été parfaitement égal. Tout ce qu'il demandait, c'était de pouvoir sortir de ce maudit ascenseur.

La cabine s'immobilisa, les portes coulissèrent, le libérant de son calvaire. Il se força quand même à la laisser sortir la première.

Dès qu'elle eut le dos tourné, il se passa la main dans la nuque et arrangea sa veste.

Le personnel de sécurité s'écarta et leur hôtesse vint à leur rencontre. Alysson Peters avait monté une start-up de haute technologie qui marchait du tonnerre. Jake avait généreusement investi dans le projet dès le départ. Ce qui lui valut ce soir un accueil enthousiaste.

Alysson ouvrit grand les bras.

— Et moi qui étais sûre que tu ne viendrais pas ! Pour une surprise, c'est une surprise ! Je suis ravie.

— Pour rien au monde je n'aurais manqué cette soirée.

Jake embrassa leur hôtesse sur les deux joues en faisant mine de ne pas remarquer les sourcils levés de Paige.

— Où est le bar, Aly ?

— Tiens donc. Je ne suis même pas surprise que tu me poses la question ! Tu es l'essence même du *bad boy*, Jake Romano. C'est pour ça que je t'aime, d'ailleurs.

Amusée, elle lui tapa sur le bras en riant.

— Ils vont tous vouloir que je te présente, mais comme tu es au sommet de la chaîne alimentaire, tu peux te permettre d'ignorer le menu fretin. D'ailleurs tu es venu en bonne compagnie, à ce que je vois.

Alysson sourit à Paige.

— Tu ne me présentes pas ton amie, Jake ?

Paige s'avança pour lui serrer la main.

— Paige Walker.

— Paige dirige une agence d'événementiel, Urban Génie.

Jake fournit l'information l'air de rien, tout en laissant son regard courir sur l'assistance.

— Le jour où tu auras envie d'organiser un séminaire d'entreprise qui sorte un peu des rails, tu pourras toujours essayer de lui passer un coup de fil. Si Paige parvient à te trouver un créneau, c'est que ce sera ton jour de chance. Ils sont à la fois très créatifs et ultra-compétents, chez Urban Génie.

— Ah, tiens ? Dans ce cas…

Alysson tendit la main.

— Vous avez votre carte ?

Paige lui en tendit une et Alysson la glissa dans son sac après y avoir jeté un coup d'œil.

— OK. On se contactera. Amusez-vous bien.

Elle s'éloigna pour accueillir de nouveaux invités.

— Merci de m'avoir présentée, lui chuchota Paige dès qu'ils eurent pris un peu de distance. Mais il aurait peut-être mieux valu éviter de dire qu'on était débordées à ce point. Elle ne téléphonera pas si elle pense qu'il faudrait quasiment un miracle pour qu'on puisse s'occuper de son événement.

— Bien sûr que si, elle appellera. C'est une des lois fondamentales du fonctionnement humain : les hommes veulent ce qu'ils ne peuvent pas avoir. Si le bruit court que tout le monde s'arrache les services d'Urban Génie, ce sera ton agence que l'on voudra et aucune autre.

Il préleva deux flûtes de champagne sur le plateau d'un serveur qui passait à proximité et en tendit une à Paige. Celle-ci hésita à l'accepter.

— Normalement, je ne bois pas quand je travaille.

— Ce soir tu bosses pour moi et je t'ordonne de descendre ce champagne.

Elle leva son verre avec l'ombre d'un sourire.

— Et nous buvons à quoi ?

*Aux propriétés anesthésiantes de l'alcool qui engourdit les sens.*

— A ton avenir exaltant. Bientôt, tu seras trop occupée pour boire.

— Je l'espère. Je te fais faire le tour du propriétaire en commentant au fur et à mesure la façon dont j'envisage ton événement ?

— Parfait.

Il l'entraîna au cœur de la foule des invités. Plus ils seraient entourés, mieux cela vaudrait de son point de vue. La cloison en verre coulissante qui séparait le bar et la piste de danse de la terrasse avait été ouverte en grand. La plupart des invités se dirigeaient vers l'extérieur pour se gorger du spectacle étourdissant de Manhattan sous les étoiles. La ville étincelait de tout son charme, séduisait le regard et ensorcelait l'esprit.

— Il faut que tu découvres la vue, déjà, pour commencer.

Elle se dirigea d'autorité vers la partie la moins fréquentée du *rooftop*. Et il n'eut d'autre choix que de lui emboîter le pas.

— J'ai vécu à New York toute ma vie, Paige. Je connais toutes les vues d'ici par cœur.

— Impossible. Chaque fois qu'on la regarde, cette ville offre un visage différent. Ce lieu en terrasse, c'est la magie de New York en concentré. Tout est vibrant d'énergie, excitant, spectaculaire.

Elle leva son visage vers le ciel et ferma les yeux.

— Ce n'est pas le moment d'entrer en transe, glissa Jake. Je croyais que c'était Eva, la rêveuse du trio.

— Tout le monde a la capacité de rêver.

Elle ouvrit les yeux et lui sourit.

— Pas toi ?

Oh que si. Et en ce moment, ses rêves étaient tous classés X.

Il regarda par-dessus son épaule. Le centre de la terrasse était dominé par une fontaine dont les jeux d'eau élaborés masquaient le bruit de la circulation montant des rues qui s'entrecroisaient à leurs pieds.

Jake se demanda un instant s'il était le seul ici à être tenté de se déshabiller pour plonger tête la première dans la fraîcheur du bassin.

— L'endroit n'est pas mal, en effet.

Il lutta pour maintenir son attention rivée sur n'importe quoi d'autre que Paige.

— Sais-tu pourquoi tant de femmes portent du noir dans ce genre de réceptions ?

— Parce que le noir est classique. Intemporel.

— Pas seulement.

Jake porta son verre à ses lèvres et but une gorgée.

— Ces femmes sont habillées en noir par prudence. Le noir passe en n'importe quelle circonstance. C'est une façon de ne pas se mouiller — elles ne prennent aucun risque.

Paige parut amusée par sa remarque.

— C'est possible. Mais au cas où tu ne l'aurais pas remarqué, je suis en noir, moi aussi.

Il savait pertinemment comment elle était habillée. Même les yeux fermés, il aurait pu dessiner chaque détail de sa robe. Chaque ligne, chaque courbe de la femme qui la portait.

— Toi, c'est différent. Tu travailles. Tu n'es pas censée faire de l'ombre aux invitées.

Il s'accouda à la balustrade et contempla la ville. Paige à son tour s'absorba dans le spectacle devant eux.

— C'était mon rêve de venir ici, dans cette ville, de vivre cette vie-là, d'être à 100 % new-yorkaise, une vraie fille de la ville.

Le regard de Paige s'embruma, comme si ses pensées l'entraînaient au loin, dans les profondeurs du passé.

— A Puffin Island, j'étais accro à toutes les séries qui se déroulaient à New York. Je m'imaginais en haut de l'Empire State Building, ramant sur le lac de Central Park ou marchant sur le pont de Brooklyn. Même encore maintenant, il y a des jours où j'ai du mal à croire que ma place est ici « pour de vrai ». Je descends en bas de chez nous, je cours le long des magnolias de l'avenue, je passe devant les kiosques et les marchands ambulants, j'aperçois au passage la légendaire *skyline* de Manhattan et je me dis : *Ouah ! Et c'est ici que je vis !* Je viens d'un trou minuscule et pourtant je fais partie maintenant de cette ville incroyable et je me dis que je suis la personne la plus heureuse au monde.

Elle s'interrompit net et rit tout bas en portant les mains à ses joues.

— Tu dois penser que je parle comme une illuminée, mais je suis passée par des phases où j'ai bien cru que je ne verrais jamais la couleur d'un avenir comme celui-ci.

Il y avait eu un temps où aucun d'entre eux n'avait osé espérer que les choses se termineraient de façon aussi positive pour Paige. Au moins par deux fois, à l'adolescence, elle avait croisé la mort de près lorsque des complications étaient survenues à la suite de ses interventions cardiaques.

Mais il n'y fit pas allusion. Un passé commun, c'était déjà la base d'une intimité partagée. Il ne voulait pas resserrer les liens épars tissés entre eux, ne voulait rien faire qui puisse les rapprocher l'un de l'autre.

Il s'était efforcé d'oublier les menaces qui avaient pesé sur elle, tout comme il essayait d'oublier maintenant qu'elle se tenait juste à portée de main dans sa petite robe noire. Il n'aurait eu qu'à tourner la tête pour enfouir les lèvres dans ses cheveux. D'où il aurait pu atteindre sa bouche en moins de temps qu'il ne fallait pour le dire.

Il garda les mains fermement agrippées à la balustrade, le regard rivé droit sur l'horizon.

— Puffin Island ne te manque jamais ?

— Non. C'est une île que j'adore, pourtant. C'était magique, quand j'étais enfant, mais c'est tellement *petit*. Pas seulement le lieu, mais aussi la vie quotidienne. Tout va très lentement là-bas et je sais que beaucoup de gens recherchent et apprécient ce calme, justement. Mais pas moi. Quand j'ai commencé à grandir, j'ai eu très tôt l'impression que la vraie vie se passait ailleurs et qu'un bras d'eau me séparait du monde réel. Un peu comme si on donnait une grande fête et que je me trouvais juste à côté, avec les yeux rivés dessus, mais l'interdiction de participer. La vie semblait passer à côté de moi sans que je puisse me mêler à la danse. Ça doit te paraître stupide, je suppose.

— Non, pas stupide du tout. Je comprends très bien, au contraire.

Il avait vécu la même chose, d'une certaine façon. Toute son enfance, il avait vu la fête se dérouler sans lui — un spectacle contemplé depuis l'extérieur.

Le sentiment d'exclusion était le même. C'était juste la nature du bras d'eau qui changeait.

— Mais toi, tu es né à Brooklyn. Tu es un New-Yorkais pure souche.

— C'est vrai. Et je n'aurais pas voulu grandir ailleurs.

Pendant toutes ces années d'enfance, lorsqu'il s'était senti déraciné et pas en sécurité, comme un chien perdu que personne n'avait envie de retrouver, New York était resté son point d'ancrage. Il n'avait pas toujours dormi au même endroit et sa famille avait changé en cours de route, mais la ville était restée identique à elle-même — belle, vivante et désirable.

New York, c'était sa base. Son chez-lui.

Paige avait les yeux rivés sur le Chrysler Building, dont la célèbre flèche illuminée se détachait sur le ciel bleu nuit avec de petits airs de chapeau de sorcier.

— Nomme-moi une autre ville où on voit tant de beauté à chaque coin de rue ! C'est comme vivre au cœur d'une légende.

Il ne lui donna pas tort.

Elle poursuivit :

— William Van Alen, l'architecte du Chrysler Building, a construit la flèche en verre et en acier dans le plus grand secret à l'intérieur du puits d'aération. Et il l'a élevée en seulement quatre-vingt-dix minutes. D'un coup, le bâtiment s'est dressé au-dessus du 40 Wall Street qui avait été construit en même temps. Tu imagines l'effet que ça a pu faire, à l'époque ? Tu crois bâtir le gratte-ciel le plus haut du monde et, tout à coup, tu lèves les yeux et tu vois ça ?

Avec son goût inné pour la compétition, Jake n'avait aucun mal à se représenter l'excitation qu'avait dû provoquer ce coup de maître.

— Quel triomphe ! Avec la hauteur de la flèche en plus, ils remportaient la palme. Jusqu'au moment où l'Empire State Building a été érigé à son tour et l'a détrôné en 1931.

— Je le trouve magique, ce Chrysler Building. C'est un des monuments de New York que je préfère.

Jake voyait les gens les plus divers défiler à New York, certains, rien que pour pouvoir se glorifier d'y avoir mis les pieds. D'autres restaient quelques années puis repartaient ventre à terre parce qu'il leur fallait plus d'espace, un jardin ou un appartement où ils n'étaient pas obligés d'utiliser leur four comme placard de rangement. Ou parce qu'ils n'en pouvaient plus d'avoir à descendre dix étages chaque fois qu'ils avaient une lessive à faire. Ceux-là fuyaient les klaxons, les sirènes, les gaz d'échappement, et retrouvaient un air plus pur et un rythme moins effréné — il existait des centaines de bonnes raisons pour tourner le dos à la frénésie de New York.

Jake, lui, ne voyait que de bonnes raisons de rester, et Paige était du même bois que lui. Il leva son verre.

— A ta santé, la fille des villes !

— A toi, le baroudeur urbain.

Elle fit tinter son verre contre le sien et but une gorgée.

— Tu crois que New York est homme ou femme ?

La question le fit sourire.

— Femme, bien sûr. Avec ses humeurs changeantes, sa façon de jouer avec les émotions... C'est archi-féminin, ça, non ? questionna-t-il avec un clin d'œil amusé.

— Je n'en suis pas aussi sûre que toi.

Elle inclina la tête d'un air pensif.

— C'est une ville qui a quand même des côtés très masculins. New York, pour moi, c'est aussi un milliardaire difficile à cerner, qui étale sa richesse tout en restant secret sur ses côtés obscurs. Tu crois bien le connaître et il s'arrange toujours pour te surprendre là où tu ne l'attendais pas.

— Non, non. Je suis catégorique : New York est une femme. Tous ces visages différents, ces dressings bourrés à craquer de tenues diverses et variées... Cette ville est femme à 100 %.

La foule des invités gagnait en nombre et la musique qui s'élevait de la piste de danse glissait sur les ailes de la nuit. Devant eux se découpait l'Empire State Building, et au-delà clignaient les lumières vives de Broadway. La « ville qui ne dort jamais » brillait de mille feux, vous plongeait dans un étourdissement permanent.

Paige lui effleura le bras.

— Tu veux qu'on danse ?

Il tourna la tête et son regard rencontra le sien.

Il aurait bien aimé faire quelque chose avec elle, oui — et ce n'était pas danser. Alors autant oublier tout de suite. Danser impliquerait un contact physique. Et il n'était pas disposé à prendre le risque de la tenir dans ses bras.

— Je ne danse pas, non.

Le sourire de Paige perdit de son rayonnement.

— Oui, bien sûr. Je suis bête.

Elle termina son champagne et reposa son verre.

— Cette terrasse en plein ciel est tellement magique que j'en oubliais qu'on était là pour bosser. Allez, on passe aux choses sérieuses ? C'est parti pour la visite en règle. Je te parlerai de mes idées au fur et à mesure, puis tu pourras poursuivre tranquillement ta soirée en fonction de tes projets.

Paige tourna les talons et il resta un instant immobile à la suivre des yeux, admirant sa féminité, son élégance, sa dignité. Elle était femme jusqu'au bout des ongles.

Mais intouchable. A jamais.

Pour lui, en tout cas.

Il ne put s'empêcher de laisser remonter son regard de ses chevilles à ses hanches. Et de s'y attarder.

Il visiterait le lieu, émettrait les commentaires d'usage et les suggestions requises, puis rentrerait chez lui pour danser avec une bouteille de whisky.

*
* *

Comment avait-elle *osé* ?

Proposer à Jake de danser, alors qu'ils étaient venus là dans un contexte strictement professionnel ! Qu'est-ce qui avait provoqué ce sinistre dérapage ? Où était passé son cerveau ?

Sous le ciel ivre d'étoiles, grisée par le rythme en *staccato* du pouls de Manhattan, elle avait oublié son habituelle réserve. Cessant de considérer Jake comme un client, elle avait vu l'homme en lui.

Paige réprima un soupir d'exaspération. Evidemment qu'elle voyait l'homme en Jake Romano ! Qui aurait pu ne pas le voir, franchement ? C'était un pur concentré de sex-appeal, le tout emballé dans un smoking. Depuis le moment où elle l'avait vu arriver à grands pas dans le hall d'entrée du gratte-ciel, elle était restée sous le choc. Consciente de sa sexualité. De son rayonnement. De ce quelque chose d'hyper-masculin qui émanait de lui. Contrairement à la majorité des personnes présentes à l'événement, Jake Romano ne se fondait jamais dans le décor — au contraire, il en devenait l'élément dominant. Le fait que, pour une fois, ils aient pu se parler sans que la conversation tourne au combat en règle l'avait plongée dans un état de flottement où elle avait oublié ses repères.

Résultat : elle avait mis Jake mal à l'aise et s'était humiliée par la même occasion.

*Une fois de plus.*

La seule chose qu'il lui restait à faire était d'écourter l'épreuve dans la mesure du possible.

Tentant de faire abstraction de cet épisode pénible, elle prit son expression la plus professionnelle et attendit que Jake la rejoigne pour entamer une brève visite commentée du lieu. Elle le présenta à la personne en charge de gérer le planning des réservations et communiqua au fur et à mesure à Jake le programme qu'Urban Génie avait mis au point.

Il écouta avec attention, posa des questions pertinentes, ajouta quelques idées personnelles — toutes judicieuses. Ils avaient à peine eu le temps de terminer leur tour que déjà tout un petit groupe gravitait autour d'eux.

C'était toujours comme ça, avec Jake. Paige le savait d'expérience. Il y en avait toujours un ou deux qui voulaient lui soumettre des innovations technologiques. D'autres auraient des conseils de gestion à lui demander. Et puis il y avait la catégorie de ceux qui espéraient obtenir un financement pour un projet de start-up. La partie féminine du public caressait d'autres espoirs encore, de nature plus personnelle. Et Paige préférait tourner les talons avant de savoir s'il répondrait ou non à l'invite.

— OK, Jake. Je ne vais pas monopoliser ton temps plus longtemps. Je te laisse pour ce soir et on en reparle demain au bureau.

Elle composa pour lui son plus beau sourire professionnel puis poursuivit son chemin jusqu'à la rangée d'ascenseurs.

Ses pieds malmenés lui rappelaient avec insistance que son choix de chaussures n'avait pas été des plus heureux. Elle n'avait qu'une hâte : retirer ses escarpins pour enfiler ses ballerines. Même les semelles de gel ne compensaient pas tout.

Elle s'était juchée à dessein sur ses plus hauts talons en espérant que les quelques centimètres gagnés lui procureraient un surplus d'assurance face à Jake.

Mais les quelques centimètres gagnés lui avaient surtout valu des ampoules.

Ses pieds, en tout cas, se réjouissaient qu'elle se soit pris le vent du siècle lorsqu'elle avait proposé à Jake de danser avec elle.

Tout de suite en rentrant, elle se ferait couler un bain chaud. Et s'y installerait avec un verre de vin et peut-être même un bouquin. Ou de la musique, avec le volume tourné à fond. Quelque chose qui lui remplirait la tête et chasserait ses pensées lancinantes de monomaniaque obsédée par Jake.

Elle s'apprêtait à appeler l'ascenseur lorsqu'une main masculine apparut dans son champ de vision et devança son geste.

Perdue dans ses pensées, elle ne l'avait pas entendu arriver dans son dos. Mais elle aurait reconnu cette main-là entre mille.

— Qu'est-ce que tu fais ici ?

— Je rentre chez moi.

Il ne l'avait pas touchée, mais le son de sa voix à lui seul suffisait à lui faire courir des frissons électriques sur la peau. Qu'un homme à qui elle ne plaisait pas puisse exercer un tel ascendant sensuel sur sa personne avait quelque chose de brutalement injuste.

— Tu avais toute une foule agglutinée à tes basques dans l'espoir d'obtenir quelques minutes de ton attention.

— Je suis venu ici avec toi. Je repars avec toi.

*Si seulement.*

— C'était juste un rendez-vous professionnel, Jake.

Elle ne fut pas mécontente du détachement qu'elle réussit à insuffler à sa voix.

— Ne te sens surtout pas obligé de repartir avec moi, ajouta-t-elle. D'ailleurs depuis quand le fait d'être avec une femme t'empêche-t-il d'aller en chasse sur d'autres territoires ?

— Je n'ai jamais trompé une femme de ma vie.

Sa voix calme résonnait si près de son oreille qu'elle en frissonna de plus belle.

— Et je m'assure toujours que la personne qui m'accompagne dans une soirée rentre à la maison saine et sauve.

Son cœur — son stupide cœur qui n'avait jamais accepté de se comporter selon les normes — se mit à battre plus vite.

— Parce que tu ramènes des femmes chez toi, maintenant ? Fais attention, ça frise l'engagement amoureux.

Jake parut amusé.

— Je les raccompagne chez elles, pas chez moi. Et c'est plus une question de politesse que d'engagement.

Paige maudit tout bas la lenteur de l'ascenseur. Elle n'avait qu'une hâte : en finir.

— Tu as déjà donné ton adresse à une de tes nanas ?

— Jamais. Même s'il leur arrive de débarquer à l'improviste au bureau.

— Vu que c'est là que tu passes les 9/10e de ton temps, elles pensent que c'est probablement l'endroit où elles ont le plus de chances de te débusquer.

L'ascenseur finit par arriver et Jake lui tint la porte.

— Mon équipe me tient lieu de gardes du corps… Mon chauffeur attend en bas. Il te reconduira chez toi.

Ses pieds lui hurlèrent d'accepter. Sa passion de l'indépendance l'obligea à secouer la tête.

— C'est inutile. Je peux prendre le métro.

Jake pénétra à son tour dans la cabine.

— Tu peux, oui. Mais tu rentreras en voiture.

S'adossant à la paroi recouverte de miroirs, il détacha son nœud papillon.

— Je sais que tu es une fille très autonome. C'est une qualité admirable et je comprends qu'elle ait du sens pour toi, mais de temps en temps, ça me simplifierait la vie si tu pouvais juste dire « oui » sans faire tout un cirque au préalable.

Les portes de l'ascenseur se refermèrent sans bruit, les murant ensemble dans un espace clos.

— Je dis « oui » tout le temps !

Une lueur sceptique brilla dans le regard de Jake.

— Ah bon ? Donne-moi un exemple.

Là, tout de suite, elle dirait « oui » au sexe. Quand il s'agissait de Jake, elle était prête à dire oui à tout, d'ailleurs. Elle s'était toujours promis de saisir l'instant, et là, c'était de lui qu'elle voulait se saisir. Mais elle s'était déjà ridiculisée une fois avec Jake et elle ne récidiverait pas, quoi qu'il arrive.

— Je dis « oui » à la cuisine d'Eva, « oui » à boire des coups sur notre toit en terrasse, « oui » à la soirée cinéma du samedi même si Matt ne nous laisse jamais regarder la moindre comédie sympa. Je dis « oui » à aller courir dans les Jardins botaniques et « oui » aux bagels achetés frais... Tu veux que je poursuive la liste ?

Il était d'une beauté impossible, avec un côté hyper-sexuel, animal et magnétique à vous faire tomber à genoux. Plus craquant avec sa chemise déboutonnée et son nœud papillon de travers que tous les hommes là-haut sur la terrasse avec leur tenue ultra-soignée et leur élégance apprêtée.

Jake avait toujours été indifférent à l'effet que produisait son physique. Il ne cherchait ni à séduire ni à faire le moindre effort vestimentaire pour se conformer à la norme. Avec une chemise déboutonnée et des joues assombries par une barbe de plusieurs jours, d'autres que lui auraient facilement basculé dans un look fripé-fatigué-défraîchi. Mais avec Jake, c'était le contraire. S'il lui était arrivé un jour de croiser un homme plus sexy que lui dans sa vie, elle n'en avait en tout cas pas conservé le souvenir.

Il l'observait avec, dans le regard, cette dérangeante perspicacité qui faisait se demander à Paige, par moments, s'il pouvait lire dans ses pensées. Elle était experte dans la dissimulation, pourtant. Ses émotions, elle les masquait d'office, autant pour protéger les autres que pour se préserver elle-même. Mais avec Jake, se camoufler demandait plus d'efforts.

Il percevait certaines choses. Se montrait plus attentif, plus percutant dans ses observations.

Elle s'apprêtait à ouvrir la bouche pour émettre une réflexion désinvolte lorsque la cabine s'immobilisa avec un soubresaut. En équilibre précaire sur ses talons trop hauts, elle bascula vers l'avant et se retrouva plaquée contre le torse dur de Jake. Pendant un instant, elle n'eut conscience que de la puissance de ses muscles sous sa paume et de la chaleur de son souffle sur son visage. Le désir toujours latent s'éveilla, se déploya au creux de son ventre — une lente chaleur qui monta très vite en flamme.

Sa bouche était juste là, *si proche*. Il lui aurait suffi de lever la tête…

Le bras de Jake glissa autour de sa taille pour la soutenir et il fronça les sourcils en scrutant le panneau lumineux.

— Tu as appuyé sur quelque chose ?

— Non.

Elle grinça des dents. Il y avait des années qu'elle n'avait pas connu une telle proximité physique avec lui, et pourtant cela lui paraissait aussi naturel d'être dans ses bras que si leurs corps étaient restés collés l'un à l'autre depuis une décennie.

— Je n'ai rien touché. Il s'est arrêté de lui-même.

— Ça doit être un effet de ma personnalité électrique.

Elle se dégagea de son étreinte, irritée de sentir sa libido partir en live au moindre effleurement. Pourquoi ne ressentait-elle pas la même chose avec un homme qui aurait eu la bonne idée d'avoir *aussi* envie d'elle ? Le monde était injuste.

— Tu pourrais peut-être te servir de ta personnalité électrique pour nous sortir d'ici, monsieur le chef d'entreprise ? Appuie sur le bouton.

Avec la distance entre eux, son excitation retomba à un niveau plus soutenable. Mais la peur prit aussitôt le relais. Elle n'était pas à l'aise dans les espaces fermés. Ne l'avait jamais été.

*Ça va se régler très vite*, se promit-elle, pour se rassurer. *Ce n'est probablement rien du tout.*

Le bouton était déjà allumé mais Jake appuya de nouveau.

Une sorte de cliquetis se fit entendre. Mais la cabine ne bougea pas d'un millimètre.

Une moiteur immédiate envahit les paumes de Paige. Sa poitrine se noua. Les ascenseurs, elle n'avait rien contre, lorsqu'ils remplissaient sagement leur fonction. Mais se retrouver coincée dans un espace clos, immobile et dépourvu d'air ? Elle avait toujours détesté se sentir enfermée. Se voir bouclée dans un tube pour passer une IRM lui faisait l'effet d'être ensevelie vivante.

— C'est peut-être le gérant du lieu qui nous a immobilisés ici en attendant qu'on le paie pour notre réservation.

Elle essayait d'alléger l'atmosphère, mais celle-ci ne faisait que s'alourdir, au contraire, comme si les parois se rapprochaient.

— Qui sait ?

Sourcils froncés, Jake examinait le panneau de commande. Il glissa la main dans sa poche et elle vit briller l'éclat fugitif du métal.

— C'est quoi ? Un *tournevis* ! Tu te trimballes avec un tournevis sur toi ? Pour quoi faire ?

— C'est très utile quand on se retrouve en situation délicate. Tiens-moi ce truc-là, tu veux ?

Il lui tendit sa veste de smoking et retroussa les manches de sa chemise.

— C'était quand, ta dernière situation délicate ? Elle était mariée ?

Il sourit tout en dévissant le panneau.

— Je ne touche jamais aux femmes mariées. Trop de complications. Tends la main.

— Pourquoi ?

— Paige…

Son ton restait patient.

— C'est encore une de ces occasions où il s'agit d'acquiescer et d'obéir. Pas de poser des questions ni de me contredire.

Elle tendit donc la main, en espérant qu'il ne remarquerait pas qu'elle tremblait.

Jake laissa tomber deux vis dans sa paume ouverte.

— Maintenant, je peux examiner ce truc de plus près.

— Examiner quoi ? Comment comptes-tu procéder ?

Elle ne demandait qu'une chose, cela dit, et c'était que ça marche.

— Tu as l'intention de démonter les circuits de l'ascenseur et de les reprogrammer ? Ou de pirater le système informatique du FBI et d'exiger qu'ils viennent nous sauver sur l'heure ?

Si seulement c'était de l'ordre du possible ! Tout ce qu'elle demandait, c'était que quelqu'un fasse le nécessaire pour redémarrer cet ascenseur de malheur. Les parois semblaient s'être rapprochées un peu plus encore. Serrant les vis dans son poing crispé, elle se recroquevilla sur elle-même, les bras croisés sur les épaules, en essayant de respirer calmement.

Son rythme cardiaque s'était accéléré et les premiers signes de panique commençaient à se faire sentir. Son front se couvrit de sueur. Etait-ce un effet de son imagination ou la cabine avait-elle rétréci pour de bon ?

Jake se redressa.

— Paige, est-ce que tu pourrais…

Il s'interrompit en voyant son visage.

— Qu'est-ce qui ne va pas ?

Elle serra les dents pour les empêcher de claquer.

— Rien. Débrouille-toi juste pour nous sortir d'ici.

— C'est ce que j'essaie de faire.

Il glissa le tournevis dans sa poche.

— Pourquoi toujours dire que ça va bien quand ça ne va pas ? C'est si terrible que ça de reconnaître que tu as peur ?

— Je n'ai pas peur. Mais je préférerais ne pas passer le reste de ma soirée dans une cabine d'ascenseur.

— La cabine ne va pas se décrocher et chuter d'une

quarantaine d'étages, si c'est ça qui t'inquiète. Tu n'as aucune raison de paniquer.

— Je ne suis pas inquiète. Et encore moins paniquée.

Deux mensonges en deux petites phrases. C'était probablement un record. Paige se concentra sur sa respiration comme elle avait appris à le faire lorsqu'elle était enfant.

*Fais comme si tout allait bien. Détends-toi.*

La panique monta d'un cran.

— Tu pourrais peut-être passer à l'action, Jake.

Il concentra de nouveau son attention sur le panneau de contrôle sans qu'elle puisse voir ce qu'il fabriquait. Mais elle l'entendit jurer tout bas et frapper du plat de la paume sur le métal.

— J'ai essayé mais, chose exceptionnelle, mes grands talents n'ont pas suffi.

Il actionna le bouton d'urgence et, quelques instants plus tard, une voix désincarnée se réverbéra entre les parois de l'ascenseur pour leur demander de préciser la nature exacte de leur problème.

— Nous sommes coincés dans l'ascenseur et une extraction rapide serait appréciée.

Jake donna le nom de l'immeuble et de la rue tout en surveillant la réaction de Paige du coin de l'œil. Toujours concentrée sur sa respiration, elle lui jeta un regard incrédule. *Extraction rapide ?* Elle articula les mots tout bas et il haussa les épaules en levant les yeux vers le toit de la cabine.

— J'ai pensé que ce serait plus correct que : « Hé, mon gars, sors-nous de là et fissa ! »

Il se rapprocha de l'interphone.

— Quel est votre nom ?

— Channing, répondit la voix.

— Et vous êtes où, Channing ?

— A Houston, dans le Texas, monsieur.

La mâchoire de Paige s'affaissa.

— *Houston?* Mais c'est à quatre heures de vol d'ici ! Comment peut-il intervenir à cette distance ?

Jake leva la main pour lui imposer silence.

— Et la météo, ça donne quoi, chez vous, Channing ? Je parie que vous suffoquez dans la chaleur et l'humidité ?

— Ah, ça oui, monsieur !

— Eh bien nous aussi, voyez-vous. Et je suis avec une jeune dame qui commence à trouver cette expérience un peu inconfortable, donc j'aimerais que vous considériez notre cas comme une urgence et que vous fassiez le nécessaire pour nous sortir d'ici au plus vite. Autrement dit, dans les minutes qui viennent, de préférence.

L'humour dosé avec soin faisait passer en douceur l'autorité inflexible.

— Je vais aviser immédiatement l'équipe d'entretien ainsi que les pompiers. En attendant, ne bougez pas, monsieur... Et madame, ajouta-t-il après une hésitation.

Comme s'ils avaient d'autres solutions à leur disposition.

Paige s'adossa à la paroi. Sa poitrine lui faisait mal et son cœur cognait à toute vitesse.

— Repasse-moi les vis.

Jake tendit la main et elle le regarda sans comprendre, cherchant désespérément à garder les idées claires malgré l'angoisse qui l'envahissait.

Aucune raison de s'affoler. Tout allait bien se passer. Dans quelques minutes tout au plus, quelqu'un viendrait les extirper de là.

Jake lui prit la main, desserra ses doigts crispés et découvrit les marques rouges laissées par les vis. Il scruta ses traits.

— Paige ?

— Tout va bien. Tout à fait bien. Ne t'inquiète pas pour moi.

Elle avait récité les mots comme un mantra.

Jake glissa les vis dans sa poche et la prit dans ses bras.

— Tu es claustrophobe, murmura-t-il. Comment ai-je pu l'oublier ? Ça va aller, mon cœur. Je suis là. Je vais te sortir de là très vite, je te le promets.

Ses mots, l'assurance dans sa voix, auraient dû suffire à juguler la montée d'angoisse. Mais il n'en fut rien.

— Comment veux-tu nous sortir de là ?

Elle renonça à tout effort pour dissimuler sa peur.

— Ce Channing est à Houston. Et nous on est ici.

Son souffle saccadé venait par à-coups. Elle avait l'impression qu'un étau de fer lui broyait la poitrine. Jake lui passa la main dans les cheveux.

— L'équipe d'entretien est à New York, tout près d'ici. Détends-toi, mon bébé.

Elle porta la main à sa poitrine pour essayer de dissoudre le nœud d'angoisse qui s'y logeait.

— Tu m'as appelée « mon bébé » ? Sérieux ? En temps normal, je t'aurais cassé la figure pour moins que ça.

— En temps normal, je ne t'aurais pas appelée « mon bébé ».

Il resserra son étreinte, calant son corps contre le sien pour qu'elle puisse trouver refuge dans sa chaleur, se nourrir de sa force.

— Je ne suis ni ton frère ni tes parents. Tu n'es pas obligée de jouer la comédie du bonheur parfait avec moi. Je suis capable d'entendre la vérité brute.

Il la tenait fermement contre lui et les muscles puissants de ses cuisses soutenaient ses jambes flageolantes.

— Je crois que c'est mon cœur…, murmura-t-elle dans un souffle, horrifiée par sa propre faiblesse. Je manque d'air… C'est…

— Ton cœur va tout à fait bien, Paige.

Il lui caressa doucement le visage.

— Je te promets que tu ne fais pas un malaise cardiaque, ma puce.

Elle tenta de prendre une bouffée d'air.

— Mais…

Inspirant chaleur et énergie masculines, elle ferma les yeux.

— Je ne peux plus respirer… Je me sens bizarre… Je…

La voix de Jake s'éleva à son oreille, forte et persuasive :

— Ton cœur n'y est pour rien. Regarde-moi, Paige.

Elle en était incapable.

Les yeux rivés sur le haut du torse de Jake, elle ne percevait plus que le son affolé de sa propre respiration, de plus en plus rapide. De plus en plus superficielle. Il lui glissa les doigts sous le menton et lui souleva le visage pour l'obliger à le regarder. Ce contact était une consolation et une tentation tout à la fois.

— Tu fais une crise de panique parce que tu ne supportes pas les endroits confinés. J'aurais dû m'en souvenir. Tu vas essayer de ralentir ta respiration, maintenant… Voilà. C'est mieux comme ça.

D'une main, il continuait de lui caresser le visage, et il se servait de l'autre pour la maintenir serrée contre lui, tellement serrée que son corps semblait se fondre dans le sien. Elle sentait la chaleur de sa peau à travers le fin tissu de sa chemise et la chaleur de sa main qui montait et redescendait dans son dos, rassurante et tranquille. Elle aurait dû se sentir en sécurité, protégée de tous les dangers. Mais rien, même le fait d'être tenue par Jake, ne parvenait à dissiper sa peur panique. La crise montait par vagues, comme une crue sauvage, balayant tous les efforts de Jake pour la contrer.

La sensation d'être dans un étau augmentait au niveau de ses poumons. Elle étouffait. Elle se cramponnait à la chemise de Jake, les poings serrés, les jointures livides.

Elle voulait lui dire qu'elle ne pouvait plus respirer, mais le souffle lui manqua et elle ne put prononcer un mot.

A travers les nappes de brouillard mouvantes qui lui

obscurcissaient le cerveau, elle l'entendit jurer à voix basse. Puis la main de Jake se détacha de son dos.

Elle voulut se raccrocher à lui de toutes ses forces et le supplier de ne pas la lâcher maintenant. Mais elle comprit qu'il ne desserrait pas son étreinte. Il l'affermissait, au contraire. Ses doigts glissaient dans ses cheveux, avec des gestes lents, délibérés, tandis que son pouce allait et venait sur sa joue.

— Regarde-moi, Paige… Regarde-moi, ma chérie.

Sa voix était ferme, ses yeux gris argent luisaient d'un éclat hypnotique sous ses paupières lourdes, alors qu'il tenait son regard terrifié dans l'orbite du sien. Fascinée, elle scrutait son visage — familier et néanmoins comme différent. Peut-être parce que ses traits étaient marqués par une détermination nouvelle ? Ou simplement parce que la panique déformait sa vision en même temps que le reste de ses facultés ?

Elle retenait son souffle, consciente de la soudaine proximité de la bouche de Jake. Il inclina alors la tête et ses lèvres se posèrent sur les siennes avec lenteur, fermeté et assurance.

Sa première réaction fut la surprise. Choquée, elle tressaillit, mais il la maintint avec force contre lui, son corps toujours soudé au sien.

Que faisait-il ?

Elle n'avait pas le souffle nécessaire pour embrasser qui que ce soit.

Comment pouvait-il…

Le désir monta d'un coup, comme une houle puissante, balayant la panique sur son passage. Elle gémit contre ses lèvres, inspira Jake — l'odeur de Jake, l'essence même de Jake — alors qu'il l'embrassait avec lenteur, sans retenue aucune. Emprisonnant son visage entre ses paumes, il explorait ses lèvres en enchaînant les glissements, les effleurements, prenant tout son temps pour transformer ses frissons de peur en frissons de plaisir. Dans un mouvement d'abandon, elle desserra les lèvres, accueillant sa bouche, la laissant se mêler à la sienne. Elle s'était demandé mille fois à quoi ressembleraient les baisers de Jake. Maintenant elle savait. C'était comme boire du champagne trop vite, dévaler des montagnes russes les yeux fermés, se jeter du plus haut plongeoir pour une descente en piqué en eaux profondes. Saisie de vertige, elle vacilla mais il la tenait captive, ancrée dans la puissance de son corps, la maintenant d'aplomb avec ses mains fortes et pleines d'assurance.

Au moment précis où il lui sembla avoir répertorié tout l'éventail des sensations possibles, le baiser changea de rythme. D'abord quête lente, il se fit impérieux et sauvage, passant de la séduction tendre au sexuel pur. Elle n'avait jamais connu quoi que ce soit qui ressemblât de près ou de loin à l'intimité érotique des baisers de Jake. L'expérience déchaînait en elle une exaltation primitive. Et réveillait au cœur de son être quelque chose qui, jusque-là, était toujours resté en sommeil.

Sa libido se débridait de façon exponentielle, comme si des milliers d'étoiles dansaient dans son corps en fête. Elle se découvrait autre que celle qu'elle avait toujours cru être. Comme si une part d'elle-même restée secrète émergeait soudain à la lumière. Une part d'elle-même plus vivante que la Paige qu'elle avait toujours connue.

La veste de smoking de Jake glissa d'entre ses doigts et chuta sur le sol de la cabine.

Elle se hissa sur la pointe des pieds pour se rapprocher encore. Et, ce faisant, découvrit l'effet qu'elle produisait sur lui. A travers le tissu léger de sa robe, elle sentait son sexe dressé pressé contre le sien.

Des pointes de plaisir se propageaient en elle, messagères avant-coureuses de jouissances à venir plus grandes encore, premières mesures d'un long crescendo vers des sommets qu'elle pressentait. Elle se tenait immobile dans l'anticipation de ce qui allait suivre. Comme si elles avaient entendu son appel muet, les mains de Jake vinrent se poser là où elle les attendait, glissant sur la matière ultra-légère de sa robe d'été, se frayant un chemin. Ses pouces rugueux dessinaient des cercles sur les pointes érigées de ses seins, encore et encore, jusqu'à ce que sa vision se trouble.

La logique aurait voulu qu'il existe une limite pour ce genre d'excitation, mais, si c'était le cas, il lui restait encore à l'atteindre.

Il l'accula dans le fond de la cabine et elle se trouva prise en sandwich entre la cloison en miroir et le mur que formait le corps de Jake. Il lui murmura des mots fiévreux à l'oreille, suggérant de façon délicieusement implicite ce qu'il avait envie de lui faire et comment il comptait s'y prendre. Avec un léger son de gorge, elle se cramponna à ses épaules, enfonçant les doigts dans le rebondi excitant de ses muscles. Il ne lui aurait pas déplu de prendre son temps pour explorer ses bras magnifiques, mais Jake reprenait déjà ses lèvres. Et il y avait tellement longtemps qu'elle rêvait de l'embrasser qu'elle voulait savourer l'expérience sans en perdre une miette. D'un geste sec et précis, il retroussa sa robe jusqu'à la taille et elle sentit la caresse brûlante de sa paume sur la nudité de sa cuisse.

*Si près, si près…*

Elle lui donna sa bouche dans un abandon total. Leurs langues s'apprivoisaient, se caressaient, se mêlaient puis bataillaient tour à tour. Il embrassait si divinement bien qu'elle éprouva un élan de pure compassion pour toutes les femmes qui n'avaient pas eu le privilège d'expérimenter les baisers de Jake. Tout son corps n'était plus qu'attente et frémissements. Elle l'embrassa à son tour, le cœur brûlé par le désir qui insistait au secret de son ventre. Les doigts enfouis dans la soie sombre des cheveux de Jake, elle attirait sa tête contre la sienne, terrifiée à l'idée qu'il puisse changer d'avis et s'arrêter là. Elle avait rêvé mille fois de ses baisers, mais son imagination n'avait été ni assez riche ni assez inventive. Il y avait chez Jake quelque chose d'insaisissable, une aura d'expertise sexuelle qui le plaçait à part des quelques hommes qu'elle avait pu connaître. Elle avait su d'emblée qu'avec lui, ce serait autre chose — une expérience sans commune mesure avec les précédentes.

Et elle ne s'était pas trompée. Jake se gorgeait de son odeur, de ses saveurs, et elle se gorgeait des siennes. Il la dévorait de ses baisers comme un homme sur le point de mourir, à qui sa bouche aurait été offerte en guise d'ultime présent, juste avant la fin dernière.

Par moments, leur baiser prenait des accents éperdus, presque désespérés, d'une saisissante intimité ; leur étreinte était marquée par leur histoire personnelle, intensifiée par la connaissance profonde qu'ils avaient l'un de l'autre. Jamais elle n'était entrée avec un homme dans une connexion aussi étroite, aussi intense et singulière. Elle s'était représenté la bouche de Jake sur la sienne, ses mains sur son corps. Mais ses rêveries, même les plus brutalement érotiques, étaient restées bien en deçà de la réalité.

Et maintenant qu'elle savait, elle ne voulait plus que ça s'arrête.

Rien, d'ailleurs, ne semblait indiquer que la fin du baiser était proche. Jake l'embrassait comme s'il n'y avait plus d'autre voie possible pour lui que de continuer encore et encore. Il lâcha son sein qu'il tenait au creux de sa paume pour laisser glisser sa main sur sa cuisse et lui soulever la jambe, l'obligeant à la nouer derrière son dos. Son escarpin chuta au sol avec un son mat. Leurs baisers reprirent de plus belle, mais cette fois la main de Jake glissa entre ses cuisses écartées, trouvant l'accès qu'il avait lui-même ouvert. Sa chair émue sous ses doigts se convulsa de plaisir.

Le plaisir montait, montait, flirtait avec l'orgasme.

Quelque part, très loin, un grincement métallique se fit

entendre. Puis des voix s'élevèrent juste au-dessus de leurs têtes. Jake poussa une exclamation sourde et s'écarta, en faisant redescendre sa robe dans le même mouvement.

Le fait qu'il soit encore en état de réagir prouvait qu'il n'était pas parti aussi loin qu'elle. Désorientée, Paige cherchait à reprendre son équilibre au moment où les voix retentirent de nouveau. Plus près, cette fois.

— Tout va bien, monsieur-dame ?

Non, tout n'allait pas bien *du tout*.

Sauf que...

Elle fronça les sourcils en découvrant qu'il ne restait plus trace de son attaque de panique.

— Ça va pour nous, oui, répondit Jake.

Sa voix avait le même côté rauque que leurs baisers quelques secondes plus tôt. Son regard était rivé au sien et sa main — cette même main qui avait été sur le point de l'amener au plaisir — lui lissait doucement les cheveux.

— Alors qu'est-ce que ça dit, là-haut ? Vous pensez qu'il y aura moyen de nous sortir de là ?

— Ça vient, ça vient. Juste encore une petite seconde de patience.

Il y avait eu un moment où Paige s'était dit qu'elle mourrait si on ne l'extirpait pas de cette cabine très vite. A présent, elle était prête à lâcher son dernier soupir dans une cage confinée suspendue au-dessus d'une quarantaine d'étages de vide. A la condition expresse que Jake partage son enfermement. Ses lèvres picotaient, sa peau était hypersensible, et des pulsations la parcouraient un peu partout. Le tout laissait une impression d'inachevé, comme si Jake l'avait démontée pièce par pièce — détricotée, presque — et qu'il avait oublié de la reconstituer. Elle se sentait comme une des maquettes à moitié terminées de Frankie.

Jake se pencha pour récupérer l'escarpin de Paige et sa veste. Les yeux rivés sur son profil, fascinée par la netteté de ses traits, leur structure marquée, elle se demandait ce qu'il pensait, cherchant des signes susceptibles d'indiquer qu'elle n'était pas la seule à éprouver ce qu'elle ressentait.

Quoi qu'il puisse arriver par la suite, Jake ne pourrait en tout cas plus prétendre qu'elle le laissait physiquement indifférent.

Il y eut un son métallique plus prononcé puis une trappe coulissa et deux visages d'hommes apparurent.

— Vous avez fait vite, commenta Jake. Bravo.

Les yeux levés vers eux, il enfila sa veste. Il était calme. Aussi maître de lui qu'il l'avait toujours été.

— Vous avez prévu une échelle ?

Même sa voix rendait de nouveau un son normal. Ne ressemblait plus en rien à celle qui lui avait glissé des mots érotiques à l'oreille, quelques instants plus tôt, semant un vent de folie et de désir en elle.

Dans un état second, elle glissa le pied dans son escarpin et Jake la poussa vers l'échelle.

— Tu vas réussir à grimper ?

Son ton était légèrement rugueux. Elle sentit la chaleur de sa main dans son dos.

— Ça va aller.

Elle gravit les échelons, consciente qu'il était juste en dessous d'elle, avec une vue sans doute détaillée de l'endroit où sa main se trouvait quelques minutes plus tôt.

Ce qui se passa ensuite lui laissa une impression de flou. Elle se souvint d'avoir ri avec les deux techniciens, d'avoir émis une remarque humoristique, puis d'avoir assuré au petit groupe qui s'était assemblé autour d'eux qu'elle n'avait pas souffert de leur mésaventure. Rassemblant alors tout son courage, elle avait fini par emboîter le pas à Jake pour se risquer dans un autre ascenseur, cette fois en compagnie de plusieurs autres personnes qui avaient assisté à la soirée d'entreprise.

Jake s'était engagé dans une conversation avec quelqu'un

qui voulait à tout prix connaître son opinion sur un nouveau logiciel.

Il ne la regardait pas.

Elle ne le regardait pas non plus.

Au pied du gratte-ciel, son chauffeur attendait. Jake lui ouvrit sa portière et Paige attendit.

C'était le moment décisif.

Allait-il l'embrasser dans la voiture ? L'emmener chez lui ?

Son cœur battait d'anticipation mais, au lieu de s'installer à côté d'elle, il resta debout sur le trottoir.

— Gavin te déposera chez toi. Tâche de ne pas te coucher trop tard.

*C'était tout ?* Il n'avait rien d'autre à lui dire ?

— Et toi ? Tu ne rentres pas ?

— Je vais marcher, plutôt.

Son ton restait neutre.

— La soirée est agréable. L'air frais me fera du bien.

En d'autres termes, il évitait de monter en voiture avec elle. Ils venaient pratiquement de mettre le feu à cette cabine d'ascenseur tellement ils étaient partis en flammes, tous les deux, et il n'avait même pas l'intention de prononcer un mot sur la question ?

L'histoire s'arrêtait là ?

Médusée, elle resta sans rien dire, le regard rivé droit devant elle. Elle entendit sa portière claquer puis vit Jake se diriger côté conducteur.

— Raccompagnez-la chez elle, Gavin… Oui, jusqu'à sa porte. Vous attendrez qu'elle soit à l'intérieur du bâtiment avant de repartir. Je veux être sûr que tout soit OK.

OK ? Elle n'était certainement pas OK !

Que se passait-il, à la fin ?

Avait-elle fantasmé ces baisers dans l'ascenseur ? Imaginé la violente flambée de désir entre eux ?

Elle porta la main à sa bouche. Ses lèvres étaient gonflées

et chaudes, et la peau fragile de ses joues restait irritée par le frottement du début de barbe de Jake.

Non, elle ne nageait pas en plein délire. Ils s'étaient embrassés, et pas qu'à moitié.

Avait-il réellement l'intention de se comporter comme si rien ne s'était passé ?

Jake était un homme à femmes — elle le savait.

Mais s'il en embrassait beaucoup, il semblait toujours s'être fait un principe de ne pas l'embrasser *elle*.

Jamais, au grand jamais, il ne l'avait touchée auparavant.

Changement de politique radical, donc.

Mais maintenant ? Qu'est-ce que ça allait donner ?

# Chapitre 9

*« Si ça devient un peu trop chaud entre vous, retire une couche de vêtements. »*

— *Eva*

— Alors, cette soirée ? C'était romantique ?

Eva dansait en pyjama dans l'appartement, avec un casque sur les oreilles et les cheveux enveloppés dans du papier aluminium.

La tête encore bourdonnante, même après les vingt minutes de trajet, Paige posa ses clés sur la console de l'entrée.

— Ce n'était pas une soirée en tête à tête, mais une reconnaissance des lieux... Euh. On dirait une extraterrestre. Qu'est-il arrivé à tes cheveux ?

— Mmm ?

Eva remuait la tête et les hanches sur un rythme qu'elle était seule à pouvoir entendre. Paige lui retira un de ses écouteurs.

— Soit tu apprends à lire sur les lèvres, soit tu enlèves ce truc quand on te cause.

Eva fit glisser le casque dans son cou.

— Je me chouchoute. Masque capillaire à l'huile de noix de coco. C'est un produit miraculeux et magique, tout-en-un. Tu devrais essayer. Il laisse des cheveux doux comme de la soie — d'accord, dans mon cas, comme de la soie *froissée*.

— Il me faudra plus qu'un miracle et de la magie pour me sortir de ce dans quoi je me suis fourrée.

Fatiguée, désorientée, Paige glissa les pieds hors de ses escarpins, se dirigea droit vers la salle de bains, fit passer sa robe au-dessus de sa tête et entra dans la douche.

Lorsqu'elle en ressortit, Eva leur avait préparé une de ses infusions maison et s'était installée sur son lit, où elle l'attendait de pied ferme.

— Parle-moi de tes problèmes.

Paige alluma sa lampe de chevet.

Elle nageait dans des océans de perplexité. Comment était-ce arrivé ? Qui avait commencé ? Impossible de s'en souvenir. Elle situait encore le moment où elle s'était vue partir dans une crise de panique musclée. Puis d'un coup, un fondu enchaîné et, toute panique oubliée, Jake et elle se retrouvaient à s'embrasser comme des fous.

Une bouffée d'horreur monta en elle.

*Manque* total *de professionnalisme.*

— Il faut absolument qu'on se surpasse pour cet événement, déclara-t-elle d'une voix pressante.

— Evidemment qu'on va se surpasser. Tu n'as encore jamais rien organisé qui ne soit pas au top… Qu'est-ce qui s'est passé ? Assieds-toi là et dis tout à ta copine Eva.

Eva tapota gentiment le lit, le regard affectueux.

— Jake n'a pas apprécié le lieu ?

— Eh bien…

Elle se rendit compte qu'elle n'en avait aucune idée.

— Je ne lui ai pas posé la question.

— Mais c'était la raison pour laquelle tu le voyais ce soir, non ? Pour lui montrer la salle avec la terrasse. Vous êtes montés là-haut, quand même ?

— Oui. C'était génial. Magnifique.

*Romantique*. Oh merde, oui, plus romantique que

romantique, avec la ville devant eux qui étincelait comme un plateau de diamants présenté par un vendeur de chez Tiffany's.

Eva hocha la tête et les servit.

— Bien. Et la personne qui t'a embrassée l'a fait avant ou après la visite du lieu avec Jake ?

— Qu'est-ce qui te fait penser que quelqu'un m'a embrassée ?

— Tes joues et ton menton tout roses constituent un premier indice. Le second : tu es entrée ici sans rouge à lèvres. Ce qui ne t'arrive normalement que lorsque tu dors.

Eva but une gorgée et reposa sa tasse.

— Je ne suis pas très copine avec les chiffres, mais je parle couramment le langage du corps et de l'amour. Et tu portes les marques du plaisir sur toi. Je dirais que tu as échangé des baisers de la plus belle espèce avec un homme expert en la matière. Raconte-moi tout.

Qu'y avait-il à raconter ?

— Il est tard, Ev. Ce serait plus raisonnable d'aller dormir.

— Tu sais aussi bien que moi que tu ne t'endormiras pas après un pareil baiser. Et que je ne pourrai pas trouver le sommeil non plus tant que tu ne m'auras rien dit. Alors autant satisfaire ma curiosité. De toute façon, je dois encore garder cette substance odorante collée sur mon crâne pendant dix bonnes minutes, sinon le masque n'agira pas. Et je n'ai pas l'intention de gâcher un truc que j'ai payé la peau des fesses.

Eva frotta affectueusement son épaule contre celle de Paige et reprit sa tasse.

— Allez… C'était qui ? Tu vas le revoir ? Et comment as-tu réussi à te débarrasser de Jake ?

Elle aurait pu tenter de mentir, mais avec Eva ce n'était même pas la peine.

— *C'était* Jake.

Eva s'en étrangla avec sa tisane.

— Jake ? Tu as embrassé Jake ? *Notre* Jake ?

— C'est lui qui a fait le premier pas. Enfin... ça a été mutuel. Je ne sais pas très bien, en fait. La situation était embrouillée. L'ascenseur est tombé en panne et nous étions coincés entre deux étages.

— Coincés ? Oh Paige...

Comprenant immédiatement ce qu'elle avait enduré, Eva lui prit la main.

— Tu suffoques dans les espaces clos. Ça a dû être horrible pour toi.

— Assez horrible, oui. Impossible de respirer. Jusqu'au moment où Jake m'a embrassée. Et là, j'ai retrouvé mon souffle.

— Oh ! C'est incroyablement romantique, comme geste !

— Pas romantique, non.

Paige fronça les sourcils.

— Je ne sais pas comment t'expliquer, Ev. C'était... c'était...

— *Quoi ?* Doux ? Fraternel ? Consolant ? Il t'a embrassée comme si...

— ... comme si je venais de mourir et qu'il essayait de me ramener à la vie.

Eva la regarda avec de grands yeux.

— Oh là là. Mon rêve. Le baiser version « C'est la fin du monde, alors embrassons-nous comme des dingues jusqu'à l'ultime échéance ». Je t'avais bien dit qu'un baiser de Jake devrait figurer dans le top ten des priorités de toute fille qui se respecte. Quand je vois un homme, je sais tout de suite s'il va être doué ou non pour embrasser. Et je parie que Jake est une pointure dans ce domaine.

Paige refit défiler la scène dans l'ascenseur.

— Je ne sais même pas pourquoi.

— Pourquoi ? Parce qu'il bénéficie de pas mal de pratique, bien sûr. Mais je crois que certains hommes sont nés avec un ADN propice au baiser. Il existe un talent naturel. Je pense que Jake fait partie de ceux-là. Il sent ces choses.

— Je voulais dire : je ne sais pas pourquoi il m'a embrassée.

— Ah...

Eva cligna des yeux.

— En général, on embrasse quelqu'un parce qu'on en a envie. Que s'est-il passé ensuite ? Il faut que je sache comment ça s'est terminé. Arrête de faire durer le suspense. Les *cliffhangers*, ce n'est pas du tout mon truc. J'ai horreur d'être tenue en haleine.

— Ça ne s'est pas vraiment terminé, en fait.

— Il y a bien une fin. Forcément. Il t'a regardée au fond des yeux en disant : « Entre nous, ce n'est qu'un début, Paige » ?

— Non. Il a dit : « Gavin te déposera chez toi. Ne te couche pas trop tard. »

Eva parut déconcertée.

— C'est tout ? Il n'a pas prononcé un mot pendant tout le trajet jusqu'ici ? Pas de regards brûlants ? Il ne t'a pas pris la main en murmurant : « Nous en reparlerons demain », de sa voix grave et sexy qui donne envie de se jeter sur lui et de le déshabiller de la tête aux pieds ?

— J'étais seule dans la voiture avec le chauffeur. Il est retourné chez lui à pied.

C'était encore ce qui la déconcertait le plus, dans l'histoire.

La porte s'ouvrit et Frankie entra dans la chambre.

— Je t'ai entendue rentrer. Je voulais savoir si la visite du lieu s'était bien passée.

— Jake l'a embrassée. Tu viens de louper les détails.

Eva essuya une goutte de mélange à la noix de coco qui lui avait glissé sur la joue.

— Je n'arrive pas à comprendre pourquoi il est rentré seul chez lui à pied.

Paige se laissa tomber contre ses oreillers.

— Si je savais... Nous avons mis le feu au bâtiment ou presque, et il n'a fait aucun commentaire.

Frankie parut perplexe.

— Vous avez mis le feu au bâtiment ?

— Façon de parler, précisa Eva. Baiser intense.

Elle changea de position sur le lit et l'odeur de noix de coco se fit plus forte.

— Et ça ne me surprend pas qu'il n'ait fait aucun commentaire. Jake est un mec. Autrement dit, s'il parle, ce sera boulot, sexe, sport ou bière. Il pourra épiloguer aussi sur les gros engins bruyants. La vitesse. C'est ça, leur univers, aux hommes. Quant à l'émotionnel, ils voient ça comme une zone glauque et marécageuse qui menace en arrière-plan. C'est comme pour les nuages de mauvais temps : ils espèrent juste que ça passera au loin.

Frankie les rejoignit sur le lit.

— Un : ta théorie est une généralisation abusive. Deux : elle est sexiste.

— C'est la vérité, pourtant ! argumenta Eva en reposant sa tasse vide. Tu te moques toujours de moi, mais je comprends les hommes mieux que tu ne le penses. Ce qui ne peut pas être attaqué à la perceuse, mis dans leur lit, picolé, poussé du pied sur un terrain de foot ou regardé sur un écran géant ne les intéresse que rarement. C'est la façon dont le cerveau masculin est programmé.

Paige cligna des yeux.

— Matt n'est pas comme ça.

— Bien sûr que si, Matt est comme les autres ! Et même plus malin que la moyenne parce qu'il s'est arrangé pour manier tout un outillage portatif dans le cadre de son boulot. Il pourrait déléguer, mais je le vois régulièrement avec tout son matos en train de faire des trous dans du béton ou de scier des troncs d'arbres avec d'énormes engins bruyants, pour fabriquer des sièges d'extérieur. Il a même une ceinture à outils. Est-il *obligé* d'utiliser tout ce matériel ? Non. Mais abattre de gros arbres ou faire éclater le béton avec un marteau-piqueur, ça c'est viril, donc pas question de laisser ce plaisir à d'autres.

Comme Paige secouait la tête d'un air sceptique, Eva lui jeta un regard exaspéré.

— Je sais que c'est ton frère, mais regarde comment il vit, terré dans sa grotte de mâle, avec son home cinéma, sa Xbox, des haltères que je ne peux même pas décoller du sol et un frigo bourré de bières. Il a ses soirées poker. Et les soirées poker, c'est le prétexte des mecs pour parler de trucs qu'ils ne raconteraient pas devant les nanas. Voilà. CQFD.

Paige essayait de se familiariser avec cette nouvelle image de son frère.

— Euh, c'était quoi déjà que tu voulais démontrer ?

Frankie se mit à rire.

— Je ne te conseille pas de devenir prof de logique, Ev. Le temps que tu arrives à la conclusion de ta démonstration, tout le monde aura déjà oublié ce que tu postulais au départ.

— Je vous disais juste que ce qui s'est passé entre Jake et Paige n'entre pas dans un des domaines de compétence masculine déjà cités. Je comprends pourquoi il se sentait perdu.

— Il n'avait pas l'air de se sentir perdu. Il avait l'air…

Paige réfléchit un instant.

— Il avait l'air normal, en fait.

Et ce n'était pas du tout ce qu'elle avait espéré.

— De nous deux, c'est moi qui devais avoir un air halluciné. Et paumé. Je le suis toujours, d'ailleurs. Parce que maintenant, ça va donner quoi ? Je risque de le revoir au boulot. Je *vais* le revoir, puisqu'on partage les mêmes locaux. Est-ce que je fais allusion à ce qui s'est passé ? Est-ce que je fais comme si de rien n'était ?

— Qui a commencé ? Je veux dire : l'initiative vient de qui ? Lui ou toi ?

— Je ne me souviens pas. Tout ce que je sais, c'est que l'ascenseur s'est bloqué et que j'ai eu un gros coup de stress. Il m'a prise dans ses bras pour me rassurer... Et c'est arrivé.

— Donc c'était lui. Il a fait le premier pas. Ouah ! J'aurais bien voulu être là pour voir la scène. Ça me rappelle ce film avec Cary Grant et... Bon, peu importe. C'est parfait en tout cas, parce qu'il ne pourra pas dire que c'est toi qui lui as fait des avances. Donc comment faut-il que tu réagisses ? Mmm... Laisse-moi une minute pour réfléchir.

Frankie émit un son contrarié.

— Ça paraît évident, non ? Il faut qu'elle lui pose la question et basta !

— Que je lui pose la question ?

— Ben oui ! Tu entres dans son bureau et tu dis : « Salut, Jake. Tu peux m'expliquer pourquoi tu m'as embrassée ? » C'est ce qu'on appelle *communiquer.*

Paige la regarda d'un œil sceptique.

Eva se laissa glisser du lit.

— Frankie pourrait bien avoir raison. Il faut que j'aille enlever ce machin que j'ai sur la tête, sinon quand vous vous réveillerez demain, vous trouverez une noix de coco toute ratatinée à ma place, sur l'oreiller. Va te coucher, Paige, et fais des rêves bien salaces.

— On dit « Fais de doux rêves », en temps normal.

— Ah non. Les doux rêves, c'est ennuyeux comme la pluie. Les rêves salaces sont bien meilleurs. Et ne passe pas la nuit entière à tourner et retourner des questions dans ta tête, sinon tu auras une mine de déterrée demain. Et il ne s'agit pas d'offrir à Jake la satisfaction de constater qu'il t'a tenue éveillée jusqu'à l'aube.

— C'est un conseil tout droit sorti de la Eva School of Drague ?

— Si l'on veut. Tout cela reste très théorique, bien sûr. Il y a longtemps que je n'ai pas eu de séance pratique. Mais j'y travaille. Demain soir, j'ai rendez-vous avec un mec, au fait.

— Non ! Sérieux ?

Bénissant ce changement de sujet, Paige essaya de repousser Jake dans un coin de ses pensées.

— C'est qui ? Pas le type qui a flashé sur toi l'autre fois dans la rue, au moins ?

— Non, pas lui.

Eva rougit.

— C'est un agent du NYPD.

— Un *flic* ! Tu as un rencard avec un policier ? Comment tu l'as rencontré ?

— Eh bien, j'ai trouvé moyen de me fermer la porte de la maison au nez, il y a quelques jours, et de ne plus pouvoir entrer. Ce policier passait par là juste au moment où j'essayais de me glisser par la fenêtre de l'appartement de Frankie. Il est venu me donner un coup de main. Ou du moins, je pense qu'au départ il avait surtout l'intention de m'arrêter, mais il s'est vite aperçu que je n'avais pas de vocation pour le cambriolage. Alors, il m'a aidée. Nous avons échangé nos téléphones et il a appelé aujourd'hui.

— Il est canon ?

Eva haussa les épaules.

— Je ne sais pas. Il porte un uniforme. Ça fait toujours un peu fantasmer, un mec en uniforme.

— On devrait élaborer un plan.

Elles avaient pris cette habitude, adolescentes, dès que l'une d'entre elles avait un premier rendez-vous avec un garçon. Comme Paige était souvent à l'hôpital, elles avaient trouvé ce moyen pour occuper le temps, quand Eva et Frankie venaient lui tenir compagnie. Elles arrivaient avec des vêtements, du maquillage, et elles organisaient une répétition générale du futur tête-à-tête.

Frankie se leva.

— Mon seul plan du moment, c'est d'aller me coucher. Quant à toi, Paige, la première chose que tu fais en arrivant au bureau demain, c'est de demander à Jake pourquoi il t'a enfoncé la langue au fond de la bouche.

Paige esquissa un faible sourire.

— Je formulerai peut-être la question un peu différemment.

Frankie eut un petit mouvement d'épaules indifférent.

— Comme tu voudras. Mais demande-le quand même de manière suffisamment claire pour qu'il réponde à ta question.

Etalé dans son fauteuil de bureau, Jake avait les yeux rivés sur son écran et tentait de se concentrer sur un contenu créatif produit par son équipe. Il réétudia le brief, reprit toutes les données, testa quelques idées sur l'écran et parvint à la conclusion que son staff avait fait du beau boulot. Il aurait pu fignoler encore un peu et procéder à quelques améliorations, mais il amènerait ces détails plus tard, lorsqu'ils en seraient à l'étape de la mise en œuvre.

Tout ce qu'il lui restait à faire pour le moment était d'exposer le projet au client et d'obtenir son accord.

C'était un aspect de son travail qu'il adorait. Le côté joute avec les clients.

Il prit une bouteille d'eau dans le réfrigérateur sous son bureau et but quelques gorgées. Le cahier des charges avait été compliqué. Pour le moment, leur solution était un peu trop complexe pour que le client puisse la saisir, mais ce problème ne lui faisait pas peur. Traduire les complexités techniques en termes qu'un enfant de six ans pourrait comprendre faisait partie de ses talents. Et d'après son expérience, la plupart des chefs d'entreprise ne différaient pas tant que cela d'un enfant de six ans.

Lorsqu'ils auraient lancé ce nouveau produit, leur activité augmenterait. Et ce serait un nouveau bond en avant. Il y aurait de nouvelles demandes. De nouvelles rentrées d'argent. Cette pensée l'apaisa. Tant que l'argent coulait sans restriction, évoquant un fleuve en crue plus que le lit d'une rivière à sec, il avait la rassurante sensation d'avoir définitivement laissé son passé d'enfant pauvre derrière lui.

Trois écrans d'ordinateurs étaient alignés sur son bureau. Les trois étaient allumés. Son attention était concentrée sur celui du milieu lorsqu'il perçut un mouvement du coin de l'œil.

Paige se tenait sur le pas de la porte. Ses yeux bleus étaient rivés sur lui et une tension immédiate électrisa l'atmosphère.

Il avait eu la ferme intention — pour le bien de Paige comme pour le sien — de l'éviter pendant quelque temps. Et il avait tablé sur une réaction similaire de sa part. Il s'était dit qu'en s'y prenant bien, ils pourraient passer au moins deux jours sans se croiser. Peut-être même une semaine, s'ils y mettaient tous les deux du leur.

*Raté.*

Avec un peu de chance, le motif de sa visite était juste professionnel. Mais il déchanta en voyant son expression déterminée.

Il était clair qu'il avait devant les yeux une femme investie d'une mission.

— Salut, Paige.

Il prit une attitude détachée à dessein, au cas où il se serait trompé et où elle serait simplement venue lui parler de la réception.

— Ça va ? Bien dormi ? Pas de cauchemars avec des ascenseurs en panne ?

— Ce n'est pas l'ascenseur en panne qui m'est resté sur l'estomac, Jake.

*Merde.*

— Ah. Dans ce cas...

Il regretta amèrement de ne pas avoir les fesses posées sur un siège éjectable. Un petit vol plané improvisé au-dessus de l'Hudson ? Pourquoi pas, si cela lui avait permis d'échapper à cette conversation.

— Je suis un peu overbooké, là, tu vois, donc si tu pouvais refermer la porte et...

Elle la ferma. Mais elle resta plantée en face de lui.

Jake grinça des dents. Une désagréable sensation de chaleur se propagea dans sa nuque.

De toute évidence, il ne couperait pas aux explications.

— Je suis très occupé, là. Alors...

— OK, alors j'irai droit au but pour éviter de te faire perdre ton temps. Je voudrais parler de ce qui s'est passé.

Il esquiva comme il put.

— Parler de quoi exactement ?

— Le baiser.

Elle fit deux pas en direction de sa table de travail. Un je-ne-sais-quoi dans le discret balancement de ses hanches suscita en lui une violente poussée de désir.

Il avait encore en bouche le goût des lèvres de Paige, tout comme l'empreinte de sa langue léchant doucement la sienne. Et les doigts de Jake gardaient le souvenir de l'affolement du pouls de Paige sous ses caresses.

— Tu étais terrifiée. J'ai essayé... de te changer les idées.

— C'est à quel moment, exactement, que tu as essayé de me « changer les idées » ? Celui où tu avais ta langue dans ma bouche ou la phase où tu avais passé ta main sous ma robe ?

Elle n'avait pas peur de dire les choses crûment. Ses mots le ramenèrent tout droit dans la cabine d'ascenseur.

Si elle avait été n'importe qui d'autre, il l'aurait embarquée chez lui d'autorité et ils auraient fait l'amour jusqu'à ce qu'ils ne soient plus en état de quitter le lit ni l'un ni l'autre.

Au lieu de quoi, il restait là, stoïque, à essayer de se comporter en type civilisé. Non seulement elle ne lui était pas reconnaissante de son héroïsme, mais elle mettait le paquet pour le culpabiliser.

L'injustice de la situation le rendait irritable.

Il repoussa sa chaise du bureau.

— Tu faisais de l'hyperventilation.

— Et ton remède à l'hyperventilation, c'est le bouche-à-bouche façon sexe ?

Bon, avec le recul, cela paraissait assez peu logique, en effet.

— Tu avais peur et j'ai essayé de te rassurer comme j'ai pu. C'est tout, ne va pas chercher plus loin. Pas la peine d'extrapoler, Paige.

— *Extrapoler ?*

Les yeux étincelants, elle avança jusqu'à son bureau, plaçant au cœur de son champ de vision ses longues jambes à couper le souffle. Les mêmes qu'elle avait nouées à ses hanches la veille.

L'esprit de plus en plus agité, il arracha son regard de ses jambes et se concentra sur sa bouche. Erreur. Ses lèvres étaient douces et brillantes, et il en connaissait désormais la texture, le velouté, la saveur. La vérité, c'est qu'il n'y avait pas une seule partie d'elle qu'il pouvait regarder sans que des effets gênants se fassent sentir. Il finit par fixer l'écran de son ordinateur.

— Ouais, enfin, tu vois ce que je veux dire. Ne brode pas trop.

— Qu'entends-tu par « broder », exactement ?

Il grinça des dents.

— Tu sais bien… Les contes de fées. Il faut laisser ça à Eva.

— Et quel rôle es-tu censé jouer dans ce « conte », Jake ? Celui du prince charmant ? Je ne me souviens pas d'avoir été endormie au moment du baiser. Le grand méchant loup, alors, plutôt ? « C'est pour mieux te manger, mon enfant ? »

— On s'est juste embrassés un peu, merde !

Il se leva, acculé et d'humeur exécrable, et se passa la main dans les cheveux.

— Qu'est-ce que tu veux que je te dise ? Je t'ai embrassée, OK, d'accord.

— Je sais que tu m'as embrassée, merci bien — j'y étais. Ce que j'ignore encore, c'est la raison. Et n'essaie pas de me dire que c'était pour remédier à mes problèmes respiratoires.

Oui, pourquoi donc l'avait-il embrassée ?

Parce qu'il avait oublié un instant qui il était, où il était et ce qu'il faisait.

— Tu stressais comme une malade.

— On n'embrasse pas une femme parce qu'elle stresse. On la serre dans ses bras. On lui tapote le dos. On lui dit : « Voilà, voilà… ça va aller, respire un grand coup. »

— C'est comme ça que les choses ont commencé, rappelle-toi.

Elle était vraiment *obligée* de tout décortiquer comme ça ?

— Mais ce n'est pas de cette manière qu'elles se sont terminées.

— Non, en effet.

Le souvenir de la façon dont tout cela avait fini l'avait tenu éveillé la majeure partie de la nuit. Il avait arpenté de long en large l'espace considérable de son loft. Et pris deux douches froides.

Il attaqua :

— C'est une manie chez toi de toujours tout analyser ?

— Je n'analyse pas toujours tout. J'analyse *ça*, nuance.

— Crois-moi, tu ferais mieux d'arrêter d'y penser.

— Ah parce que tu t'imagines qu'on peut en faire abstraction ?

— Oui, c'est mon avis.

— Dis-moi que tu n'es pas intéressé et je n'aborderai plus la question.

Paige laissa tomber son défi dans le silence pulsatile chargé d'électricité. Elle l'avait pris au piège, comme un poisson ferré qui s'agitait au bout d'une canne à pêche.

— Je ne suis *pas* intéressé. Ecoute… Nous étions coincés dans un ascenseur. Tu faisais une crise de panique, j'ai essayé de t'aider, et les choses sont allées plus loin que je ne l'avais prévu. J'avais un verre de champagne dans le nez, tu étais toute mignonne et vulnérable, avec une jolie bouche rouge cerise qui donnait trop envie qu'on l'embrasse. Mais c'était juste un baiser, point barre. Ce sont des choses qui arrivent, Paige !

Il espérait qu'elle accepterait d'en rester là, mais, naturellement, elle n'en fit rien.

— Ce n'était pas « juste un baiser ». C'était…

Elle se tut, un peu moins sûre d'elle soudain. Un peu plus perplexe.

— C'était plus que cela, Jake. Je l'ai senti. C'était différent.

— Différent en quoi ? Des filles, j'en embrasse tout le temps, tu le sais aussi bien que moi.

Il bannit toute trace d'émotion de sa voix.

— Ce baiser-là m'a fait le même effet qu'un autre. Rien de plus, rien de moins.

Il lui décocha sa flèche droit dans le cœur.

Et reçut en retour le choc des ondes de souffrance qui émanaient de la blessure de Paige. A cet instant, il se détesta de toutes ses forces.

Pourquoi avait-il fallu qu'il prenne cet ascenseur avec elle ?

— Tu es en train de me dire que tu m'as embrassée uniquement parce que je me trouvais là ? Parce que tu avais une bouche avec du rouge à lèvres à ta disposition ?

La voix de Paige était monocorde.

— C'est tout ce que cela représentait pour toi ?

— Oui.

Elle le regarda fixement pendant quelques secondes puis choisit un sourire parmi ceux qu'elle avait en collection. Il en connaissait plusieurs. Il y avait le sourire « Je vais bien », le sourire « Même pas mal » et le sourire « De toute façon, je m'en fiche ».

Celui-ci était une combinaison des trois. Matt aurait dit qu'elle avait affiché son masque de Fille Courage.

— Bon. OK. J'apprécie ta franchise.

Elle redressa les épaules.

— Désolée d'avoir empiété sur ton temps de travail. Si tu as des questions au sujet du lieu, n'hésite pas. Sinon Urban Génie poursuivra sa planification de l'événement, en conformité avec le projet que nous t'avons soumis.

— Je n'ai pas de questions.

Il ne s'en posait qu'une, en vérité : comment avait-il pu être assez fou pour se laisser embringuer dans ce projet suicidaire ?

— Fais ton boulot et ce sera parfait.

Et tant qu'elle le faisait le plus loin possible de lui, ils gardaient l'un et l'autre une chance de survivre à cette histoire.

# Chapitre 10

*« Les hommes, c'est comme les rouges à lèvres, il faut en essayer plusieurs avant de trouver le bon. »*

— *PAIGE*

— Alors ? Comment elle tourne, ta boîte, en ce moment ? Tu as du boulot ?

Jake était affalé sur le canapé dans la caverne de troglodyte de Matt et tuait des zombies sur la Xbox en attendant que le reste de leurs amis les rejoignent pour faire une partie de billard.

— Ouais, ça va. Je ne me plains pas.

Matt ouvrit son réfrigérateur.

— Hé, mais tu as déjà torché toutes mes bières ? Le frigo était encore bourré à craquer la semaine dernière.

— Il l'était, oui. Juste avant la soirée poker. Tu l'as déjà oubliée, celle-là ?

— Je ne risque pas, non. J'ai perdu plus que de la bière, ce soir-là.

Matt se redressa en grognant.

— Si tu me dilapides mon frigo, le minimum, ce serait de le réapprovisionner. Surtout que tu es sorti d'ici avec la moitié de mon compte en banque, la dernière fois.

C'était leur façon habituelle de communiquer : à coups de vannes, de piques et d'accusations réciproques. Se chambrer mutuellement était inscrit dans l'ADN de leur relation.

— Si mes souvenirs sont bons, nous avons été plusieurs à vider ton frigo, l'autre soir. Et comme c'est moi qui l'ai rempli au départ, où est le blâme ? J'arrive les mains vides aujourd'hui parce que je suis à moto. Mais je peux faire un saut au resto et dévaliser les stocks du Romano's.

— Tu volerais ta propre mère, homme de peu de conscience !

Comme sa conscience était justement le dernier rempart qui l'empêchait de sauter sur Paige, l'accusation acheva d'irriter Jake.

— Tu veux que je rapporte de la bière, oui ou merde ?

— Eh ben… Super, ton humeur, aujourd'hui. Un vrai rayon de soleil.

Matt lui jeta un regard intrigué.

— Tu as envie d'en parler ? Ou tu préfères faire ta crise de hargne tout seul ?

— Tout seul, plutôt.

Jake pulvérisa une rangée de zombies.

— Tu ne veux pas me dire ce qui ne va pas, alors ?

— Qu'est-ce qui te fait penser que quelque chose ne va pas ? Je ne te connaissais pas dans le rôle du mec qui pousse aux confidences. C'est la spécialité d'Eva, ça, normalement.

Matt soutint son regard avec calme.

— Bon, OK, j'ai compris, tu n'as pas envie d'en parler. Ne t'inquiète pas pour la bière. On en a assez pour ce soir. J'ai dit à Paige que je prendrais la camionnette pour récupérer les échafaudages pour ta soirée d'entreprise, demain, donc je ferai le plein de bières en même temps.

— Un échafaudage ?

— Elles vont élever une espèce de structure centrale — elles ne t'en ont pas parlé ?

Matt fronça les sourcils.

— Paige a trouvé un concepteur de scène, dit-il. Vous ne vous réunissez jamais pour faire le point, les filles et toi ?

*Pas si je peux l'éviter.*

— On s'est mis d'accord dès le début. J'ai dit à Paige ce que je voulais. Et le projet qu'elles m'ont présenté me convient. De temps en temps, je jette un œil sur les mails qu'elles m'envoient.

— Tu ne leur as pas fixé un budget ?

— Elles ont carte blanche.

Matt eut une grimace sceptique.

— Tu as accordé un budget illimité à Eva ? Elle va ouvrir un compte chez Bloomingdale's et dévaliser tout le magasin. Je croyais que tu étais un gestionnaire averti.

— J'ai accordé un budget illimité à *Paige*. Je veux que cette manifestation fasse le buzz, crée le bouche-à-oreille. L'événementiel est LA stratégie de communication qui marche en ce moment. Je suis sûr que je ne regretterai pas mon investissement.

Il avait surtout voulu laisser les pleins pouvoirs à Paige pour qu'elle puisse faire grande impression sur les grosses huiles de Manhattan. Ça, au moins, c'était un service qu'il pouvait lui rendre.

— En gros, tu n'as pas cherché à connaître les détails du projet ?

— Pourquoi acheter un chien et aboyer soi-même ?

— C'est ma sœur que tu compares à un cabot ?

— Non.

Jake s'en prit violemment aux zombies à l'écran.

— J'essaie juste de t'expliquer que je sais déléguer. Je me moque de savoir quel genre de bouffe elles vont servir, du moment que mes invités sortent de là repus et satisfaits. J'estime que ce n'est pas à moi de choisir s'il faut plutôt prévoir des girolles ou opter résolument pour les pleurotes. C'est ce que j'ai expliqué à Eva lorsqu'elle m'a harponné pour essayer d'avoir mon avis sur ce genre de questions. C'est elle la pro, en cuisine, pas moi. Donc je la laisse choisir ce qu'elle estime convenir le mieux.

— Et Paige supervise tout ça du matin au soir. Elle fait des journées de vingt-quatre heures pour toi, donc tu as intérêt à lui faire des commentaires encourageants.

Les yeux rivés sur l'écran, Jake se déchaîna sur les zombies. Depuis leur dernière conversation dans son bureau, il s'était arrangé avec le plus grand soin pour éviter Paige.

— Comment va-t-elle, d'ailleurs ?

— C'est à moi que tu demandes ça ? Je croyais qu'elle bossait dans tes locaux ?

— C'est un fait. Elle travaille et je travaille, mais nous ne travaillons pas dans le même domaine.

Jake détruisit tout ce qui bougeait encore à l'écran, noyant tous les protagonistes dans un ultime bain de sang généralisé.

Matt leva les sourcils.

— Quelque chose ne va pas ?

— Pourquoi veux-tu absolument que quelque chose n'aille pas ?

— Parce que tu es tendu et que tu tues du zombie comme si tu avais des comptes à régler avec l'humanité.

— C'est le but du jeu, de tuer des zombies.

Jake laissa tomber la manette, révolté contre le sentiment de culpabilité qui le tenaillait. Il n'avait aucune raison de se sentir en faute. C'était pour elle qu'il faisait ça. Il s'infligeait l'enfer de la frustration sexuelle par pure grandeur d'âme.

Il reprit, l'air de rien :

— La dernière fois que tu as vu Paige, elle ne t'a pas paru trop perturbée, alors ?

Le regard de Matt se fit méfiant.

— Pourquoi serait-elle perturbée ? Il est arrivé quelque chose ?

Yep. Il était arrivé quelque chose. C'est tout juste s'il ne l'avait pas mise nue dans cette cabine d'ascenseur. En se jetant sur elle comme pour la dévorer toute crue.

Un afflux de chaleur lui envahit la nuque.

— Non, rien de particulier. Mais avec toutes les heures qu'elle fait...

— Je croyais que tu ne la voyais jamais.

— Justement. C'est comme ça que je sais qu'elle a des horaires de fou : parce que je ne la vois jamais.

A part dans l'ascenseur, où il l'avait trop vue, trop touchée, trop embrassée.

— Tu ne vas jamais jeter un œil dans leur bureau pour voir un peu où elles en sont ?

Matt avait l'air plus amusé que contrarié, mais pour Jake la situation était aussi inconfortable que de marcher pieds nus dans le gravier. Il changea de position sur le canapé.

— Au cas où tu l'aurais oublié, je n'ai pas vraiment le temps de chômer lorsque je suis au boulot.

Et s'il avait mis ne serait-ce qu'un pied dans le bureau de Paige, il en serait peut-être ressorti avec un œil au beurre noir. Ce dont il n'aurait pu lui en vouloir, d'ailleurs. Les remords lui labouraient la conscience.

— Qu'est-ce que tu veux que je fasse de plus pour elle ? J'ai invité tous mes contacts les plus prestigieux. Pour le reste, c'est à elle de jouer.

— Hé ! je ne te reproche rien. Tu lui as donné un super coup de pouce, là, Jake. Tu es le meilleur ami dont elle puisse rêver.

Une sensation pénible lui remuait les tripes.

« Le pire ami possible » aurait été plus adéquat.

— J'aurais dû garder un œil sur Paige, je suppose. Mais je n'ai pas passé beaucoup de temps au bureau cette semaine.

Il avait trouvé mille et un prétextes pour garder ses distances. Au lieu de faire venir un de ses clients de Los

Angeles, il s'était déplacé lui-même en avion. Puis il était parti en voiture à Washington pour travailler sur un problème de sécurité informatique avec un contact de haut niveau qu'il avait là-bas. Et il ne s'était pas pressé pour rentrer.

Il n'avait pas revu Paige depuis plus d'une semaine.

Cela l'exaspérait qu'elle soit si présente dans ses pensées, et cela l'exaspérait encore plus qu'il ait craqué dans l'ascenseur.

Il ne pouvait pas s'empêcher de revenir sur ce fichu baiser et de refaire défiler la scène dans sa tête.

Matt lui posa la main sur l'épaule.

— Hé ! ne prends pas cet air accablé. Je ne te demande pas de la materner. J'apprécie ce que tu fais pour elle. Sérieux. Si un jour je peux te rendre la pareille...

Son sentiment de culpabilité flamba de plus belle. Matt était son meilleur ami. Jamais il n'avait trahi la confiance que celui-ci plaçait en lui. Penser à ce qu'il avait fait dans son dos lui tordait les entrailles.

— Tu ne me dois rien, Matt. Mais si tu as vraiment envie de me rendre service, tu peux me laisser gagner ce soir.

Matt eut un large sourire.

— Tu ne peux pas me battre. Même bourré, je te mettrais encore une pâtée.

— Tu veux parier ?

Vu son humeur de chien, l'idée de boire tout ce qui pourrait lui tomber sous la main était sans doute la meilleure option pour le soulager.

— Oh là là, cette soirée, gémit Eva. L'horreur. Ça a été le rencard le plus glauque de toute mon existence. Heureusement qu'il y a eu ce coup de fil en urgence.

A genoux sur la terrasse, Frankie taillait ses plantes.

— Je ne te dirai pas que je t'avais prévenue.

— Tant mieux.

Eva ôta ses chaussures et se laissa tomber sur un coussin.

— Parce que je me sens d'humeur tellement noire que je t'aurais coupé la tête avec ton propre sécateur.

Paige alluma les bougies dans les photophores. C'était la première fois de la semaine qu'elles trouvaient le temps de monter sur le toit. Elles avaient travaillé d'arrache-pied pour préparer l'événement et vécu sur un rythme métro-boulot-dodo sans connaître beaucoup de moments de détente.

Elle ne s'en plaignait pas, cela dit. Travailler la tête dans le guidon avait atténué la souffrance aiguë suscitée par sa discussion avec Jake. La fatigue lui vidait la tête et anesthésiait ses sensations. Par moments, elle était tellement exténuée qu'elle ne ressentait plus rien du tout.

Elle s'affala sur les coussins à côté d'Eva.

— Raconte-nous comment ça s'est passé.

Eva frissonna.

— Je ne veux surtout pas en parler. Subir l'expérience une fois m'a suffi. Je n'ai pas envie de la revivre en faisant le récit de ce cauchemar.

Frankie ajouta avec précaution une couche de terreau dans la jardinière.

— Dis-nous au moins où vous êtes allés ?

Elle se tut lorsque Matt apparut sur la terrasse avec Jake dans son sillage.

Eva et Frankie tournèrent l'une et l'autre des regards anxieux dans la direction de Paige.

Elle leur avait rapporté la conversation qui avait suivi le baiser dans l'ascenseur. Et ses amies savaient qu'elle n'avait plus revu Jake depuis. Toute la semaine, il avait multiplié les tactiques pour l'éviter et cette pensée à elle seule suffisait à accroître son sentiment d'humiliation.

Alors pourquoi débarquait-il tout à coup *maintenant* ? Et avec Matt, en plus. Il avait peur qu'elle lui saute dessus, s'il arrivait seul ? C'était pour ça qu'il se cachait derrière son frère ?

Frankie se leva, se plaçant devant elle à la manière d'un garde du corps.

— Je croyais que c'était votre soirée poker, les gars ?

— Notre soirée billard, en fait. Mais les deux autres ne sont pas venus. Trop de contraintes au boulot, apparemment. On a eu envie de monter ici pour descendre nos bières tout en profitant de la vue. Sauf si on vous dérange, bien sûr.

*Oui*, songea Paige, anéantie. *Oui, vous nous dérangez.* Elle était épuisée et s'était réjouie à l'idée de passer une soirée cool à se détendre avec Eva et Frankie. La dernière chose dont elle avait besoin, c'était de voir débarquer Jake sur son territoire. Le sentir là, à proximité, faisait monter son stress en flèche. Pour la seconde fois, elle s'était humiliée devant lui. Et ni les plantes odorantes, ni les bougies parfumées, ni le vin blanc ne suffiraient à contrebalancer le malaise.

Matt posa sa bière sur un rebord en pierre.

— Est-ce qu'on vous interrompt au beau milieu d'une réunion de travail hors les murs d'Urban Génie ?

— Non. Eva s'apprêtait à nous faire un récit détaillé des derniers épisodes croustillants de sa vie sentimentale.

Paige avait bon espoir que cette annonce suffirait à les faire fuir en courant.

Manque de chance, Matt s'assit. Et comme ce *rooftop* était tout de même le sien, elle ne pouvait décemment lui en contester le droit.

— Tu as une vie amoureuse, Ev ? Raconte.

— Ça ne prendra pas longtemps. L'histoire a été brève. Et elle n'a pas été romanesque pour un rond. Je ne veux plus jamais qu'on m'en reparle. Question rencontre, je suis tombée au plus bas — le désert sentimental absolu.

Eva se tassa dans son siège.

— Dites-moi que je ne détiens pas le record mondial du rendez-vous déprimant. Paige ? Remonte-moi le moral. Raconte-moi l'incident le plus embarrassant que tu aies vécu avec un mec.

Des scènes embarrassantes avec un mec ? Elle en avait une collection, maintenant. Et Jake figurait à chaque fois dans le scénario.

Ce dernier se tenait au bord du toit-terrasse et son visage demeurait dans l'ombre. Mais même si elle ne voyait pas son expression, elle savait qu'il avait les yeux rivés sur elle.

Elle avait passé des années à vivre en imagination les baisers échevelés de Jake. Et à présent que le fantasme était devenu réalité, elle le regrettait presque. Parce qu'elle avait les sensations gravées en elle, à présent. Intenses. Erotiques. Obsédantes.

— Parle-nous de ton rendez-vous raté, Ev.

Par chance, Matt avait réorienté l'attention générale sur Eva, qui replia les jambes sous elle, le regard brillant d'indignation.

— Devinez où ce gros lourdingue a eu l'idée de m'emmener ? Dans un club de combat ! Moi qui *hais* la violence sous toutes ses formes ! Hallucinant, non ? C'est comme ça que vous concevez un premier rendez-vous de rêve, vous ?

Paige jeta un regard à la dérobée sur Jake puis détourna de nouveau les yeux.

Une part d'elle était furieuse contre lui. *Pourquoi* l'avait-il embrassée, à la fin ? S'il avait eu l'intention de l'aider à lutter contre sa claustrophobie, il aurait pu recourir à des méthodes plus soft. Surtout après ce qui s'était déjà passé entre eux, quelques années plus tôt. Il aurait dû y penser, merde. Et s'arranger pour avoir recours à des techniques un peu moins… *intimes*.

Et leurs rapports d'amitié, maintenant ? Qu'allaient-ils devenir ? Comment revenir en arrière et passer de la proximité de l'intime à la simple relation de copinage ? D'une façon ou d'une autre, il faudrait qu'elle efface en elle le souvenir de sa bouche sur la sienne, des caresses subtiles le long de ses cuisses, de l'explosion soudaine de chaleur.

Si Jake embrassait toujours de cette manière, c'était un miracle que la moitié des femmes de New York ne soient pas déjà consumées.

— Un premier rendez-vous de rêve ? répéta Matt avec un sourire amusé. Hé ! Jake, c'est quoi, pour toi, le rencard idéal ?

— Une nuit entière de sexe torride, de préférence avec des triplées suédoises blondes qui repartiraient dans leur pays dès le lendemain matin.

Paige crispa les doigts sur la tige de son verre. Eva qui l'observait du coin de l'œil se hâta de changer de sujet.

— Tiens, Matt, si tu devais sortir un soir avec moi, tu m'emmènerais où ? Pas à un match de boxe, quand même ?

— Je ne t'emmènerais nulle part car la situation ne se présentera pas.

Eva se hérissa.

— Et pourquoi pas ?

— Parce ce que je te connais depuis que tu as six ans.

— Tu veux dire que je ne suis pas mignonne ?

Matt attrapa une bouteille de bière.

— Bien sûr que si, tu es mignonne. Tu es même belle. Mais j'aurais l'impression de sortir avec ma sœur.

— Et avec Frankie ?

Matt laissa passer un court temps de silence puis il leva la bouteille à ses lèvres.

— Pareil.

Mais il avait hésité. Paige en conclut que ce n'était peut-être pas « pareil » du tout. Mais elle garda cette réflexion pour elle. La vie amoureuse de Matt ne regardait que lui. Et elle avait déjà bien assez de problèmes avec la sienne.

Prise de court, Eva se tourna vers Jake.

— Et toi, Jake ? Tu pourrais sortir avec l'une d'entre nous ?

— Sûrement pas, non ! trancha Matt avant que Jake ait eu le temps d'ouvrir la bouche. Pour commencer, il vous connaît presque aussi bien que moi, donc ce serait un peu limite. Et il sait aussi que je le réduirais en purée s'il osait poser ne serait-ce qu'une main sur l'une d'entre vous.

Paige cessa de respirer.

Dans l'obscurité, son regard rencontra celui de Jake et elle sut qu'il pensait à la même chose qu'elle : ce moment dans l'ascenseur où il avait posé plus qu'une main sur elle.

— Si aucun d'entre nous n'a de rencard et si Jake veut bien se décoller pendant quelques heures de ses triplées suédoises, on pourrait tous aller pique-niquer à Central Park un de ces week-ends, poursuivit Matt sans paraître percevoir la tension dans l'atmosphère. Eva nous organiserait un déjeuner sur l'herbe. Puis on se baladerait, on écouterait le concert de jazz. Et on pourrait même faire un tour en barque.

Frankie lui adressa un rapide sourire.

— Bonne idée.

— Je ne serai pas libre, annonça Jake d'un ton sec.

Matt fronça les sourcils.

— Je n'ai pas fixé de date. Comment peux-tu savoir que tu ne seras pas libre ?

— J'ai pas mal de projets sur le feu en ce moment.

Une bouffée de détresse monta en Paige.

Elle savait pertinemment pourquoi Jake ne voulait pas se joindre à eux. Et cela la mettait mal à l'aise et l'exaspérait tout à la fois.

C'était *lui* qui l'avait embrassée *elle*. Pas l'inverse. Il l'avait créée lui-même, cette situation.

Et maintenant, ils étaient condamnés à se croiser dans des conditions inconfortables pour le restant de leurs jours.

Une seule chose à faire : rencontrer quelqu'un d'autre en

urgence. Rapatrier un mec grand, beau et sexy sur cette terrasse, et rire et flirter avec lui pour que Jake puisse se convaincre qu'elle nageait dans le bonheur et qu'il n'avait rien à craindre d'elle.

Elle ne devait plus penser à lui sous aucun prétexte.

Et il fallait qu'elle oublie ce baiser, surtout.

Des bribes de conversation flottaient autour d'elle — Frankie qui discutait avec Matt, principalement.

— Ta journée s'est passée comment, Matt ? Tu n'avais pas rendez-vous avec un nouveau client ?

— Il s'agirait de travailler sur un concept de design pour un type de l'Upper East Side qui a l'air d'avoir de gros moyens et des goûts de chiotte.

Frankie essuya le terreau qui lui collait aux doigts.

— Et tu comptes bosser avec lui ?

— Je n'ai pas encore pris ma décision. Je le revois demain pour visiter un certain nombre de lieux. Il faut que je passe un peu de temps avec lui pour voir s'il va être à peu près supportable ou non.

Paige resta songeuse. Quelle volupté ce serait si elle avait les moyens de faire ainsi la fine bouche !

— A quel stade se sent-on libre de dire « non » à un client potentiel ? Je n'arrive même pas à imaginer que cela puisse nous arriver à nous.

— Ne t'inquiète pas, ça viendra. Un jour, tu regarderas ton agenda et tu te rendras compte que tu ne peux plus jongler indéfiniment et que tu n'arriveras pas à tout faire. Puis quelqu'un fera appel à vos services pour un projet en vous demandant quelque chose qui vous paraîtra inintéressant et ringard. Et vous vous apercevrez que votre réputation compte et que vous voulez que vos réalisations reflètent ce en quoi vous croyez. C'est là, tout naturellement, que vous choisirez de ne pas travailler avec des clients dont les conceptions sont un peu trop à l'opposé des vôtres.

Frankie le regarda avec de grands yeux.

— Ça t'arrive de refuser du boulot, alors ?

— Parfois. Avec l'expérience, tu apprends à repérer le genre de clients qui ne sera jamais satisfait. Si je dois passer plus de temps à défaire qu'à faire, cela ne m'intéresse pas.

Paige tressaillit lorsque son téléphone se fit soudain entendre. Elle farfouilla dans son sac mais le trouva trop tard. Il avait déjà cessé de sonner.

— Ah zut. Aucun numéro ne s'affiche, en plus !

Elle consulta son journal d'appels.

— Je me demande bien qui...

Le portable d'Eva se déclencha à son tour et son amie mit la main dessus aussitôt.

— Allô ?

Il y eut un petit silence.

— ... Matilda ? C'est toi ? On n'a pas arrêté d'essayer de te joindre ! Pourquoi tu n'as pas... ?

Eva s'interrompit et ses traits affichèrent une intense surprise.

— Non ? C'est pas vrai ? C'est une blague ?

Inquiète, Paige alla s'asseoir à côté d'Eva.

— Qu'est-ce qui se passe ? Qu'est-ce qu'elle devient ? Dis-lui qu'elle peut bosser avec nous. On trouvera une solution.

Elle était partagée entre le soulagement que Matilda se manifeste enfin et la culpabilité de ne pas avoir réussi à dissuader Cynthia de la jeter dehors pour une simple maladresse.

— Attends ! Je ne t'entends pas bien !

Eva se détourna pour poursuivre sa conversation. Frankie et Paige échangèrent un regard.

— Des fois, je pourrais l'étrangler, murmura Frankie. Pas toi ?

Paige avait surtout à cœur de savoir ce que devenait Matilda. « Elle va bien ? » prononça-t-elle. Mais Eva secoua la tête et se boucha l'autre oreille pour se concentrer sur la voix de leur amie.

— On nous a dit que Chase Adams avait exigé qu'on te vire sur-le-champ.

Eva marqua une pause.

— Il a fait *quoi?* Ouah ! Quel genre d'hommes est capable de… ?

— Quel genre d'hommes ? Un débile total, à l'évidence, marmonna Frankie. Pourquoi pose-t-elle des questions dont la réponse tombe sous le sens ?

Jake haussa les sourcils.

— Chase Adams est tout sauf débile. C'est un type brillant, au contraire.

— Il a obligé Cynthia à renvoyer Matilda pour un simple geste maladroit. Ça ne me paraît pas être un signe de grande intelligence de sa part.

— Chut !

Eva agita la main pour leur intimer le silence.

— … Tu peux reprendre, Matilda ? A partir du moment où tu as fait tomber ton téléphone portable dans ton bain…

Paige esquissa un sourire. Voilà qui ressemblait effectivement à Matilda.

Frankie parut sidérée.

— Son téléphone dans la baignoire ? Et elle s'étonne après ça de multiplier les accidents ?

Paige regardait Eva. Celle-ci ne disait plus rien, se contentant d'écouter. Une humidité suspecte apparut dans ses yeux puis de grosses larmes lui roulèrent soudain sur les joues.

— Oh ! Matilda, murmura-t-elle d'une voix étranglée. Je… je ne sais pas quoi te dire.

Paige en était malade.

A l'évidence, la situation de Matilda était grave — plus grave encore qu'elles ne l'avaient redouté.

Elle tendit la main.

— Laisse-moi lui parler, Ev. Donne-moi le téléphone !

Quel que soit le problème, elles trouveraient le moyen de le résoudre. Elle offrirait un emploi à Matilda, dût-elle se nourrir de soupes en sachet jusqu'à la fin de ses jours.

— *Ev !*

— Attends !

Eva se raccrochait à son portable et s'essuyait les joues tout en continuant à écouter.

— Super. Oui, c'est ça. Nous avons monté notre propre boîte. Urban Génie. On voulait te proposer du boulot... Je sais ! C'est incroyable ! OK, on se verra à ce moment-là. Ça va faire bizarre. Tu nous adresseras encore la parole ?

Frankie émit un grognement de fauve.

— Tu crois qu'elle penserait à mettre le haut-parleur ? Ça va lui faire bizarre quand je vais lui arracher ce téléphone des mains. Pourquoi Matilda refuserait-elle de nous parler ? Ce n'est pas nous qui l'avons virée, c'est Cynthia.

Eva raccrocha.

— Eh bien... Qui l'aurait cru ? Ce n'est vraiment pas ordinaire.

— Je compte jusqu'à trois, annonça Frankie d'un ton doucereux. Un, deux, trois — et tu es morte. Il n'y aura pas de second avertissement.

Paige secoua la tête.

— Mais pourquoi tu ne me l'as pas passée avant de raccrocher ? Tu aurais au moins pu lui dire qu'on a du boulot pour elle.

— Elle n'en a pas besoin, de notre boulot.

Eva avait l'air abasourdie.

— Matilda va parfaitement bien.

— Elle bosse déjà pour quelqu'un d'autre ? Qui ? Où ?

— Son roman va être publié.

Paige se sentit déjà un peu moins soucieuse.

— C'est génial ! Je suis vraiment contente pour elle. Mais de là à penser qu'elle pourra vivre de ses droits d'auteur dans les quinze jours… Elle aura quand même encore besoin de…

— Elle n'a plus besoin de rien.

Eva s'essuya de nouveau les yeux.

— Vous vous moquez toujours de moi, mais c'est la preuve que les *happy ends*, ça arrive aussi dans la vraie vie. Pas seulement dans les livres et les films.

— Donc, elle a un contrat d'édition. C'est top. Mais…

— Mais ce n'est pas tout, la coupa Eva en se mouchant. C'est l'histoire la plus romanesque que j'aie jamais entendue. Vous vous souvenez que Cynthia lui a ordonné de rentrer chez elle im-mé-dia-te-ment lorsqu'elle a renversé le plateau de champagne ? C'est pour ça qu'on ne l'a trouvée nulle part. Chassée de la réception, donc, elle s'engouffre dans l'ascenseur et devinez avec qui elle partage la cabine ? Chase Adams en personne ! Mais elle n'avait aucune idée que c'était lui.

— Incroyable. Il n'y a que Matilda pour ne pas reconnaître Chase Adams.

— Je n'ai pas fini.

— Alors viens-en aux conclusions avant qu'on meure tous de vieillesse.

— C'est un vrai conte de fées et je n'ai pas l'intention de bâcler cette histoire. Matilda ne savait pas qui il était, donc, mais entre eux se déchaîne aussitôt… une attirance physique complètement dingue. L'alchimie entre eux était si forte qu'elle est allée tout droit chez lui en sortant de l'ascenseur.

Frankie s'en étrangla presque.

— Elle a accepté d'aller chez un mec inconnu qu'elle a croisé dans un ascenseur ? Oh punaise… Elle est aussi folle que toi. Dis-moi qu'elle a fini par comprendre qui il était et qu'elle lui a mis un bourre-pif ?

— Non seulement elle ne l'a pas frappé, mais ils sont tombés fous amoureux, Frankie.

Les yeux d'Eva se remplirent de nouveau de larmes.

— Désolée, mais ça me rend tellement heureuse. Cela prouve que quand c'est le bon, c'est le bon. On n'a pas forcément à vivre dix ans ensemble avant d'en être sûre.

— Quoi ? Mais attends...

Paige y perdait son latin.

— Tu nous dis qu'elle a rencontré Chase Adams, qu'ils ont flashé l'un sur l'autre et que...

— ... et que maintenant, ils vont vivre heureux et faire beaucoup d'enfants.

Frankie secoua la tête d'un air incrédule.

— Mais elle sait que c'est à cause de Chase Adams qu'elle a perdu son boulot ?

— Chase Adams n'a jamais exigé qu'on mette Matilda à la porte.

Le sourire déserta le visage d'Eva.

— Il s'en fichait complètement, lui, du champagne renversé. Il n'a fait aucun commentaire. C'est juste en apprenant que Matilda avait été renvoyée qu'il s'est mis en colère. Et il a mis fin à ses relations commerciales avec Star Events, car il était furieux de la façon dont elle avait été traitée.

Sidérée, Paige absorba la nouvelle.

— Tu veux dire que Cynthia nous a menti ? Une fois de plus ?

Matt échangea un regard avec Jake.

— On vous l'avait bien dit, non ? Ce n'est pas le style de Chase d'exiger un licenciement par simple caprice.

— Mais... Pour quelle raison Cynthia nous aurait-elle menti ?

Elle n'avait pas besoin d'entendre la réponse à cette question. Elle savait déjà.

— Parce qu'elle n'a pas voulu assumer elle-même sa décision. Parce qu'elle est lâche.

— Mais Chase est quand même responsable — indirectement — de la perte de *nos* emplois, observa Frankie avec un rire bref. On devrait probablement être furieuses contre lui.

Paige se leva.

— Reconnaissantes, plutôt. C'est parce que nous avons perdu notre boulot qu'Urban Génie existe. Et je suis tellement soulagée, pour Matilda. Où était-elle passée, tout ce temps ?

— Terrée dans la résidence secondaire de Chase, au bord de la mer, dans les Hamptons. A faire l'amour sur la plage de manière torride et à se consacrer à l'écriture de son second bouquin. Comme elle a noyé son téléphone dans son bain, elle avait perdu tous ses contacts. Et naturellement, lorsqu'elle a appelé Star Events pour nous parler, ils ont refusé de lui communiquer nos coordonnées. Chase lui a acheté un énorme diamant chez Tiffany's. Et nous allons les voir bientôt car ils sont invités ensemble à l'événement de Jake.

Paige jeta un coup d'œil à Jake.

— Tu ne nous avais rien dit.

— Chase Adams est sur ma liste d'invités. J'ignorais encore qu'il avait accepté de venir. Et je savais encore moins qu'il se pointerait avec votre Matilda.

Matt reposa sa bière.

— Tu dois être complètement surexcitée, Paige. Ton premier gros événement en tant qu'agence d'événementiel indépendante.

Surexcitée ? Elle était malade d'appréhension, surtout. Elle ne parvenait à penser qu'à une chose : Jake serait forcément présent et la situation serait tendue, compliquée et affreusement embarrassante.

— Bien sûr qu'elle est surexcitée !

Eva bondit sur ses pieds et s'employa à meubler le vide laissé par son silence.

— Nous sommes surexcitées toutes les trois ! Et ça va être grandiose de revoir Matilda !

Sur ce point-là, au moins, elle partageait l'enthousiasme d'Eva. Consciente que tous les regards étaient braqués sur elle, Paige hocha la tête.

— Il y aura matière à réjouissance, en effet.

Il était grand temps qu'elle passe à autre chose et qu'elle oublie ce fichu baiser.

Jake ne serait plus désormais pour elle qu'un client. Rien de plus.

Elle serait professionnelle, affable et efficace.

Et se débrouillerait coûte que coûte pour éviter les ascenseurs.

# Chapitre 11

*« Lorsque la vie t'envoie des pommes empoisonnées, demande l'adresse de l'expéditeur pour un retour à l'envoyeur. »*

— *Eva*

A Lower Manhattan, Paige parcourait l'immense toit en terrasse pour vérifier les derniers détails juste avant le top départ de la soirée. Dans moins d'une heure, trois semaines de préparatifs frénétiques livreraient leurs fruits : elles entraient dans la phase d'aboutissement de leur projet.

Les derniers coups de marteau résonnaient encore sur la terrasse. L'équipe d'éclairagistes recrutée par Frankie mettait la touche finale à l'accrochage des lumières et effectuait des tests. Elles étaient toutes les trois restées tard la veille au soir et étaient revenues dès l'aube pour se remettre à la tâche. Frankie, en jean, ses cheveux roux relevés en une queue-de-cheval nouée à la hâte, donnait ses ordres, dressée comme une guerrière au combat dans l'espace provisoire qu'elle avait fait aménager pour déballer les fleurs et arranger les bouquets.

Paige devait reconnaître que le décor qu'elles avaient mis en place était particulièrement convaincant.

De l'autre côté de la terrasse, Eva s'activait pour coordonner les actions des employés du lieu et de ceux de Delicious Eats.

Les ascenseurs avaient été transformés en capsules futuristes destinées à transporter les invités dans une nouvelle ère cybernétique. De là, ils étaient dirigés à travers deux « tunnels » jusque sur la terrasse où le monde s'ouvrait à eux, symbolisant la cybertechnologie.

Paige avait anticipé tous les cas de figure possibles et imaginables, y compris les plus catastrophiques. Elle avait deux plans de rechange pour chaque séquence de la soirée et avait acquis la conviction qu'elles seraient en mesure de remédier à tous les problèmes susceptibles de survenir.

Jake disait que la vie n'était pas maîtrisable mais elle pouvait au moins maîtriser cela.

D'ailleurs elle n'avait pas que le plan A. Elle disposait aussi d'un plan B et même C.

Un orage était annoncé mais d'après les astres — ou en tout cas la météo — il n'éclaterait que lorsque l'événement serait terminé. Si le ciel se déchaînait plus tôt que prévu, pas de problème. Ils refermeraient les cloisons en verre et rapatrieraient tout le monde côté bar, buffet et piste de danse.

— Je ne veux plus faire un seul petit toast rond de ma vie, gémit Eva, venue se poster à côté d'elle. Même quand je dors, je continue à voir des canapés en forme de 1 ou de 0.

— Le résultat est grandiose. C'est vraiment classe ce que tu as fait, Ev.

Frankie les rejoignit à son tour, les yeux cernés, les traits marqués par la fatigue.

— Vu le nombre de fois où j'ai grimpé en haut de cet échafaudage, je vais finir par avoir des biceps de lutteur de foire.

— Vous avez fait un boulot magnifique, en tout cas.

Cette fois, tout est au point, les Urban Génie girls. Il ne nous reste plus qu'à accueillir les invités.

Paige essuya une traînée noire sur la joue de Frankie.

— Autrement dit, il faudrait peut-être penser à aller nous changer car l'équipe d'Urban Génie n'a pas l'air très... euh... urbaine. Il s'agit maintenant de donner l'impression que tout ce travail a été accompli sans effort. Comme si nous avions préparé l'événement, tranquillement assises, lime à ongles en main, en faisant une manucure.

Les nerfs à vif et l'estomac plein de papillons, Paige se hâta avec Frankie et Eva jusqu'à la pièce qui leur avait été attribuée pour leur usage personnel.

Eva et elle avaient prévu de porter la même jupe, noire et droite, mais Frankie, qui détestait ce genre de tenues, avait opté pour un pantalon noir ajusté. Chacune portait une chemise de couleur différente avec Urban Génie en lettres d'argent sur la poche de poitrine.

Celle de Paige était noire, celle d'Eva bleu marine, et celle de Frankie d'une teinte de vert qui soulignait le roux flamboyant de son incroyable chevelure.

Paige regarda ses amies et les larmes lui montèrent aux yeux.

— Je suis tellement fière de vous. De *nous*. Vous vous rendez compte qu'on a accompli ça ensemble ? Que c'est notre propre business ? Vous avez travaillé comme des bêtes, et à partir de ce soir Urban Génie va décoller, c'est sûr. Merci d'avoir pris le risque de dire « oui » et de vous lancer avec moi.

Frankie rougit.

— Nous avons dit « oui » les yeux fermés, Paige. Tu es la personne la plus motivée, la plus tenace, la plus déterminée que je connaisse. S'il y en avait une au monde capable de faire fonctionner ce projet, c'était bien toi.

— Tu me fais confiance parce qu'on est amies.

— Tu es plus qu'une amie, pour moi. Toi, Eva, Matt

— et même Jake —, vous êtes ma famille. La famille que j'aurais rêvé d'avoir.

C'était très inhabituel, chez Frankie, de tenir des propos aussi chargés en émotion. Eva leur prit la main à chacune.

— Cette soirée va être mémorable. Allez, les filles, on va tous les dégommer.

Frankie sourit nerveusement.

— J'espère que c'est juste une façon de parler. Ce serait dommage d'être arrêtées pour meurtre dès notre premier événement.

Mais elle serra fort la main d'Eva dans la sienne avant de se diriger vers la porte. Paige admira leur maîtrise de soi. Etait-elle la seule des trois à avoir les genoux qui s'entrechoquaient ?

Elle ignorait ce qui l'angoissait le plus, en l'occurrence : la crainte qu'Urban Génie ne soit pas à la hauteur ou la perspective de passer une soirée entière en présence de Jake ?

Elle espérait tellement que cette soirée se déroulerait avec succès.

Dès l'instant où elles franchirent la porte, elles se trouvèrent happées par les détails d'organisation de dernière minute. Déjà les premiers arrivants faisaient leur entrée, d'abord au compte-gouttes, puis en flux plus serrés. Très vite le lieu se remplit du son des rires et des conversations, et des « oooh ! » et des « aaah ! » admiratifs retentirent alors que les têtes se levaient pour découvrir l'originalité des éclairages et la beauté des conceptions florales. Les lèvres remuaient pour converser, les mains se tendaient vers le buffet.

Les aires interactives qui offraient la possibilité d'expérimenter les innovations technologiques développées par la société de Jake connaissaient un franc succès, et de petits groupes se formaient à chaque point de connexion.

Paige vérifiait et revérifiait chaque détail.

Elle avait oublié à quel point elle adorait cet aspect de

son métier. Ce moment incomparable de la réalisation, lorsque la forme finale émergeait du chaos, après des semaines d'angoisse, d'errance, de discussions paniquées. A présent, il ne restait plus qu'à être présente, attentive, prête à intervenir s'il le fallait. Elle adorait circuler dans l'ombre, chercher des yeux les sourires, repérer les problèmes avant même qu'ils n'aient le temps de survenir.

Elle aimait l'excitation, le sentiment de responsabilité.

Une responsabilité qui, cette fois, lui incombait à 100 %.

Et la sensation était étonnamment euphorisante.

En cas de talon cassé, elle repérait le problème sur-le-champ et procédait à un remplacement rapide en fournissant une paire d'escarpins parmi ceux qu'elle avait prévus en dépannage. Noirs, simples, avec talons de hauteur moyenne. Le substitut parfait. Lorsqu'un des invités renversait son verre de vin rouge sur son voisin ou sa compagne, elle agissait avec la même promptitude. Dans ses réserves, elle avait d'amples provisions de pansements, des cravates et nœuds papillon de rechange, des chemises blanches en différentes tailles ainsi que son téléphone avec la liste de tous les contacts indispensables. Elle pouvait appeler des taxis, des médecins et des blanchisseries en cas de besoin. Mais jusqu'à présent, tout se passait sans anicroche.

Le temps restait limpide et une petite brise estivale rafraîchissait la terrasse après une longue journée de soleil. A l'horizon, de gros cumulonimbus commençaient à s'amonceler mais ils étaient encore assez loin pour qu'elle n'ait pas à s'en préoccuper.

Du monde affluait sur la piste de danse, qui se muait en un méli-mélo de couleurs tourbillonnantes. L'argent, le bleu et le rouge ondoyaient à côté du noir des smokings et du blanc immaculé des chemises.

Et puis il y avait la présence obsédante de Jake au cœur de la foule — Jake autour de qui tout tournait dans cette soirée.

Il n'avait pas besoin de se déplacer, songea-t-elle. Tous venaient à lui sans qu'il ait à consentir le moindre effort.

Mais malgré cela, il allait et venait quand même entre les invités. Il circulait et réseautait tant et plus. Et à intervalles réguliers, il venait lui présenter quelqu'un. Toujours avec beaucoup d'humour. Et en s'arrangeant pour loger une appréciation flatteuse sur Urban Génie.

Il était clair qu'à partir de ce soir, elles auraient du pain sur la planche. On lui avait déjà demandé des devis pour tout un éventail de manifestations allant d'un lancement de produit à un anniversaire, en passant par quelques bar-mitsvah ainsi qu'une *baby shower.*

— Urban Génie…

Un homme de haute taille avec une expression sévère déchiffrait les lettres sur la poche de la chemise de Paige. Il hocha la tête d'un air approbateur.

— Jake m'a dit que vous étiez l'agence d'événementiel la plus courue de Manhattan. Vous avez une carte de visite ?

Paige lui en tendit une.

Puis Eva vint lui chuchoter à l'oreille :

— Jette un coup d'œil là-bas, à côté de la fontaine. C'est Matilda. Elle est magnifique, non ?

Paige tourna la tête et vit leur amie, grande, svelte et toute en jambes, main dans la main avec un type baraqué.

Son cœur fit un bond dans sa poitrine.

— Chase Adams est vraiment amoureux d'elle. Regarde comme il la couve des yeux.

Eva soupira.

— Un jour, je veux connaître la même chose. Un amour comme le leur. Je ne me contenterai pas de moins que cela.

— Alors prépare-toi à rester célibataire, lança Frankie au passage.

Elle fit un signe de la main à Matilda puis disparut de nouveau dans la foule. Eva la suivit des yeux d'un air exaspéré.

— Qu'est-ce qu'elle a encore, à nous la jouer rabat-joie ? Elle refuse de voir ce qu'elle a sous le nez. Si ce n'est pas le grand amour entre Matilda et Chase Adams, j'aimerais bien savoir ce que c'est.

Paige songea à la mère de Frankie.

— Je suppose que si on n'a jamais vu ce genre de bonheur de près, il n'est pas si simple à identifier.

— Sauf que là il t'éclate quand même à la figure, non ? Oups ! Je crois qu'une crise alimentaire se profile ! J'irai papoter avec Matilda plus tard.

Eva retourna à son poste de son habituel pas dansant. Quant à Paige, elle poursuivit son chemin et traversa la terrasse pour aller parler à Matilda tout en méditant sur les changements survenus dans leurs vies depuis la dernière fois qu'elles s'étaient vues. Chase Adams se montra froid et intimidant au premier abord, mais se détendit dès que Matilda les eut présentés.

— La fameuse Paige Walker ? Matilda a une haute opinion de vous, dit-il en lui serrant la main. Elle était très heureuse de travailler avec votre petite équipe.

Les joues de Paige s'empourprèrent.

— Merci.

— Je suis tellement heureuse de te revoir, Paige.

Matilda la serra avec enthousiasme dans ses bras — et renversa au passage son verre de champagne dans la fontaine.

Chase le récupéra sans émettre de commentaire.

— D'après ce que j'ai compris, je suis indirectement responsable de la perte de vos emplois ?

Il posa le verre sur le rebord, à distance prudente de Matilda.

— Je mentirais si je disais que je regrette d'avoir rompu toute relation avec Star Events parce que la façon dont ils ont traité Matilda était inacceptable. Mais je suis désolé que vous en ayez fait les frais.

Son regard était direct et Paige secoua la tête, appréciant sa franchise.

— Au final, vous nous avez rendu service. Sans vous, nous serions encore chez Star Events, à endurer Cynthia. Et je vous donne entièrement raison pour Matilda. C'était en effet inacceptable.

Le souvenir de cet épisode la mortifiait, même si elle n'avait pas été en position d'intervenir pour influer sur la décision de sa patronne.

— J'ai essayé de la retrouver ce soir-là et…

— Je sais.

Chase sourit et sa physionomie s'en trouva transformée. Ce sourire le rendait soudain beaucoup plus accessible.

— Elle m'a tout raconté. Et m'a parlé aussi de la création d'Urban Génie. Comment vous vous en sortez, alors ? Ce n'est pas un secteur d'activité facile.

*La franchise appelle la franchise*, décida Paige.

— Le démarrage n'a pas été fulgurant. Mais nous avons bon espoir que l'événement de ce soir nous donnera le coup d'envoi.

Matilda tira sur la main de son compagnon.

— Chase…

Il se tourna aussitôt vers elle, à l'écoute.

— Oui, ma chérie ?

— Tu ferais quelque chose pour moi ?

— Tu le sais bien.

Sa voix chaude laissait transparaître une intimité forte — sexuelle, mais aussi émotionnelle.

— Dis-moi ce que tu voudrais ?

— Tu conseilleras à tes amis de faire appel à Urban Génie ? Paige fait du super boulot. Tu peux le constater par toi-même.

Paige frémit. Chase Adams ne lui semblait pas être le genre d'hommes avec qui on pouvait se permettre d'intervenir sur la façon dont il gérait son empire. Mais la réaction de ce dernier lui parut plus amusée qu'autre chose.

— Bien sûr. C'est d'ailleurs ce que je comptais faire.

Il reporta son attention sur elle.

— Vous pourrez faire face à la demande ?

Elle répondit sans hésiter :

— Oui. Nous avons la possibilité d'externaliser. Nous avons prévu ce cas de figure.

— Très bien. Dans ce cas, je peux vous garantir que vous allez être occupées.

Spontanément, Matilda lui jeta les bras autour du cou.

— Tu es le meilleur.

Chase lui embrassa les cheveux.

— Encore un peu de champagne ?

— Non, merci, j'en ai encore un plein…

Matilda regarda autour d'elle d'un air troublé.

— J'avais un verre plein dans la main, tout à l'heure. Je ne sais pas ce qu'il est devenu.

Chase se mit à rire.

— Le contenu a atterri dans la fontaine mais le verre lui-même a survécu. Jake Romano a les moyens de perdre quelques centilitres de champagne. En parlant de Jake, je vais te le présenter avant qu'il se fasse de nouveau harponner par quelqu'un d'autre… Heureux d'avoir fait votre connaissance, Paige. Si vous avez besoin de quelque chose, n'hésitez pas à m'appeler.

Paige les suivit des yeux alors qu'ils s'éloignaient main dans la main. Eva et Frankie se matérialisèrent à ses côtés.

— Alors ? s'enquit Frankie d'une voix sévère. Il te paraît assez bien pour elle ?

Sans détacher son regard du couple, Paige hocha la tête. Une pointe d'envie lui tiraillait le cœur.

— Il me paraît plutôt très bien, oui.

L'expression d'Eva était extatique.

— Voilà à quoi ressemble le visage véritable de l'amour,

Frankie. Comment expliques-tu qu'un tel spectacle ne fasse pas fondre ce morceau de granit dans ta poitrine que tu oses appeler ton cœur ?

— Je ne suis pas d'humeur très fondante, en ce moment. Il n'a pas intérêt à jouer avec les sentiments de Matilda, c'est tout.

Eva la gratifia d'une grimace excédée.

— Il est on ne peut plus sérieux avec elle. Tu as vu comment il la regardait ? Et cette façon qu'il a eue de récupérer discrètement son verre de champagne dans la fontaine… Il est fou amoureux d'elle, c'est clair. Il a rompu ses relations commerciales avec Star Events uniquement pour elle. Que veux-tu qu'il fasse de plus pour convaincre une incrédule de ton espèce ? Je l'aime déjà comme un frère.

— Tu aimes le monde entier comme un frère !

La réponse bougonne restait du Frankie tout craché, mais le regard de celle-ci s'adoucit.

— Bon, OK, je reconnais qu'ils sont mignons, tous les deux. Et il a l'air de trouver sa maladresse adorable : ça, c'est un grand point pour lui.

Eva sourit aux anges.

— Et pour une fois, elle a pu mettre des talons car même comme ça, il a encore une demi-tête de plus qu'elle. C'est trop cool qu'elle soit revenue à New York. On va se revoir souvent, maintenant !

Eva s'éloigna sur la terrasse en dansant ou presque, et Frankie secoua la tête d'un air incrédule.

— Elle pense que la vie est un conte de fées.

— Non, ce n'est pas tout à fait vrai, Frankie.

Paige observa Eva qui circulait parmi les invités, offrant avec une égale générosité des amuse-bouches et des sourires.

— Elle sait tirer le meilleur parti de chaque instant. Elle croit à l'amour mais elle sait que la vie n'est pas forcément rose bonbon tous les jours. La mort de sa grand-mère l'a profondément affectée, mais elle s'est levée tous les matins et elle est allée travailler quand même. Même quand elle a le moral dans les chaussettes, elle cherche à tirer le positif de chaque situation. C'est vrai qu'Eva est une rêveuse, mais elle est aussi d'une loyauté farouche. Lorsqu'elle aime, elle aime à vie. Je pense qu'on peut dire que nous avons de la chance.

Frankie se frotta le front.

— C'est vrai. L'affection en amitié, j'y crois aussi.

— Pareil pour moi. L'amitié, c'est énorme. Et d'ailleurs… merci.

Sur une impulsion, Paige serra Frankie dans ses bras.

— Merci d'avoir fait ça pour moi. D'avoir pris le risque. Je sais que pour toi, c'était une gageure. Je t'adore, Frankie.

— Arrête de me papouiller, tu vas me faire vomir.

Frankie avait beau grommeler, elle ne s'en cramponnait pas moins à elle.

— Ne me fais pas le coup des sentiments, toi aussi, Paige. Une Eva dans le trio, ça me suffit déjà amplement. Bon, les gens commencent à partir, alors je vais aller faire mon devoir et prendre congé de tout ce beau monde. « Bonsoir à tous et à la prochaine » est mon expression préférée après une journée de boulot de quinze heures.

Une fois seule, Paige se plongea dans ses pensées, frappée une fois de plus par le côté imprévisible des choses.

Qui aurait cru que son renvoi injuste aurait eu un tel impact positif sur la vie de Matilda ?

Et qui aurait pu penser que la perte de leurs emplois leur donnerait un tel coup de fouet, à toutes les trois ?

Urban Génie n'existait que parce que la vie leur avait fait un croche-pied.

Le changement leur avait été imposé, mais ce qui était apparu de prime abord comme une catastrophe avait finalement été une belle opportunité.

Au lieu de lutter contre, il était bon parfois d'acquiescer et d'aller dans le sens du courant.

Qu'est-ce que Jake lui avait dit, déjà ?

« Parfois il faut laisser la vie se faire. »

Elle devrait peut-être essayer de suivre ce conseil plus souvent.

Et commencer par dégager du temps pour rencontrer d'autres hommes. En espérant qu'elle tomberait un jour sur quelqu'un qui ferait naître sur son visage une expression similaire à celle de Matilda lorsqu'elle souriait à Chase.

Et peut-être qu'un jour elle regarderait en arrière et se dirait que le fait de ne *pas* être avec Jake était la meilleure chose qui lui soit jamais arrivée. Car si elle avait vécu une histoire avec Jake, elle n'aurait jamais rencontré…

*Qui ?*

Quelqu'un débarquerait-il un jour, quelqu'un avec qui elle aurait le même sentiment d'évidence, la même attirance vertigineuse qu'avec Jake ?

Elle s'accouda à la rambarde et contempla la ville qu'elle aimait un peu plus chaque jour.

Les éclairages magiques des légendaires buildings de Manhattan se détachaient sous le ciel bleu nuit. Maintenant seulement, alors que les derniers invités se dirigeaient vers les ascenseurs, elle s'autorisait à prendre un moment pour profiter de la vue.

— Je crois qu'il est temps de décompresser et de fêter ton franc succès de ce soir ?

La voix de Jake venait de s'élever dans son dos. Elle se retourna et le trouva avec deux verres de champagne à la main. Il lui en tendit un.

— A Urban Génie.

— Pas d'alcool pour moi pendant les heures de travail.

Et tant que Jake serait présent, les circonstances resteraient résolument professionnelles à ses yeux.

Elle n'était pas près de se départir de sa réserve avec lui.

— Tous les invités sont partis. Ta tâche est accomplie.

— Pas pour moi, non. Tant que tout n'aura pas été rangé et remis en ordre, je serai encore en phase boulot.

Le lendemain, elles auraient leur réunion de débriefing — l'autopsie, autrement dit. Elles établiraient la liste de tout ce qu'elles auraient pu faire différemment. L'événement serait repris séquence par séquence, puis disséqué de manière à faire apparaître les points faibles. Qui seraient ensuite consolidés un à un.

— Je doute qu'un seul verre de champagne influe sur tes capacités à superviser le démontage. Mes félicitations, Paige.

Il fit tinter son verre contre le sien.

— Vous avez fait du très beau travail. Un travail spectaculaire, même. Tu as été sollicitée par des clients potentiels ?

— Ça n'a pas arrêté ! On commence par une *baby shower* la semaine prochaine. Cela ne nous laisse pas beaucoup de temps pour la préparer, mais c'est super comme événement.

Il fit la grimace.

— Une *baby shower* ? Un super événement ?

— Déjà, pour commencer, parce que la femme qui l'organise pour une collègue enceinte dirige une société d'importation d'articles de mode. Et de toute façon, à notre niveau, toute commande est bonne à prendre.

— Chase Adams est impressionné par ce que vous avez accompli. Et avec un délai très serré, en plus. Demain, tout New York saura qu'Urban Génie est la meilleure agence d'événementiel de Manhattan. Prépare-toi à ne plus savoir où donner de la tête.

— Je suis prête.

Les compliments de Jake lui allaient droit au cœur.

Il s'était accoudé à côté d'elle et le contact fugitif de sa manche effleurant sa peau nue la fit frissonner.

Leurs regards se rencontrèrent. L'espace d'un instant,

elle crut voir le désir flamber dans les yeux de Jake. Puis il détourna la tête et elle fit de même, les joues en feu.

Et voilà. Ça recommençait. Elle s'imaginait de nouveau des trucs — fantasmait des signes que Jake n'émettait pas.

Il fallait y mettre un stop.

Que ça s'arrête tout de suite, même.

Plus jamais elle ne voulait susciter un tel malaise et les placer l'un et l'autre dans une situation intenable.

Elle tourna la tête pour le regarder mais il avait les yeux rivés droit devant lui. Elle scruta son profil et le trouva vide de toute expression.

— Je voudrais te remercier, Jake.

— Me remercier de quoi ?

— De nous avoir confié l'organisation de cet événement. De nous avoir laissé carte blanche, libres de mettre nos idées en œuvre à notre guise, sans restriction de budget. Merci de nous avoir fait confiance et d'avoir invité des décideurs et toutes sortes de personnalités influentes. Et merci aussi, déjà pour commencer, d'avoir permis à Urban Génie d'exister.

Au fur et à mesure de son énumération, elle s'apercevait à quel point elle lui était redevable.

— Je déteste accepter de l'aide, conclut-elle.

— Je sais. Mais cela n'a pas été le cas, en l'occurrence. C'est toi qui as tout fait, Paige. Personne ne t'a tenu la main.

— Peut-être. Mais sans toi, je n'aurais probablement pas eu l'occasion de faire mes preuves. En tout cas, pas à une telle échelle. Ça fait peut-être un peu pompeux de dire ça, mais toute ma reconnaissance t'est acquise, Jake. Si tu ne m'avais pas incitée à me lancer, je n'aurais pas osé prendre l'initiative de monter mon agence.

Elle prit une grande respiration. Le moment n'était peut-être pas plus mauvais qu'un autre pour lui déballer ce qu'elle avait sur le cœur. Si elle mettait des mots sur le non-dit entre eux, ce serait sans doute une délivrance pour Jake comme pour elle.

— Il y a autre chose.

Le visage de Jake se ferma. Elle ressentit un éclair de culpabilité de le voir ainsi sur la défensive. Raison de plus, d'ailleurs, pour jouer cartes sur table.

— Je te dois des excuses, Jake.

— A quel propos ?

— Pour avoir interprété la situation de travers l'autre fois. Pour avoir créé un malaise entre nous. J'étais...

Elle hésita, cherchant les mots justes.

— Je suppose qu'on doit pouvoir dire que je « faisais mon Eva » et que je me suis raconté des histoires. J'étais au bord de l'attaque de panique et tu faisais de ton mieux pour m'aider en essayant de distraire mon attention. Je comprends ta démarche maintenant. Et je ne veux pas que tu te sentes obligé de m'éviter et de trouver toutes sortes de prétextes pour t'éloigner. Je suis désolée d'avoir...

— Arrête. Tu n'as surtout pas à t'excuser, Paige.

Les mains de Jake étaient crispées sur la balustrade, à tel point que les jointures de ses doigts étaient livides.

— J'essaie de clarifier les choses entre nous, c'est tout. J'ai bien saisi que l'autre soir, c'était juste un baiser comme ça... un baiser de circonstance. Deux personnes coincées dans un ascenseur dont une en situation de vulnérabilité.

*Tais-toi maintenant, Paige.*

— Je sais que je ne suis pas ton type. Que tu n'éprouves aucune attirance. Je suis comme une petite sœur pour toi. J'en suis consciente, donc...

— Pitié, Paige, arrête ton... *Sérieusement* ?

Il l'interrompit avec un grommellement exaspéré et la prit par les épaules pour l'obliger à lui faire face.

— Après ce qui s'est passé l'autre soir, tu crois *honnêtement* que je te vois comme une petite sœur ? Tu as déjà vu beaucoup de frères embrasser leur sœur comme je t'ai embrassée dans cet ascenseur ?

Elle avait le regard rivé sur son visage, le cœur qui battait comme un tambour.

Elle se mit à bredouiller :

— Je croyais… Tu m'as dit toi-même… Je pensais que c'était la vision que tu avais de moi.

— Oui, bon, j'ai essayé.

Il émit un rire sans joie et descendit son verre de champagne d'un trait.

— On peut dire que j'ai essayé de toutes mes forces, même. J'ai à peu près tenté toutes les méthodes — sauf demander à Matt de me confier une photo de toi bébé pour que je la punaise sur mon mur. Rien ne marche. Et tu sais pourquoi ? Parce que j'ai envie de toi, parce que tu n'es pas « petite » et que tu es encore moins ma sœur.

Le choc de ces révélations la frappa comme la foudre.

Ils étaient les deux seuls encore présents sur la terrasse. Rien qu'eux deux et Manhattan, fantaisie d'ombres et de lumières, avec les hautes silhouettes des gratte-ciel alentour qui les enveloppaient de leur présence complice.

Les lourds nuages d'orage montaient à l'horizon, dessinant des formes inquiétantes qui barraient le ciel obscurci. Un vent brusque se leva, portant une promesse de pluie.

Paige ne la vit pas venir. Le ciel aurait pu s'effondrer sur sa tête sans qu'elle s'en aperçoive. Elle avait la bouche si sèche qu'elle parvenait à peine à articuler un son.

— Mais puisque tu ressens cela… si tu as cette attirance, pourquoi n'arrêtes-tu pas de me dire que… ?

De plus en plus désorientée, elle trébuchait sur ses mots.

— Pourquoi n'as-tu jamais rien fait, rien dit, rien tenté ?

— A ton avis ?

Il y avait une amertume, un cynisme dans le ton de Jake qui contrastait avec la nature de l'aveu qu'il venait de lui faire. Aucune de ces nouvelles pièces du puzzle ne se mettait en place. Et elle était trop sidérée pour faire fonctionner son intelligence. Rien d'ailleurs ne fonctionnait plus chez elle.

— A cause de Matt ?

— En partie, oui. Il me casserait la figure et je ne lui donnerais pas tort.

Jake regardait fixement ses mains, comme si elles appartenaient à quelqu'un d'autre. Comme s'il avait peur de ce que ces mains seraient susceptibles de faire.

— Parce que tu ne veux pas t'engager dans une relation durable — dans des complications, comme tu les appelles ?

— Voilà. C'est tout à fait ça.

— Mais le sexe, ça n'a pas forcément besoin d'être durable. Le sexe, ça peut être juste le sexe. Tu l'as dit toi-même.

— Oui, mais pas avec toi.

Son ton était dur, catégorique. Choquée, elle fit un pas en arrière. Depuis des années, ils passaient leur temps à se vanner, se quereller, s'envoyer les pires vacheries. Mais elle n'avait encore jamais perçu un tel tranchant dans sa voix.

— Pourquoi pas avec moi ? Qu'est-ce que j'ai de différent ?

— Je ne vais pas passer une nuit au lit avec toi et me barrer le lendemain, Paige. Il est hors de question que ça se passe comme ça.

— A cause de notre amitié ? Tu as peur que ça crée un malaise ?

— Oui… Ça aussi.

— Ça aussi ? Autrement dit, il y a autre chose ?

Intriguée, elle ne le quittait pas des yeux.

Il garda le silence.

— Jake ? Quoi d'autre ?

Il jura tout bas.

— Je tiens à toi, merde ! Je n'ai pas envie de te faire souffrir. Ton cœur a déjà assez ramassé comme ça. Tu n'as pas besoin qu'on t'en remette une couche.

Les premières gouttes de pluie commencèrent à tomber.

Paige ne les sentit même pas.

Sa tête n'était que questions. *Où? Quoi? Pourquoi? Comment?*

— Donc, si je comprends bien... Attends...

Elle fit un effort mental pour tenter d'ordonner tous ces éléments d'information contradictoires.

— Autrement dit, tu me protèges, c'est ça? Non... non, ce n'est pas possible. Tu étais le seul à ne *pas* me protéger, justement. Alors que tous les autres voulaient me maintenir dans un cocon, tu m'as toujours bousculée. Tu n'hésites jamais à m'en mettre plein la figure.

Ce n'était pas possible qu'il lui fasse le coup de l'ange gardien, lui aussi. Pas lui. Pas Jake.

Elle attendit qu'il proteste, qu'il argumente. Qu'il lui confirme qu'en aucun cas, il ne cherchait à la ménager.

Il garda le silence.

Elle en avait des élancements dans la tête. D'une main tremblante, elle se frotta le front. L'orage se rapprochait — elle le sentait à présent. Et pas seulement dans le ciel au-dessus de leurs têtes.

— Je sais que tu te fais un principe de ne pas me protéger. Il en a toujours été ainsi, entre nous.

Elle tenta de prendre du recul, de réfléchir, d'analyser. Et finit par secouer la tête.

— Regarde ce qui s'est passé la dernière fois, quand on a appris qu'on était licenciées de chez Star Events. Matt se montrait compatissant et toi brutal. J'étais à deux doigts de fondre en larmes, mais tu m'as mise dans une telle colère que...

Elle écarquilla les yeux lorsque la vérité, soudain, se fit jour. Le sang se retira de son visage.

— Tu le faisais *exprès*. Tu m'as mise en colère à dessein.

Jake haussa les épaules.

— Quand on est en colère, on bouge. Et tu avais besoin

de passer à l'action, pas de te replier sur ton sentiment de défaite.

Il ne niait pas, autrement dit.

Il l'avait manipulée. Galvanisée pour la pousser à l'action. Paige en avait le vertige.

— Tu contestes toujours toutes mes idées. On se dispute tout le temps. Quand je dis que quelque chose est noir, tu soutiens aussitôt que ce même quelque chose est blanc.

Il l'écoutait en silence, sans même essayer de la contredire. Paige n'en revenait pas.

— Tu t'arranges en permanence pour que je sois furieuse contre toi. Et c'est une stratégie de base que tu appliques de façon systématique. Parce que tant que je suis en colère contre toi, je ne suis pas tentée de…

Elle avait été aveugle. Tellement aveugle. Elle prit une grande inspiration, le temps de se familiariser avec ce nouvel aspect de leur relation. Le premier grondement de tonnerre se fit entendre, mais la météo était bien la dernière chose qui la préoccupait à cet instant.

— Depuis combien de temps ? Cela fait combien d'années que ça dure, Jake ?

— Quoi ? Qu'est-ce qui est censé durer depuis des années ?

D'un geste impatient, il arracha son nœud papillon et détourna son regard du sien. Il avait l'air d'un homme sur la sellette. D'un homme qui aurait aimé être n'importe où sauf là où il se trouvait.

— Cela fait combien d'années que tu me protèges ?

Elle trébucha sur le mot. Sur l'idée.

Jake se passa la main sur la mâchoire.

— Depuis le jour où j'ai passé la porte de cette putain de chambre d'hôpital et que je t'ai vue assise dans ton lit avec ton T-shirt Snoopy et ton sourire jusqu'aux oreilles. Tu étais d'un courage inimaginable. La personne la plus héroïque face à la terreur que j'aie jamais vue. Tu faisais des efforts incroyables pour que personne ne se rende compte que tu étais morte de peur. Je t'ai toujours protégée, Paige. Sauf l'autre soir, dans l'ascenseur, parce que je n'ai pas su résister.

Même là, pourtant, il l'avait protégée. Il avait cherché tous les moyens possibles pour l'aider alors qu'elle luttait contre la panique.

— Donc, ton idée, c'est que j'étais courageuse mais pas forte. Pas assez forte en tout cas pour m'en sortir sans protections extérieures. Je ne comprends pas, Jake. Je croyais que je n'étais pas ton type de fille, que je te laissais froid. Et je découvre maintenant…

Son cœur et son cerveau devaient faire des efforts acharnés pour assimiler cette réalité impensable : Jake la désirait — depuis le tout début.

— Donc pendant tout ce temps, tu ne t'en fichais pas ? Tu n'étais pas indifférent. Tu ne l'es toujours pas, d'ailleurs.

La pluie tombait pour de bon à présent et les gouttes glissaient sur la veste de Jake et dans ses cheveux.

— Paige…

— Le baiser l'autre soir…

— … était une erreur.

— Mais il était réel. Il n'avait rien à voir avec la couleur de mes chaussures ou de mon rouge à lèvres. Tous ces jours, ces mois, ces années, j'essayais de me convaincre que tu n'éprouvais rien pour moi. Et tout ce temps, j'étais paumée, parce que je percevais des signes que je croyais interpréter de travers. Et je ne comprenais pas comment je pouvais être à côté de la plaque à ce point. Mais maintenant, j'apprends que mon feeling était juste. Que les signes étaient réels. Je n'étais pas dans le délire, contrairement à ce que tu t'acharnais à vouloir me faire croire.

— Peut-être, oui.

— Mais pourquoi m'avoir laissée patauger dans le noir, comme ça, toutes ces années ?

— Parce que c'était plus simple.

— Plus simple que quoi ? Que de me dire la vérité ? Bulletin d'information spécial — et tu es pourtant censé le savoir : JE NE VEUX PAS ÊTRE PROTÉGÉE. Je veux vivre ma vie. C'est toi qui me dis toujours que je dois prendre plus de risques, dire « oui » à la vie et foncer !

— Oui, bon, ça prouve surtout que tu ne devrais pas écouter ce que je te raconte. On ferait mieux de se mettre à l'abri avant d'attraper une pneumonie.

Il voulut s'écarter de la balustrade mais elle le retint par le bras d'autorité.

— J'irai me mettre à l'abri quand j'en aurai décidé ainsi.

Elle était trempée. Tout comme lui.

C'était bien le cadet de ses soucis en ce moment.

— On fait quoi, maintenant, Jake ?

— Rien. Je sais que tu n'aimes pas qu'on te protège et c'est dommage car je vais te protéger quand même. Je ne suis pas — et n'ai jamais été — le genre de spécimens mâles qui te convient. Nous n'attendons pas les mêmes choses d'une relation. Une voiture vous attend en bas pour vous raccompagner toutes les trois. Je compte sur toi pour en faire usage.

Sans lui laisser le temps de répondre, Jake se dirigea vers la rangée d'ascenseurs. Il la laissait là, dégoulinante de pluie, seule dans le paysage urbain scintillant, à contempler l'horizon bouleversé de sa propre vie.

Nouveau changement. Nouveau tournant.

L'inattendu.

# Chapitre 12

*« La vie est trop courte pour attendre d'un homme qu'il fasse le premier pas. »*

— PAIGE

Jake se débarrassa de sa veste d'un geste rageur et la jeta sur le lit.

Comment s'était-il arrangé pour s'embringuer dans cette conversation impossible, bon sang ? *Comment ?* Il avait juste relâché sa vigilance un court instant, et Paige s'était engouffrée dans la brèche avec ses grands yeux bleus écarquillés et sa sincérité désarmante.

Derrière les vitres striées de pluie de son loft, d'immenses éclairs déchiraient le ciel, mais il restait aveugle à ce spectacle étourdissant. Ses pensées étaient obnubilées par Paige. Il la revoyait s'excusant d'avoir extrapolé sur la situation — d'avoir mal interprété les signes.

Il aurait dû la faire taire tout de suite. Refuser de l'écouter. Mais face à sa franchise, il s'était trouvé pris à son tour dans l'engrenage de la sincérité. Et il avait fini par tout déballer.

On tambourina à sa porte. Jake lâcha une bordée de jurons bien sentis. Cette visite tardive ne pouvait signifier qu'une chose.

Il ouvrit à contrecœur, avec des excuses déjà toutes prêtes.

Paige se dressait sur le seuil, ses longs cheveux trempés de pluie. Elle était tellement dégoulinante que les gouttes d'eau scintillaient jusque dans ses cils.

Jake fixa son regard sur elle comme s'il avait sous les yeux une drogue à laquelle il lui était interdit de toucher. Il était déchiré entre le double désir paradoxal de lui claquer la porte au nez et de la tirer à l'intérieur comme un sauvage pour la jeter sur son lit. Avant qu'il ait eu le temps de faire un choix, elle lui passa sous le nez au pas de charge et entra d'office chez lui.

*Merde.*

Avec le cerveau en mode off et des réflexes au ralenti, il referma le battant derrière elle et se retourna pour lui faire face.

Il y avait quelque chose chez elle qui lui mettait la tête à l'envers. Quoi, il l'ignorait, mais une chose au moins était sûre : il fallait qu'il la sorte de cet appartement au plus vite.

En cas d'échec, il ne lui resterait plus qu'à s'évacuer lui-même en urgence.

Quoi qu'il arrive : éviter de s'attarder entre quatre murs avec Paige Walker.

A fortiori, lorsqu'elle était remontée comme ça. Au premier coup d'œil, il avait vu le menton levé et la lueur d'orage dans ses yeux bleus. Elle était folle de rage.

Dans cet état d'esprit, tout pouvait déraper et elle était tout à fait capable de se livrer à des actes qu'elle regretterait plus tard.

Elle portait toujours ses escarpins et sa chemise Urban Génie. Il en conclut qu'elle était venue tout droit chez lui sans même passer par la case Brooklyn.

Il aurait dû prévoir deux ou trois autres serrures à sa porte. Ajouter des verrous. Installer une dizaine d'alarmes.

— Comment tu as fait pour passer devant le gardien en bas ?

— Je lui ai souri.

*L'imbécile.* Il aurait bien mérité de se faire virer ! Mais l'homme avait des circonstances atténuantes. Jake lui-même ne connaissait que trop bien l'impact du sourire de Paige.

— Il fait un temps de chien. Tu devrais être chez toi.

— J'ai deux ou trois trucs à te dire d'abord.

Il avait comme une idée que c'étaient des « trucs » qu'il ne voulait pas entendre.

— Paige, il est tard et…

— Depuis quand l'heure tardive serait-elle un problème pour toi ? Tu n'es pas un gros dormeur. Et moi non plus.

En cet instant, il voulait bien être n'importe quoi qui serait susceptible de la faire partir de chez lui.

— Tu es trempée.

— Alors il vaut mieux que je sois au sec chez toi que dehors sous la pluie.

Elle jeta son sac dans le fauteuil le plus proche et retira ses escarpins.

— Tu sais ce qui me rend folle ?

Il ouvrit la bouche pour dire quelque chose puis comprit qu'elle n'attendait pas de réponse.

C'était un monologue qui se préparait et il était censé la fermer et écouter. Il se tut, donc, et décida de laisser passer l'orage. Celui qui était sur le point de se déchaîner dans son appartement. Pas celui qui faisait rage à l'extérieur. Il observa Paige, sur ses gardes, alors qu'elle se dirigeait vers la cloison de verre qui lui offrait une vue enviable sur Manhattan.

— Etre protégée… Etre protégée me rend folle. Je croyais que c'était un aspect de moi que tu avais intégré.

Ses vêtements mouillés lui collaient à la peau, dessinant les courbes toniques d'un corps très joliment sculpté. Comment la vision de ses pieds nus pouvait-elle être plus excitante encore que celle de ses escarpins à talons hauts ?

Derrière elle, à travers la vitre, il voyait les éclairs se

succéder, labourant le ciel d'une lumière psychédélique qui donnait à la ville entière une présence presque irréelle.

L'orage était comme un miroir tendu à la colère de Paige, à l'atmosphère électrique qui régnait dans l'appartement.

— J'ai passé toute mon enfance à être surprotégée. Au collège, pendant les cours d'EPS, les profs me demandaient toujours comment je me sentais, si je n'étais pas essoufflée, si ça ne me fatiguait pas trop.

Elle se mit à faire les cent pas, la plante de ses pieds nus claquant sur le parquet avec un son étouffé, rythmant le débit de ses phrases.

— Les profs organisaient des réunions spéciales pour aborder mon cas, et si un nouvel enseignant arrivait, il était aussitôt informé. « Voici Paige, elle est malade du cœur. Il faut faire très attention à elle. Soyez vigilant. Qu'elle n'en fasse pas trop, surtout. S'il y a un problème, appelez ce numéro. » Il y avait tout un tas de règles, de consignes. Et les regards étaient rivés sur moi en permanence. Moi, tout ce que je demandais, c'était de me fondre dans la masse, d'échapper enfin à cette attention constante. Je voulais une vie comme celle des autres enfants. Pouvoir faire des conneries, essayer des trucs interdits... Mais pas moyen de passer sous le radar, bien sûr. Mes parents étaient tellement dévorés par l'angoisse à mon sujet. Je me démenais pour les protéger, leur montrer qu'ils n'avaient pas de souci à se faire. Ça me bouffait tout mon temps. Et puis il y avait les semaines et les mois que je passais à l'hosto pendant que toutes les autres filles faisaient les boutiques pour acheter des robes et aller à des fêtes. Moi, je collectionnais surtout les cicatrices sur la poitrine. Je ne savais même plus qui j'étais. J'avais plutôt l'impression d'être une maladie ambulante qu'une personne à proprement parler. Et le pire, c'est que je ne maîtrisais rien du tout.

Jake la regardait en silence. Penser à la solitude et à la peur que Paige avait endurées le terrassait. La tentation était là de l'envelopper dans du papier de soie, de l'étouffer comme sa famille l'avait toujours fait.

— A présent, je suis adulte, mais mes parents ne sont toujours pas rassurés pour autant.

Elle s'immobilisa un instant pour le regarder.

— J'ai choisi de les protéger tant que je peux parce que je sais que, quelque part, à leurs yeux, je resterai toujours une petite fille fragile et en danger. Je les appelle et je leur dis que tout va formidablement bien. Je leur cache tout ce qui pourrait les inquiéter parce qu'ils ont eu leur dose d'angoisse pour la vie et qu'ils méritent de profiter des bons moments à deux sans que je jette une ombre sur leur bonheur. Je n'ai plus besoin qu'ils veillent sur moi. Je veux vivre ma propre vie.

La façon dont elle le regardait disait clairement que cette dernière affirmation lui était destinée.

— Paige…

— C'est toujours toi qui m'as poussée à prendre des risques. Et ce n'est pas à toi de décider lesquels je peux gérer et ceux que je dois éviter. Ça, c'est *mon* choix, pas le tien.

— Tu ne devrais pas être ici.

— Et pourquoi pas ? Parce que cela pourrait être dangereux pour mon pauvre petit cœur ? L'échec, les blessures jouent un rôle moteur dans une vie. On ne peut pas vivre pleinement sans se ramasser des coups de temps en temps. Il faut vivre avec courage. C'est toi qui me l'as appris, le soir où tu es entré dans ma chambre déguisé en médecin pour m'apporter un cadeau. Mais tu as peut-être oublié.

— Je n'ai pas oublié.

La scène était restée gravée en détail dans sa mémoire.

— Tu m'as aidée à me sentir normale. Tu étais la première personne à ne pas me traiter comme si j'étais en verre. Tu me faisais rire. Tu faisais que je me sentais bien dans ma peau. En fait, je ne pensais plus à rien, sauf à toi. Et c'était plutôt rafraîchissant après mes obsessions peuplées d'hôpitaux, de chirurgiens, de salles d'opération et de cage thoracique ouverte. Tu m'as permis de me sentir de nouveau comme un être humain.

Elle émit un son entre le rire et le sanglot.

— Grâce à toi, j'ai compris que l'important, c'était de vivre le moment présent, pas de se préserver pour un futur hypothétique. J'ai décidé que je ne voulais pas me traiter ni être traitée comme une de ces tasses en porcelaine délicates que l'on sort une fois par an.

Jake se taisait et la regardait arpenter la pièce pendant qu'elle vidait son sac — un vrai tourbillon d'émotions en marche.

— Quand tu m'as donné le petit cœur en argent, j'ai décidé que je vivrais ma vie sans plus me laisser arrêter par la peur. Je t'aimais et j'étais convaincue que tes sentiments répondaient aux miens. Pourquoi sinon aurais-tu passé tant de temps dans une chambre d'hôpital à parler, à écouter, à m'apporter des petits cadeaux, à me faire rire aux éclats ? A la suite de mon opération, je suis restée quelque temps dans l'appartement de Matt, parce que j'avais encore des visites de contrôle à l'hôpital. Tu es venu me voir chez lui, tu te souviens ?

— Oui.

Il y avait des milliers de choses qu'il aurait pu dire, mais ce fut le seul mot qu'il parvint à articuler.

— Mon premier acte de courage, mon premier saut dans l'inconnu pour marquer le début de ma nouvelle vie, a été de te dire que je t'aimais. Et j'étais tellement sûre de mon fait que je me suis avancée vers toi, en tenue d'Eve. Je me suis offerte à toi et tu m'as rejetée…

La voix de Paige se brisa et il se passa la main dans les cheveux, déchiré entre le besoin de la prendre dans ses bras et celui de garder ses distances à tout prix.

— Paige, s'il te plaît…

— Ton rejet, tu ne l'as pas formulé en termes cruels. Mais ta gentillesse avec moi, ça a été plus horrible que tout. Si l'humiliation pouvait tuer, je serais morte foudroyée à cet instant précis. J'étais dégoûtée de m'être trompée à ce point. Et comme si cela ne suffisait pas que je me sois couverte de ridicule, j'avais en plus gâché notre amitié. Car après cela, notre relation n'a plus jamais été la même. Nous avions perdu quelque chose — quelque chose d'unique. Tant de fois, j'ai regretté d'avoir pris le risque de te révéler que j'étais amoureuse de toi. Car je n'avais pas seulement perdu mes rêves et ma dignité. Plus que tout, j'avais perdu notre amitié.

Elle se tut, chercha son regard. Voir les larmes briller dans les yeux de Paige le tortura avec autant de violence que les mots qu'elle venait de prononcer.

— Tu n'avais pas perdu mon…

Elle l'arrêta net.

— Après cela, nous avons commencé à nous disputer, ce qui ne nous arrivait jamais. Il y avait des jours où je me demandais si tu ne t'étais pas juré de me rendre folle, tellement tu me provoquais en permanence. Et je ne comprenais pas. Les choses auraient été plus simples, bien sûr, si tu n'avais pas été le meilleur ami de Matt, car nous ne nous serions jamais revus. Mais tu étais là. Omniprésent. Comme un rappel constant de ce qui arrive quand on prend un risque en amour et qu'on se plante. Le seul aspect positif de notre relation houleuse, c'est que je pouvais compter sur toi pour toujours me parler cash. Tu ne me ménageais pas. C'était ce que je croyais, du moins. Tu dis que je suis la personne la plus courageuse que tu connaisses, et en même temps tu te sens obligé de me préserver.

Le souffle court, elle se tut un instant.

— J'ai une question à te poser et je te préviens que je veux une réponse franche. A l'époque, à l'hôpital, quand on passait des nuits entières à se parler — tu ressentais quelque chose pour moi, oui ou non ? J'ai passé des années à penser que c'était mon cerveau tordu d'ado qui avait brodé de trompeuses illusions, mais tu avais des sentiments, toi aussi. Je ne me plantais pas tant que ça ?

— Je ne vois pas quel sens cela aurait maintenant de...

— N'élude pas ma question, Jake !

Il avait cru que les choses ne pouvaient devenir pires que ce qu'elles étaient déjà. Erreur.

Il passa le doigt sous son col de chemise.

— Tu devrais rentrer chez toi maintenant, Paige. Tu n'as rien à faire ici. Cette conversation ne mène à rien.

— Je décide moi-même *où* je vais et *ce que* je dis, et il y a très longtemps que nous aurions dû aborder ces explications. Et nous l'aurions déjà fait, d'ailleurs, si tu ne m'avais pas « protégée » en m'éloignant de toi. Car c'est bien ce qui s'est passé, n'est-ce pas ? Tu m'as repoussée pour éviter de me « faire du mal », c'est ça ?

— Tu étais encore une ado, à l'époque.

— Je ne le suis plus, maintenant. Et nous avons perdu beaucoup de temps, Jake.

Elle se dirigea vers lui, le regard déterminé, tout en jouant avec le premier bouton de sa chemise.

*Oh nom d'un chien.*

— On joue à quoi, là ? C'est la journée « Baise un ami » ?

Il avait espéré la choquer suffisamment pour la faire reculer. Mais elle ne ralentit même pas le pas.

— Peut-être. Pourquoi pas ?

— Ce n'est pas une bonne idée.

— C'est une excellente idée, au contraire. J'ai cessé de prendre des risques avec mon cœur le jour où tu m'as rejetée, Jake. Ce n'était pas une décision consciente, bien sûr. Il y a peu de temps que je m'en suis rendu compte. Mais je me suis blindée. Quelques hommes ont traversé ma vie, mais je ne me suis jamais donnée entièrement. Après ce qui s'est passé avec toi, je me suis fermée.

— C'est probablement une bonne chose.

Il s'humecta les lèvres, troublé de se rendre compte à quel point il refusait d'imaginer Paige dans les bras d'un autre homme.

— Non, ce n'est *pas* une bonne chose. Je ne veux pas arriver à la fin de ma vie pour me dire : « Je suis passée à côté de tout, mais au moins j'aurai été prudente. » C'est l'exact contraire de la philosophie que tu préconises.

— Tu devrais peut-être arrêter une fois pour toutes de suivre mes conseils philosophiques.

— C'est exactement la conclusion à laquelle je suis parvenue. D'où ma présence ici aujourd'hui.

— Tu es venue et tu as dit ce que tu avais à dire. Cash. Maintenant, il est temps de rentrer chez toi.

— C'est toi-même que tu protèges ou c'est moi ?

Elle franchit d'un pas la distance qui les séparait encore.

— Je croyais que prendre des risques était une vraie passion pour toi, Jake ?

Pas avec elle, non. Surtout pas avec elle.

Il ne passait jamais à l'action avec une femme sans réfléchir d'abord aux conséquences. Une de ses ex lui avait d'ailleurs fait remarquer sèchement qu'il avait la mentalité d'un garde du corps — il faisait d'abord le tour de toutes les sorties de secours avant de mettre un pied dans une chambre à coucher. S'il était le garde du corps de quelqu'un, c'était de lui-même. Et son instinct lui hurlait des messages d'alerte tous azimuts.

— Tu n'as aucun désir d'être là, Paige.

— Ah, parce que c'est à toi de définir la vraie nature de mon désir, peut-être ? Je sais ce que je veux ici et maintenant et je crois savoir que tu en as envie aussi. La seule question étant : as-tu le courage de sauter le pas ?

Debout face à lui, elle lui passa lentement la main sur la joue.

— Oseras-tu, Jake ?

— Non.

Luttant contre la montée d'excitation qu'il ne pourrait endiguer, il grommela une protestation :

— Je n'ai pas envie de toi, Paige. C'est clair ?

— Ah non ?

Elle sourit — et colla la main contre l'entrejambe de Jake, parcourant de la paume son érection impossible à cacher.

— Tu es sûr ?

Il ne pouvait pas parler. Les mâchoires serrées, il demeura sans bouger, livré aux sensations qu'elle faisait flamber sous ses doigts.

Se dressant sur la pointe des pieds, elle amena ses lèvres à quelques millimètres des siennes.

— Tu ne m'as pas embrassée dans l'ascenseur juste pour me changer les idées. Tu m'as embrassée parce que c'était plus fort que toi. Tes mains, ta bouche, ont dit ce que tes mots ne disaient pas. Tu t'es lâché. Enfin.

Des ondes de plaisir le traversaient par poussées, telles des traînées brûlantes. Il était consumé par une montée de désir irrépressible.

— OK, j'ai envie de toi, c'est vrai.

L'aveu monta du plus profond de lui-même.

— Mais je n'ai pas l'intention de céder pour autant.

Le sourire de Paige s'élargit.

— Alors je m'occupe de tout. Contente-toi de te laisser faire. Et si l'envie de te montrer plus actif te vient, c'est encore mieux.

Tout ce qu'il souhaitait pour Paige, c'était de la voir épanouie, sereine, joyeuse. Et il savait que s'ils avaient une aventure ensemble, il y aurait forcément de la casse tôt ou tard.

Il avait brisé pas mal de cœurs en son temps, mais s'il y en avait un auquel il refusait de toucher, c'était bien celui de Paige.

Une histoire avec lui, c'était tout le contraire de ce dont elle avait besoin. Il était incompatible par nature avec les relations saines, normales et équilibrées.

Soumis à l'ascendant sensuel qu'exerçaient les yeux bleus de Paige, il chercha fébrilement une raison, une excuse, n'importe quoi qui puisse la faire changer d'avis.

— Matt ne veut pas...

— J'aime beaucoup mon frère, mais ma vie sexuelle ne regarde que moi. Si je veux coucher avec toi, c'est mon problème. Et peut-être aussi le tien.

Elle attrapa les pans de sa chemise pour l'attirer contre elle. Ses lèvres butinaient les siennes et son haleine était tiède et douce tandis qu'elle le titillait avec la pointe de la langue.

Malgré les baisers de Paige, il se contenait, gardait tout à l'intérieur, même si l'envie le tiraillait avec violence.

— Je n'ai pas envie de te faire du mal, OK ?

— Peut-être que je t'en ferai, moi. Ou peut-être même que personne ne fera de mal à personne. C'est juste sexuel, Jake. Une seule nuit. Pour moi, c'est gérable. Pas pour toi ? Arrête de réfléchir.

Elle se rapprocha encore et les courbes de ses seins se pressèrent contre le torse de Jake.

— Je ne peux pas coucher avec la petite sœur de mon meilleur ami.

— Comment sais-tu que tu ne peux pas alors que tu n'as jamais essayé ?

Une fois qu'ils auraient franchi la ligne rouge, il n'y aurait plus moyen de revenir en arrière. Jamais.

Il savait que plus rien ne serait comme avant. Il y aurait d'autres rebondissements encore, des complications. Et pas seulement entre Paige et lui. Tout leur petit groupe d'amis en subirait l'impact. Et en même temps...

Les objections qui se pressaient dans sa tête peinaient de plus en plus à le convaincre.

Il ne se souvenait même plus très bien pourquoi il luttait avec un tel masochisme contre quelque chose dont ils avaient clairement envie l'un et l'autre.

Lentement, il baissa la tête et son regard trouva celui de Paige.

Le temps demeura en suspens. L'alchimie entre eux était si intense qu'elle semblait danser dans l'air alentour en courtes flammèches ardentes.

Il était violemment excité et le sang rugissait si fort à ses tempes qu'il n'entendait plus rien et surtout pas la voix de la raison.

— Je crois que je n'aurai pas la patience d'attendre que tu aies fini de dialoguer avec ta conscience.

Paige se dressa sur la pointe des pieds et l'embrassa. La langueur désinhibée de son baiser fit passer en lui une véritable onde de choc. Le plaisir eut raison de son self-control. Il l'attira contre lui, les sens saturés par des sensations sauvages. Les vêtements mouillés de Paige lui collaient à la peau, moulant les creux et les courbes. Il referma les mains sur sa jupe et fit remonter le tissu qui lui adhérait aux cuisses. Sous l'étoffe mouillée, il sentit enfin la nudité de la peau encore humide de pluie. Il en était déjà à un tel stade d'excitation qu'il songea à faire l'économie de la phase déshabillage pour la prendre debout contre le mur le plus proche.

Stop. Non. C'était Paige.

*Paige.*

Elle lui avait été interdite si longtemps que la nécessité de la traiter comme une fleur rare restait inscrite en lui. Ses mains hésitaient, en phase avec les désirs contradictoires qui se déchaînaient en lui. Il voulait à la fois la prendre sur-le-champ et leur donner tout le temps du monde. Il voulait dévorer avec voracité d'un côté et déguster en gourmet de l'autre. Arracher ses vêtements pour les mettre en lambeaux. Mais aussi les retirer un à un avec la plus grande délicatesse. La seule chose qui restait claire, c'est qu'il voulait tout d'elle. *Tout.*

Les mains de Paige s'activaient de même. Elle défaisait un à un les boutons de sa chemise avec des doigts habiles et sûrs qui, sans l'ombre d'une hésitation, le dévêtirent jusqu'à la taille. Repoussant le vêtement, elle laissa glisser les paumes sur ses épaules nues.

Il ferma les yeux pour mieux absorber les sensations.

— Tu es beau, chuchota-t-elle. Et fort.

Il ouvrit la bouche pour la contredire, lui rétorquer que s'il avait été réellement fort, ils n'en seraient pas là l'un et l'autre. Mais les doigts de Paige glissèrent plus bas et il en eut le souffle coupé.

— Paige...

— Chut ! Ne dis rien. Sauf si tu as l'intention d'admettre que tu as envie de moi.

Il sentit la lente caresse de ses lèvres glissant sur son visage puis le long de son cou. Et elle descendait encore et encore, promenant ses baisers, son souffle, sa langue le long de son corps, envoyant des éclairs de plaisir insensé jusque dans les ténèbres brûlantes de ses reins. Elle n'était pas pressée, de toute évidence — s'attardait même à loisir, comme si elle s'était lancée dans un parcours de dégustation.

Et elle continuait de descendre.

Toujours plus bas.

Il était tout entier tendu dans l'attente, tellement perdu dans ses sensations qu'il lui fallut un moment pour comprendre qu'elle avait déboutonné son jean. Il tenta de parler, de lui dire qu'elle ne pouvait pas faire ça, mais déjà elle le prenait entre ses lèvres, lui offrait le troublant asile de sa bouche, et le son sourd qui monta de la gorge de Jake bloqua toute protestation. Ses idées devenaient incohérentes, ses perceptions se focalisaient sur un point précis de son anatomie — les petits coups de langue habiles de Paige effaçaient ses pensées une à une. C'était l'expérience la plus érotique, la plus intime qu'il ait jamais vécue. Il s'y livra sans retenue. Au dernier moment, il eut un sursaut, conscient que s'il n'y prenait pas garde, tout se terminerait beaucoup trop vite. Il se ressaisit à temps pour prendre Paige par les épaules et la relever. Surprise, elle laissa échapper un murmure de protestation.

— Tu ne te laisseras donc pas convaincre ?

— A ton avis ?

Il passa le bras autour de sa taille et l'amena avec force contre lui, ne laissant plus aucune place au doute. Les yeux de Paige ne lui avaient jamais paru aussi immenses. Ils brillaient d'un éclat lumineux dans l'éclairage diffus.

— Jake...

Le sentiment d'urgence dans sa voix était tout ce qu'il voulait entendre.

Il porta sa main libre à sa joue et goûta la texture délicate de sa peau sous sa paume, éprouva le toucher soyeux de ses cheveux sous ses doigts.

— Patience, murmura-t-il.

— Je n'ai pas envie d'être patiente. Pas envie d'attendre.

— C'est encore meilleur de prendre son temps. Fais-moi confiance.

Il la sentit trembler dans l'anticipation de ses caresses et il pencha la tête pour prendre sa bouche. Les mille bonnes raisons qu'il avait toujours eues de ne pas toucher à Paige s'étaient évanouies dans un océan d'oubli. Il l'embrassa longuement, les mains enfouies dans ses cheveux, se délectant de leur opulence de soie mouillée. Ses pensées perdirent de nouveau de leur acuité, le monde autour d'eux s'estompa, tandis que ses sens s'imprégnaient d'odeurs, de formes, de textures : la saveur sombre du chocolat, l'éclat des fleurs tropicales, la délicatesse d'une pluie d'été…

Elle tremblait contre lui et glissa à son tour les mains dans ses cheveux. Leurs bouches se fondaient, s'épousaient, se mêlaient jusqu'à se confondre. Il n'y avait pas de tâtonnements entre eux. Pas de maladresse. Comme si leurs gestes avaient été chorégraphiés l'un pour l'autre depuis toujours. Il l'attira plus étroitement contre lui et elle laissa descendre ses mains jusque sur ses épaules, s'accrochant à lui comme si elle avait peur de le voir disparaître si elle ne le retenait pas de toutes ses forces.

Rejetant le buste en arrière, elle lui prit une main pour la placer sur son sein. Il fut bouleversé par son geste, par la rondeur délicate de sa chair, l'appel de la pointe dressée à travers ses vêtements mouillés.

Sans la lâcher des yeux, il la dévêtit, se débarrassant de tout ce qui les séparait encore l'un de l'autre, jusqu'à ce qu'il n'y ait plus rien entre eux que la caresse de l'air et l'ardeur des frissons.

Les joues de Paige rosirent.

Elle recula d'un pas et porta la main à sa poitrine.

— Ma cicatrice te dérange ? Tu me regardes fixement.

— Parce que je me suis interdit de te regarder pendant si longtemps que j'ai beaucoup de rattrapage à faire.

Il colla son front au sien.

— Tu es très belle, *tesoro mio*.

— Tu viens de me parler en italien. Tu ne le fais jamais, d'habitude.

— Mais je le fais maintenant.

Il l'embrassa. Doucement, d'abord, sur la rondeur d'une épaule, puis plus bas, couvrant ses seins de baisers avant d'encercler une pointe avec la langue. Elle gémit et enfonça de nouveau les doigts dans ses cheveux. Il aspira le mamelon entre ses lèvres, joua la gamme entière des caresses. Dans son corps montait l'ivresse d'un désir si intense qu'il en tanguait presque. Le goût de sa peau était un élixir exquis mais rien ne parvenait plus à étancher sa soif. Il lui fallait plus. Beaucoup plus. Il la voulait tout entière.

Paige gémit faiblement.

Leurs bouches se soudèrent — se fouillèrent avec une avidité désespérée.

Avec une exclamation sourde, entre triomphe et défaite, il glissa un bras sous les genoux de Paige et la souleva pour la porter dans sa chambre, laissant derrière eux une traînée de vêtements épars. Il la posa doucement sur le lit et se plaça en appui au-dessus d'elle. Elle gémit, le corps en fièvre, et s'arqua à sa rencontre.

*Paige.*

Les yeux assombris par le désir, elle noua les bras autour de son cou et son regard se voila par anticipation.

— Maintenant... Oui... Oui... S'il te plaît.

— Bientôt, mon cœur.

Il commença par l'embrasser puis s'employa à la couvrir de baisers en descendant le long de ses flancs, s'imprégnant de ses exhalaisons, éprouvant la chaleur de sa peau sous ses lèvres. Elle se tordait, suppliait, et son appel exacerbait son désir, tendait son sexe jusqu'à la douleur. Mais il différait encore, avide du plaisir de Paige, et impatient d'explorer d'abord les délices encore ignorés de son corps. D'un geste plein de révérence, il lui ouvrit les cuisses, caressa, fasciné, le creux doux entre ses jambes, le parcourut à petits coups de langue, s'enchantant de la délicatesse de nacre de ses replis secrets.

Elle ondula les hanches avec impatience, mais il la maintint clouée avec ses mains alors qu'il jouait avec son plaisir, apprenait à découvrir ce qui l'attisait — les caresses qui la faisaient gémir et celles qui lui coupaient le souffle. Il but chaque frisson, chaque cri, absorba en lui chaque sanglot en étirant jusqu'à l'extrême les fils de sa jouissance.

Puis, comme elle retombait sans force, il remonta le long de son corps, les tempes rugissantes, et sortit un préservatif de sa table de chevet.

Elle le lui prit des mains, mais l'impatience la rendait fébrile et il dut lui venir en aide. Les joues de Paige étaient empourprées, ses cheveux étalés en désordre sur l'oreiller.

— Regarde-moi, Paige.

Il marqua une pause, au bord de cette frontière ultime de l'intime. Pas parce qu'il hésitait encore mais parce qu'il voulait donner tout son poids à l'instant. Ils avaient attendu si longtemps qu'il était conscient de la portée symbolique de ce moment où tout allait basculer.

Il vint en elle avec précaution mais l'entendit malgré tout bloquer son souffle, sentit ses doigts se crisper sur ses biceps.

Il se força à s'immobiliser et à attendre qu'elle s'ajuste à lui. L'effort de volonté fut intense et il lui fallut exercer un empire presque surhumain sur lui-même. Mais il se rappela à lui-même que c'était Paige. *Paige*. Il pencha la tête pour l'embrasser et alors qu'il possédait sa bouche, il sentit sa chair céder, s'ouvrir à lui. Elle se mut doucement contre lui et il s'enfonça plus avant, la pénétrant par degrés, cherchant son accueil, jusqu'à ce que leur union soit si profonde que chaque mouvement du corps de Paige se répercutait aussitôt à l'intégralité du sien.

De nouveau, il resta sans bouger, respirant le parfum excitant de sa peau, goûtant la sensation de ses mains qui allaient et venaient dans son dos.

L'accord singulier entre leurs deux corps le surprit. Jamais il n'avait ressenti quelque chose d'équivalent. En cet instant, il n'y avait pas de frontières entre eux. Et il savait qu'elle le sentait aussi car elle lui caressa la tête et murmura son nom contre ses lèvres, son regard livré au sien.

Dans ses yeux, il lut le désir. Il lut la confiance.

Elle avait confiance en lui.

— Je te fais mal ?

— Non.

Elle effleura ses lèvres d'un baiser.

— C'est juste que tu es assez imposant... Enfin, tu vois ce que je veux dire.

— On va y aller en douceur.

Et il tint parole, même s'il dut prendre sur lui. Logé en elle, dans la gangue onctueuse, étroite et chaude, il se mut avec une lenteur qui le torturait et l'enchantait à la fois. Son rythme alangui créait des frictions délicieuses, et les gémissements répétés de Paige se muaient en lamento continu, en mélopée lancinante.

Entrelaçant ses doigts aux siens, il lui tira les bras au-dessus de la tête et la tint ainsi en fouillant longuement sa bouche, comme pour en tirer jusqu'au dernier secret.

Les cuisses de Paige s'ouvrirent et elle noua les jambes dans son dos, soulevant les hanches pour l'inviter en elle plus avant. Il lui lâcha les poignets et ses mains libérées vinrent se poser sur lui — les épaules, d'abord, puis le dos, avant de se cramponner à ses reins pour le pousser à accélérer son rythme. A travers le brouillard de ses sens déformés, il l'entendit murmurer son nom, encore et encore. Et la part défensive en lui, celle qui, depuis toujours, le protégeait des sentiments dont il ne voulait rien savoir — cette part-là se délita et partit en lambeaux. L'abandon de Paige, la douceur de sa chair, les exhalaisons de son corps défaisaient, couche après couche, la carapace protectrice qu'il avait érigée entre lui-même et le monde. Exposé, vulnérable, il se perdait un peu plus en elle à chaque assaut. Déjà, il percevait les premiers frémissements de l'orgasme de Paige — ses contractions douces qui l'enserraient dans leur spirale inéluctable. Alors qu'il cueillait son cri sur ses lèvres, il sut que, quel que puisse être le prix à payer par la suite, il n'y aurait pas de place pour les regrets.

Jamais.

# Chapitre 13

*« L'amour, c'est comme le chocolat. Sur le coup, tu te dis que c'est le bonheur, mais tu le paies généralement par la suite. »*

— *FRANKIE*

— Je ne sais plus très bien si je suis vivant ou mort. Il se pourrait bien que tu aies eu ma peau. Mais si j'avais su que ce serait aussi bon, j'aurais attendu moins longtemps avant d'envoyer balader mes considérations morales, mes principes éthiques et ma légendaire volonté de fer.

Jake avait parlé à voix basse, les yeux encore fermés. Paige fut soulagée qu'il se soit exprimé le premier car elle était à court de mots après ce qui venait de se passer.

Comment avait-elle pu penser que ce serait « juste du sexe » ?

C'était infiniment plus que cela. La grande proximité entre eux était revenue, et pas seulement à cause de leur rapprochement physique. L'intime, ce n'était pas que le sexuel, comprit-elle. C'était connaître l'autre, le comprendre. C'était oser être soi-même ensemble. Comme elle se sentait profondément elle-même avec Jake.

Il souleva les paupières et tourna la tête pour la regarder, sans doute intrigué par son silence.

Qu'attendait-il d'elle ? Probablement qu'elle lui réponde quelque chose d'enjoué ?

— On aurait dû s'y mettre il y a déjà des années. Et c'est ta faute si nous avons pris du retard, Jake Romano.

C'était tout ce qu'elle trouva à lui dire. Pas brillant.

Mais Jake dut s'en contenter, car il lui adressa un de ces sourires en coin qui, à chaque fois, lui coupaient les jambes.

— Tu aurais voulu que je couche avec la petite sœur vierge et adolescente de mon meilleur ami ? Prendre des risques, c'est une chose, ma chérie. Mais là, c'était carrément du suicide.

— Je te signale que j'ai perdu ma virginité quand j'avais…

— Chut ! Je préfère ne pas le savoir. Sinon, je pourrais être tenté de commettre un crime.

Il referma les yeux.

— Si j'avais couché avec toi quand tu étais ado, je n'aurais probablement pas survécu assez longtemps pour continuer à le faire maintenant. Ni pour méditer sur ce à côté de quoi nous serions passés.

Elle se redressa légèrement de manière à découvrir la vue. Manhattan était étalée devant eux dans toute sa gloire lumineuse.

Même s'ils étaient liés depuis des années, elle n'était presque jamais venue chez lui. Sa première visite chez Jake, elle l'avait effectuée en compagnie de Matt. Elle conservait vaguement le souvenir d'être restée à faire le pied de grue à côté de la porte pendant que son frère et Jake discutaient d'un projet d'aménagement des surfaces extérieures.

Il vivait dans un ancien entrepôt textile qui avait été savamment aménagé pour former une série de lofts de luxe incroyablement lumineux. Celui de Jake dominait tous les autres. Et la vue de chez lui, poétique la nuit et époustouflante de jour, s'étendait jusqu'au pont de Brooklyn.

En cet instant, Paige la trouvait tout particulièrement parfaite.

Ou peut-être était-ce sa vision des choses qui avait changé ? Vu du cercle enveloppant des bras de Jake, le monde apparaissait comme un lieu de pure splendeur.

— Nous avons perdu beaucoup de temps, Jake. Je vais peut-être être obligée de te tuer pour de bon.

— Si tu t'y prends lentement et que le sexe est inclus dans le processus, je suis prêt à me soumettre. Fais-moi tout ce que tu veux. Lâche-toi. Exerce ton imagination meurtrière. Enchaîne-moi. Torture-moi. Mais de préférence en utilisant ta bouche comme arme du crime. Dans ces conditions, je suis tout disposé à mourir.

Il glissa une main dans la nuque de Paige et amena son visage contre le sien.

— Mon nouveau passe-temps préféré pourrait être d'effacer toute trace de rouge à lèvres.

La bouche de Paige était si proche de la sienne qu'ils respiraient le même air. Un partage qui lui convenait à merveille.

— Le rouge à lèvres est mon addiction.

— Te le retirer pourrait bien devenir la mienne.

Ce fut à peine si Jake bougea la tête et pourtant sa bouche dévorait déjà celle de Paige en un lent baiser délibéré. Le désir se réveilla en douceur, glissant en elle et sur elle en longues vagues paresseuses.

Elle avait rêvé si longtemps de l'amour avec Jake qu'elle avait cru que la réalité lui paraîtrait plutôt pâle à côté de ses fantasmes gonflés à l'hélium des illusions. Mais, en fin de compte, c'était son imagination qui lui semblait à présent pauvre et insipide par comparaison avec le réel.

Les rêves étaient ainsi faits : tissés avec la matière première de l'espoir. Elle disait toujours qu'elle voulait saisir le moment présent. Mais si elle avait pu choisir un moment présent parmi d'autres, ça aurait été celui-ci.

Après ce long baiser, alors qu'elle n'était plus que frissons et tremblements, il roula sur le dos en l'entraînant avec lui. Elle se blottit tout contre lui.

— La vue de ton appartement est incomparable. Tu devrais vendre des billets d'entrée. Je me demande comment tu réussis à persuader tes nanas de repartir d'ici.

— C'est facile. Je ne les emmène jamais chez moi.

Surprise, elle changea de position pour le regarder.

— Jamais ?

Elle but des yeux la ligne de son profil, admirant l'oblique de ses pommettes, son nez droit comme une lame.

— Tu es la première femme que j'ai embarquée dans mon appartement.

La bouffée d'euphorie que provoqua son aveu lui donna le vertige.

— Tu ne m'as pas « embarquée ». Je suis venue tambouriner à ta porte et me suis introduite de force dans ton bunker.

Elle posa la main sur ses pectoraux, sentit le picotement des poils de son torse sur la chair sensible au creux de son bras.

— Pourquoi n'emmènes-tu jamais tes conquêtes ici ?

— Parce que je suis comme toi. J'aime bien garder le contrôle d'une situation. Etre chez l'autre me permet de repartir quand ça m'arrange.

— Dois-je comprendre que tu me trouves dominatrice ?

D'un mouvement souple et rapide, elle l'enfourcha et il sourit en posant les mains sur ses hanches.

— Si c'est ta façon d'être dominatrice, je la trouve plutôt sexy vue d'ici.

De là où elle se trouvait, la situation était plutôt pas mal non plus.

— Comment vous procédez alors ? Vous allez toujours chez la fille ?

— Je ne sais pas. Je n'arrive pas à me concentrer sur tes questions lorsque tu te tiens dans cette position.

Elle se pencha de manière à caresser lentement son torse avec ses seins.

— Et maintenant ? chuchota-t-elle contre ses lèvres. Tu te concentres mieux ?

— Mes pensées sont au point zéro. Je m'autodéclare en état de mort cérébrale.

Il l'attrapa par le cou et pressa un instant sa bouche contre la sienne.

— Vas-tu t'arrêter de parler, maintenant ?

— Ça dépendra si tu réponds ou non à ma question.

Il soupira et la laissa aller.

— Parfois je sors avec une fille et je me contente de la raccompagner chez elle. Je ne couche pas avec toutes les femmes que je croise, Paige.

— Je pensais que…

Il la coupa d'une voix que le désir rendait rauque.

— Eh bien, tu pensais mal. On peut passer une soirée avec quelqu'un sans que ça se termine nécessairement au lit.

— Tu prétends toujours le contraire quand on discute de ça.

— Il ne faut pas croire tout ce que je raconte.

— Si c'est faux, pourquoi le dire ?

— Parce que ça met Eva dans tous ses états et que j'adore la faire marcher.

Il sourit, d'un sourire qui n'appartenait qu'à lui. Du Jake tout craché. Ce sourire, songea-t-elle, était la raison pour laquelle les femmes se démenaient pour obtenir son attention. Il n'avait même pas besoin de faire l'effort de tourner la tête pour rencontrer quelqu'un : elles étaient toutes là à se bousculer sous son nez.

— C'est plutôt vicieux de ta part.

— Terriblement. Tu veux que je te montre comment je peux être vicieux, quand je veux ?

Il la fit rouler sur le dos d'un mouvement fulgurant qui la laissa à court d'air, écrasée sous son poids.

— Tu crois qu'ils peuvent nous voir, de Brooklyn ?

— Pas nous spécifiquement, mais cet immeuble, oui. J'ai grandi de l'autre côté.

Il lui picora la joue, laissa descendre ses lèvres le long du cou de Paige.

— Je passais le plus clair de mon temps à regarder Manhattan de loin et à rêver.

— Quand tu vivais chez Maria ?

— Non. Avant.

Elle caressa les muscles puissants de son dos.

— Tu m'en parlais, de cette époque, quand j'étais à l'hôpital. Tu te souviens ?

— Oui.

Il laissa passer un court silence.

— Je ne sais pas pourquoi on en était venus à discuter de ça. Je n'en parle jamais à personne, sinon. Même pas à Matt.

Submergée par un afflux de tendresse, elle le serra fort contre elle.

— Le cadre de l'hôpital est propice aux confidences. Le bip-bip des machines et les couloirs éclairés au néon créent le genre d'atmosphère intime qui vous pousse à livrer tous vos secrets.

Il rit tout bas.

— Ça doit être ça, oui.

Elle lui caressa les épaules.

— Tu étais le seul avec qui je pouvais être moi-même. Tous les autres jouaient la comédie de l'optimisme devant moi et je jouais la comédie de l'optimisme devant eux. C'était épuisant. Mais avec toi…

Elle sourit d'un air pensif.

— Toi, tu écoutais. Tu t'asseyais sur le bord de mon

lit et tu me laissais parler sans m'interrompre. Je ne sais pas si j'aurais survécu à cette dernière opération sans toi.

Les bras de Jake se resserrèrent autour d'elle.

— Bien sûr que si, tu aurais survécu. Tu es une dure à cuire, Paige.

— Tu me trouves coriace ?

— Certaines parties de toi seulement. D'autres sont très, très douces.

Un sourire lui flottait au coin des lèvres.

— Les parties importantes sont tendres... tendres comme du beurre.

Elle ferma les yeux, goûtant la caresse savante de ses doigts glissant à rebours de ses cuisses.

— Tu es un garçon infréquentable, Jake Romano.

— Je sais. C'est pour ça que je gardais mes distances avec toi.

Sa bouche prit la sienne pendant que ses doigts opéraient leur magie virtuose. Très vite, elle se mit à trembler, à gémir, à murmurer son nom. C'était comme s'il avait dérobé les formules secrètes de son plaisir et les avait mémorisées une à une. Les points d'accès, les voies de ses sens, les connexions secrètes. Il faisait usage de son savoir sans hésitation ni concession.

Elle se sentait exposée. Fragile. Livrée à lui pieds et poings liés. Et il en profitait sans merci, orchestrant son plaisir avec une patience presque implacable, jusqu'à ce que son niveau d'excitation atteigne des hauteurs tellement stratosphériques qu'elle s'attendait presque à entendre une alarme quelconque se déchaîner dans cet appartement ultramoderne.

Il la maintint au bord extrême de l'orgasme jusqu'au moment où il dut la clouer sous lui pour contenir les mouvements spasmodiques de ses hanches. Elle n'était plus que fièvre, désir et impuissance. Et lui n'attendait qu'une chose : qu'elle ne soit plus centrée que sur lui et seulement lui. Alors seulement, il la positionna sous lui et l'immobilisa sous le poids de son corps. Il fut trop tard alors pour se poser la moindre question, trop tard pour s'interroger sur sa capacité à le recevoir en elle. Ni la douceur ni la lenteur n'étaient plus proposées en option. Plus moyen de reculer devant la colonne érigée de son sexe. Il la pénétra d'un seul coup de reins, au moment précis où elle fut prête à le recevoir.

Il la remplissait tout entière ; leurs sexes s'épousaient, s'ajustaient à la perfection. Déjà les reins de Jake se soulevaient, imprimant un rythme qu'elle reprenait de ses hanches, jusqu'à ce que l'orgasme s'abatte sur eux à la manière d'un tsunami. Elle hurla, emportée par une vague si intense et prolongée qu'elle perdit un instant connaissance. Le monde s'était réduit à Jake. Il ne restait plus que lui et la conscience aiguë qu'elle avait de leurs corps noués, de leurs souffles joints, de leurs peaux collées l'une à l'autre, des spasmes de plaisir qui les soudaient.

Après cela, elle demeura parfaitement immobile et sous le choc, peinant à concevoir qu'elle ait pu vibrer, hurler et jouir avec un tel abandon.

Jake la ramena contre lui, l'installa dans ses bras et l'enveloppa de sa chaleur.

— Dors maintenant.

— Je suis trop réveillée pour fermer l'œil. Comment peut-on imaginer dormir avec une vue comme celle-ci sous les yeux ?

— Nuits blanches à Manhattan…

Il y avait un sourire dans la voix de Jake.

— Il y a quelque chose dans cette ville qui te maintient dans un état d'éveil permanent.

*Lui.*

Il était la raison pour laquelle elle gardait les yeux ouverts. Elle ne voulait pas perdre une seconde de cette nuit destinée à rester unique. Les premières lueurs du jour arriveraient bien trop vite et elle savait qu'elle devait partir avant le matin.

Jake n'invitait jamais ses conquêtes chez lui. Et il était encore moins question qu'il les garde une nuit entière.

Pour rien au monde, elle ne voulait qu'il regrette ce qui s'était passé entre eux.

Se faisant violence, elle se dégagea de son étreinte et se glissa hors du lit. Jake se dressa sur un coude et les muscles de son bras saillirent alors qu'il l'observait d'un œil ensommeillé.

— Tu vas où comme ça ?

— Je rentre chez moi.

A condition que ses jambes veuillent bien la porter jusque-là. Elle se sentait comme une funambule sur une corde raide, attentive à chaque pas alors qu'elle franchissait les portes ouvertes de la chambre pour passer dans le living et récupérer comme elle pouvait ses vêtements. Ils étaient disséminés sur le parquet comme les cailloux du Petit Poucet — jalons d'une course au trésor qui l'avait menée de la porte d'entrée jusqu'au lit.

— Merci pour cette super soirée, Jake.

— Attends, mais... Hé ! Stop ! Tu t'en vas ? C'est le milieu de la nuit — plus tard même, si ça se trouve.

Il se glissa hors du lit et la suivit, déambulant dans l'appartement avec l'élégance féline d'un grand chat sauvage.

— Tu ne peux pas filer maintenant. Reviens te coucher. C'est un ordre.

Il avait un corps de statue grecque — souple, tonique, tout en muscles affûtés et en tension virile. Comment était-elle censée s'exprimer de manière cohérente alors qu'il se promenait nu comme Apollon sous ses yeux ?

Elle enfila sa jupe en toute hâte avant d'être tentée de changer d'avis.

— Habille-toi, Jake. Je suis sûre qu'il y a au moins une

femme, là-bas en face, à Brooklyn, qui te mate à l'instant même avec son télescope.

— Son télescope ?

Son regard étincelait d'un humour ouvertement érotique.

— Tu penses que mes attributs demandent à être agrandis avec un zoom ?

— Je…

Elle repensa à sa délicatesse, aux précautions qu'il avait prises, au temps qu'il avait su lui offrir pour qu'elle s'ajuste aux dimensions de son sexe. Ses joues s'empourprèrent.

— Retourne te coucher, Romano.

Il eut un large sourire. Mais ne bougea pas d'un pouce.

— Tu es mignonne quand tu rougis.

— Toi, tu n'es pas mignon du tout, en revanche.

La façon dont il la regardait la fit vaciller alors qu'elle enfilait un escarpin, en équilibre sur un pied. Elle trébuchait, au sens premier du terme et elle trébuchait sur ses mots. Elle le connaissait depuis des années, mais c'était un autre Jake qu'elle avait sous les yeux. Un Jake sexy, dangereux comme un fauve arraché à son sommeil.

— Tu es horripilant.

— Peut-être. Mais avoue que niveau sexe, ça a été du grand art.

Elle enfila sa seconde chaussure d'un geste rageur et faillit s'étaler par terre.

— C'était juste un peu au-dessus de la moyenne.

— Ma chérie, je t'excite tellement que c'est à peine si tu es encore capable de marcher droit.

— N'importe quoi. Je marche comme d'habitude.

Il se frotta la mâchoire en scrutant les pieds de Paige. Et ne prit pas la peine de dissimuler son sourire hilare.

— Il est certain que si tu mettais le bon pied dans la bonne chaussure, ce serait déjà plus facile.

Elle lui jeta un regard noir et envoya promener ses escarpins.

— Personne n'aura jamais besoin d'un télescope pour observer ton ego. Ça au moins, c'est une certitude.

— Dis-moi pourquoi tu pars, Cendrillon.

Le cœur affolé de Paige cognait contre ses côtes.

— Parce que je respecte les termes du contrat.

— Quel contrat ? Il n'y a pas de contrat pour ce que nous venons de faire. Ce qui s'est passé cette nuit, c'était grandiose, nous sommes d'accord là-dessus, toi et moi.

Peut-être. Mais si elle ne partait pas tout de suite, elle pourrait être tentée de ne plus s'en aller *du tout*. Et elle voulait quitter les lieux avant que Jake ne soit rattrapé par les regrets.

Et avant que ses amies à Brooklyn ne se réveillent et la bombardent de questions embarrassantes. Quoique... Les connaissant, elles devaient déjà avoir compris où elle avait passé la nuit.

Et puis il y avait Matt. *Oh mince, Matt.*

Comment avait-elle pu oublier son frère ?

— Il ne faut pas qu'on le dise à Matt, Jake. Je ne veux pas qu'il le sache.

Le sourire s'évanouit sur les traits de Jake. Lui non plus n'avait pas envisagé cet aspect de la situation, comme elle le comprit à cet instant.

— Matt est mon meilleur ami. Je ne peux pas lui mentir.

— Moi aussi, je suis ton amie. Et je ne te demande pas de lui mentir. On peut juste éviter de le lui dire...

Jake resta silencieux un instant. Il était partagé, en proie à un conflit moral qui était tout sauf simple. Elle le voyait à ses lèvres serrées, à la tension qui lui durcissait les traits et lui crispait les épaules. Immobile devant Jake, elle se sentait rongée par la culpabilité à l'idée d'avoir compliqué les choses entre Matt et lui.

Elle soupira.

— C'est ma faute.

— Ouais, c'est vrai. Moi je me suis juste laissé faire.

Tu as remarqué que j'étais resté totalement passif toute la nuit ?

Il lui prit le visage entre les mains et l'embrassa avec une douceur qui l'étonna.

— Pourquoi ne veux-tu pas le dire à Matt, mon cœur ?

Ce n'était pas la première fois qu'il lui parlait en usant de mots tendres. Mais elle n'avait encore jamais perçu autant d'affection dans sa voix.

— Tu sais bien. Il est hyper-protecteur avec moi. Et il interpréterait la situation de travers. Ferait une montagne de pas grand-chose. D'ailleurs, qu'est-ce que tu voudrais qu'on lui dise ? C'était juste du sexe, l'histoire d'une seule nuit.

Au moment où elle prononça les mots à voix haute, elle se rendit compte à quel point elle était suspendue à l'espoir qu'il la contredise.

Quelque chose en elle refusait de concevoir que ces quelques heures bouleversantes qui marquaient un tournant radical dans sa vie resteraient dans leurs souvenirs à tous deux comme une expérience éphémère et non renouvelable.

Mais elle connaissait Jake. Et ne fut donc pas surprise lorsqu'il hocha la tête.

— OK. On va faire ça à ta manière.

— Merci.

Elle n'avait pas le droit de se sentir terrassée par une déception cuisante. Jake n'avait jamais fait mystère de la façon dont il concevait ses relations avec les femmes. Et elle savait, mieux que personne, pourquoi il se comportait de cette façon.

Sa mère l'avait délibérément abandonné alors qu'il n'était encore qu'un enfant.

C'était quelque chose qu'il lui était difficile d'imaginer. Elle pensa à sa propre mère, à leurs rires, leur affection partagée. Ses deux parents, d'ailleurs : elle avait toujours pu compter sur eux à 100 %. Bien sûr, il y avait eu des moments où ils l'avaient rendue folle à force de la couver de leur amour inquiet, mais elle avait conscience aussi d'être privilégiée. Jamais, pas un instant, elle n'avait douté qu'ils auraient répondu à l'appel en cas de nécessité.

Jake, en grandissant, avait pu s'appuyer sur l'amour inconditionnel de Maria. Mais même sa super *mamma* italienne n'avait pas réussi à réparer l'irréparable.

Paige s'arma d'un sourire. Elle était entrée dans le lit de Jake en pleine connaissance de cause. Et il ne lui restait plus qu'à se plier aux termes du contrat sans rechigner.

Il passa un pouce caressant sur sa lèvre inférieure puis se pencha pour l'embrasser.

— Attends-moi là.

Il revint quelques instants plus tard, en jean et T-shirt. Elle le regarda avec étonnement.

— Où tu vas comme ça ?

— Je te raccompagne.

— Tu n'as pas besoin de me raccompagner. Je n'ai aucune attente envers toi, Jake. Ce qui s'est passé cette nuit n'entraîne ni responsabilités ni engagement. Je vais franchir cette porte et nous retournerons tous les deux à nos occupations. Tu sors avec qui tu veux ; je sors avec qui je veux. Zéro complication.

Il fronça les sourcils.

— C'est censé vouloir dire quoi, ça ?

— Entre nous, c'était juste pour une nuit. Je t'ai dit que j'étais capable de gérer une aventure d'une nuit et je le maintiens. Nous reprenons nos vies là où nous les avons laissées. Tu recommences avec ton défilé de nanas, et moi je continue à voir qui je veux. Pas de souci.

Les sourcils de Jake se rapprochèrent encore.

— Parce que tu as un mec dans ta vie ? Tu sors déjà avec quelqu'un ?

Son ton s'était refroidi de façon notable et elle fut d'abord intriguée par son changement d'attitude. Jusqu'au moment où elle comprit qu'il se sentait solidaire du mec qu'elle était censée tromper en couchant avec lui.

— Mais non ! Je ne vois personne en ce moment. Tu crois que je serais ici si j'avais eu quelqu'un dans ma vie ? Je parlais de façon hypothétique.

— OK.

Le froncement de sourcils disparut. La chaleur revint dans son regard et dans sa voix.

— Enfile tes pantoufles de vair à l'endroit, Cendrillon. Je te raccompagne. Et pas de protestations.

— Je ne protesterai pas. A condition que tu prennes ta moto.

Il lui jeta un regard sceptique.

— Paige…

— Tu sais très bien qu'en temps normal, pour aller à Brooklyn à cette heure-ci, tu ne circulerais pas en voiture.

Le sourire de Jake était de retour. Ce petit sourire en coin séducteur qui la désarmait à chaque fois.

— C'est comme ça que nous, les *bad boys*, nous sillonnons la nuit urbaine. Mais ça ne veut pas dire que…

— Je veux rouler à moto cette nuit. Ça fait un moment que j'en ai envie.

Elle prit son sac.

— Et comme tu ne me protèges pas, je sais que tu diras oui. Tu as un deuxième casque ?

Il se mit à rire, disparut de nouveau et revint avec une veste en cuir et des bottes.

— Il faudra que tu enfiles ça. Si tu veux faire de la moto, tu as intérêt à porter ce que je te dis de porter. Et on ne négocie pas, compris ?

— Elle ne m'ira pas.

— Si, elle t'ira. Et avant que tu ne commences à mener l'enquête : elle appartenait à une nièce de Maria qui est venue de Sicile pour des vacances. Je lui ai fait visiter New York à moto.

Elle enfila la veste et ils se dirigèrent vers l'ascenseur. Jake lui prit la main.

— Tu préfères descendre par l'escalier ?

— Non. Je suis montée avec donc je devrais pouvoir redescendre. Il tombe souvent en panne ?

— Jamais.

Il la poussa gentiment dans la cabine.

— Et si jamais ça se produit, je te distrairai avec de savantes manœuvres sexuelles jusqu'à ce qu'il soit réparé.

— Je pourrais presque être tentée d'espérer qu'il lâche.

Jake appuya sur le bouton du niveau souterrain, puis l'attira aussitôt contre lui et l'embrassa avec une telle intensité qu'elle fut incapable de décider si les papillons dans son estomac étaient dus à l'ascenseur ou à l'excitation.

Lorsque la cabine s'immobilisa, il la lâcha à contrecœur et lui montra le chemin dans le parking. Tandis qu'elle marchait à côté de lui, elle gardait une conscience aiguë de sa présence, de ses gestes. Tout l'excitait chez lui, que ce soit la fluidité de son allure de guerrier urbain ou l'élégance avec laquelle il enfourcha sa bécane.

Elle monta derrière lui, la vue presque entièrement masquée par la largeur de ses épaules et de son dos. Jake exerça une légère pression sur le démarreur et la grosse cylindrée se mit à vrombir. Paige trouva d'emblée que l'expérience avait un caractère très érotique — mais était-ce dû à la moto en elle-même ou au fait que Jake soit aux commandes ? Le magnétisme de l'homme assis devant elle aurait rendu n'importe quel moyen de locomotion fascinant.

Elle glissa les bras autour de la taille de Jake et se trouva un instant le souffle coupé lorsque la moto donna de sa puissance et prit de la vitesse, rugissant au cœur de la nuit. Sous elle vibraient les innombrables chevaux du moteur, et la sensation était aussi inquiétante que grisante. Jake sillonna les rues secondaires, avec un contrôle parfait de sa machine et prit la direction de Lower Manhattan. Entre ses jambes, elle sentait les muscles puissants de ses cuisses ; entre ses bras, elle tenait ce corps qui avait étreint le sien toute la nuit.

A pleins poumons, elle respirait l'ensemble : l'homme avec qui elle avait fait l'amour de façon inoubliable, la fraîcheur de la nuit, les odeurs de New York juste avant l'aube. Les rues qu'ils fendaient de leur passage commençaient à peine à se réveiller. Les lumières s'allumaient aux vitrines des boulangeries et des panaches de vapeur s'échappaient des conduits d'aération des immeubles environnants, formant des petits nuages dans l'air.

Ils se dirigeaient vers le pont suspendu qui reliait Lower Manhattan à Brooklyn. Paige tourna la tête en arrière, le temps de jeter un coup d'œil sur la plus célèbre *skyline* du monde, qui scintillait comme le décor d'un cinéaste mégalomane.

Qu'y avait-il de comparable à la magie des haubans éclairés du pont de Brooklyn la nuit ?

Combien d'amoureux avaient marché sur la passerelle ? Combien de déclarations, de serments, de promesses échangées, de vœux pour l'éternité avaient été prononcés sur cet incroyable prodige d'ingénierie suspendu au-dessus des eaux du détroit ?

Un à un, les doigts fragiles de l'aube venaient trouer le tissu bleu de la nuit. L'air frais fouettait le visage de Paige alors qu'elle assistait, éblouie, à la naissance d'un nouveau jour.

Pure perfection de l'instant présent.

Elle n'avait aucune idée de ce qui arriverait par la suite, mais l'avenir ne semblait plus revêtir la moindre importance.

Le présent se suffisait à lui-même. Savoir qu'il ne se renouvellerait pas le rendait encore plus beau.

Elle poussa un hululement de joie et sentit vibrer le rire de Jake sous ses mains.

La moto fila dans les rues de Brooklyn, le long des parcs silencieux et des rues encore endormies, et finit par s'immobiliser devant la *brownstone* où elle vivait avec son frère et ses amies.

Retour à la case départ.

Cendrillon revenue du bal.

Paige descendit de moto et, debout sur le trottoir encore désert, inspira les odeurs d'un matin d'été à Brooklyn. Elle retira le casque et un rire monta du fond de sa gorge comme les bulles de champagne dans un verre.

— Merci pour le trajet. J'ai adoré !

— On va faire une vraie *bad girl* de toi.

Il lui prit le casque des mains et ses doigts s'attardèrent au contact des siens. Elle déglutit avec peine, car cette fois, c'était la fin, et les mots lui manquaient pour conclure l'expérience qu'ils venaient de vivre.

« Au revoir » paraissait bien terne.

— Je te rendrai la veste la prochaine fois qu'on se verra.

Il acquiesça d'un signe de la tête.

— Merci pour ce que tu as fait pour moi.

Dans un premier temps, elle crut qu'il la remerciait pour cette nuit de sexe. Puis elle comprit qu'il parlait de la réception.

Qui semblait remonter à une autre vie.

L'adrénaline et l'excitation étaient encore présentes en arrière-plan. Mais en ce moment, la nuit avec Jake surpassait de loin tout le reste.

Elle reprit tant bien que mal un air professionnel.

— Je crois qu'on peut dire que les objectifs ont été atteints. On fait un débrief demain avec Eva et Frankie. On t'enverra le compte rendu.

Elle avait beaucoup de mal à revenir à un mode de relation purement axé business avec Jake, alors que son corps labouré par le plaisir frissonnait encore et que son ventre fondait au souvenir de leurs corps imbriqués et haletants, soulevés par le ressac impitoyable de leurs orgasmes. Quelque chose d'incandescent dans le regard de Jake lui fit penser qu'il avait les mêmes images qu'elle en tête.

Il semblait presque inconcevable de tout arrêter là.

Si seulement il disait quelque chose de personnel.

Mais il garda le silence.

Luttant contre la déception, elle allait tourner les talons lorsqu'il glissa une main dans sa nuque et amena sa bouche contre la sienne.

Son baiser fut de feu et de braise, comme une brève reviviscence de leurs étreintes. Ce baiser fut un choc, intime, profond, échevelé. Et compromettant au possible. Si ses amies ou son frère avaient choisi de regarder par la fenêtre à ce moment-là, il n'y aurait plus eu de secret à garder.

Lentement, il détacha ses lèvres des siennes. Et sourit.

Ce sourire pénétra en elle et se propagea dans tout son corps, lui liquéfiant la peau, les muscles, les os. Elle se raccrocha au bras de Jake pour garder son équilibre.

— Pourquoi as-tu fait ça ?

— Parce que j'en avais envie.

Il lui passa un doigt sur la joue, prolongeant la caresse.

— Paige Walker, je te prédis qu'à partir de demain, ton téléphone sonnera sans relâche. Tu vas être très occupée.

— Je l'espère.

Se forçant à bouger, elle monta les quelques marches qui menaient à la porte d'entrée. Au moment où elle l'ouvrit, elle entendit le grondement de la moto. Chevauchant sa bécane, Jake était déjà loin, ne laissant derrière lui que l'écho orgueilleux de ses cylindres rugissants. Elle resta un instant debout devant la porte à le suivre des yeux et à écouter le son décroître au loin.

*C'est ça, le bonheur*, songea-t-elle. *Exactement ça.*

# Chapitre 14

*« Il n'y a rien de mieux qu'une véritable amie dans la vie, à part peut-être deux véritables amies. »*

— EVA

— C'est un petit déjeuner de fête ! Nous célébrons notre réussite, mesdames !

Eva posa des bols et des cuillères au centre de la table.

— Tout s'est super bien passé. Les gens étaient unanimes. Six personnes au moins m'ont demandé ma carte.

— Pareil pour moi.

Frankie referma le roman dans lequel elle était plongée et le posa sur la table.

— Sors le yaourt du frigo, Ev. Et pendant que tu y es, envoie aussi un Coca. Je suis tellement crevée qu'il m'en faudra bien deux litres.

Eva ouvrit le réfrigérateur et en ressortit des fruits et du yaourt. Mais elle ne toucha pas à l'empilement de canettes.

— Tu ne peux quand même pas boire ça au petit déjeuner. Je refuse d'empoisonner ma meilleure amie. Un jour, je vais mettre ton frigo en mode détox.

Elles s'étaient réunies dans la cuisine de Frankie car Eva cuisinait depuis l'aube et leur espace était entièrement réquisitionné par le résultat de ses différentes expériences culinaires. Le petit appartement de Frankie, lui, était envahi par les plançons, les rejets, les repousses. Les plantes étaient partout, alignées en rangs serrés sur les rebords de fenêtre, les étagères, le plan de travail, avec, ici et là, des carnets couverts de l'écriture nette et régulière de l'occupante des lieux.

— Si tous ces contacts se manifestent dans les jours qui viennent, on va être surbookées.

Frankie se leva et se servit de Coca, opposant une indifférence souveraine au regard désapprobateur d'Eva.

— Petite précision, Ev : mon frigo me convient tel qu'il est. C'est ma cuisine, mon vice, mon choix. Toi, tu bois du café. Où est la différence ?

— Le café est une substance naturelle.

Frankie haussa les épaules, décapsula sa canette et se rassit.

— Je ne suis pas encore remise du choc d'avoir vu Matilda avec Chase Adams.

— Ils vont super bien ensemble. Quelle classe ! Elle a trouvé son prince charmant.

Le regard rêveur, Eva prit son bol de muesli — et fit tomber le livre de Frankie de la table.

Celle-ci soupira et se pencha pour le ramasser.

— Tu ne renonces jamais, toi, en tout cas.

— A l'amour ? J'y crois, oui. Je pense qu'il existe pour tout le monde. Même pour toi. Et... *Wouah !*

Eva arracha le livre des mains de son amie pour examiner la photo en quatrième de couverture.

— Il est canon, ce mec. Oh, mon Dieu, ces *yeux* ! C'est qui ? Je le verrais bien en personnage principal dans une histoire d'amour dont je serais l'héroïne. Je crois d'ailleurs que je suis déjà amoureuse.

Elle retourna le roman côté face et le lâcha avec un petit cri.

— Berk ! C'est quoi ? Du sang ?

Stoïque, Frankie ramassa le livre pour la seconde fois.

— Penses-tu. C'est du ketchup. Le mec a juste eu un petit incident en cuisine.

— Ce n'est pas beau d'être sarcastique. Je ne sais pas comment tu peux lire ces machins glauques.

— Ces machins glauques, comme tu dis, sont des romans d'horreur et c'est mon genre littéraire favori. Lucas Blade a un talent rare pour se glisser dans ta tête et te tenir éveillée la nuit.

— Je veux bien que ce mec me tienne éveillée la nuit, mais avec autre chose que sa prose. Hé ! attends un peu… Lucas Blade, tu dis ?

Eva fronça les sourcils et reprit le roman des mains de Frankie.

— C'est lui, l'auteur ? Le type sur la photo au dos ?

— Oui, c'est lui. Et si tu refais tomber ce bouquin encore une fois, je t'éviscère.

— C'est bien lui !

D'un air triomphal, Eva rendit le volume à Frankie.

— C'est le petit-fils de Mitzy ! Vous vous souvenez que je vous ai parlé de lui ? L'écrivain reclus, Lucas Blade.

Ce fut au tour de Frankie d'ouvrir de grands yeux.

— Tu connais *Lucas Blade* ? Eva ! Mais c'est énorme. C'est un des meilleurs auteurs dans sa catégorie.

— Je vous avais dit qu'il était super connu. Je suis sûre que Mitzy serait d'accord pour vous arranger une rencontre.

L'expression de Frankie se fit absente.

— Non, merci, sans façon. J'admire ce qu'il écrit, c'est tout. Puisque c'est plus fort que toi, tu peux passer tes journées à rêver et à fantasmer des histoires d'amour. Mais ne perds pas ton temps à broder des scénarios pour moi.

Paige avait gardé le silence pendant leur échange. Frankie tourna la tête vers elle.

— Alors ? Tu es rentrée à quelle heure, finalement ? On t'a attendue jusqu'à 2 heures du matin. Puis on a renoncé et on s'est écroulées dans nos lits respectifs.

— On se disait que tu avais peut-être enfin rencontré LE mec qui te fera oublier Jake. Tu as remarqué cet homme d'affaires anglais hyper-sexy avec ses lunettes cerclées ?

Eva portait une robe d'un vert vif avec un collier-foulard turquoise.

— C'est excitant à mort, non, un homme à lunettes ? J'ai toujours envie de les leur arracher et de m'approcher de très près pour qu'ils me voient en gros plan. Sérieusement, ils me rendent dangereuse.

— Je voudrais bien savoir quand tu n'es *pas* dangereuse, toi.

Frankie frotta ses yeux ensommeillés pour en chasser la fatigue.

— Tu es vraiment obligée de porter des couleurs qui claquent de bon matin ? C'est agressif pour les yeux.

— Si mes vêtements sont gais, je suis gaie.

— Tu es *toujours* gaie, même quand il est trop tôt pour l'être. Si la fin du monde nous tombait dessus, tu trouverais encore le moyen de la voir arriver avec optimisme. Je vais t'habiller en noir de force.

Frankie bâilla à s'en décrocher la mâchoire.

— Bon, assez causé, la Femme Joyeuse. Nourris-nous donc. C'est encore ce que tu sais faire de mieux.

— Je ne fais que ça, vous nourrir. Paige a besoin de calories après tout ce qu'elle a dépensé hier soir et ce matin. Et ce mélange est délicieux. Essayez-le. J'ai ajouté de la noix de coco.

Pendant qu'Eva versait son muesli maison dans des bols, Paige eut droit à un regard entendu.

— Alors ?

— Alors quoi ? J'adore la noix de coco. Tu le sais.

Elle avait dormi moins de quatre heures durant la nuit et aurait dû se traîner dans un état semi-comateux. Au lieu de quoi elle se sentait remontée à bloc, malgré une nette sensation de tournis. Sa tête bourdonnait de souvenirs de la réception. Et de Jake. *Surtout* de Jake.

— Je ne te demande pas ton avis sur la noix de coco, je m'interroge sur l'homme qui t'a gardée éveillée jusqu'à l'aube. Celui qui a gravé ce sourire béat sur ton visage et t'a laissé des suçons dans le cou.

— Quoi ?

Paige porta la main à sa nuque.

— Où ça ?

— Tu ferais mieux de mettre un foulard si tu veux éviter les remarques.

Eva lui tendit un bol de son mélange agrémenté de myrtilles et de yaourt bio.

— Mange. Ou plutôt non : raconte-nous tout d'abord. Je suis morte de jalousie rien que de penser à toutes les calories que tu as dépensées. Combien, à ton avis ?

— Je n'en ai aucune idée.

Eva plaça sa cuillère dans sa tambouille.

— Si tu me détailles les positions que vous avez prises, je peux te donner le nombre précis de calories. Bon, bien sûr, si vous vous êtes mutuellement enduits de crème Chantilly et de chocolat fondu pour un vrai festin érotique ensuite, cela complique le calcul. Dis-moi vite avant que Matt arrive.

Paige en oublia de porter sa cuillère à sa bouche.

— Matt ? Pourquoi Matt ?

— Parce que je l'ai invité. C'est un petit déjeuner de fête.

*Mince.*

— Ev, j'aurais préféré que tu ne…

Il y eut un coup bref frappé à la porte et son frère fit son entrée.

Paige se pétrifia. Inutile de tenter de se convaincre qu'elle n'avait aucune raison de se sentir coupable.

Parce que c'était exactement ce qu'elle ressentait en ce moment précis.

Eva dénoua prestement son foulard et le lui drapa autour du cou.

— C'est bien ce que je pensais. Cette couleur est super sur toi. Je te le prête, si tu veux... Salut, Matt.

Le ton d'Eva était naturel. Détendu.

— Tu es beau comme un dieu aujourd'hui. Pantalon beige, chemise repassée avec soin. Tu t'es habillé pour faire impression. J'en conclus que tu abandonnes momentanément ta tronçonneuse et que tu as rendez-vous avec un futur client.

Paige jouait avec le foulard autour de son cou.

Elle était adulte, célibataire, et à ce titre, libre de vivre sa sexualité comme elle l'entendait. Alors pourquoi cette peur panique de dire la vérité à son frère ?

La liste des raisons était longue. En tête venait le fait que l'épisode avait peu de chances de se reproduire.

Matt inspecta les mets disposés sur la table.

— Salut, Ev. Tu as l'air plutôt en forme pour quelqu'un qui a passé la nuit à travailler... Mais j'étais invité à un petit déjeuner festif, je crois ? Où est passé le bacon ? Un p'tit déj' sans bacon est-il encore un p'tit déj'?

Eva frissonna.

— Nous avons du muesli maison, un excellent yaourt de brebis bio et des fruits frais bourrés d'antioxydants.

— C'est bien ce que je redoutais. Que faut-il faire en tant qu'individu mâle de base pour trouver de la viande rouge par ici ?

— Traîner avec quelqu'un qui n'est pas végétarien, rétorqua Eva d'un ton aigre.

Avec un large sourire, Matt se servit de muesli.

— Tu es charmante, si on fait abstraction de tes habitudes diététiques bizarres. Et tu serais encore plus charmante si tu avais du café pour accompagner ton... truc. Alors comment ça s'est passé hier ?

— Tout Manhattan ne parle plus que de nous.

Eva se leva pour verser du café dans un mug.

— Frankie peut te faire frire du bacon si tu y tiens vraiment.

— Ne t'inquiète pas. J'ingurgiterai ton machin.

Matt prit une cuillère et commença à manger.

— Donc, vous êtes contentes de votre prestation d'hier ?

Eva hocha la tête.

— Ça a marché au-delà de tout ce qu'on pouvait espérer. Je prévois que le téléphone va sonner toute la journée.

Matt attrapa son mug de café fumant.

— Alors bravo à vous trois. Jake n'est pas encore là ?

Paige tressaillit.

— Jake ?

— Je l'ai invité, oui. Eva a dit que c'était un petit déjeuner spécial pour fêter l'événement. Et c'est quand même lui qui vous a confié ce boulot.

Paige s'étrangla avec son muesli et Eva lui versa un verre d'eau.

— Ça va ? C'est à cause de la noix de coco ?

— Oui, oui ça va. La noix de coco, en effet.

Matt avait invité Jake *ce matin* ? Non. Il n'avait pas pu accepter. Impossible.

Pas après la façon dont ils avaient passé la nuit.

Elle voyait d'ici le malaise. Mais pas de panique. Jake avait forcément dû trouver un prétexte pour ne pas surgir…

— Il y a quelqu'un ici ?

La voix de Jake s'élevait dans l'entrée.

— J'ai été invité pour un super petit déjeuner, mais je ne sens aucune odeur appétissante d'œufs au bacon. Je me demandais si je m'étais trompé d'étage.

Paige laissa échapper une assiette qui roula jusqu'aux pieds de Jake.

— Ah, tiens. C'est nouveau comme technique pour mettre le couvert.

Avec un calme olympien, il se baissa pour récupérer

l'assiette, lui adressa un bref sourire et se dirigea tranquillement vers la chaise libre à l'extrémité de la table.

Paige le regarda puis détourna les yeux.

Comment pouvait-il se comporter de façon aussi *normale* ?

Frankie poussa un mug vide dans sa direction.

— Tu veux que je te serve ton café ? Comme tu es le héros du jour, tu mérites d'être traité en tant que tel.

— J'avais cru comprendre que c'était Urban Génie, le héros du jour.

Il prit une tranche de pain frais tout juste sorti du four et le huma avec un sourire sensuel.

— Ça, c'est du pain, du vrai. Il est fait maison, Ev ?

— Absolument. Au levain naturel.

— Mon préféré. Et ses saveurs s'accordent d'ailleurs particulièrement bien avec celles du bacon.

— Rêve toujours, lança Matt. Je t'ai appelé hier pour savoir si ton événement d'entreprise s'était bien passé. Mais tu avais éteint ton téléphone. J'en ai conclu que tu étais trop occupé au lit pour répondre.

Paige aurait voulu disparaître dans un trou de souris.

La situation était pire que compliquée — elle virait au cauchemar.

Elle avait été vraiment naïve de penser que ce serait gérable vis-à-vis de leur petit cercle d'amis. Les nerfs tendus à craquer, elle se prépara mentalement à la réponse de Jake. Il allait nier, bien sûr. Ce ne serait pas prudent de…

— Il y avait une femme dans mon lit, oui.

Jake leva les yeux vers Frankie qui lui servait son café et la remercia d'un sourire.

— Juste une seule ? Pas de triplées ? Elle devait être exceptionnelle pour que tu négliges ton téléphone aussi longtemps, commenta Matt avec un sourire amusé.

— Assez, oui.

— Excitante ?

*Oh punaise !*

Paige toussota.

— Euh… On est vraiment obligés d'avoir les détails ?

Elle avait tellement chaud partout qu'elle craignait de mettre le feu à sa chaise.

— Très excitante, oui. Ça a été un grand moment. Du sexe comme dans un rêve.

Jake se tourna vers elle avec un sourire insolent.

— Ça va, Paige ? Tu as l'air un peu fiévreuse, ce matin. J'espère que tu ne nous couves pas quelque chose ?

Elle couvait des envies de meurtre, en l'occurrence.

— Arrête, Jake.

Matt examina Paige à son tour, sourcils froncés.

— Jake a raison. Tu es toute rouge. Tu es sûre que tu n'as pas de la température ?

Elle coupa court :

— Mais non, je suis en pleine santé. Juste un peu crevée, c'est tout.

— C'est vrai que tu es rentrée tard, hier. J'ai frappé à votre porte pour avoir des nouvelles de votre super événement, mais aucune de vous deux n'a réagi. Il faut dire qu'Eva chantait à tue-tête dans son bain. Je pense que c'est pour ça que tu ne m'as pas entendu.

— Ça doit être ça, oui.

Paige était à la torture. Par chance, Matt n'insista pas.

— Vous avez eu des retombées d'hier soir ? Des nouveaux contacts ?

— Quelques-uns, oui. On devrait avoir des retours sous peu.

Quelque chose vint heurter sa jambe. *Jake.* Il frottait son mollet contre le sien avec des mouvements lents et sinueux qui la ramenèrent en droite ligne à leurs ébats mémorables de la nuit.

Une vague de désir se leva dans son ventre, et son cœur se mit à battre si fort qu'elle se demanda par quel miracle les autres ne semblaient pas l'entendre.

A quel jeu jouait-il ?

Matt reposa son café.

— Ce soir, c'est cinéma en terrasse. J'ai invité quelques amis. Vous pouvez venir aussi, si vous voulez.

Frankie parut intéressée.

— Quel genre de films ? Du sentimental qui dégouline ou de l'hémoglobine ?

— Il y aura des victimes en grand nombre. Avec abondance de sang et de viscères.

Frankie n'hésita pas.

— Comptez sur moi. Je réserve une place au premier rang.

Eva frissonna d'horreur.

— Ce sera sans moi. Un jour, je vous attacherai de force sur vos chaises et je vous torturerai à coups de films soft. On ne pourrait pas faire un marathon de films *feelgood* ?

— Pas tant que je serai en vie.

Matt sourit.

— Tu seras des nôtres, Jake ?

Ce dernier laissa passer un temps de silence avant de répondre, comme s'il avait été perdu dans ses pensées.

— Non, pas ce soir. J'ai déjà d'autres projets.

Matt se beurra une tartine.

— Je parie qu'ils sont féminins, tes projets.

— Pari gagné.

Le moral de Paige plongea. Accepter que la nuit qu'ils venaient de passer reste un épisode unique était une chose. Mais de là à s'entendre annoncer les détails concernant la fille suivante à peine quelques heures après…

Si Jake avait quelqu'un dans sa vie en ce moment, elle n'avait aucune envie de le savoir.

La curiosité de Matt semblait aiguisée, en revanche.

— Avec la même femme que cette nuit ?

— La même oui, confirma Jake, toujours très relax.

*La même femme ?*

Les doigts de Paige se crispèrent sur sa cuillère. Elle chercha le regard de Jake mais il ne tourna pas les yeux dans sa direction. Il continuait de manger avec une décontraction totale, comme s'il ne venait pas de déposer une bombe au beau milieu de la table de cuisine de Frankie.

Fixant le contenu de son bol, Paige se repassa les mots dans sa tête, pour être bien sûre qu'il n'y avait pas de malentendu possible.

Jake voulait la revoir.

Un souffle — non, un vrai vent de bonheur se leva en elle. Portant sur ses ailes un millier de questions.

*Quand ? Comment ? Pourquoi ?* A quel moment avait-il décidé que ce ne serait pas, tout compte fait, l'histoire d'une seule nuit ?

Matt termina son petit déjeuner et se leva.

— Je file. J'ai un rendez-vous à l'autre bout de la ville.

Il s'immobilisa avant de passer la porte et se retourna vers Paige.

— Toi, reste un peu tranquille, aujourd'hui. Tu t'es couchée vraiment tard hier.

— Je peux supporter de faire une nuit courte ici ou là, Matt.

— Je sais. Mais essaie de lever un peu le pied quand même.

Il laissa courir un dernier regard sur elle.

— Et je suis d'accord avec Ev. Ce foulard te va vraiment bien.

Jake termina son café et se leva aussi.

— Attends-moi, Matt. Je pars avec toi. J'ai pas mal de trucs à faire au bureau ce matin. Merci de m'avoir nourri, Ev.

Il se pencha pour poser une bise amicale sur la joue de celle-ci et quitta l'appartement en compagnie de Matt.

Eva s'effondra sur sa chaise en faisant mine de s'éventer.

— Ouf ! Je vais être obligée de t'offrir mon nouveau

foulard, maintenant. Et il me faudra un système nerveux entièrement remis à neuf, surtout. Je ne suis pas faite pour résister à une telle tension dramatique.

— Tu rigoles ?

Frankie se leva pour desservir.

— La tension dramatique, tu baignes dedans en permanence. Tu pourrais épouser le Drame et lui faire des enfants que vous baptiseriez Crise et Panique — quelle belle petite famille vous feriez.

— Mais elle avait un suçon dans le cou, Frankie ! Il a bien fallu que quelqu'un lui sauve la mise. Je trouve que j'ai fait preuve d'un sang-froid étonnant.

Frankie secoua la tête.

— D'accord, tu as caché le suçon, mais quand elle est devenue rouge comme une tomate, tu n'as rien trouvé pour détourner l'attention de Matt.

Paige se leva et dénoua le foulard.

— Tiens, je te le rends. Merci pour ce sauvetage *in extremis.*

— Garde-le. Il est à toi. C'est vrai que la couleur t'allait bien. Jusqu'au moment où ton visage a pris une teinte bordeaux soutenue — là, ça a été un peu moins heureux. De toute façon, je ne pourrais plus remettre ce foulard sans l'associer à l'anxiété et au stress.

Avant que Paige puisse s'éclipser, Eva la fit rasseoir de force.

— Tu ne bouges pas d'ici avant de nous avoir raconté de A à Z la nuit que tu viens de passer avec Jake.

Paige se pétrifia.

— Qu'est-ce qui te fait penser que c'était Jake ?

— Pfff... Facile. Ta tête lorsque Matt a débarqué ici. Puis de nouveau ta tête lorsque Jake est entré à son tour. Ensuite nous avons eu les délicieux sous-entendus de Jake, plus *bad boy* que jamais. Sans compter que j'ai entendu la moto, confessa Eva. Alors, avec ma saine curiosité naturelle…

Frankie empila les assiettes dans l'évier.

— Je traduis : « Etant une incurable fouineuse qui met son nez partout. »

— Pas du tout, non. Je suis observatrice et je porte un intérêt affectueux à mes proches, c'est tout. Bref, j'ai couru dans le living et j'ai jeté un coup d'œil en bas à travers une fente dans les volets. Et je l'ai vu t'embrasser. Super baiser, entre parenthèses. J'ai adoré la façon dont il a amené ton visage contre le sien. Le geste était à la fois impétueux et romantique. C'était magnifique.

— Tu nous as vus en train de nous *embrasser* ?

— C'était mon jour de chance. Puisque je n'ai pas le droit de regarder des comédies sentimentales et que je n'ai plus de vie amoureuse, il faut bien que je me fasse plaisir par procuration. La moindre des choses que tu puisses faire pour moi, c'est de m'autoriser à jeter un petit coup d'œil en douce. A quoi servent les amies, sinon ? Toi aussi, c'était ton jour de chance, d'après ce que j'ai vu. Jake est apparemment aussi doué pour embrasser que pour le reste.

Paige se tassa au fond de sa chaise.

— Ça ne fait pas trop bizarre ?

— Toi et Jake ? C'est à toi de nous le dire. D'après le peu que j'ai vu, ça avait l'air… très chaud, très passionné et très sexe. Ça ne m'a pas paru spécialement étrange.

— Je veux dire bizarre parce qu'il fait partie de notre petit groupe. Les amis et le sexe, ça ne se mélange pas, si ?

Eva haussa les épaules.

— Ça peut, si. Il y a déjà eu des cas célèbres. Tiens, prends *Quand Harry rencontre Sally*, par exemple, mon film favori…

Frankie l'arrêta d'un geste.

— Stop. La vie, ce n'est pas du cinéma, Eva. Jake et Paige ensemble, ça fait bizarre, mais pas parce qu'ils sont amis.

Elle prit le mug vide laissé par Matt.

— Ce qui me fait tout drôle, c'est que vous n'aviez pas l'air de vous apprécier tant que ça, Jake et toi. Et après le baiser dans l'ascenseur, il t'a dit clairement qu'il n'était pas intéressé.

Paige rougit.

— Finalement si, il l'était. Mais il voulait me protéger.

— De quoi ?

— C'est évident, non ?

Eva goba une myrtille.

— Il la protégeait contre lui-même. Il ne veut pas faire de mal à Paige. C'est incroyablement romanesque, comme attitude.

Paige resta en suspens. Mais comment Eva avait-elle pu saisir immédiatement quelque chose qu'elle-même avait mis aussi longtemps à repérer ?

— Ce n'est pas « romanesque », corrigea-t-elle. C'est irritant au possible. Je pensais que je pouvais compter sur lui pour ne pas me traiter comme une poupée en porcelaine. Et maintenant j'apprends qu'il m'a protégée depuis le début. J'aurais préféré qu'il me dise les choses clairement.

— Mais non. Si tu avais su, tu te serais mise en colère. Tu te butes dès que les gens veulent t'aider… Je comprends tout à fait, bien sûr, se hâta de préciser Eva. Mais tu es un peu butée quand même.

— Je ne suis absolument pas butée !

Paige se tourna vers Frankie.

— Tu trouves que je suis butée, toi ?

Frankie casa le yaourt au réfrigérateur.

— Oui, tu es butée. Têtue comme une mule, même. Tu préférerais te casser un bras et une jambe plutôt que d'accepter de l'aide. Ça ne facilite pas toujours les choses quand on veut te donner un coup de main.

— Je n'ai pas besoin d'aide.

— *Tout le monde* a besoin d'aide, Paige ! C'est le sens

même de la vie d'aider et d'être aidé. L'idée, ce n'est pas de toujours tout faire tout seul. Nous sommes humains, donc interdépendants. Se faire aider, ça ne veut pas dire être surprotégé. Si on ne t'avait pas forcée à aller voir Jake pour lui demander un coup de pouce, il n'y aurait pas eu ce qui s'est passé hier soir.

— Il aurait peut-être mieux valu qu'il ne se passe rien hier soir.

— Euh, Paige... Je parlais de l'événement, précisa lentement Frankie.

Paige sentit son visage s'empourprer.

— Ah. On ne sait toujours pas si ça a donné quelque chose, d'ailleurs. Le téléphone n'a toujours pas sonné.

— Ça va venir. Et réseauter, c'est aussi du business.

— Super. Je suis à fond dans le *networking*, alors.

Frankie referma le réfrigérateur.

— Et pour le reste ? Qu'est-ce que ça va donner ?

Paige lui jeta un regard prudent.

— On parle toujours d'Urban Génie, là ?

— Non, nous parlons de ta vie sexuelle, intervint Eva, clairement morte de curiosité. Ce n'était pas l'histoire d'une seule nuit. Tu l'as entendu. Il veut te revoir. Et dès ce soir, en plus.

— Je sais.

Un frisson d'excitation la parcourut à cette seule pensée. Elle tenta de maîtriser sa libido en émoi.

— Et c'est la partie du scénario à laquelle je ne comprends plus rien du tout. Quand nous nous sommes quittés au matin, il n'a pas proposé qu'on se revoie.

Avec un haussement d'épaules, Frankie prit une éponge pour essuyer la table.

— Il faut croire qu'il a changé d'avis entre-temps. Le magnétisme entre vous est presque palpable. La seule raison pour laquelle Matt n'a pas encore pris un électrochoc malgré toutes les impulsions électriques qui circulent dans cette pièce, c'est qu'il ne conçoit même pas qu'il puisse se passer quelque chose entre vous. Mais il va finir par ouvrir les yeux à un moment ou à un autre, Paige. Et quand ça arrivera, il sera malheureux d'apprendre que vous avez vécu cette histoire dans son dos. Et toi tu t'en voudras de lui avoir infligé ça. Je n'ai pas envie de vous voir vous faire du mal, Matt et toi.

— Qu'est-ce que je pourrais lui dire ? Il n'y a rien à raconter. Impossible de lui expliquer ce qui se passe, pour la bonne et simple raison que je ne sais pas moi-même ce qu'il en est.

Le regard d'Eva allait de l'une à l'autre.

— Paige n'a pas tort sur ce point. Si elle dit que c'est juste sexuel, Matt foncera chez Jake pour lui casser la figure. Sauf que Jake va se défendre et que ça pourrait tourner au massacre. Je n'aime pas la violence, donc je suis d'accord avec Paige : la situation est complexe.

— C'est pour ça que je préfère fréquenter les fleurs et les plantes.

Frankie balança l'éponge dans l'évier.

— Si vous en avez terminé avec la rubrique contes de fées, toutes les deux, je vous propose qu'on se bouge d'ici et qu'on file au bureau. Même si on a fini de bosser pour Jake, on a encore de quoi faire. Nous avons une entreprise à faire tourner, au cas où vous l'auriez oublié.

Eva resta vissée sur sa chaise.

— On y va dans cinq minutes. Mais il nous faut d'abord quelques détails.

Frankie roula les yeux.

— Je m'en passe, moi, des détails.

Mais Eva était catégorique.

— Moi, non. Je veux le récit complet de la nuit, en partant de la fin, au moment où il t'a attirée contre lui et que vos bouches se sont mêlées comme s'il voulait te dévorer toute crue, là, à même le trottoir. Allez, pas de secrets entre nous, Paige. C'est le moins que tu puisses faire. Tu me dois bien ça en échange du foulard que tu as autour du cou. Et surtout pour compenser la rupture de mes cordes vocales. J'ai dû chanter comme la Castafiore dans mon bain pour ne pas être obligée d'aller ouvrir à Matt et lui expliquer que sa petite sœur avait découché.

# Chapitre 15

*« Pour que ton rêve devienne réalité, commence déjà par te réveiller. »*

— *Paige*

Le téléphone sonna sans relâche.

Elles étaient au bureau depuis une heure à peine et déjà elles avaient décroché six nouveaux clients. Tous voulaient des événements ainsi que des prestations de conciergerie diverses et variées.

— Adieu, doux sommeil, grogna Eva. Adieu, santé mentale.

— Adieu les soucis d'argent, rétorqua Frankie, l'esprit toujours aussi pratique. On va avoir besoin d'aide. Nous ne sommes que trois et on va être débordées très vite.

Paige en avait le vertige. Elle avait eu tort de penser qu'elle serait incapable de se concentrer sur son travail aujourd'hui. Les appels se succédaient et l'excitation était à son comble.

— C'est notre agence. Vous vous rendez compte ? *Notre* agence, et ça marche. Nous décidons nous-mêmes à qui nous disons oui et à qui nous disons non.

— Nous disons oui à tout, trancha Eva d'un ton ferme. Leurs désirs ne sont pas simplement nos ordres. Ils sont aussi nos sources de revenus.

Voir leur activité décoller enfin donnait à Paige un grand coup de boost. Et comme elles ne savaient plus où donner de la tête, elle avait autre chose à faire que de penser à Jake.

Il lui avait laissé entendre qu'il voulait la revoir le soir même, mais comment les choses allaient-elles se dérouler ? Comptait-il l'appeler ? Ou était-elle censée reprendre contact avec lui ?

C'était juste une affaire de détails, bien sûr. Mais le simple fait d'y penser lui donnait des palpitations.

— On va être obligées de sous-traiter. Il est trop tôt pour embaucher et prendre le risque de voir nos charges s'envoler. Je ne veux pas être obligée de licencier, si jamais c'était juste une flambée d'activité temporaire.

C'était Jake qui lui avait appris ça. Rester prudente dans ses décisions. Ne jamais se précipiter.

— On commence déjà par s'asseoir et par faire le point ?

Le téléphone sonna avant qu'elles aient pu poser leurs fesses sur une chaise. Paige secoua la tête en riant.

— C'est de la folie.

Frankie écarta deux doigts pour former le V de la victoire.

— Mais de la folie positive. Bientôt on va pouvoir racheter Star Events et virer Cynthia.

Paige prit la communication. La jeune chef d'entreprise qui voulait organiser une *baby shower* souhaitait aussi trouver quelqu'un pour promener son chien, sans oublier un panier cadeau pour sa collaboratrice qui partait en congé de maternité.

— Parlez-moi d'elle, un peu. Vous connaissez ses goûts ? Les activités qu'elle apprécie ?

Tout en conversant au téléphone, Paige créa un nouveau fichier, prit des notes et proposa quelques idées.

— Très bien. Nous reviendrons vers vous avec une liste de suggestions. Vous n'aurez qu'à cocher celles qui vous conviennent et nous nous occuperons du reste.

Elle mit fin à la conversation et transféra la liste à Eva.

— C'est pour toi, ce coup-là. Tu vas pouvoir courir les magasins tout ton soûl.

— Je rêve ou je vais être payée pour traîner chez Bloomingdale's ? Trop cool ! Vous ai-je déjà dit que j'adorais bosser avec vous, les filles ?

Eva passa la liste en revue.

— Je pense que je risque de changer la marque de la bougie parfumée. Et de choisir d'autres essences. Il faut faire attention à ce qu'inhalent les femmes enceintes.

— C'est bien pour ça que tu es désignée d'office pour ce job. Fais ce qu'il faut pour que cette femme nous recommande à ses amies. Maintenant, je voudrais qu'on parle de…

Paige s'interrompit lorsque son téléphone sonna en même temps que celui de Frankie.

— … ou peut-être qu'on ne parlera pas aujourd'hui, tout compte fait.

Elle prit son appel et Frankie se leva et sortit dans le couloir pour discuter couleurs, feuillages et pétales avec la personne qu'elle avait en ligne.

— Oui, tout à fait. Un service de conciergerie est proposé à tous nos clients, expliqua Paige à son interlocutrice. Une liste d'attente, vous dites ?

Son regard croisa celui d'Eva et elle sourit.

— Vous avez de la chance. Nous avons quelques disponibilités en ce moment. Je peux faire un saut jusqu'à vos bureaux pour que nous fassions un petit point sur vos besoins ? Je suis certaine qu'Urban Génie pourra vous proposer des solutions appropriées.

A la fin de l'entretien, elle avait un brief pour une session de formation *corporate* et la promesse d'un gros lancement de produit pour l'automne.

Eva rayonnait.

— Vous y croyez, vous ? Tout le monde ne jure plus

que par Urban Génie ! Il ne nous reste plus qu'à essayer de coordonner tout ça et de ne pas nous planter en beauté.

— On ne se plantera pas, décréta Paige tout en mettant son agenda à jour. Mais je commence à me dire qu'il aurait mieux valu que je dorme un peu plus de quatre heures cette nuit.

Son téléphone émit un signal et elle consulta ses textos. C'était Jake.

Mon bureau. Tout de suite. Débrief.

Une vague de désir roula dans son ventre. Elle se leva.

— Nous finirons plus tard. Jake veut me voir pour le débrief. Et il me reste peu de temps avant mon rendez-vous sur la Cinquième Avenue. Ça va être la course.

Elle attrapa son sac juste au moment où Frankie réintégrait le bureau.

— Alors, Frankie ?

— Une future mariée qui assistait à l'événement d'hier et qui a adoré le design floral. Elle voudrait quelque chose du même style pour son mariage.

Eva cligna des yeux.

— Elle veut un échafaudage pour son mariage ? C'est quoi, son thème ? *Prison Break* ? Pas top, quand même, pour une entrée en vie conjugale.

— Elle veut un kiosque, espèce de bouffonne, grommela Frankie en prenant des notes. Et elle projette de faire son entrée en foulant un lit de pétales de roses.

— Tu viens de me traiter de bouffonne ? C'est du harcèlement verbal. Je vais signaler ton comportement aux représentants du personnel. Et il faudra quand même prévenir ta mariée que les pétales de rose, ça peut glisser comme une patinoire, surtout en cas de pluie. Si tu préfères ne rien lui dire, appelle quand même l'hôpital le plus proche pour être sûre qu'un chirurgien orthopédiste se tienne prêt à intervenir en urgence.

Le téléphone sonna encore et Paige tourna vers ses amies un regard où l'excitation se mêlait à l'incrédulité.

— Il faut qu'on trouve un moyen de centraliser les appels pour qu'on soit informées toutes les trois de ce qui se passe.

— Toi, tu es toujours au courant de tout. Les détails, c'est ta spécialité… Bon, cette fois, c'est moi qui réponds.

Eva prit le téléphone et chantonna avec un sourire dans la voix :

— Bonjour, vous êtes bien chez Urban Génie. Vos désirs sont nos ordres.

Son sourire se figea alors qu'elle écoutait son interlocuteur préciser sa demande.

— Ah, non… Pas ce genre de désirs-là. Nous ne fournissons pas ce type de prestation, monsieur.

Elle raccrocha, les joues en feu.

— Eh bien…

Frankie la regarda dans une posture d'attente.

— Alors ? Qu'est-ce qu'il t'a dit ?

Eva fronça les narines.

— Je n'ose même pas vous répéter ce qu'il voulait qu'on lui fasse. Et n'en parlez pas à Jake, surtout. Ça le ferait ricaner. Il nous avait prévenues que notre slogan « Vos désirs sont nos ordres » allait nous créer des complications.

Paige glissa son ordinateur portable dans sa housse.

Des complications, elle en voyait venir aussi sur le plan personnel. Et cela ne faisait que commencer. Comment avait-elle pu penser que passer une nuit entière à faire l'amour avec Jake serait sans conséquence ?

Tout en s'interrogeant sur la suite des événements, elle se dirigea vers le bureau de Jake et l'observa à travers la paroi vitrée. Son téléphone collé à l'oreille, il allait et venait comme un fauve aux aguets, avec cette virilité rugueuse, inimitable, dont la seule vue lui sciait les jambes. Il suffisait de le regarder pour comprendre pourquoi les femmes se pressaient toujours en masse autour de Jake Romano.

Il se retourna et la vit qui l'observait.

— Bon, il faut que je vous laisse. Je vous recontacterai plus tard.

Sans attendre la réponse de son interlocuteur, il mit fin à la communication et lui fit signe d'entrer.

— OK, Paige. Nous avons le choix.

Son ton était très pro et elle se força à réprimer ses pensées indécentes et à lui répondre dans le même registre.

— Quel choix ?

Il cala une hanche contre le coin de son bureau.

— On peut faire l'amour ici tout de suite. Ou chez moi, mais cela nous obligerait à reporter d'un bon quart d'heure, le temps du trajet. Je suis d'un naturel assez impatient. Lorsque je veux quelque chose, je fais en sorte de l'obtenir tout de suite. Je ne suis pas très partisan des gratifications différées.

— Je… je croyais que tu voulais un débriefing.

Son cerveau mit un moment à s'adapter au changement de registre.

— Tu me demandes de choisir si je veux ou non refaire l'amour avec toi ?

— Non. Nous refaisons l'amour. Je te laisse juste le choix du lieu. Ici, de préférence.

Le son qui monta de la gorge de Paige hésitait entre le rire de joie et le hoquet de surprise incrédule.

— Euh… Jake ? Tu te rappelles que tu as un bureau entièrement vitré ?

— C'est un fait.

Une nuance d'impatience lui durcit la voix.

— Un choix de design regrettable. Il faudra donc que ce soit chez moi. Dans un quart d'heure ?

Une onde de choc la traversa. Son trouble lui coupait les jambes.

— J'ai un rendez-vous professionnel.

— Déplace-le.

— Ah non, pas question, Jake ! Il s'agit de mon gagne-pain et grâce à toi, le téléphone commence enfin à sonner.

— Je n'aurais jamais dû te laisser organiser cet événement.

Il se passa la main dans la nuque.

— Bon, OK. Va à ton rendez-vous mais tu fonces chez moi tout de suite après. Interdiction de passer d'abord chez toi.

Elle en avait le souffle coupé.

— Mais si je dois te rejoindre chez toi, je vais vouloir me changer et...

— Quels que soient les vêtements que tu porteras, je te les arracherai. Et pour le maquillage, même combat. Je n'en ferai qu'une bouchée, de ton rouge à lèvres, alors inutile de perdre du temps à t'en tartiner.

Le cœur de Paige battait de façon assourdissante. C'était *Jake*. Jake qui lui parlait comme à une femme. Il n'était plus du tout dans la retenue. Ne la protégeait plus de son désir.

— J'avais cru comprendre qu'on ne renouvellerait pas l'expérience.

Elle était partagée entre l'euphorie et la confusion.

Elle tenta de se reprendre :

— Ça a été un grand moment entre nous, Jake. Une nuit magnifique. Mais nous étions tombés d'accord pour ne pas appuyer sur la touche « Replay ».

— *Tu* étais tombée d'accord avec toi-même. Je ne me souviens pas d'avoir émis une quelconque opinion.

— Il me semblait que c'était ce que tu voulais.

— Non, ce n'est pas ce que je veux. Je me suis fait violence pour te protéger de mes vilaines pattes libidineuses pendant des années. Maintenant que j'ai goûté au fruit défendu, je récidive.

Le cœur de Paige accéléra encore sa danse.

— Alors…

— Alors, c'est réglé. Je te revois tout à l'heure. Dès que tu sortiras de ton rendez-vous.

La tête bourdonnante, elle se détourna pour quitter le bureau.

— Au fait, Paige ?

Elle s'immobilisa juste avant de franchir la porte.

— Oui ?

— Personne d'autre.

— Pardon ?

— Tu as dit qu'on restait libres tous les deux, qu'on pouvait coucher avec qui on voulait. Pour ma part, quand je suis avec quelqu'un, je suis avec quelqu'un. On fait dans le plat unique. Et on oublie les à-côtés.

Elle s'aperçut qu'elle avait retenu son souffle.

— J'ignorais que tu avais ce côté possessif.

Il se fourra les mains dans les poches et haussa les épaules avec un sourire doux-amer.

— Nous ne savons pas tout l'un de l'autre. Il y a certains domaines dans lesquels je ne suis pas très partageur. Celui-ci en fait partie.

— OK, ça marche pour moi.

Elle aurait pu lui répondre qu'il n'avait aucun souci à se faire. Non seulement l'idée ne lui aurait pas traversé l'esprit de multiplier les partenaires, mais sa vie amoureuse était plus proche de la diète basses calories que du festin.

— En attendant, je file à mon rendez-vous, annonça-t-elle d'une voix rauque. A tout à l'heure chez toi, Jake.

Le vendredi suivant, Jake passa au Romano's pour embrasser Maria et découvrit Paige à leur table habituelle près de la fenêtre, en grande discussion avec Frankie et Eva.

Il avait trois filles sous les yeux mais il n'en voyait

qu'une. Le soleil de fin d'après-midi jouait dans ses cheveux chocolat et elle riait de ce grand rire généreux qui donnait envie à Jake de sourire à la vie à son tour.

Il venait juste de rentrer de San Francisco où il avait été retenu pendant deux jours pour régler des problèmes professionnels urgents. Pendant toute la durée du séjour, Paige avait occupé ses pensées. Et flingué sa concentration. Il s'était surpris à faire répéter ses interlocuteurs à plusieurs reprises. Et le problème ne venait pas de son audition.

Pendant des années, il avait réussi l'exploit de ne pas poser les mains sur elle. Et il se demandait à présent comment il avait pu atteindre ces sommets d'abnégation.

C'était un miracle qu'il ne se soit pas fait exploser les neurones à force de lutter contre lui-même.

Il voulait l'embarquer sous le bras, en mode Neandertal, et la jeter sur le lit le plus proche pour rattraper les années perdues. Même s'ils avaient déjà consacré tout leur temps libre durant la semaine écoulée à une intense activité de « rattrapage ».

— Hé, Jake !

Matt se leva et Jake s'aperçut avec un sursaut de culpabilité qu'il n'avait même pas noté la présence de son meilleur ami.

Paige avait monopolisé son champ de vision.

Il était sur le point d'entamer une conversation avec Matt lorsque Maria sortit de la cuisine et lui ouvrit grand les bras.

— Jake !

L'affection de sa mère avait toujours été démonstrative. Elle le serrait contre elle avec effusion au moment où Paige tourna la tête et découvrit sa présence.

Leurs regards se trouvèrent, s'attardèrent un instant. Puis elle reporta son attention sur ses deux amies.

La façon dont elle lui souriait avait changé, songea-t-il.

Tous leurs échanges, même les plus insignifiants, se teintaient de nuances plus subtiles, se coloraient d'un discret parfum d'intimité.

Maria lui jeta un regard interrogateur.

— Tu te joins à tes amis ou tu attends ta nouvelle conquête ? Matt m'a dit que tu voyais quelqu'un.

Il n'aurait pas dû faire cette confidence à Matt. Il regrettait tout autant que Paige s'obstine à refuser de parler à son frère du changement survenu dans leur relation.

Alors qu'une part de lui-même était déterminée à la persuader de changer d'avis, une autre partie de lui était en proie aux doutes. Comment Matt réagirait-il en apprenant la nouvelle ? Son ami lui avait quand même fait jurer, dans le temps, de ne *jamais* toucher à sa sœur.

Mais cette promesse imprudente remontait à une décennie ou presque. A l'époque, Paige n'était encore qu'une ado, et gravement malade, en plus. Rien à voir avec la situation d'aujourd'hui.

— Non, je n'attends personne ce soir.

Et le quelqu'un qu'il « voyait » était juste là sous ses yeux.

Il se dirigea vers la table et s'octroya la place libre à côté de Paige, surpris de sentir son humeur s'alléger sur-le-champ.

Etre avec elle, cela dit, lui faisait toujours cet effet.

Ils se poussèrent pour lui faire de la place, mais même ainsi l'espace demeurait restreint.

— Ça va, Jake ? Tu es content de ton voyage à San Francisco ?

Eva avait mis une telle application à poser la question d'un ton dégagé qu'il sut aussitôt que Frankie et elle étaient au courant, pour Paige et lui. Cela ne le surprit pas. Paige et ses deux amies formaient un trio soudé et fonctionnaient sur le mode du partage. Elles avaient des liens d'amitié très forts et mettaient tout en commun ou presque : leur maquillage, le contenu de leurs frigos

— et leurs secrets. Il aurait été étonnant que ce nouveau tournant dans la vie de Paige soit passé en dessous des radars.

Pour lui, ce n'était pas un problème. Il n'avait jamais ressenti le besoin de cacher qui il voyait et ce qu'il faisait de sa vie. La seule chose qui le dérangeait, dans l'histoire, c'était de dissimuler la vérité à Matt.

Autrement dit, il ne lui restait qu'une chose à faire et c'était de l'en informer à la première occasion.

D'un autre côté, quel sens y aurait-il à lui parler d'une situation qui n'était pas appelée à durer ?

Maria posa une énorme assiette pleine devant lui. C'était le grand classique de la maison : tagliatelles et boulettes de viande avec de la sauce tomate.

La vue de ce plat familier provoqua une soudaine remontée de souvenirs. Pendant une fraction de seconde, il eut de nouveau six ans et redevint l'enfant tremblant de peur, l'estomac révulsé par la violence implacable de l'abandon. Tout ce qui lui avait paru solide, durable, éternel, à l'époque s'était détricoté d'un coup. Il s'était retrouvé sans rien, au fond du trou. Anéanti.

Il avait appris beaucoup de choses, cette nuit-là. Que les adultes s'entretiennent à voix basse lorsqu'ils ne veulent pas que les enfants les entendent ; que Maria, leur voisine, était une cuisinière de génie et la femme la plus accueillante du monde.

Mais il avait surtout appris que les mots « je t'aime » n'étaient qu'un serment creux qui n'engageait en rien celui qui le prononçait.

Il fixa le contenu de son assiette puis tourna un bref instant les yeux vers Paige.

Elle lui adressa un grand sourire, d'une franchise rayonnante. Qui le secoua jusqu'au tréfonds de son être. Elle lui avait assuré qu'elle était assez solide pour assumer une relation telle que la leur, mais l'était-elle vraiment ?

Et s'il était amené à la faire souffrir ?

Matt lui fit passer une bière.

— Alors ? Elles étaient belles, les filles de San Francisco ?

C'était du Matt tout craché. Toujours sympa. Ce qui exacerba encore le sentiment de culpabilité de Jake.

Il était vraiment grand temps de rétablir la vérité. La situation allait rapidement devenir intenable.

— Pas mal. Mais moins belles que celles de New York.

Il se tourna vers les filles.

— Et vous en êtes où, alors, à Urban Génie ?

— Les coups de fil n'arrêtent pas de pleuvoir, marmonna Frankie tout en griffonnant des notes sur un coin de table. Pour le moment, on manque de bras.

Paige picorait sa nourriture.

— C'est vrai que nous sommes submergées d'appels. Mais on gère. Heureusement, nous nous sommes constitué un bon carnet d'adresses. Cynthia a viré beaucoup de monde et les gens prêts à bosser avec nous ne manquent pas. Le seul problème, c'est qu'on passe nos journées l'oreille collée au téléphone.

Ce fut plus fort que lui. Il avait besoin d'être en contact physique avec elle. *Tout de suite.* Glissant une main sur le genou de Paige, il découvrit la nudité d'une cuisse sous sa paume.

Eva reposa son téléphone.

— Quelqu'un m'a demandé l'adresse de notre site web, aujourd'hui. Je pense qu'il faut qu'on s'occupe d'en monter un assez vite. Pour que les gens puissent se faire une idée des prestations qu'on propose. Tu en penses quoi, Jake ?

Il n'en pensait rien, à vrai dire. Seule sa libido était encore en éveil. Toute son attention était rivée sur la peau douce qui s'offrait à ses caresses. Il poussa ses explorations plus haut.

Qu'est-ce qu'elle avait sur le dos ? Un short ? Une jupette qui lui arrivait à peine en dessous des fesses ?

Un court-circuit neuronal lui mit le cerveau hors d'usage. Matt leva les sourcils.

— C'est tout ce que tu as à en dire, Jake ?

— Ce que j'ai à en dire ?

Il était incapable de se concentrer. L'abrutissement le guettait. Il n'était plus en état de formuler une phrase complète.

— A quel sujet ?

Il baissa les yeux.

*Une jupe.* Voilà ce qu'elle portait. Juste un bout de tissu, à vrai dire. Il n'avait encore jamais eu une paire de jambes aussi sublimes sous la main. Incroyable.

Matt lui jeta un regard intrigué.

— On est en train de parler de la création d'un site web. Tu es complètement à côté de la plaque ou quoi ?

— J'ai pas mal de trucs en tête, en ce moment.

Des « trucs » comme Paige, par exemple. *Nue.* Les joues en feu, le regard chaviré, les lèvres entrouvertes sur un gémissement qui s'élevait *crescendo.* Ses longues jambes soyeuses nouées autour de ses reins. Voilà ce qu'il avait en tête.

— Désolé. Expliquez-moi votre problème, mesdames.

Paige prit une gorgée de vin blanc.

— Le problème, c'est que le téléphone monopolise tout notre temps, alors que certaines personnes appellent pour des bricoles : le pressing, une course ponctuelle, des petites choses comme ça. Au lieu d'avancer dans la préparation de nos événements, nous sommes pendues au bout du fil. Il faudrait pouvoir filtrer les appels.

Frankie entortilla ses spaghettis autour de sa fourchette.

— Il serait peut-être temps de penser à embaucher une réceptionniste ?

Jake fit un effort de concentration.

— Ce qu'il vous faut, c'est une appli.

Il sentait le regard de Paige rivé sur lui mais il garda le sien fixé sur son assiette. S'il tournait la tête vers elle maintenant, il l'embrasserait devant tout le monde. Et tant pis pour les conséquences.

— N'oubliez pas que vous êtes des génies. Il faut que quelqu'un frotte votre lampe.

Il prit une fourchetée de pâtes. Matt hocha la tête et se versa un verre de bière.

— C'est pas bête, comme idée. Tu pourrais faire ça avec elle ?

Jake se força à avaler la nourriture dans sa bouche avant qu'il ne s'étrangle.

— Faire quoi avec elle ?

— Développer l'appli, répondit Matt patiemment. Tu sais que tu m'inquiètes, Jake ?

— J'ai faim, c'est tout. Je suis incapable de réfléchir avec le ventre vide.

Et il réfléchissait encore moins bien lorsque la cuisse nue de Paige se pressait contre la sienne. Il envisagea d'inventer une excuse pour partir. Ou de s'éclipser aux toilettes puis de changer de place à table en revenant.

— Tu veux que je prenne ta sœur comme cliente ? Tu délires ? J'aimerais autant bosser en contact étroit avec un porc-épic.

Frankie eut un sourire hilare mais Paige émit un petit son de protestation.

— Tu exagères ! Ce n'est pas une corvée de bosser avec moi !

Il continua de manger en se concentrant sur son plat.

— Avoue que tu es une maniaque finie, Paige.

— Je suis une *perfectionniste*, c'est différent.

Elle hésita.

— Cela dit, je reconnais qu'il y a des moments où j'aime

bien prendre les choses en main. Les femmes actives te feraient-elles peur, Jake ?

Il eut une vision d'elle en train de le chevaucher, cavalière légère, avec ce même sourire sensuel sur le visage qu'elle arborait maintenant.

— La force de caractère, c'est une chose ; l'obsession du contrôle en est une autre. Quand tu commandes à manger dans un restaurant, c'est tout juste si tu n'exiges pas d'aller en cuisine pour préparer le plat toi-même.

— J'aime que les choses soient… comme je les aime. Quel mal y a-t-il à cela ?

— Aucun. Sauf que moi aussi j'aime que les choses soient comme je les aime. Toi et moi ensemble, c'est le plus court chemin vers le désastre.

Ce serait aussi le plus court chemin vers des parties de sexe sans retenue. Il le savait. Il avait déjà emprunté cette voie.

— Je ne veux pas travailler avec toi. Je pourrais finir par t'étrangler. Mais je peux te donner quelques tuyaux.

Matt fronça les sourcils.

— Sérieux ? Tu refuses d'aider ma petite sœur ?

*Petite ?*

Penser à ce qu'elle et lui avaient fait ensemble lui fit couler un filet de sueur dans la nuque.

— Oui, sérieux, je refuse. Je lui ai déjà confié l'organisation de ma soirée de présentation d'entreprise.

— Une tâche dont nous nous sommes acquittées brillamment, fit observer Paige.

Il hocha la tête.

— Dont vous vous êtes acquittées brillamment, en effet. Mais elle entrait dans *votre* champ d'expertise. Te prendre toi comme cliente, c'est autre chose. Ce serait la ruine d'une belle relation. Je n'ai pas envie de fiche une amitié en l'air.

A part qu'ils avaient *déjà* tout fichu en l'air. Et c'était sa faute. Ou peut-être celle de Paige. Il ne savait plus très bien auquel des deux il fallait imputer la responsabilité de leur situation actuelle. S'il regardait en arrière, il ne retrouvait qu'un magma incandescent de souvenirs indistincts, voilés par le flou de l'alchimie sexuelle et les émanations moites de leurs étreintes inlassables.

— Rien ne sera fichu en l'air. Je ne te demande pas quelque chose de compliqué. Mais c'est peut-être trop pour toi quand même.

Il fut pris d'un doute. Parlait-elle encore de l'appli ou était-il question de leur relation ?

— La partie compliquée, ce n'est pas la technologie. Ça, je pourrais le faire les yeux fermés.

— Alors où est le problème ?

Pourquoi lui demandait-elle ça, bon sang ? Elle connaissait la réponse aussi bien que lui.

— Bon d'accord. Je verrai avec des développeurs de mon équipe. Ils vous concocteront quelque chose.

Matt semblait désarçonné.

— Pourquoi ne pas le faire toi-même ?

Parce que avec Paige, les choses devenaient compliquées. Leur histoire ne durait que depuis une semaine et déjà le cours bien réglé de son existence partait en vrille. Jamais auparavant il n'avait été déstabilisé par une femme. Au contraire. Le sexuel, c'était plutôt la partie de sa vie où tout se passait de façon simple, lisse et programmée.

— Je ne mélange pas l'amitié et les affaires.

Matt secoua la tête et observa gentiment :

— On te demande de créer une appli, Jake. Pas de coucher avec elle.

Eva renversa son jus de fruits, qui inonda la table. Paige se leva d'un bond, ses longues jambes couvertes de liquide poisseux.

Frankie lui fit passer une serviette en papier et Jake

quitta la table en hâte avant d'être tenté de tomber à genoux pour laper ses cuisses nues.

— Je vais te la faire, ton appli, maugréa-t-il. Et Dani vous trouvera quelqu'un qui se chargera de prendre vos appels en attendant que vous ayez les reins assez solides pour embaucher une réceptionniste.

Paige l'effleura au passage alors qu'elle se dirigeait vers le fond de la salle. Pendant un bref instant, la chaleur de son corps se communiqua au sien.

Puis elle passa son chemin, le laissant désorienté.

*Merde.*

*Merde, merde et merde.*

Il demeura un instant debout sans bouger, à se demander comment il allait bien pouvoir se dépêtrer de cette situation minée. Frankie, l'esprit toujours pratique, épongea la table. Matt finit par se rasseoir.

Du coin de l'œil, Jake vit Paige longer le fond du restaurant et disparaître.

— Je vais aller te chercher un autre jus de fruits, Eva.

Et il fila à la suite de Paige sans demander son reste.

Il la rejoignit juste devant la porte des toilettes, l'attrapa par le poignet et l'attira dans un passage étroit qui menait à la réserve. La plaquant contre le mur, il forma une cage avec ses bras.

— Jake ! Qu'est-ce que tu fais ? Tu es fou ?

Elle écarquilla les yeux.

— Rien ne t'oblige à développer une appli si tu ne veux pas. Tu n'es pas obligé de…

— Tu me rends dingue.

Il ne pouvait résister à l'odeur de ses cheveux. Et encore moins aux faibles effluves de son parfum. Il voulait la déshabiller là, sur place, et dévorer de baisers son corps tout entier. Se délecter d'elle jusqu'à plus soif. Compte tenu des circonstances, il se contenta de prendre sa bouche en un baiser exigeant qui la fit gémir contre ses lèvres.

— Jake…

Il enfouit les doigts dans ses cheveux, lui immobilisant la tête pour l'embrasser plus encore. Il sentait les ongles de Paige s'enfoncer dans ses épaules alors qu'elle lui rendait son baiser sans retenue.

Loin, très loin, il percevait la rumeur étouffée des rires et des conversations, l'odeur de l'ail, des aromates et de la nuit d'été. Mais là où ils étaient, le monde se résumait à eux deux. Il la plaqua encore plus étroitement contre la cloison et remonta les deux mains le long de ses cuisses nues. Il la sentit s'arc-bouter contre lui, perçut le son précipité de son souffle.

— Tu m'as manqué, murmura-t-il.

— Tu n'es parti que deux jours.

— C'est beaucoup trop long.

Il la caressa entre les jambes et la sentit gémir contre ses lèvres.

— Toi aussi, tu as envie.

— Oui…

Qui sait jusqu'où serait allé le baiser suivant si un fracas de vaisselle cassée ne s'était pas élevé de la cuisine, aussitôt suivi de jurons musclés en italien.

Paige se dégagea, le regard voilé.

Ils restèrent ainsi, les yeux dans les yeux. Puis il lui vint à l'esprit que s'ils ne regagnaient pas leur table très vite, quelqu'un pourrait se mettre à leur recherche et les trouver dans une position compromettante.

Il retira sa main. S'écarta d'elle à contrecœur.

— Il est temps de rejoindre les autres. Tu fais quoi ce week-end, au fait ?

— Je… Rien de spécial. A part bosser.

— On pourrait le passer ensemble.

Il n'en crut pas ses oreilles d'avoir émis une proposition pareille.

De sa vie, il n'avait jamais consacré un week-end entier

à une femme. Deux longs jours consécutifs avec une même nana. Hallucinant.

Paige sourit.

— Pourquoi pas ? Tu as un projet particulier en tête ?

Il lui effleura le bout du nez.

— A ton avis ?

# Chapitre 16

*« Si tu penses que l'amour est la réponse à tout, c'est que tu as probablement mal formulé ta question. »*

*— Frankie*

— Tu viens avec nous, ce week-end, Paige ?

Frankie rabattit l'écran de son portable et se leva.

— On va pique-niquer à Central Park demain, avec Eva.

Paige secoua la tête.

— Impossible. Trop de boulot.

Frankie lui jeta un regard entendu.

— Ton « boulot » aurait-il par hasard un corps de dieu grec, un sourire qui déchire et de prodigieux talents informatiques ?

Paige se mordilla la lèvre. A son euphorie venait se mêler une pointe d'anxiété.

— Tu crois que je suis folle ?

Frankie glissa son portable dans sa housse.

— Tu veux une réponse franche ? Oui. J'adore Jake, mais il est connu pour être plutôt joueur avec les femmes.

— Moi aussi, je joue. Je m'éclate avec lui.

— Tant mieux. C'est très bien — tant que tu ne tombes pas amoureuse.

Une tension sourde noua le corps de Paige.

— Aucun souci. Cela n'arrivera pas.

— Tu en es sûre ? Cela va faire quatre week-ends de suite que tu passes avec lui. Mais si tu rêves d'une grande robe blanche et d'une progéniture, ce n'est pas à Jake qu'il faut t'adresser.

— Je sais ce que je peux et ne peux pas attendre de Jake. Je le connais depuis plus longtemps que toi, je te rappelle.

— Oui, OK. Mais la différence entre nous deux, c'est que moi je n'ai pas été amoureuse de lui toute ma vie ou presque.

Frankie fourra une pile de documents dans son sac. Paige déglutit avec peine.

— Je ne suis pas… Je l'ai peut-être été, dans le temps, mais plus maintenant. Et puis…

— Bon, bon, d'accord. Je n'insiste pas.

Frankie remonta ses lunettes sur son nez.

— Ton second problème, c'est Matt. Tu le lui as dit, au moins ?

Un sursaut de culpabilité prit Paige à la gorge.

— Non, c'était juste pour une nuit et…

— Au départ, peut-être, mais maintenant ça commence à faire un paquet de nuits, rétorqua Frankie d'une voix égale. Tu devrais lui parler, Paige. Vivre une histoire en cachette, en mentant et en trompant son monde, c'est moche. Crois-moi, je sais de quoi je parle. J'ai grandi là-dedans et c'est horrible. De toute façon, tôt ou tard, ce que tu tiens tant à cacher finira par se savoir. Et quand la vérité éclate, ça fait du grabuge.

Le parallèle avec la mère de Frankie sautait aux yeux.

— La situation n'est pas la même que pour ta mère, Frankie. Qu'est-ce que tu veux que je dise à mon frère ? Que Jake et moi, on se défonce au lit ensemble ? Notre relation est juste sexuelle. Autrement dit, elle ne va probablement pas durer. Ce n'est pas le genre de trucs à raconter à un grand frère surprotecteur.

— Tu mets le feu aux draps avec son meilleur ami.

C'est quelque chose qu'il est en droit de savoir. Qu'est-ce qu'il en pense, Jake ?

C'était le seul point de désaccord entre eux.

— Jake est d'avis qu'on devrait le dire à Matt. Mais je lui ai fait promettre de se taire.

— Tu ne le mets pas dans une position très confortable.

Paige soupira.

— Frankie…

— Oui, je sais. Je t'adore. Tu es ma meilleure amie. Mais je m'inquiète pour toi. A un moment ou à un autre, ce secret va t'exploser à la figure et il y aura des dégâts. Si Matt découvre par hasard de quoi il retourne, il se sentira trahi. Et tu le vivras aussi mal que lui. J'aime beaucoup Jake, mais je serais capable de l'étrangler s'il vous faisait du tort, à Matt ou à toi.

Paige se passa une main mal assurée sur le front.

— Je te promets de réfléchir à la question, d'accord ? Pour commencer, déjà, je vais voir comment ça se passe avec Jake ce week-end. Avant que tu partes, y a-t-il encore des infos que tu as besoin de me communiquer, pour Urban Génie ?

— Non. Tout est organisé pour le mariage. Ils m'ont demandé de leur recommander un photographe, alors j'ai appelé Molly.

— Top. C'est la meilleure.

Elles avaient travaillé avec Molly à l'époque de Star Events et avaient salué à l'unanimité ses talents de photographe.

— Il faudra qu'on propose à Molly de figurer parmi nos prestataires attitrés. Autre chose ?

— Matt a demandé si je pouvais lui faire un devis pour l'aménagement d'un toit en terrasse. Normalement, il travaille avec Victoria, mais elle a une grosse surcharge de boulot en ce moment.

Frankie hissa la bride de sa sacoche d'ordinateur sur une épaule.

— Ça me ferait plaisir de dépanner Matt, mais si tu préfères que ses activités et les nôtres ne se chevauchent pas, je peux comprendre.

— Nous sommes associées, Frankie. Tu n'as pas à me demander la permission de quoi que ce soit. Si tu as envie de le faire, fais-le. Et je pense que ça ne peut être que positif pour nous d'avoir des contacts professionnels communs avec mon frère.

— Je sais. Mais comme tu es contre les aides et les faveurs...

— Ce ne sera pas une faveur. Il a recours à nos services. Je les lui facturerai plein pot.

Frankie sourit.

— *Business is business*, c'est ça ? Bon, eh bien d'accord, je vais accepter et accompagner Matt sur les lieux pour me faire une idée du projet. C'est un truc assez classe dans l'Upper West Side et ils veulent organiser une grande fête lorsque les aménagements seront terminés. Une sorte de pendaison de crémaillère, mais version « toit ». Je ferai le nécessaire pour qu'Urban Génie soit sur les rangs s'ils font appel à une agence d'événementiel... Allez, bye, Paige. Passe un bon week-end.

Frankie quitta le bureau et Paige se remit au travail.

L'après-midi passa sans qu'elle commette d'erreurs majeures et elle réussit à établir des devis pour deux événements. Prit des rendez-vous pour visiter deux nouvelles salles. Et reçut deux coups de fil de personnes en recherche d'emploi. Paige nota leurs coordonnées et promit qu'elle garderait leur candidature sous le coude au cas où elle prendrait la décision de recruter.

Tant qu'Urban Génie n'aurait pas une clientèle régulière et établie, elle ne se sentirait pas l'esprit assez tranquille pour embaucher. La dernière chose dont elle avait envie, c'était d'avoir à procéder à des licenciements.

Elle enchaîna ensuite sur la rédaction d'un argumentaire en vue de décrocher un gros événement marketing. Lorsqu'elle finit par relever les yeux de son écran, la nuit était déjà presque tombée et la ville s'était habillée de lumière.

Paige se leva pour s'étirer, le corps endolori par la station assise prolongée.

— Tu travailles jusqu'à des heures impossibles.

Dani se tenait dans l'encadrement de la porte, ses cheveux défaits tombant en désordre sur ses épaules minces.

— Jake m'a demandé de voir avec toi pour vos besoins en matière de secrétariat. Il m'a dit qu'il vous fallait quelqu'un pour filtrer les appels. Laura peut s'en charger si ça t'intéresse. Elle se débrouille bien. Ça fait deux semaines qu'elle bosse pour nous.

— Et avant ? Elle était employée où ?

— Nulle part. Elle a passé quelques années à la maison pour élever ses enfants et ne se sentait pas très en confiance pour reprendre la vie active. Maintenant, elle fait partie de l'équipe.

— C'est toi qui l'as recrutée ?

— Pas moi, non. C'est Jake. C'était une embauche risquée mais Jake est du genre téméraire. Il a décelé des qualités en elle que les autres ne percevaient pas. C'est rare qu'il se plante, d'ailleurs.

Dani s'écarta du montant de la porte.

— Je viendrai avec Laura demain, et tu pourras lui expliquer ce que tu attends d'elle. Avant de fonder une famille, elle travaillait à la réception d'un grand hôtel. Lorsqu'elle aura repris de l'assurance, elle sera au top. Tu rentres chez toi, là ?

— Oui. Enfin… Peut-être pas tout de suite, non.

Paige cligna des yeux, consciente que ses pensées avaient dérivé très loin de la conversation en cours.

— Je pense que je vais encore bosser une heure ou deux.

Dani eut un large sourire.

— Je commence à comprendre pourquoi Jake t'a filé un bureau dans ses locaux. Tu as le même rythme de travail démentiel que lui.

Paige continua à aligner des chiffres jusqu'à ce que sa tête en bourdonne. Elle frotta ses yeux fatigués et finit par éteindre son ordinateur. Minuit venait de sonner et elle était apparemment la seule personne encore présente dans l'immeuble de bureaux désert. Les employés de Jake travaillaient souvent jusque tard dans la nuit, mais le gros des effectifs s'était envolé pour leur agence de San Francisco où ils bossaient sur un projet important.

Bâillant haut et fort, elle récupéra son sac et sortit du bureau qu'elle partageait avec Eva et Frankie.

— Paige.

La voix de Jake glissa sur elle, profonde et pleine d'assurance. Une poussée immédiate d'excitation la saisit, aussitôt suivie d'une grande montée de joie.

Dissimulant sa double réaction sous un masque d'indifférence, elle se retourna vers lui.

— Ah tiens, salut ! Je pensais que tu étais déjà parti. Il est monstrueusement tard.

— Minuit. Autrement dit, le week-end commence. Et nous nous sommes engagés à le passer ensemble.

— Je pensais qu'il démarrait demain matin.

— Demain matin, c'est maintenant. Viens voir un instant dans mon bureau. J'ai un truc pas mal à te montrer.

Le désir dans le regard de Jake fit battre le cœur de Paige à toute vitesse.

— Je l'ai déjà vue. Je reconnais qu'elle est impressionnante.

Il se mit à rire.

— Il n'y a pas que ça qui soit impressionnant chez moi.

Elle leva un sourcil.

— Bon, OK. Tu as réussi à éveiller ma curiosité. Montre-moi.

Jake lui emboîta le pas et referma la porte du bureau sur eux.

— La semaine a été longue.

Son regard était sombre, semblable à un puits sans fond. De nouveau, le cœur de Paige s'accéléra.

— Très longue, oui.

Glissant une main dans sa nuque, il colla son front contre le sien.

— Je suis venu te voir plus tôt dans la journée, mais tu étais au téléphone avec un client. Si tu n'avais pas été occupée, je t'aurais clouée sur ta table de travail et je t'aurais fait des choses indécentes.

Sa voix se fit presque gutturale.

— Qu'est-ce que ça dit de moi, à ton avis ?

— Cela dit de toi que tu es un preneur de risques et que tu n'as aucun respect pour ton mobilier de bureau.

Il lui souleva le menton, sa bouche dangereusement proche de la sienne.

— Et toi ? Tu es une preneuse de risques ?

Elle l'agrippa par le devant de sa chemise.

— Je crois bien que je pourrais être en train d'en devenir une.

Il pencha la tête pour l'embrasser, les mains enfouies dans ses cheveux. Sa bouche était chaude et exigeante ; avide et dévorante. Sous les ondes de choc du désir, le corps de Paige se liquéfia contre le sien. Avec un grognement sourd, il lui fit traverser le bureau de force jusqu'au moment où ses épaules heurtèrent une cloison. Jake passa la main derrière elle et tâtonna pour ouvrir une porte dont elle n'avait jamais soupçonné l'existence. Dans un état de conscience floue, elle prit connaissance du lieu.

— C'est quoi, cet endroit ?

Sans relâcher son étreinte, il ferma la porte derrière eux, les coinçant ensemble dans le réduit.

— C'est tout ce qu'on veut : une réserve, un dressing — il y a même un lit pour les cas où j'aurais besoin de passer la nuit ici. Mais je ne m'en sers pas souvent.

— Un lit ? murmura-t-elle d'une voix brûlante.

— Absolument.

Il troussa sa robe avec impatience. Le souffle de Paige se noua dans sa gorge lorsque la chaude caresse de la main de Jake glissa sur sa peau. Une main possessive. Une main qui savait ce qu'elle voulait. Bientôt, il n'y eut plus que le savant va-et-vient de ses doigts en elle et les vagues montantes d'un plaisir cotonneux et suave qui faisait monter une excitation délicieuse.

— Jake…

— Tu es belle.

Il garda sa bouche contre la sienne, ses doigts en elle jusqu'à ce que le plaisir se mue en impatience et qu'elle gémisse et se torde contre lui.

Elle sentait la pression insistante du sexe dressé de Jake contre son ventre, et ses mains fébriles cherchèrent et tâtonnèrent jusqu'à ce qu'elles le libèrent.

Ils ne bougèrent ni l'un ni l'autre. Debout, étroitement enlacés contre la porte, ils restaient là, les yeux grands ouverts, immergés dans un monde à eux, enveloppés dans une bulle torride de désir fou. Puis Jake lui prit une cuisse, la souleva. Avec un gémissement sourd, elle noua une jambe autour des siennes, son regard toujours livré au sien.

La première poussée de Jake amena un cri à ses lèvres et il écrasa sa bouche contre la sienne, avalant le son pour ne plus laisser que la sensation. Leurs sexes s'ajustèrent, se marièrent l'un à l'autre. Dans l'abandon du plaisir, elle se donna comme elle ne s'était jamais donnée et il prit tout d'elle, acceptant le don sans réserve. Jusqu'à ce que l'orgasme s'abatte sur elle avec une force, une soudaineté, une beauté implacables. Elle entendit vaguement Jake jurer entre ses dents alors que les spasmes de son plaisir l'emportaient inexorablement. Il rugit et s'enfonça en elle plus avant pour déjouer l'effet des ondulations séductrices. Mais déjà sa cadence s'accélérait, son regard chavirait. Elle poussa un cri en sentant le désir de Jake culminer et éclater à son tour.

Il n'y eut plus alors que la pulsation douce en elle, la chaleur de sa bouche mêlée à la sienne et l'incroyable sentiment d'intimité qu'elle découvrait avec lui. Une intimité plus intense, plus profonde que celle qu'elle avait connue dans toutes ses précédentes expériences.

Peut-être parce que Jake et elle étaient de vieilles connaissances ? Peut-être parce qu'elle le désirait depuis toujours ?

Lorsqu'il se détacha d'elle, il resta un moment immobile, cherchant son souffle, le front appuyé contre un bras, alors que de l'autre il la maintenait serrée contre lui.

Le visage enfoui contre l'épaule de Jake, elle ferma les yeux et respira longuement son odeur, s'imprégnant de lui, de la texture de sa peau, du rythme de sa respiration.

— Je rêve ou on vient de s'envoyer en l'air dans ton bureau ?

— Ça en a tout l'air, oui. Au moment de prévoir ce débarras, je me suis demandé si ce n'était pas dommage de sacrifier une partie de mon espace de travail. Mais maintenant, j'aurais plutôt tendance à me féliciter d'avoir eu cette idée judicieuse.

Elle se sentait faible, comme vidée, les jambes en coton.

— Une heureuse initiative, oui. C'est la première fois que je fais l'amour coincée contre une porte.

Le rire grave de Jake glissa sur elle comme une caresse. Il s'écarta pour la regarder.

— Tout ça fait partie de ton éducation.

Soulevant la tête, il lui caressa le visage d'un geste à la fois possessif et profondément intime.

— Ça va, Paige ?

— Je crois, oui. Même si je n'en reviens pas que nous ayons fait cela.

Elle avait joui debout avec Jake, entre deux portes.

Elle le taquina :

— Je dis ça, mais peut-être que toi, cela t'arrive régulièrement ?

— Jamais. Je commence à me demander si c'était une bonne idée de partager un espace professionnel avec toi.

La voix de Jake vacillait un peu. Il la détacha de lui avec douceur et rajusta sa robe. Elle leva vers lui un regard incertain.

— Tu disais que tu avais quelque chose à me montrer. C'était ça ?

Elle s'efforçait de retrouver un ton normal, comme si la façon dont ils venaient de faire l'amour ne l'avait pas bouleversée au plus profond d'elle-même.

Il fixa sur elle un regard interrogateur, puis soudain son visage s'éclaira.

— Non, ce n'était pas l'idée de départ. Pas du tout, même. Je voulais juste te montrer ton appli.

— Mon appli ? Tu l'as faite ?

Elle était à la fois touchée et curieuse. Elle brûlait d'impatience de découvrir l'interface.

— J'avais l'intention de te faire une démo, mais j'ai été détourné de mon but initial. Je considère que la responsabilité t'en incombe entièrement.

— Rien ne t'empêche de me la montrer maintenant.

— Ou on remet ça à lundi matin et je vous explique son fonctionnement à toutes les trois ?

Il se pencha pour l'embrasser.

— Le week-end a commencé, ne l'oublie pas. Le travail peut attendre.

— Le travail peut-être, mais pas moi. Je suis trop curieuse de voir ce que donne l'appli.

— Bon, d'accord. Mais pas ici. Je te la montrerai pendant le dîner.

— Le *dîner* ? On a passé l'heure, non ?

— C'est justement parce qu'on a passé l'heure que mon estomac se manifeste avec insistance. J'ai faim de toi, mais pas seulement.

Son sourire était d'une sensualité à tomber par terre.

— Et nous sommes à Manhattan. Où il n'est jamais trop tard pour quoi que ce soit. Il y a un super resto grec juste au coin de la rue. Qui reste ouvert la moitié de la nuit.

— Ta mère sait qu'il t'arrive de faire des infidélités à la cuisine italienne ?

— Ma mère ne sait pas le quart de ce que je fabrique.

Il lui prit la main et l'entraîna hors du bureau, se faufilant entre les tables de travail et les ordinateurs pour se diriger vers l'ascenseur. Ils flottèrent jusqu'au rez-de-chaussée dans un brouillard incandescent où le moindre effleurement faisait flamber la tension sexuelle entre eux et exploser un désir toujours latent. Paige en eut comme un frisson au cœur. Il ne lui sembla pas avoir émis le moindre son, mais Jake dut percevoir quelque chose car il lui jeta un regard dévorant qui fit monter encore la température de la cabine déjà surchauffée. Elle se hâta de détourner les yeux, consciente que si elle ne reprenait pas un minimum de distance, ils finiraient par faire l'amour dans cet ascenseur.

Une fois dans la rue, Jake garda la main posée dans son dos alors qu'ils marchaient côte à côte sur le trottoir.

Malgré l'heure tardive, le petit restaurant grec était bondé. L'ambiance était joyeuse, familiale, pleine de sons et d'odeurs merveilleuses qui la transportèrent instantanément sur les bords bleus de la Méditerranée.

Jake refusa la carte d'un geste, passa commande et sortit sa tablette.

— Prépare-toi à être transportée.

Son enthousiasme la fit sourire.

— Je suis prête. Et je suis capable de choisir mes plats moi-même, entre parenthèses.

— Je n'en doute pas. Mais je suis un client assidu de la maison et je sais ce qui est bon. Approche-toi.

Il tira d'office sa chaise contre la sienne.

— Tu vois ça ? C'est ton appli.

Elle sourit.

— C'est joli. La lampe du génie. Je la frotte ?

— Tu tapotes.

Il posa le doigt sur l'écran et elle le regarda procéder alors qu'il lui montrait les différentes fonctions de l'interface.

— Elle est facile d'utilisation avec des icônes très intuitives, donc même ceux qui ne sont pas branchés technologie pourront s'en servir sans difficulté. Comme ça, vos clients intéressés par votre service de conciergerie passeront directement par l'appli pour les petits services à la personne. Laura se chargera de les filtrer et d'adresser la demande à la personne concernée. Comme ça, vous ne perdrez plus de temps au téléphone avec ce type de clientèle dont les requêtes sont simples. S'il faut promener le chien ou conduire mamie à la messe, Laura dispatchera directement au prestataire concerné. Ce qui vous laissera plus de temps pour traiter les événements importants et les projets plus complexes.

Elle lui posa quelques questions puis testa l'appli elle-même.

— C'est génial. Je l'adore. Tu l'as développée tout seul ?

— Oui, finalement.

— Mais tu n'as pas eu une seconde à toi avec le gros rush à San Francisco ! Et tu ne m'avais pas dit que tu avais renoncé à la conception et au développement — à l'exception de la cybersécurité — et que tu ne te chargeais plus que de la relation client ?

— C'est vrai.

Elle lui tendit sa tablette.

— Alors pourquoi as-tu conçu notre appli ?

— Parce qu'elle est pour toi. Que tu en as besoin.

Il soutint son regard et une sensation très douce se répandit en elle.

— Merci, Jake. Tu nous la factureras, bien sûr.

— Je ne veux pas que tu me paies. Et il faut bien que j'occupe mes heures d'insomnie puisque je dors moins que d'habitude.

Il attendit que la serveuse pose devant eux un assortiment de *mezze*, de feuilles de vigne farcies, de boulettes de viande au citron, de haricots à la grecque et de pitas. Puis il se pencha sur ses lèvres.

— Qu'est-ce qu'on fait ce week-end, alors ?

Elle sourit.

— Je m'engage à te tenir éveillé.

# Chapitre 17

*« Qu'un homme s'abstienne de demander son chemin ne prouve pas pour autant qu'il n'est pas perdu. »*

— PAIGE

Ce samedi-là, ils se baladèrent sur la High Line, l'ancienne voie de chemin de fer suspendue reconvertie en promenade verte urbaine. Longue de deux kilomètres et demi, elle serpentait entre les quartiers de West Manhattan, offrant, outre ses cafés, ses chaises longues, ses recoins de charme, une abondance de végétation sauvage, d'espaces de verdure et de floraisons dont le foisonnement adoucissait la verticalité stricte des constructions alentour.

Lorsqu'ils furent fatigués de marcher, ils prirent un café et trouvèrent des fauteuils relax juste au-dessus de la West Fifteenth Street, avec une incroyable vue panoramique sur le fleuve Hudson, l'Empire State Building et la statue de la Liberté.

Les yeux plissés face au soleil, Jake se laissa aller à la contemplation.

— J'adore ce qu'ils ont fait de cette voie de chemin de fer désaffectée. Cela me rappelle que les choses du passé ne sont jamais figées. Elles peuvent renaître sous une autre forme. Se transformer et se régénérer.

Installant son café sur ses genoux, Paige allongea les jambes et offrit son visage au soleil.

— C'est le sens même de ton boulot, non ? Trouver de nouvelles manières de procéder ? De rafraîchir les anciennes ?

— Je ne rafraîchis pas, moi, madame. *J'innove.*

Elle ferma les yeux en souriant.

— Monsieur Sensible.

— C'est la première fois de ma vie qu'une femme me dit que je suis sensible.

— Je commence à connaître toutes les parties de toi qui le sont.

Son téléphone sonna et elle ouvrit les yeux pour le pêcher au fond de son sac.

— Il faut quand même que je regarde qui appelle, au cas où…

C'était sa mère, en l'occurrence. Elle prit la communication avec un regard d'excuse pour Jake.

— Maman ? Comment ça va ?

Elle se détourna à demi et sourit en écoutant sa mère se lancer dans un compte rendu enthousiaste de leur périple européen.

— Vous êtes à Copenhague, cette fois ? Et c'est une ville magnifique, tu dis ? Je suis vraiment heureuse pour vous que vous fassiez ce voyage… Oui, oui, tout va très bien ici. Un temps de rêve, oui… Et au travail, ça roule… Impeccable.

Elle bavarda encore quelques minutes avant de mettre fin en douceur à la conversation.

Elle se tourna vers Jake.

— Désolée.

— Pourquoi « désolée » ?

Jake but sa dernière gorgée de café.

— Tu as une mère qui s'intéresse à toi. Vous êtes complices, vous vous comprenez. C'est une chance.

Paige fit tourner son fond de café dans sa tasse.

— Tu as déjà pensé à reprendre contact avec la tienne ? Ta mère biologique, je veux dire. Quand on en a parlé ensemble, à l'hôpital, tu me disais que tu envisageais un jour de le faire.

— Ça m'avancerait à quoi ? J'imagine que si elle voulait savoir ce que je suis devenu, elle se serait déjà manifestée. C'était elle l'adulte. Moi l'enfant. Et elle sait où me trouver.

Paige se serra contre lui et il lui effleura le bout du nez.

— Ne me regarde pas avec ces grands yeux tristes. Mon histoire a l'air pathétique comme ça, mais j'ai eu le temps de tourner la page. Très franchement, c'est rare que je pense encore à elle.

Elle voulait bien le croire. Mais avoir été ainsi abandonné n'en avait pas moins forgé l'homme qu'il était devenu. Avec sa force, sa capacité à aller de l'avant. Mais aussi ses peurs et ses évitements.

— Si un jour ça te dit qu'on en parle ensemble…

— Il n'y a rien à en dire, Paige. Maria est ma mère officielle et je ne pouvais pas rêver meilleure *mamma* qu'elle. Quant à la femme qui m'a mis au monde, elle a clairement indiqué qu'elle refusait d'assumer son rôle. D'ailleurs, qu'est-ce que je ferais de *deux* mères ?

Il frissonna.

— Je vois d'ici le calvaire. Deux femmes qui passeraient leur temps à me tanner pour que je me décide enfin à me caser, à prendre femme et à leur ramener des petits-enfants. Tu imagines l'enfer ?

Il se leva et lui tendit la main.

— Allez, on marche encore un peu ? Ensuite, il sera temps d'aller faire deux ou trois courses car j'ai l'intention de cuisiner pour toi ce soir.

Elle prit sa main tendue et se laissa entraîner, regrettant de ne pouvoir remédier à sa souffrance. Des cicatrices, elle en avait, elle aussi — et des clairement visibles. Mais celles de Jake restaient cachées et étaient autrement plus sensibles.

— Parce que tu cuisines, maintenant ?

— Depuis toujours, qu'est-ce que tu crois ? J'ai été élevé par une Italienne, moi. Quand tu auras goûté à mes lasagnes, tu tomberas à genoux pour mendier une portion supplémentaire.

Il l'attira contre lui pour l'embrasser.

— Et tu ne mendieras pas que pour mes lasagnes.

De retour chez lui, Jake ouvrit une de ses meilleures bouteilles et se mit en cuisine. Paige lui tint compagnie en le regardant s'affairer. La situation avait quelque chose de très naturel pour elle. Comme s'il n'y avait rien de plus familier au monde que de voir Jake aller et venir pieds nus dans sa grande cuisine suréquipée.

— C'est un des premiers plats que ma mère m'a appris à faire.

Il hachait, coupait en dés, faisait revenir les ingrédients qu'il disposa ensuite en couches successives dans un plat.

— Je suis impressionnée, commenta-t-elle en l'aidant à remettre de l'ordre. On a l'impression de voir faire un grand cuisinier.

— Attends déjà d'avoir goûté avant de balancer les compliments. Ta mère cuisine ?

— Oui, elle adore ça. Quand on était enfants, elle nous concoctait tous les jours des petits plats mitonnés. Pas de cantine pour moi. Comme Puffin Island est minuscule, je rentrais chez moi tous les jours à midi.

— C'était quoi, ton plat préféré ?

— Sans hésitation : le homard du Maine grillé au feu de bois.

Elle ferma les yeux et savoura une gorgée du Montepulciano d'Abruzzo qu'il venait de lui servir.

— On arrosait le homard de beurre et on mangeait ça avec du maïs et des pommes de terre, les pieds enfoncés dans le sable et l'assiette calée sur les genoux en regardant le soleil se coucher. C'était du pur bonheur.

Jake et elle continuèrent à parler ensemble en toute liberté, échangeant des souvenirs, découvrant de nouveaux aspects l'un de l'autre, cimentant leur relation. Lorsque le repas fut prêt, ils s'attablèrent côte à côte pour regarder le soleil se coucher sur l'Hudson.

— Maria a su te transmettre ses secrets de cuisine. Elles sont à se damner, tes lasagnes.

Elle fit honneur à la nourriture puis reposa ses couverts.

— Parle-moi de San Francisco, alors. Ils ont aimé le design que tu leur as proposé ?

— Apparemment, oui. Tu veux voir ?

— Quelle question !

Il sourit et ouvrit son ordinateur portable. Elle se concentra sur l'écran pendant qu'il lui montrait son projet. Son frère lui avait souvent parlé du talent et de l'intelligence de Jake, et depuis qu'ils travaillaient dans les mêmes bureaux, elle avait pu s'en faire une idée par elle-même. Elle voyait comment son équipe s'en remettait à son jugement, combien de clients potentiels le sollicitaient. Il n'avait jamais de campagne de démarchage à faire. Les gens venaient à lui spontanément.

Parce qu'il était parmi les meilleurs dans son domaine. Et elle voulait la même réputation d'excellence pour Urban Génie. Pendant la demi-heure qui suivit, il lui fit découvrir l'interface qu'il avait développée pour qu'elle puisse en explorer les fonctionnalités.

Elle était fascinée.

— Jake, c'est révolutionnaire ce que tu as fait. Ça va transformer la façon de travailler de l'entreprise.

— C'est ce qu'ils pensent aussi.

Il rabattit le capot de l'ordinateur.

— Ton approbation me flatte. J'ai tendance à oublier que je sors avec une vraie geekette. C'est classe.

— Je ne suis pas une geekette. Juste une fille cool et sexy qui se trouve adorer tout ce qui est technologie.

— Tu *es* une geekette. Accepterais-tu d'envisager le port de lunettes pendant l'acte sexuel ?

— Cela me rendrait plus excitante à tes yeux ?

— Rien ne peut te rendre plus excitante.

Il l'attira sur ses genoux et elle lui décocha un large sourire.

— Attention au matos.

— Je l'adore, ton matos, répondit-il en moulant son corps avec ses mains. Et ta connectique n'est pas mal non plus.

Elle murmura contre ses lèvres :

— C'est du *geek sex* ? Un peu comme le sexe par téléphone… mais en plus geek. Serait-ce ton disque dur externe que je sens dressé contre moi ?

Il rit tout bas.

— Tu es la femme la plus sensuelle que j'aie jamais rencontrée.

— Tu es plutôt sexy, toi aussi, pour un mec qui communique en langage codé. J'adore le fait que tu sois passionné comme ça par ton boulot.

Elle l'embrassa.

— Je suis assez prête à faucher les lunettes de Frankie pour quelques heures si tu penses que ça peut pimenter nos ébats.

Il la souleva dans ses bras, la porta jusqu'au lit et la déposa au centre du matelas.

— Tu crois sérieusement que le sexe entre nous a besoin d'adjuvants ? Plus chaud que ça et on finit consumés.

Chaud ou pas, leur façon de faire l'amour était en train de changer. Il leur arrivait toujours de se jeter l'un sur l'autre dans un état de frénésie aveugle où il leur semblait qu'il leur fallait à tout prix rattraper les années perdues.

Mais entre ces moments de sexe effréné s'ébauchaient aussi des formes nouvelles d'intimité. Ils apprenaient à se donner du plaisir d'une autre manière, plus personnelle, plus nuancée. Le stade de la découverte n'était pas terminé. Mais une connaissance mutuelle commençait aussi à se tisser entre eux.

Elle lui jeta un regard suggestif.

— Rien ne nous empêche d'essayer *encore* plus pimenté. Qu'est-ce que tu en dis ?

Elle commença à déboutonner sa robe et vit le désir assombrir le regard de Jake.

— J'en dis que tu es une allumeuse.

Il se débarrassa de sa chemise et la rejoignit sur le lit.

— Si j'étais une allumeuse, je n'irais pas jusqu'au bout. Or je n'ai pas l'intention de m'arrêter à mi-chemin.

Avec insolence, elle laissa descendre une main caressante sur son ventre et déboutonna son jean.

— Tu veux toujours que je pique les lunettes de Frankie ?

— Non. Tu ne verrais rien à travers, en plus. Elle est myope ou astigmate, au fait ?

Paige hésita. Ce n'était peut-être pas vraiment le moment de disserter sur la question.

— Je n'ai jamais très bien su si c'était l'un ou l'autre, murmura-t-elle en rapprochant les lèvres du nombril de Jake. Par chance pour toi, j'ai une vue parfaite et j'aperçois là quelque chose qui m'intéresse. Viens donc par ici que j'examine cette affaire de plus près.

Ces deux jours passés ensemble se confondirent en une parenthèse temporelle indistincte tissée de rires, de conversations murmurées et d'étreintes chaque fois plus intenses. Le dimanche, ils prirent un brunch dans un petit café près de Central Park et marchèrent main dans la main dans les allées du parc, entre les amateurs de rollers, les familles avec poussettes et les passionnés de course à pied. Lorsqu'ils atteignirent le lac, Jake entraîna Paige devant le hangar à bateaux.

— Quoi ? Qu'est-ce qu'il y a ?

Elle suivit son regard des yeux et éclata de rire.

— Non, tu plaisantes ?

— Pas du tout.

— Tu veux me mener en bateau, peut-être ?

— Tu as déjà fait tout le reste avec moi sans aucune inhibition. Pourquoi pas un tour en barque ?

Jake réprima un sourire. Comment pouvait-elle encore rougir à ce genre d'allusions après tout ce qu'ils avaient déjà expérimenté ensemble ?

— Tu sais que tu es trop mignonne, des fois ?

Les yeux de Paige étincelèrent de défi.

— Je ne suis pas « mignonne ». Je suis une femme attirante et sexy, P-DG d'Urban Génie. Tu en as probablement entendu parler ? Notre notoriété ne cesse de grandir.

— Oui, j'ai entendu dire que la P-DG de cette boîte était assez renversante, en effet.

Il l'attira contre lui d'un coup sec. Un son étouffé lui échappa lorsqu'il lui fit perdre l'équilibre.

— Tu es sexy, c'est vrai. Et tu le seras encore plus lorsque j'aurai fait chavirer notre barque et que tes vêtements te colleront à la peau.

— Dis plutôt que tu as juste envie de me revoir dans un T-shirt trempé et moulant, comme la nuit où j'ai fait irruption chez toi pour la première fois, le mois dernier.

*Le mois dernier ?*

Cela faisait donc déjà si longtemps ?

Il resta un instant sidéré.

— Jake ?

Le sourire de Paige se figea.

— Qu'est-ce qui ne va pas ?

— Rien. Tout va bien.

Sa voix se fit plus rauque.

— Je pensais juste à cette soirée — quand tu as débarqué chez moi comme une nymphe indignée tout droit sortie des eaux. Du coup, je suis tenté de te jeter dans le lac tout de suite pour recréer ce look.

— Cela fait des années que je n'ai pas ramé. Matt nous avait emmenées ici toutes les trois l'année où on est arrivées à New York, avec Eva et Frankie. On s'était marrés comme des fous.

*Matt.* Encore un problème qu'il avait laissé en suspens en se disant que son histoire avec Paige ne durerait pas et que ce serait idiot de compliquer son amitié avec Matt à cause d'une passade sexuelle de quelques jours.

Résultat : plus d'un mois s'était écoulé, et Paige et lui étaient toujours ensemble. Il avait dépassé tous ses records de longévité avec une femme.

*Aïe.*

Les raisons n'avaient rien de mystérieux, cela dit. Entre Paige et lui, ça se passait extraordinairement bien au lit. L'ennui n'était pas au rendez-vous pour l'instant, alors pourquoi se serait-il privé d'une partenaire sexuelle hors norme ? D'autant que leur relation se passait de façon très… Il chercha un instant le bon mot pour la décrire — *simple.* Oui, c'était ça : simple. Sans doute parce qu'ils se connaissaient déjà très bien, tous les deux. Même si cela pouvait paraître surprenant, le fait d'avoir été d'abord amis leur permettait de faire l'amour de façon encore plus libre et désinhibée.

Bon, d'accord, ils consacraient du temps ensemble à d'autres occupations que le sexe. Mais de toute façon, ils ne pouvaient quand même pas rester au lit vingt-quatre heures sur vingt-quatre ! Et Paige avait l'air de passer de bons moments avec lui. Ce qui lui faisait plutôt plaisir. Il aimait la voir heureuse. Elle *méritait* de profiter enfin de la vie après l'adolescence terrifiante qu'elle avait eue. Et il ne lui déplaisait pas d'être l'artisan du sourire de Paige.

Le cœur de nouveau tranquille, il lui prit la main.

— Bon allez, on se loue une barque ?

La sortie en bateau se traduisit par une série de fous rires, des séances d'éclaboussures, un incident avec une rame qui faillit leur valoir de se faire expulser, sans oublier quelques collisions évitées de justesse avec une famille de canards. Puis ils s'allongèrent dans l'herbe de Sheep Meadow pour contempler les nuages.

— On devrait se retrouver un soir de cette semaine pour dîner ensemble, proposa-t-il. Mardi, par exemple ? Ah non, merde. Pas possible.

Il fronça les sourcils.

— Je serai à Chicago pour la nuit. Mercredi, ça t'irait ?

— Non, je ne peux pas. J'ai un événement.

— Jeudi, alors ? Zut. Non. Ça ne marche pas pour moi.

Ça commençait à devenir frustrant, ces empêchements en série.

— Bon allez, c'est tranché : on se voit vendredi.

Paige secoua la tête.

— Le vendredi, c'est ta soirée avec Matt. Tu as déjà annulé trois fois de suite. Si tu n'y vas pas cette fois-ci, il va te cuisiner. Et de toute façon, j'ai un événement vendredi aussi.

— Je commence à regretter que ton agence marche du feu de Dieu.

Il fallait se rendre à l'évidence. Entre leurs deux emplois du temps de forcenés, ils ne se verraient pas de la semaine.

A moins que… ?

— OK. J'irai chez Matt vendredi, comme d'habitude. Et toi et moi, on se retrouvera juste après. Tu n'as qu'à venir directement après ton événement.

— Je ne peux pas prévoir à l'avance à quelle heure

j'aurai terminé. Et c'est pareil pour toi. Tu ne sais pas non plus comment la soirée avec Matt va se dérouler.

— Le plus simple, ce serait que je te donne la clé de chez moi.

*Hé, Romano, tu es malade ? C'est quoi, ce délire ?*

Ce n'était déjà pas dans ses habitudes de ramener une femme chez lui. Mais de là, en plus, à lui confier la clé de son appartement ?

Bon, ce n'était pas n'importe quelle femme, cela dit.

Tant qu'il ne s'agissait que de Paige…

Il avait une confiance absolue en elle. Et ils se connaissaient depuis toujours.

D'ailleurs, elle n'en faisait pas tout un plat, de cette clé qu'il avait promis un peu vite de lui confier. Si elle l'avait regardé en papillonnant des yeux, comme s'il lui avait offert la lune, il aurait eu de sérieuses raisons de s'alarmer. Mais elle hochait calmement la tête, comme quelqu'un qui se trouve confronté à un simple problème pratique.

— D'accord. Ça peut marcher. Je pense que je risque d'arriver avant toi, d'ailleurs.

Jake se détendit. Ce n'était qu'une clé, bon sang. Il pourrait la récupérer à n'importe quel moment. Tout ce qu'il aurait à faire, ce serait de la demander.

*Allez, c'est bon, pas de panique.* Il n'y avait vraiment aucune raison de s'inquiéter.

# Chapitre 18

*« La vie quand ça va bien, c'est ce qui se passe juste avant la vie quand ça va mal. »*

— FRANKIE

— Alors, c'est du sérieux entre vous ?

Eva finit d'arranger une tour de cupcakes roses qui formait la pièce maîtresse d'une fête d'anniversaire *girls only* organisée pour les trente ans d'une cliente. Urban Génie avait privatisé pour l'occasion la terrasse d'un hôtel de charme à Chelsea.

— Depuis un mois, tu passes tous tes moments libres avec lui, Paige. Et chaque fois que vous êtes ensemble, vous dégagez une énergie sexuelle suffisante pour éclairer tout New York.

— C'est vrai qu'il y a un peu de ça. Mais ce n'est pas « du sérieux » pour autant. D'ailleurs, il faut reconnaître ce qui est : des moments libres, on n'en a pas vu beaucoup depuis le début d'Urban Génie.

Paige garda la tête baissée et continua de cocher sa *checklist*. C'était leur cinquième événement et les quatre premiers, réglés comme du papier à musique, s'étaient déroulés à la perfection. Elle était bien déterminée à ce qu'il en aille de même pour celui de ce soir.

— Jake et moi, on s'amuse, c'est tout.

— Jake n'a pas l'habitude de « s'amuser » avec la même femme plus de trois ou quatre fois de suite. Vous avez passé votre temps à vous éclipser ensemble et à déclencher les détecteurs de fumée dans toute la ville.

— Tu exagères un peu, non ? Et on était amis avant de devenir amants, donc c'est différent.

Elle constatait d'ailleurs que la frontière entre les deux devenait floue. Au lit, ils riaient parfois comme de vieux copains et leurs conversations amicales se terminaient une fois sur deux par des étreintes enfiévrées. Comment faire la part de l'amical et du sexuel ? Elle n'en savait plus rien, à vrai dire.

C'était à l'amie, clairement, que Jake avait confié sa clé. Pour la première fois, il lui avait proposé d'entrer chez lui en son absence.

Eva saupoudra délicatement ses cupcakes avec du sucre glace.

— Etre *amoureux*, c'est différent. Ça fait quel effet, Paige ?

— Aucune idée. Pourquoi me poser la question à moi ? Ce n'est pas comme si… Il n'est pas… Je veux dire, nous ne…

L'estomac retourné, Paige se tut, fixant sur son amie un regard écarquillé.

— Oh…

Frankie haussa un sourcil.

— Comment ça, « Oh » ? Ça veut dire quoi, ça encore ?

— Moi, je sais ce que ça veut dire, annonça Eva en plaçant son dernier cupcake. Donc je réitère ma question : ça fait quel effet, Paige ?

— Quel effet ? Ça fiche la trouille.

Une telle trouille même qu'elle osait à peine le formuler en pensée. Elle avait déjà été amoureuse de lui avant et il l'avait rejetée. La blessure qu'il lui avait infligée était restée cuisante pendant des années. Que s'était-elle imaginé ?

Que cette fois, elle resterait immunisée ? Qu'elle serait capable de continuer à jouer le jeu jusqu'à ce qu'ils... oui, jusqu'à ce qu'ils *quoi* ?

— C'est même plus que de la peur : de la terreur. Comme si on me demandait de sauter d'un avion sans parachute.

Comme si le risque qu'elle courait était au-dessus de ses forces.

— Tu vas le lui dire ?

— Non !

Jamais, même dans un million d'années, elle ne trouverait le courage de repasser par un aveu aussi mortifiant.

— Tu devrais, pourtant, conseilla Frankie, toujours carrée dans ses façons de voir. Ça va mieux quand on dit les choses franchement.

— J'en suis déjà passée par là une fois. Et le résultat n'a pas été concluant.

— Ça n'a rien à voir ! Tu étais quasiment mineure, à l'époque.

— Je n'étais pas mineure ! Et ça a été un désastre. Cette fois, je me la ferme et je garde mes sentiments pour moi.

C'était ce qu'elle lui avait promis, d'ailleurs. Ne lui avait-elle pas assuré qu'elle était capable de « gérer » une telle relation ? Elle lui avait promis, juré, répété qu'elle était prête à instaurer avec lui une relation paisible de type *sex friends*, sans s'investir. Ce ne serait pas juste pour Jake si elle revenait soudain sur la parole donnée.

— Il faut que je réfléchisse à ce que je vais faire. Que je fasse le tour des possibilités.

— Comme si l'option évidente n'était pas de dire simplement ce qu'il en est !

Frankie la considérait d'un œil outré.

— Et vous vous demandez, toutes les deux, pourquoi entendre parler d'amour me donne des boutons ? La voilà, la raison ! Rien n'est jamais simple, clair et honnête. Ça me fait penser à des messages codés en hiéroglyphes. Tout n'est que manœuvres, mensonges et dissimulation !

— Si je lui dis ce que je ressens, je le perds. Le risque est trop grand.

— Mais tu dis toujours que vivre, c'est prendre des risques ! Que tu refuses de te protéger, justement !

— Oui, je sais, mais...

Paige songea aux conséquences si elle se trompait une nouvelle fois avec Jake. En un éclair, elle revécut, tapie dans chaque fibre de sa chair, l'infinie douleur du rejet.

— Dans ce cas précis, c'est différent, Frankie.

Rien ne l'empêchait de poursuivre sur sa lancée avec Jake. De continuer à faire l'amour et de s'amuser. Elle n'avait pas besoin de mettre un nom sur ses sentiments.

La porte s'ouvrit et elle leva les yeux.

— Bon, on finira cette conversation plus tard. On passe en mode pro, les filles. Notre cliente vient de faire son entrée.

— Et apparemment, elle a déjà bu un verre ou deux — voire dix, marmonna Frankie. Il faudra penser à couper son champagne avec de l'eau. Et prévoir une ambulance. Si elle se casse la figure sur ces talons-là, ça risque de faire mal.

— C'est son anniversaire, Frankie. Tous les débordements sont permis.

Lorsque Paige se porta au-devant de leur cliente, la chaleur de son sourire n'était pas feinte.

— Joyeux anniversaire, Crystal !

— Je ne suis pas sûre d'être très joyeuse, à vrai dire.

La jeune femme vacillait sur ses escarpins vertigineux.

— Trente ans... C'est le début de la fin, non ? J'ai essayé de ne pas en parler au travail, mais ils ont ouvert une bouteille de champagne en mon honneur. Je crois que j'en ai bu trop et trop vite. Et il n'y avait rien à grignoter pour éponger l'alcool.

— Nous avons ce qu'il faut ici.

Paige fit un signe discret à Eva et conduisit Crystal à une des tables qui avaient été dressées en vue du dîner.

— Vous devriez manger quelque chose avant l'arrivée de vos amies, Crystal.

— Franchement, je me demande pourquoi j'ai eu l'idée de fêter cet horrible anniversaire. Et ne me dites pas que j'ai l'air d'avoir vingt ans parce que je sais que ce n'est pas vrai, donc vous vous fatigueriez pour rien.

— Vous n'avez pas l'air d'avoir vingt ans — vous êtes mieux encore.

Paige l'examina en plissant les yeux.

— Je ne sais pas pour vous, mais moi, à vingt ans, j'étais gauche et mal dans ma peau. Je ne savais pas qui j'étais ni ce que je voulais. Et même si je l'avais su, je n'aurais pas eu le courage de foncer. A trente ans, on sait où on va et comment on compte s'y prendre. Et vous êtes superbe, ce soir, Crystal.

Sa cliente cligna des yeux.

— Superbe ?

— Vous le savez. Cette robe, vous l'avez choisie vous-même. Je parie que vous vous êtes regardée dans le miroir et que vous vous êtes dit : *C'est celle-ci et pas une autre.*

Paige lui sourit avec une chaleur sincère.

— Vous avez eu raison car elle vous va comme un gant.

Crystal baissa les yeux sur sa tenue.

— C'est vrai que j'ai eu un gros coup de cœur pour cette robe. Je me la suis offerte pour me consoler d'avoir trente ans et de ne pas avoir atteint un seul des buts que je m'étais fixés.

— C'était quoi, les buts que vous vouliez atteindre ?

Crystal haussa tristement les épaules.

— Oh ! un peu comme tout le monde, je pense... Je voulais changer le monde, y imprimer ma marque de façon éblouissante. Au lieu de quoi je suis juste devenue un minuscule rouage de la grande machine.

— Il n'est pas toujours nécessaire de changer le monde dans son ensemble, observa Paige. En modifier un petit bout, c'est déjà un début. Ce sont les petits changements additionnés qui font les grands. Et sans le minuscule rouage, la machine ne peut pas tourner, toute puissante qu'elle est.

Le regard de Crystal se fit moins sombre.

— Elle me plaît assez, votre théorie.

— L'idée, ce soir, c'est de vivre un grand moment de fête et d'amitié. C'est tout le sens d'une célébration d'anniversaire. S'amuser. Vous avez laissé les angoisses de vos vingt ans derrière vous. Vous n'avez pas encore les responsabilités de la quarantaine. Trente ans, c'est un âge rien que pour soi.

— Rien que pour moi… C'est une façon de voir les choses, en effet.

Crystal soupira.

— Quand je repense à ma vie, je m'interroge sur les décisions que j'ai prises. J'ai souvent misé sur le moindre risque.

Elle agita la main en signe d'excuse.

— Stop. Désolée. Ce n'est pas compris dans vos prestations d'écouter mon lamento. Je n'aurais jamais dû écluser tout ce champagne. L'alcool me délie toujours un peu trop la langue. Et comme en plus vous avez de bonnes capacités d'écoute…

— Notre travail à toutes les trois, c'est de faire en sorte que vous passiez la plus belle soirée possible.

Paige hésita un court instant.

— Quel genre de risques auriez-vous aimé prendre ?

— C'est surtout dans le domaine affectif, en fait.

Crystal baissa les yeux sur ses mains où on ne voyait scintiller aucune bague.

— En amour, j'ai toujours été d'une prudence presque maladive. Mes parents ont divorcé quand j'avais douze ans et ça m'a rendu très méfiante envers les hommes. J'avançais comme en terrain miné, en multipliant les stratégies de repli pour être sûre de me protéger au maximum. Il me fallait toujours des garanties en béton. Sinon, je prenais la fuite. L'idée de me casser la figure me terrorisait. J'en suis consciente maintenant, mais j'ai du mal à modifier mon attitude.

Paige, la bouche sèche comme du carton, demeura sans réponse. Cette peur, elle ne la connaissait que trop bien, même si, dans son cas, le besoin de garder le contrôle venait de ses problèmes de santé dans l'enfance. Depuis, son désir de maîtrise était devenu si fort qu'elle se cramponnait aux rênes sans jamais réussir à lâcher prise.

La voyant muette, Eva s'avança pour poser une assiette d'amuse-bouches devant Crystal.

— Tenez, voilà de quoi grignoter. Ils sont délicieux. Et si vous voulez mon avis, je pense que ce ne serait pas une mauvaise idée de lâcher prise et de faire le grand saut... On peut aussi faire confiance. A soi-même et à la vie, ajouta-t-elle fermement.

Paige jeta un regard en coin à son amie. A qui s'adressait Eva, en l'occurrence ? A leur cliente ou à elle ?

Crystal prit une verrine à l'avocat.

— Faire le grand saut... Comme lorsqu'on se jette d'un avion sans parachute, vous voulez dire ?

Paige se ressaisit.

— Je crois que les parachutes, on les porte à l'intérieur de soi.

Elle songea à ce que lui avait dit Jake, il n'y avait pas si longtemps, sur leur terrasse.

— Vos parachutes, ce sont vos talents, vos capacités, tout ce qui fait de vous une personne unique. Dites-vous que quoi qu'il arrive, vous pouvez faire face. Je crois que nous sommes parfois tellement occupés à assurer nos arrières que nous n'avons même plus le temps de lever la tête pour voir l'étendue des possibles devant nous. Nous pensons toujours que la voie la plus sûre, c'est celle que nous connaissons déjà. Mais parfois c'est l'inconnue qui finit par apparaître comme le meilleur choix.

Paige se souvint du sentiment d'effondrement qu'elle avait ressenti lorsque Cynthia lui avait montré la porte. Alors qu'elle avait cru perdre sa sécurité, le contraire s'était produit. Avec Urban Génie, elle prenait plus de responsabilités, mais elle récoltait les lauriers en contrepartie. Y compris en termes de contrôle. Elle n'avait plus à subir les mauvaises décisions d'autrui. C'était elle, désormais, qui avait la barre en main.

Et pourtant, elle était consciente au fond d'elle-même qu'elle n'aurait jamais monté sa propre agence si les circonstances ne l'y avaient pas contrainte. Elle détestait que les autres se montrent protecteurs avec elle, mais cela ne l'avait pas empêchée d'être trop protectrice envers elle-même. Elle avait vécu sa vie en choisissant la voie du moindre risque. Dans sa vie professionnelle comme dans sa vie amoureuse.

Et les choix de sécurité s'enracinaient dans la peur.

Pensive, Crystal reprit la parole :

— C'est presque un réflexe élémentaire de tout faire pour ne pas retomber dans une souffrance que l'on a déjà connue. On se dit qu'on a trop à perdre et qu'on ne le supportera pas… Mais à force de ne rien vouloir lâcher, on finit par passer à côté de la vie. Il y a deux ans, j'ai croisé le chemin d'un homme…

Elle haussa les épaules.

— C'est moi qui ai tout gâché entre nous. J'étais tellement sur mes gardes, fermée et rigide, qu'il a cru que j'étais indifférente à lui. Depuis, il ne se passe pas un seul jour sans que je ressente un pincement de regret. Mais il est trop tard pour revenir en arrière… Hou là là, je n'arrive pas à croire que j'ai pu vous raconter tout ça. Dites-moi de me taire. Et ne me resservez pas de champagne, surtout, sinon je vais sangloter dans les petits-fours.

— Vous êtes sûre qu'il est vraiment trop tard ?

Le cœur de Paige battait la chamade, comme s'il l'exhortait à ouvrir les yeux et à se secouer.

Elle insista :

— Il n'est jamais trop tard pour dire à quelqu'un qu'on l'aime.

— Dans mon cas, si. Il a rencontré quelqu'un d'autre. Une femme qui, elle, n'a pas freiné des quatre fers. Ils sont mariés depuis un an et un bébé est en route. Je regrette de ne pas m'y être prise autrement, mais j'avais trop peur, à l'époque. Et maintenant j'en paie le prix. Mais bon, je ne vais pas me mettre à pleurer le jour de mon anniversaire ! Trente ans, c'est un nouveau départ, non ? Je peux encore rencontrer quelqu'un. Il n'est pas encore trop tard pour un nouvel amour.

— Il n'est jamais trop tard pour vivre sa vie avec courage, murmura Paige.

Elle l'espérait, du moins.

Parce que c'était ce qu'elle comptait faire.

Et peut-être qu'elle prendrait des coups au passage, mais au moins elle ne fêterait pas l'anniversaire de sa prochaine décennie en pleurant de regret sur les opportunités manquées.

— Je me sens mieux, annonça Crystal en enfournant un canapé. Vous devriez vendre vos services comme coach en développement personnel.

Paige lui tendit un verre d'eau, songeuse. Il était temps pour elle de suivre ses propres conseils.

— Profitez de votre fête et interdisez-vous pour ce soir de regarder en arrière. C'est demain qui compte. Droit devant vous, un avenir ensoleillé vous attend. Et si vous avez besoin de lunettes de soleil, faites-moi signe.

Crystal but son verre d'eau d'un trait.

— Je vous veux toutes les trois dans ma vie. C'est décidé : je ne vous lâche plus. Urban Génie a fait du super boulot. Et le service de conciergerie est génial.

Elle écarquilla les yeux en découvrant la tour de cupcakes.

— Ouah, c'est magnifique !

Des rires s'élevèrent dans leur dos et Crystal tourna la tête.

— Les voilà ! Ce sont mes amies.

Le groupe de filles au grand complet se déversait hors de l'ascenseur, armées de cadeaux, de ballons gonflés à l'hélium et de sourires. Une belle brochette de femmes visiblement animées par un seul but : offrir à une amie très appréciée la plus joyeuse fête d'anniversaire qui soit.

Crystal se porta à leur rencontre et ce furent des rires et des embrassades à n'en plus finir. Paige leur laissa tout le temps nécessaire pour s'exclamer, admirer et échanger les dernières nouvelles avant de se présenter avec son plateau de champagne.

— Les amies, c'est précieux, commenta Eva à mi-voix lorsqu'elles se retrouvèrent à part toutes les trois. Tant que tu as des amies, tu peux affronter les coups durs. Je compte sur vous deux pour m'apporter des cadeaux joliment emballés lorsque je fêterai mes trente ans.

— On te versera des margaritas dans le gosier jusqu'à ce que tu oublies ton âge, promit Frankie.

Elle tourna la tête vers les invitées de Crystal, qui s'extasiaient devant le gâteau savamment agencé.

— Elles ont l'air d'apprécier. Tu as fait un super boulot, Ev.

Paige acquiesça d'un signe distrait de la tête.

— Dites, vous y croyez, vous, qu'elle a laissé filer comme ça l'homme qu'elle aime ?

— Oui, j'y crois, répondit Frankie, catégorique. Je vous l'ai dit : l'amour, c'est comme des hiéroglyphes — illogique et embrouillé.

Paige prit une profonde inspiration.

— Je ne veux pas de relation « embrouillée » avec Jake. J'ai l'intention de lui parler de mes sentiments pour lui.

Eva et Frankie échangèrent un regard.

— Et comment réagira-t-il, tu crois ?

— Je ne sais pas.

Elle revécut en pensée les moments passés ensemble, la tendresse, l'intensité, les regards. Les rires et les mots chuchotés.

Sans Jake, Urban Génie n'aurait jamais vu le jour.

C'était lui qui l'avait poussée à franchir le pas et à assumer ses rêves.

Il la connaissait mieux que personne.

— Je crois qu'il m'aime aussi, mais si je me trompe, je m'en remettrai.

Elle avait déjà survécu une première fois, après tout. Même si elle avait passé de sales moments, elle n'était pas restée à pleurer au fond du trou. Elle s'était reprise en main et avait étudié, travaillé, noué des amitiés fortes et fait quelque chose de sa vie.

— Je n'ai pas envie de regarder derrière moi dans quelques années en regrettant amèrement d'avoir été dans l'évitement et le silence. Je crois que ce serait la pire des choses qui pourrait m'arriver.

Et puisqu'elle s'était juré de vivre sa vie avec courage, la meilleure chose à faire serait de commencer dès aujourd'hui.

Jake tournait autour de la table de billard de Matt, cherchant son axe de visée, affinant sa position avant de jouer son coup.

— C'est quand tu veux, Jake, ironisa Matt. Ce siècle ou le suivant, nous avons l'éternité devant nous.

Il décapsula une canette et la tendit à Chase.

— J'ai appris que tu avais fait l'acquisition d'un bateau ?

— C'est vrai. Il est magnifique.

— Il est destiné à rester sur le dock pendant que tu l'admires ? Ou tu comptes le mettre à l'eau ?

— J'ai la ferme intention de naviguer, et souvent, même.

Chase porta la bière à ses lèvres.

— J'ai réorienté mes priorités, comme on dit.

Matt leva un sourcil.

— Matilda aurait-elle quelque chose à voir avec la réorientation en question ?

— Ça se pourrait, oui.

Jake se concentra, joua enfin et empocha la boule.

— Encore une preuve supplémentaire que les femmes sont des créatures dangereuses, commenta-t-il en se redressant. Elles te transforment un homme sans crier gare. Et adieu la belle vie.

Pour éviter ce triste dénouement, il avait acquis un talent très sûr pour rompre dans les règles de l'art. Il avait appris à choisir le bon moment, avant que les sentiments ne prennent le dessus. Le plus tôt possible, autrement dit. Et il s'était toujours tenu à cette règle.

Sauf avec Paige.

Il fronça les sourcils.

Quel que soit l'angle sous lequel il examinait le problème, sa relation avec Paige ne pouvait plus être considérée comme une simple aventure sans lendemain. Mais ils avaient des années d'amitié derrière eux, ce qui compliquait un peu le calcul.

Et Paige n'était pas comme les autres : elle le prenait tel qu'il était. Elle savait depuis le début qu'il ne faisait ni dans les histoires de cœur ni dans les *happy ends*.

— Il se trouve que je préfère ma nouvelle vie à l'ancienne,

observa Chase d'une voix calme. Matilda est plus drôle à vivre qu'une journée de boulot de seize heures.

C'était au tour de Matt de chercher son angle d'attaque autour de la table de billard.

— La prochaine fois, passe nous voir avec elle. Matilda, c'est un nom qui revenait souvent, par ici, pendant la phase où on t'avait perdu de vue. Les filles s'inquiétaient pour elle.

Chase prit une gorgée de bière.

— Matilda me parle beaucoup d'elles aussi. Elle pense que Paige a tout ce qu'il faut pour réussir brillamment.

— Ça ne fait pas l'ombre d'un doute. Elle est géniale.

Voyant que Matt lui jetait un regard en coin, Jake haussa les épaules.

— Quoi ? Ta sœur est capable de jongler avec mille et une tâches en même temps et son sens du détail est stupéfiant. Il faut juste qu'elle arrête de stresser comme ça. Elle dort avec son téléphone à côté du lit et prend des notes au beau milieu de la nuit.

Matt fronça les sourcils d'un air surpris.

— Comment tu sais qu'elle dort avec son téléphone à côté du lit ?

— Elle me l'a dit.

Jake corrigea sa gaffe en douceur.

— On bosse dans les mêmes locaux, rappelle-toi.

— Je savais que tu lui avais procuré un espace de travail pour Urban Génie, mais je n'imaginais pas que vous communiquiez aussi intimement sur vos rythmes de travail respectifs.

— A l'occasion, il lui arrive de venir faire un point avec moi.

— Dans ce cas, il faudra lui dire de lever le pied. Urban Génie ne fera pas faillite si elle s'accorde une soirée de temps en temps. Paige travaille trop. Je ne la vois qu'en coup de vent et elle a manqué notre soirée cinéma trois samedis d'affilée. Toi aussi, d'ailleurs, maintenant que j'y pense.

— Je suis archi à la bourre, en ce moment.

Chase termina sa bière.

— Après ce qui s'est passé, ça me ferait plaisir que l'agence de Paige décolle. Et pas seulement parce que Star Events mérite de ravaler sa superbe en se heurtant à une concurrente un peu sérieuse. Si ta sœur a besoin d'un soutien financier, Matt, je suis prêt à…

Matt enduisit sa queue de billard avec de la craie.

— Ce n'est même pas la peine de lui proposer. Ma sœur est une obsédée de l'indépendance. Il faut toujours qu'elle fasse ses trucs toute seule et sans aide, sinon ça ne compte pas.

— Matilda a été horrifiée lorsqu'elle a découvert qu'une bonne partie des effectifs de Star Events avait été licenciée du jour au lendemain. Paige avait déjà le projet de monter sa propre boîte ?

— Au départ, c'est Jake qui l'a poussée. Ma première réaction a plutôt été d'essayer de la dissuader. Je pensais qu'elle était trop jeune pour se mettre à son compte.

Matt tourna les yeux vers lui.

— Mais c'est toi qui avais raison.

Jake attrapa une seconde bière.

— J'ai *toujours* raison.

— Pas toujours, non. Mais cette fois-ci, oui. Je ne l'ai encore jamais vue aussi heureuse. Elle irradie l'énergie, littéralement, et se promène avec un sourire extatique du matin au soir.

Mal à l'aise, Jake passa son poids d'un pied sur l'autre. Il croyait savoir pourquoi Paige souriait ces derniers temps. Et son agence n'était pas seule en cause.

— Tant mieux si elle est heureuse.

— Tu as beaucoup fait pour elle, ces temps-ci.

L'expression de Matt était grave.

— Je ne te remercierai jamais assez pour ton aide, Jake. Ça t'a pris du temps et de l'énergie.

Penser à tout le temps et l'énergie qu'il avait consacrés à la sœur de Matt mit Jake en nage. La culpabilité lui attaquait la peau comme de l'acide.

— Ça va, c'est bon. N'y pense plus.

Il était temps que Matt connaisse la vérité. Depuis le début, Jake regrettait de ne pas lui avoir tout dit sur-le-champ, comme il avait d'ailleurs voulu le faire. Comment allait-il pouvoir amener la chose, maintenant ?

*Tiens, au fait, Matt, je ne t'ai pas dit ? Je me tape ta sœur en ce moment.*

Il aurait droit à un œil au beurre noir avant d'avoir terminé sa phrase.

En lui, l'irritation et la culpabilité se mêlaient dans un combat inextricable.

Paige était heureuse, non ? Matt l'avait dit lui-même. Il n'y avait vraiment pas de quoi en faire un plat.

Allez, merde, tant pis. Il dirait la vérité à Matt. Ce n'était pas trop tard. Paige et lui ne se voyaient que depuis quelques semaines, après tout. Ce n'était pas comme s'ils couchaient ensemble en cachette depuis des années.

Chase posa sa bière et se leva pour prendre sa place à la table de billard.

— Et toi, Jake ? Qui est la femme qui occupe tes nuits en ce moment ?

— Bonne question, approuva Matt en l'examinant avec curiosité. Il n'est pas très loquace sur sa vie amoureuse, le bougre. Je ne sais pas quelle fille il voit, mais elle accapare son attention plus que la longue série des précédentes.

Jake se frotta la nuque.

— Je n'ai pas de vie amoureuse. J'ai une vie sexuelle.

— Ça fait un petit moment que ta sexualité est requise par la même femme, alors.

— Ne va pas en conclure que je m'attache. Ça veut juste dire qu'elle et moi, au lit, ça déménage.

D'accord, il jouait les prolongations avec Paige. Mais cela ne voulait rien dire de particulier. Il n'avait aucune raison de rompre alors que leur entente sexuelle allait *crescendo*, si ? Jake se leva pour prendre sa queue de billard et garda les yeux fixés sur la boule tout en essayant de justifier les choses de façon calme. Rationnelle.

Paige le connaissait presque aussi bien qu'il se connaissait lui-même. Elle savait qu'entre elle et lui, c'était un jeu.

En fait, elle se rapprochait de la femme parfaite à ses yeux. Follement sexy, sensuelle, joyeuse, capable de vivre dans l'instant présent. Pas de celles qui voulaient se projeter à toute force dans l'enfermement d'un avenir à deux.

Matt contourna la table de billard.

— Je ne sais pas qui est ta mystérieuse amie mais elle prend une place inhabituelle dans ta vie, en tout cas. Elle doit être canon — ça va sans dire. Blonde, brune ou rousse ? Donne-nous au moins un indice. Et pourquoi tu ne viens jamais avec elle au Romano's, au fait ?

Parce qu'elle passait déjà autant de temps là-bas que lui ou presque. Et dès qu'ils se retrouvaient en groupe autour d'une table, cela devenait chaque fois plus difficile pour lui de faire comme si. D'autant plus qu'il avait de la peine à se souvenir comment ça se passait entre eux « normalement ». Comment se comportait-il avec Paige avant ? Du temps où ils n'avaient pas encore réinventé ensemble la gamme complète de l'intime ?

Pour être honnête, il n'avait jamais imaginé que cela durerait aussi longtemps entre eux. D'habitude, avant même de démarrer une histoire, il avait déjà programmé la façon dont elle se terminerait. Mais aucune de ses relations jusqu'ici ne lui avait apporté autant de satisfaction.

Jake joua, manqua la poche de peu et fusilla Matt du regard.

— C'est ça. Marre-toi.

— Ah, pour me marrer, je me marre. Tu as la tête ailleurs et c'est tant mieux pour nous. Mes hommages à ta mystérieuse copine du moment. Mon compte en banque lui est reconnaissant. Alors je prie pour que ça dure entre vous. Je vous signale que j'ai gagné, alors allongez la monnaie, tous les deux.

Que se passerait-il une fois que Paige et lui auraient rompu ?

Resteraient-ils en contact ? Oui, forcément. Ne serait-ce qu'à cause de Matt. Et ils étaient amis.

De fait, depuis qu'il avait cessé de la maintenir à distance, ils étaient redevenus très proches, comme avant. Plus qu'avant même, puisque l'intimité sexuelle entre eux apportait une dimension supplémentaire.

Une fois qu'ils se seraient lassés du sexe, ils n'auraient aucune raison de ne pas continuer à s'apprécier en tant qu'amis. Et comme il ne voyait aucun signe de lassitude se profiler à l'horizon, il perdait son temps à se creuser la tête sur ce qui se passerait par la suite.

Chase attrapa sa veste en grommelant :

— Si je continue à vous fréquenter, tous les deux, il faudra bientôt que je me remette à travailler dix-huit heures par jour.

Il prit une liasse de billets dans sa poche et la remit à Matt.

— Tiens, à propos de boulot… J'ai un *rooftop* à aménager à Tribeca. Un gros projet. Ça t'intéresserait ?

— Ça dépend. Tu comptais me régler avec le tas de billets que tu viens de me coller dans les mains ?

— Non.

— Dans ce cas, ça m'intéresse, oui.

— Parfait.

Chase jeta sa veste sur le dos d'une chaise.

— Parce que je ne le confierais à personne d'autre qu'à

toi. Vous êtes pris, tous les deux, ce week-end ? Sinon, je vous propose de vous joindre à Matilda et moi, sur la plage.

— Deux jours dans les Hamptons à faire de la voile ! Je ne dis pas non.

Matt glissa la pile de billets dans sa poche.

— Et toi, Jake ?

— Impossible en ce qui me concerne. Trop de boulot.

Il garda la tête baissée, attentif à ne pas révéler que c'était la sœur de Matt qui le tiendrait occupé ces deux prochains jours.

A cette heure-ci, elle devait déjà l'attendre chez lui.

Il lui avait confié *sa clé*.

Le geste en lui-même, cela dit, ne signifiait pas grand-chose. Un simple arrangement pratique entre amis.

# Chapitre 19

*« La vie étant un mélange imprévisible de soleil et d'averses, toujours garder un parapluie sous le coude. »*

— PAIGE

Paige salua le concierge de l'immeuble de Jake et se dirigea vers l'ascenseur, les bras tellement chargés de victuailles qu'elle voyait à peine où elle mettait les pieds.

Elle sentait le poids de la clé dans sa poche. Pas seulement le métal mais sa signification. La simple idée que Jake la lui avait confiée lui montait à la tête comme un début d'ivresse. Elle était pratiquement certaine qu'il n'avait encore jamais donné la clé de chez lui à une femme.

Le fait qu'il lui propose d'entrer chez lui en son absence pouvait-il être considéré comme anodin, franchement ?

C'était la preuve qu'elle occupait un statut à part pour Jake. Qu'elle était importante pour lui.

Importante jusqu'à quel point, elle le saurait ce soir lorsqu'elle lui déballerait ses sentiments. Il ne lui avait peut-être jamais dit qu'il l'aimait, mais leur relation avait évolué et ne cessait de s'approfondir. Pas seulement parce qu'ils pouvaient se parler de tout sans retenue, mais parce qu'ils étaient bien ensemble.

Ce qui faisait toute la beauté de leur histoire, c'est qu'ils étaient proches — intimement soudés par mille petits détails partagés. Une chose qu'elle savait au sujet de Jake, par exemple, c'était qu'il aimait la cuisine italienne. Pour cette raison, ses sacs étaient remplis de belles tomates à la chair rouge et mûre, de basilic frais et d'une bouteille d'une excellente huile d'olive.

Elle traînait si souvent au Romano's que Maria avait eu le temps de lui enseigner les bases de son savoir-faire. Et elle était d'humeur à exhiber ses talents ce soir. Jake n'était pas le seul à exceller aux fourneaux.

Tout en maintenant ses sacs en équilibre, elle sortit de l'ascenseur, tourna la clé — *sa* clé — dans la serrure, et entra dans le loft spacieux. Ultramoderne, l'appartement de Jake était résolument masculin, avec des dominantes de cuir et de bois et d'immenses baies vitrées offrant une vue propre à laisser bouche bée même le plus blasé des New-Yorkais.

Elle savait que derrière tout ce luxe se cachaient de longues années de labeur et de ténacité. La réussite de Jake, obtenue à la force du poignet, inspirait à Paige un profond respect.

Elle s'immobilisa un instant devant une des fenêtres pour boire des yeux les reflets argentés du fleuve et le scintillement de lumières du Brooklyn Bridge. Puis elle posa ses sacs sur le plan de travail et entreprit de les vider. L'amour de Jake pour la technologie était présent dans chacun de ses aménagements domotiques. L'éclairage, la sonorisation ainsi que la température de chaque pièce étaient centralisés, et il pouvait les programmer à distance, même s'il se trouvait à l'autre bout du monde.

C'était une chance qu'elle soit friande de technologie, elle aussi, sinon elle serait probablement restée dans le noir, incapable de se débrouiller dans sa cuisine ultra-équipée. Et son projet de dîner serait tombé à l'eau.

Mais pour commencer, vite, elle glissa sa bouteille de champagne au congélateur pour la rafraîchir.

Ce soir, ce serait soirée romantique. Un moment pas comme les autres.

Et lorsqu'elle flairerait l'instant propice, elle lui parlerait sentiments.

Elle hachait une gousse d'ail et la mélangeait à la botte de basilic frais lorsque la porte de l'appartement s'ouvrit. Jake venait de rentrer. La force magnétique de sa présence et l'éclat gris argent de son regard la saisirent de plein fouet. Elle avait beau le voir tous les jours ou presque, il continuait de lui couper le souffle.

Il jeta ses clés sur la surface disponible la plus proche, retira ses bottes du bout des pieds. Ses gestes étaient secs. Nerveux. Elle comprit tout de suite. Quelque chose n'allait pas.

— Sale journée ?

Son regard glissa sur elle puis se fixa sur le plan de travail où elle avait aligné ses ingrédients.

— Tu cuisines ? Je croyais qu'on allait au resto ?

— Je pensais que ce serait sympa de ne pas avoir à bouger. Tu as eu une grosse semaine et on est crevés l'un comme l'autre. Et puis, je te dois un repas. Tu as cuisiné pour moi le week-end dernier.

Elle ne le questionna pas plus avant sur les raisons de sa mauvaise humeur. S'il avait envie de lui parler de ce qui n'allait pas, il le ferait lorsqu'il le jugerait bon. Elle était consciente qu'il y avait des épisodes de son passé dont il ne souhaitait pas discuter et elle respectait son besoin de silence.

— J'ai aussi du champagne au frais pour ce soir.

— On a quelque chose à fêter ?

— Un nouveau client pour Urban Génie. Et un événement aujourd'hui qui s'est particulièrement bien passé.

Elle ajouta les tomates coupées en dés dans la sauteuse.

— Et ces deux contacts, on les a eus grâce à toi. Je ne

te remercierai jamais assez d'avoir eu recours à nous pour organiser ta soirée.

— C'est vous qui avez fait tout le boulot. Pas moi. Mais si tu veux me remercier, je peux te fournir quelques suggestions intéressantes.

Elle sourit.

— Et ta soirée billard avec Matt et Chase ?

— J'ai perdu.

— Tu ne perds jamais !

— Eh bien ce soir, j'ai perdu.

*Serait-ce la raison de sa contrariété ?*

— Tu as eu des problèmes de concentration ?

Jake la regarda un long moment puis hocha la tête.

— J'ai deux ou trois préoccupations qui me tournent dans la tête en ce moment. C'était quoi, ton événement de ce soir, alors ?

Elle baissa le feu sous la sauteuse.

— Une femme qui fêtait ses trente ans. Frankie et Eva ont fait quasiment tout le boulot. Je me suis contentée d'arrondir les angles.

Et de rêver. Et de prendre des décisions au sujet de son avenir. Un avenir dont elle espérait sérieusement qu'il serait commun avec Jake.

Il déboucha le champagne et le versa dans deux flûtes.

— Ça se passe comment, quand on veut arrondir les angles dans le cadre d'une fête d'anniversaire ?

— Pour l'essentiel, on assure à la victime qu'elle n'a pas de rides, que trente ans, ce n'est pas encore le début de la fin et qu'il lui reste encore de longues et belles années à vivre.

— A trente ans ? L'âge est déjà un problème ?

— C'est quelqu'un qui est passé à côté de certaines choses dans la vie. Des décisions qu'elle a eu peur de prendre. Et elle regrette sa frilosité. Je n'ai pas envie que ça m'arrive, Jake. En l'écoutant, je me suis félicitée d'avoir monté Urban Génie. Grâce à toi.

— Tu l'aurais fait tôt ou tard. Je me suis contenté d'accélérer le processus.

Jake tournait en rond dans la cuisine comme une bête en cage.

— Paige, il faut qu'on dise à Matt ce qui se passe.

— Je suis d'accord.

Elle prit comme un signe positif le fait qu'il voulait informer son frère de leur relation. Il n'aurait pas proposé ça s'il avait eu l'intention de rompre dans les quelques jours à venir. Et elle comprenait maintenant pourquoi il était si tendu. Matt était son meilleur ami et ce ne serait pas une conversation facile.

— Tu veux qu'on lui dise quand ? Dimanche ? Eva cuisine. Et on est invités tous les deux.

— Je doute qu'il soit très judicieux de faire une annonce en public. Je lui parlerai seul à seul. Comme ça, quand il me mettra en bouillie, il n'y aura pas de victimes collatérales.

— Pourquoi Matt te mettrait-il en bouillie ?

— Parce que je te fais des choses de ce style…

Il l'attira contre lui d'un geste presque brutal et la maintint serrée, cuisses contre cuisses. S'emparant de sa bouche, il l'embrassa longuement, savamment, jusqu'à ce qu'elle perde l'usage de ses jambes. Peu importait la façon dont il l'embrassait, d'ailleurs. Ses baisers pouvaient être lents et pleins de torpeur, ou échevelés et éperdus, un même désir fulgurant la traversait chaque fois de la tête aux pieds en passant par toutes les stations intermédiaires. Un désir qui lui tournait la tête et lui liquéfiait les membres. Ce soir, dans le baiser de Jake, elle ressentit une intensité presque désespérée qu'elle ne lui connaissait pas. Elle déboutonna fébrilement sa chemise, dévoilant les contours puissants de son corps finement musclé.

— Serions-nous pressés ?

— Ouais. Très pressés, même.

Les lèvres de Jake glissaient dans son cou. Elle ferma les yeux.

— Pressés pour une raison particulière ?

— J'ai envie de toi. Ça te va, comme raison ? Le sexe avec toi, c'est... c'est...

Il enfouit les doigts dans ses cheveux et dévora sa bouche de plus belle.

— On est vraiment obligés de mettre des mots dessus ?

— On devrait pouvoir se passer de mots dans un premier temps, chuchota-t-elle.

Ses jambes étaient faibles, son esprit embrumé.

— Mais je vais faire brûler ma sauce et tu vas penser que je suis une cuisinière lamentable.

— Je te jure que non. Mais si ça te pose problème, tu peux toujours enlever ta sauce du feu.

Elle suivit son conseil sans tergiverser. Déjà les mains de Jake étaient sur elle, s'attaquant à ses vêtements avec une frénésie telle qu'elle se demanda s'ils allaient tenir assez longtemps pour atteindre la chambre à coucher.

— Si tu me détournes de mes tâches domestiques, le dîner ne sera pas prêt avant longtemps.

— Je m'en fiche, du dîner.

Il la souleva dans ses bras et la porta dans le couloir comme si elle ne pesait rien.

— Je suis encore en état de marcher.

— Je sais. Mais ça gâcherait mon plaisir. Et puis je n'ai pas eu le temps de m'entraîner en salle de sport aujourd'hui.

— Super. J'en déduis que mon indice de masse corporelle est tel que je te permets de battre tes records en lever de poids ?

Il la déposa avec douceur au centre du lit et suivit le mouvement, la clouant sous lui.

*Je t'aime.*

Les mots résonnèrent dans sa tête, mais elle ne se sentait pas tout à fait prête à les prononcer.

Pas encore.

— Donc tu as laissé Matt gagner ?

— Je n'ai rien laissé du tout. Il a gagné tout seul.

Il déboutonna la chemise de Paige d'une main impatiente. Elle l'entendait à peine. Il traça un chemin de baisers sur son épaule, puis descendit vers ses seins. Sa peau s'éveillait au passage de ses lèvres, mille sensations se déployaient telles des fleurs au soleil. Il dégrafa son soutien-gorge avec une adresse déconcertante puis parcourut de ses paumes ses formes et ses courbes.

Elle gémit.

— Jake…

— Tu es si belle.

Il se laissa descendre le long de son corps, referma les lèvres sur la pointe d'un sein, aspira lentement. Elle gémit, se tortilla, souleva les hanches.

Il releva la tête et dans la lumière déclinante, elle vit une lueur amusée étinceler dans ses yeux gris.

— J'ai oublié de te demander… Tu n'as pas eu un appel d'un type d'un organisme de placement en valeurs mobilières ? Parce que je lui ai donné ta carte.

Elle était incapable de se concentrer sur la question, avec le poids de son corps pesant sur le sien et ses doigts caressants qui traçaient sur sa peau leurs savants périples.

— Tu veux que je te parle boulot alors que ta main se trouve là où elle se trouve actuellement ?

— Ici, tu veux dire ?

Il remonta plus haut, s'attardant à l'ombre de ses cuisses.

— Ou là, peut-être ?

Ses doigts musiciens jouaient de son corps avec une virtuosité magnifique, la touchant comme lui seul savait le faire.

Elle était à court de souffle, chavirée.

— On reprendra peut-être cette conversation professionnelle un peu plus tard ?

— Mmm… On peut même cesser de parler tout court.

Il promena ses lèvres sur le visage de Paige puis l'embrassa avec une possessivité presque brutale, tout en lui étirant les bras au-dessus de la tête pour entrelacer ses doigts aux siens et la maintenir à sa merci. Il se pencha sur elle, tentateur, la dévorant du regard.

— Je te tiens et tu ne m'échapperas plus.

— Je n'ai pas envie de t'échapper.

Elle plongea son regard dans le sien et ce qu'elle vit lui fit battre le cœur très vite. A présent elle *savait*, avec une totale et profonde certitude, qu'il l'aimait. L'amour se lisait partout. Dans ses yeux. Dans la façon dont il la touchait. Dans la délicatesse de son écoute. Dans les mille attentions qu'il lui témoignait. Dans la façon dont il prenait soin d'elle.

Jake *l'aimait*.

Glissant la main sous ses fesses, il la souleva pour venir en elle. Ils restèrent un instant ainsi, cœur à cœur, sexe à sexe. Le gémissement qui monta de la gorge de Paige venait du plus profond de son être. Ses pensées se fondirent, s'amalgamèrent en un brouillard aussi lumineux qu'incohérent.

Elle ne pouvait pas se concentrer lorsqu'ils faisaient l'amour. Ne pouvait penser à rien sauf à la façon dont il allait et venait en elle, au plaisir incandescent que chaque poussée attisait. Tout en elle s'abandonnait, elle lâchait prise, donnait au-delà de ce qu'elle savait pouvoir donner. Et Jake prenait, s'octroyait des libertés qu'aucun homme, jamais, n'avait prises. Et plus il demandait, plus elle offrait, le conjurant de prendre plus encore car c'était Jake, *son* Jake, et qu'elle l'avait aimé toute sa vie d'adulte.

Profondément troublée, elle dégagea ses doigts pour poser les mains sur ses épaules, caresser d'un geste léger le relief de ses muscles. Souvent, elle oubliait à quel point il était fort car avec elle, il se montrait toujours d'une délicatesse sans égale.

Il s'immobilisa en elle, son regard rivé au sien.

— Tout va bien, Paige ?

Sa voix était rauque et sensuelle, sa respiration aussi irrégulière que la sienne.

— Tout va toujours bien quand je suis avec toi.

La bouche de Jake reprit la sienne d'assaut et il lui prodigua un baiser enfiévré en modifiant sa position, ce qui amena un nouveau cri à ses lèvres. Il était au plus profond d'elle et leurs corps accordés dansaient en furie, emportés vers d'invisibles sommets.

Sous la puissance saccadée des reins de Jake, son plaisir montait plus haut, toujours plus haut, jusqu'à ce que le raz-de-marée de l'orgasme les emporte au même moment. Leur jouissance partagée fut si intense, si singulière, si profondément *lui-et-moi-et-personne-d'autre* que ses sentiments jaillirent tout seuls. Quelque chose s'était ouvert en elle. Et les mots libérés prirent leur envol.

— Je t'aime.

Elle s'était demandé quand serait le bon moment pour les prononcer, mais ils étaient venus d'eux-mêmes. Elle noua les bras autour de son cou.

— Je t'aime tellement.

— Oui…

Il sourit, les yeux toujours fermés.

— C'était bon, hein ?

Une réponse à la Jake typique.

— Je ne te parle pas sexe, là. Je te parle amour.

— Je sais, je sais… C'est l'orgasme qui veut ça. Certaines femmes disent qu'elles voient Dieu, d'autres voient l'Amour. Mais au bout du compte, c'est du pareil au même. C'est juste le grand pied — et le grand pied, ça frise les hauteurs mystiques.

Elle fronça les sourcils.

Il ne comprenait vraiment pas *pourquoi* le plaisir des corps résonnait si fort en eux ?

Ravalant sa frustration, elle se dressa sur un coude.

— Je t'aime et cela n'a rien à voir avec ton impeccable technique au lit. Oui, c'est vrai, sexuellement, c'est top entre nous, Jake, mais ce n'est pas de ça que je te parle. J'adore la façon dont on fonctionne ensemble.

Jake ouvrit les yeux. Son sourire s'évanouit.

— Paige…

En cet instant, elle aurait encore pu se rétracter, mais elle envoya promener toute prudence. Déjà les mots coulaient, intarissables :

— J'aime tout chez toi, Jake. Ton esprit, ton rire, ton écoute. La façon dont ton cerveau fonctionne. J'aime que tu donnes leur chance à des gens qu'aucun autre employeur ne se risquerait jamais à embaucher. J'aime la passion que tu mets dans ton boulot. J'aime ta loyauté et la force de ton engagement envers tes amis. Envers Maria. Envers mon frère. Et plus que tout, j'aime ta façon d'être avec moi. Je suis même heureuse que tu me protèges, c'est te dire. Et tant pis si ça m'exaspère en même temps.

Là seulement, alors que le torrent de ses mots s'amenuisait, elle s'aperçut que Jake était resté muet. Le regard fixé sur elle, il gardait une immobilité alarmante.

Les premiers germes du doute commencèrent à prendre racine en elle.

Plus le silence de Jake se prolongeait, plus l'incertitude de Paige grandissait.

Elle lui avait fichu un coup de massue, c'était clair.

Son « je t'aime » était-il venu trop tôt ? Aurait-il plutôt fallu laisser les choses suivre leur cours ? Attendre qu'il parvienne lui-même aux conclusions qui s'imposaient plutôt que de les lui assener ? Cela dit, connaissant Jake, la prise de conscience aurait pu prendre un demi-siècle.

Et ils s'aimaient, merde ! Elle en avait désormais l'intime certitude. Aurait-elle eu la force de continuer à feindre ? La vie pouvait se montrer terriblement imprévisible par moments. Et puis elle s'était juré en sortant de son opération de toujours saisir le moment présent.

Restait qu'en voulant le saisir aujourd'hui, elle avait jeté un froid. C'était le moins qu'on puisse dire.

— Jake ? Dis quelque chose.

Il sortit de son immobilité pétrifiée.

— Quelque chose ? Nous savons tous les deux ce que tu aimerais que je te dise, Paige. Les règles du jeu sont claires, non ? Toi, tu me dégaines ton « je t'aime ». Soit je refuse de te rendre la pareille et on met fin à la relation. Soit je te réponds « moi aussi » et on poursuit cahin-caha jusqu'à ce que l'un de nous deux s'aperçoive que finalement il n'aime plus l'autre, et on met fin à la relation. Dans tous les cas de figure, il y a rupture. Tant qu'à faire, je préfère qu'elle soit immédiate. Autant que ça se passe proprement.

— Proprement ?

— Plus les racines sont profondes, plus elles sont difficiles à arracher.

— Avoir des racines, c'est positif, Jake ! Ce sont elles qui nous offrent notre sécurité de base.

— Il n'y a *aucune* sécurité en amour. Ni de base quelconque, d'ailleurs.

Il repoussa les draps et bondit hors du lit comme un tigre qui viendrait de découvrir que quelqu'un avait oublié de fermer la cage.

— L'amour, c'est ce qu'il y a de plus instable et de plus imprévisible au monde. C'est juste un mot, Paige. Et les mots sont faciles à prononcer.

— L'amour est un mot, c'est vrai, mais un mot qui exprime un paquet de sentiments. Des sentiments majeurs. Déterminants.

Elle se tut pour prendre une grande inspiration.

— Tu viens de passer une sale journée — je comprends que tu ne sois pas d'humeur, ce soir. Ça n'a pas dû être facile, avec Matt. On lui parlera dimanche et on reprendra cette discussion une autre fois.

— Il n'y a plus rien à discuter. Et plus rien non plus à dire à Matt.

Il attrapa son jean et l'enfila avec des gestes brusques.

— Je ne sais pas ce que tu attendais de moi au juste, mais peu importe. De toute façon, je ne peux pas te le donner.

Paige sentit monter un début de panique.

— Je n'attends rien de toi !

Une petite part d'elle-même devait reconnaître qu'elle mentait. Non seulement elle avait attendu, mais elle avait *espéré*. Parce qu'elle s'était sentie profondément confiante. Confiante en lui, en elle, en leur amour. Ils avaient passé tant d'heures heureuses ensemble ! Il lui avait même donné sa clé !

Elle fit une ultime tentative pour essayer de lui ouvrir les yeux.

— Ce qui se passe entre nous vaut la peine d'être vécu, non ? On était bien ensemble. On s'éclatait.

— Exactement. On *s'éclatait*. Et je ne comprends pas pourquoi tu nous fais ce coup en traître. Ça te sert à quoi de tout détruire ?

Elle prit une profonde inspiration.

— Mon tort est peut-être qu'à la différence de toi, je ne crois pas que l'amour *détruise* une relation. On dirait que pour toi aimer est le pire des fléaux. Une trahison majeure, presque !

Son cœur se brisa pour lui. Se brisa pour elle.

— L'amour, c'est juste *cadeau*, Jake ! Le plus important, le plus beau cadeau de tous. On ne peut pas l'acheter, on ne peut pas le fabriquer sur commande et on ne peut pas l'allumer et l'éteindre en appuyant sur un bouton. On ne peut que le donner pour rien et c'est ce qui le rend si précieux. Voilà ce que je t'offre.

— Là où tu te trompes, c'est que l'amour fonctionne bel et bien en mode on/off. Et il n'y a pas de mots plus faciles à prononcer que « je t'aime ».

Jake la considérait fixement, le visage impassible. Figé.

— Je ne veux pas de ce que tu m'offres, Paige. Et tu devrais t'en aller, maintenant.

Il aurait pu tout aussi bien la gifler.

— *Quoi?*

Elle n'en croyait pas ses oreilles.

— Je te dis que je t'aime et tu me jettes à la porte?

— Je ne veux pas que tu m'aimes. Je regrette que tu penses être animée de ce genre de sentiments.

— Je ne le « pense » pas. Je le *sais*. Je t'aime, Jake.

Il jura entre ses dents.

— Et voilà. On y est. C'est très exactement pour ça que je ne voulais surtout pas qu'on démarre une histoire, toi et moi.

— Quoi? Attends!

— J'aurais dû mettre fin à la relation plus tôt. L'erreur, c'est d'avoir laissé la situation se prolonger.

Il s'exprimait avec autant d'émotion que s'il venait de lui annoncer que sa carte de bibliothèque avait expiré.

En vérité, le problème, ce n'était pas elle. C'était sa mère biologique.

— Jake, mes sentiments pour toi ne datent pas d'hier. J'ai été amoureuse de toi toute ma vie, observa-t-elle d'une voix aussi calme que possible. C'est en tout cas l'effet que ça me fait.

— Autrement dit, tu m'as menti. Tu m'avais promis que ce genre de scènes ne se produirait pas.

— Je ne t'ai pas menti. J'ai juste…

Elle se força à respirer, à ne pas céder à la panique.

— J'ai juste mal évalué ce que je ressentais.

— Je sais. Tu es comme Eva. Tu crois à l'amour et aux dénouements heureux. C'est ce que tu attends de moi.

— OK. C'est vrai. Je ne vais pas prétendre le contraire. Et je ne veux pas m'excuser non plus de vouloir ce que je veux.

D'autant plus que les désirs et attentes de Jake n'étaient pas si différents des siens. A part qu'il avait trop peur pour oser regarder ses sentiments en face.

— Moi, je n'en veux pas, de l'amour. Et je n'ai pas l'intention de m'excuser non plus de ne pas vouloir ce que je ne veux pas.

Son ton était coupant. Résolu.

— Je pensais que tu l'avais compris, Paige. Que tout cela était clair entre nous. Quand notre histoire a démarré, nous étions sur la même longueur d'onde, tous les deux : c'était et cela resterait purement sexuel.

— Je sais. Au départ, oui, j'étais d'accord. Mais notre relation a évolué et l'amour s'est imposé. De lui-même. Je croyais que tu l'avais senti, toi aussi. Tous ces moments que nous avons passés ensemble, ce n'était pas que sexuel. Nous avons ri. Nous avons parlé. Partagé quelque chose de très fort.

— On a fait deux ou trois trucs ensemble, oui. Mais il n'a jamais été question d'aller chercher la lune. Tu disais que notre relation t'allait telle qu'elle était, riposta Jake d'une voix sèche et tendue. Tu me jurais que tu étais prête à vivre une histoire 100 % sexe. Et là, vlan ! Coup de théâtre, revirement, grandes déclarations et serments pour la vie.

— Je m'aperçois juste que je t'aime et je te le dis. C'est tout.

Elle prit une profonde inspiration et joua le tout pour le tout. Au point où elle en était, qu'avait-elle encore à perdre ?

— Et tu sais ce que je crois, Jake ? Je crois que tu m'aimes aussi.

Sauf que ce n'étaient plus des signes d'amour qu'elle percevait chez lui maintenant. Tout ce qu'elle lisait encore en Jake, c'était une panique aveugle.

Un silence s'étira. L'air entre eux était devenu si épais qu'elle aurait pu y enfoncer une lame.

— Tu te trompes. Je ne t'aime pas.

Son visage était fermé. Son regard dur et grave.

Il ne restait plus trace de l'homme drôle, enjoué et sexy avec qui elle venait de passer quelques semaines enchantées.

D'un coup, il avait viré de chaleureux et détendu à froid et inapprochable. Et elle savait qu'il s'agissait d'un mécanisme de défense.

— Tu es sûr ? Il me semble que ce n'est pas tant de nous qu'il s'agit, en l'occurrence, que de ta mère.

— Maria est ma mère.

Elle ferma les yeux.

— Jake…

— Il est temps que tu sortes d'ici, Paige.

— Je ne peux même pas commencer à imaginer ce que tu as dû éprouver lorsqu'elle a omis de rentrer chez vous ce soir-là. Tu m'as parlé de ce que tu as ressenti et je n'ai jamais oublié cette conversation. J'ai mal de penser à la façon dont ta sécurité, tes certitudes d'enfant se sont écroulées d'un seul coup. J'ai mal de penser à tes craintes, à l'angoisse, aux questions que tu as dû te poser pendant cette attente terrifiante.

— C'est de la vieille histoire, Paige.

— Le temps atténue peut-être, mais il n'efface pas. Je sais que cette expérience est encore présente en toi. Des traumas comme celui-là, on les porte à vie. D'accord, on apprend à faire avec, à s'organiser pour fonctionner de manière à ne pas trop frotter là où ça pourrait faire mal. Mais la cicatrice est bien là, et de temps en temps, elle se réveille de façon cuisante et te rappelle à la prudence — te rappelle ce que tu t'es juré à l'époque et qui pourrait se résumer à un : « Plus jamais ça. » C'est ce qui se passe aujourd'hui avec moi, Jake ? Tu ne crois pas que, tout simplement, tu te protèges ?

Elle se glissa hors du lit et se dirigea vers lui, soulagée de constater qu'au moins il n'esquissait pas de mouvement de recul à son approche.

Lorsqu'elle posa la main sur son bras, ses muscles étaient crispés et durs. Tout son corps était tendu.

— La discussion est close, Paige. S'il y a une chose que je ne voulais vraiment pas, c'est que tu tombes amoureuse de moi. Ce n'était pas prévu au contrat et j'ai fait tout ce que j'ai pu pour que cela n'arrive pas.

C'était comme si elle n'avait rien dit.

Comme si les mots qu'elle avait prononcés avaient glissé sur lui sans même toucher son entendement.

— Je suis tombée amoureuse de toi il y a des années, donc tout ce que tu as pu faire pour m'empêcher de succomber était voué à l'échec.

Sa voix se brisa.

— Je t'ai aimé dès l'instant où tu es entré dans ma chambre d'hôpital avec Matt. Et même si j'ai mis mes sentiments en sourdine pendant des années, j'ai continué à t'aimer depuis.

— Je suis désolé de l'apprendre.

— Et tu m'aimes aussi, j'en suis sûre.

— *Non*, Paige. Ce n'est pas le cas.

Il soutint son regard avec une expression froide. Lointaine.

— Je suis désolé de te décevoir, mais non.

Elle aurait pu tout aussi bien essayer de creuser un trou dans un mur avec une épingle à cheveux.

Ses yeux se remplirent de larmes. Elle se cramponna à son bras, dans une ultime tentative pour percer la carapace glacée qui l'isolait de lui-même et l'éloignait d'elle.

— Jake, s'il te plaît…

— Va-t'en maintenant, s'il te plaît. Tu te fais du mal en restant.

— Ce qui me fait mal, c'est que tu me repousses. Que tu rejettes mes sentiments pour toi.

— Je regrette, Paige.

Il baissa les yeux sur ses doigts agrippés à son bras, comme s'il rassemblait ses forces pour accomplir quelque chose de très difficile. Puis il crispa les mâchoires et détacha sa main avec douceur.

— Il me paraît préférable qu'on ne se voie pas pendant quelque temps. Tu peux continuer à travailler dans mes locaux. J'irai passer quelques semaines à Los Angeles.

— Je ne veux pas que tu partes à Los Angeles. Je ne veux pas que tu disparaisses de ma vie. De quoi as-tu donc si peur, Jake ? Je t'aime, c'est tout.

Un long silence pulsatile emplit la pièce.

— C'est ce qu'elle me disait. Elle me le répétait tous les jours. Le matin où elle est partie avec l'intention de m'abandonner définitivement, elle les a encore prononcés, ces mots : « Je t'aime, mon bonhomme. C'est toi et moi contre le monde entier. » Moi, je la croyais, dur comme fer, alors je l'ai attendue sur les marches, devant la maison, comme je l'attendais chaque soir. Sauf que cette fois-là, elle n'est pas revenue. Elle avait laissé un petit mot à Maria, qui était notre voisine, pour lui demander de me prendre en charge quelques jours, en attendant que les services sociaux me trouvent une famille d'accueil. Pour moi, elle n'a rien laissé du tout. Pas un mot. Pas une explication. Rien.

Paige sentit les larmes lui brûler les yeux.

— Oh ! Jake…

— Elle n'avait aucun moyen de savoir que Maria me garderait avec elle. J'aurais pu atterrir n'importe où. Et elle ne l'aurait jamais su car elle n'a pas vérifié. Pas une seule fois. Voilà ce que valaient ses merveilleux « je t'aime ».

Et ce n'était plus du tout « toi et moi contre le monde entier », mais chacun pour soi, luttant de son côté. Un peu rude, comme perspective, pour un gamin de six ans. Ma mère biologique m'a appris beaucoup de choses. Mais la principale leçon que j'ai retenue d'elle, c'est que l'amour est une belle arnaque. « Je t'aime », ce sont des mots creux que des millions de personnes prononcent tous les jours sans y croire, Paige. Des millions de gens qui finiront par rompre, divorcer et ne plus jamais se revoir.

L'épuisement marquait les traits de Jake. Il ne lui avait jamais paru aussi beau. Aussi tourmenté. Elle luttait de toutes ses forces contre les larmes. C'était comme si quelqu'un avait placé une brique à l'intérieur de sa poitrine. Elle avait l'impression de suffoquer.

Que fallait-il répondre à cela ?

Que pouvait-elle bien dire ?

— Peut-être que ces mots sont faciles à prononcer, acquiesça-t-elle posément. Mais sache quand même que tu es le seul homme à qui je les aie jamais adressés. Et si tu crois réellement que mon amour ne veut rien dire, c'est que tu n'es pas l'homme, l'ami que je te sais être.

Levant les yeux, il les plongea dans les siens et la dévisagea longuement.

Puis il se détourna.

— En partant, laisse la clé sur la table. Nous n'aurions jamais dû démarrer cette histoire. Je le regrette.

La douleur la frappa de plein fouet.

— Moi je ne regrette pas. Et je ne regretterai jamais. Oui, c'était un risque, c'est vrai, mais c'est toi qui m'as appris à en prendre. C'est toi qui m'as exhortée à me lancer à la poursuite de mes rêves. C'est à cause de toi que je suis venue à New York, grâce à toi que j'ai monté Urban Génie. Tu m'as poussée à prendre tous les risques mais tu as peur de t'appliquer tes propres conseils.

— Je prends des risques tout le temps.

— Mais pas sur le plan affectif. Pas lorsque ton cœur est en jeu. Lui, tu le surprotèges.

Elle garda longtemps les yeux fixés sur lui, luttant pour contenir la mer de tristesse qui montait en elle.

— Je t'aime. Et ce ne sont *pas* de vains mots, Jake. Ils traduisent ce que je ressens pour toi de tout mon être. Tout en moi t'aime, de la pointe de mes orteils jusqu'à celle de mes cils. Je t'ai toujours aimé et j'ai envie de poursuivre notre relation, c'est vrai. Mais plus que tout, je te souhaite de trouver en toi la force d'accepter de te laisser aimer. L'amour qui dure, ça existe aussi, Jake. Ouvre les yeux et tu en verras des exemples partout autour de toi. Et même si c'est réellement terminé entre nous, je ne regretterai jamais un seul moment que nous avons vécu ensemble.

Elle avait mal, physiquement, comme si sa poitrine avait été sciée en deux. Se forçant à rester calme, elle lui tourna lentement le dos et se dirigea vers la salle de bains. Comment en étaient-ils arrivés là si vite ? Quelques instants auparavant encore ils faisaient l'amour. Et maintenant, tout était fini.

Pourquoi ?

La réponse, elle la connaissait. Elle avait mis un nom sur ce qui se passait dans leur relation. Et avait confronté Jake à une réalité dont il avait réussi jusque-là à faire abstraction. Elle lui avait dit explicitement ce qu'elle éprouvait. Et si une part d'elle-même se félicitait d'avoir parlé vrai, une autre s'en mordait les doigts. Il aurait suffi qu'elle tienne sa langue et ils seraient encore au lit ensemble à rire, se chamailler et se couvrir de baisers. Si seulement, oh *si seulement* elle avait attendu encore un peu…

Suffoquée par les larmes, Paige se réfugia dans la cabine de douche et ouvrit le robinet en grand. Eau et pleurs se mêlèrent. Et le bruit du jet étouffa le son de ses sanglots.

Si elle souffrait, c'était par sa propre faute. Par sa propre stupide faute. Ou par sa stupide faute à lui. Ou peut-être à cause de sa mère biologique. Elle n'était plus en état de démêler les responsabilités, à ce stade. Tout ce qu'elle savait, c'était qu'elle avait mal. Tellement mal même que lorsqu'elle sortit enfin de la douche, ses larmes s'étaient taries.

Elle se sentait vidée. Anesthésiée.

Anesthésiée, c'était bien. Cela lui permettrait de tenir, le temps de rentrer chez elle. Il ne lui restait plus qu'à récupérer ses vêtements, rassembler les quelques petites choses qu'elle avait laissées dans l'appartement, puis à s'engouffrer dans le métro. Une fois de retour à Brooklyn, elle déverserait son chagrin auprès de ses amies.

*Eva. Frankie.* C'était à leur compagnie qu'elle aspirait maintenant. Elles l'entoureraient d'un cocon douillet de soutien et d'affection, comme seuls les gens qui vous connaissent par cœur savent le faire.

Eva lui rappellerait que le monde était vaste, qu'il y avait d'autres poissons dans la mer, et que les hommes canon ne manquaient pas. Frankie ne dirait pas grand-chose et considérerait ses déboires avec Jake comme une preuve supplémentaire qu'on ne pouvait pas faire confiance aux mecs.

Elles pleureraient et elles riraient ensemble. Ouvriraient probablement une bouteille de vin et boulotteraient du chocolat, assises en tailleur sur un lit.

Avec l'aide de ses amies, elle finirait par remonter la pente.

Il fallait juste qu'elle trouve la force de s'arracher d'ici et de regagner Brooklyn. Habillée de préférence.

En passant dans la chambre à coucher, elle se rappela que ses vêtements — ô joie — étaient restés dans la cuisine, éparpillés un peu partout.

Elle prit une profonde inspiration, ouvrit la porte et fut soulagée de ne voir aucune trace de Jake. Son absence était un signe de plus qu'elle lui avait fichu la frousse, avec ses sentiments. Il ne lui restait plus qu'à s'habiller en vitesse et à libérer les lieux. Jake pourrait récupérer son espace de vie. Et retrouver ses bonnes vieilles habitudes.

Elle rassemblait ses vêtements qui jonchaient le sol lorsqu'elle entendit la voix de Jake à distance.

— Je ne pensais pas te voir ici à une heure pareille. Ce n'est pas le meilleur moment…

Paige se figea. Il n'avait pas quitté l'appartement, donc. Et il avait des visiteurs ? A cette heure tardive ? Il devait probablement s'agir d'une femme, à en juger par son ton embarrassé. La tristesse la submergea de nouveau.

Elle lui faciliterait la tâche en montrant à sa visiteuse qu'elle n'avait aucune intention de moisir sur place. Quant au fait qu'il avait une fille nue enroulée dans un drap de bain chez lui… Bah, elle laisserait à Jake le soin d'inventer une explication.

Tête haute, ses vêtements en bouclier devant elle, Paige s'engagea dans le séjour — et s'immobilisa net.

Elle s'était préparée au choc que lui procurerait la vue d'une femme chez Jake, mais ce fut encore pire que cela.

La visiteuse nocturne était un visiteur.

Et ce visiteur n'était autre que son frère.

*Matt.*

Qui la trouvait dans l'appartement de Jake, juste vêtue d'un drap de bain, avec son string qui lui pendait au bout des doigts.

# Chapitre 20

*« Si tu caches un squelette dans ton placard, assure-toi d'abord que personne ne viendra t'emprunter des vêtements. »*

— *EVA*

Le regard de Matt glissa sur elle de la tête aux pieds, découvrant ses joues rougies et sa nudité sous le drap de bain.

— *Paige ?* C'est quoi ce bazar ? Qu'est-ce que tu fabriques ici ?

Sa voix était basse, menaçante. Il n'y avait pas l'ombre d'un sourire sur ses traits pour une fois.

— Jake ?

Regrettant de ne pouvoir disparaître entre deux lattes de plancher, Paige s'avança vers son frère. Elle avait cru avoir atteint le pire, mais non.

Durant le mois écoulé, elle avait cherché en vain le bon angle d'approche pour informer Matt de la situation. Mais ce n'était certainement pas ainsi qu'elle aurait voulu qu'il l'apprenne.

La dernière chose dont elle avait envie, c'était de faire du mal à son frère. Et en cet instant, elle le reconnaissait à peine. Matt était toujours calme et mesuré: C'était quelqu'un de fort qui affrontait les problèmes de façon pondérée, en prenant le temps de la réflexion et en choisissant ses mots avec soin.

Pas en grondant comme un fauve prêt à bondir.

— Matt…

— C'est à *Jake* que je m'adresse.

Sa voix était glaciale. Elle tressaillit. Jamais Matt ne la traitait comme quantité négligeable. Elle ne le connaissait pas autrement que respectueux et bienveillant.

— Matt, je peux…

— Tu couches avec ma sœur ?

Son attention était focalisée sur Jake.

— Tu peux mettre la moitié des femmes de Manhattan dans ton lit, mais tu choisis de coller tes pattes libidineuses sur ma *sœur* ? Et ça dure depuis combien de temps ?

— Un certain temps.

Matt pâlit.

— Tu as bu des bières chez moi, on a fait deux ou trois parties de billard. Et tu oublies, accessoirement, de mentionner que tu as décidé de t'envoyer Paige ?

— Je n'ai pas oublié.

La voix de Jake resta neutre. Ses traits dépourvus d'expression. Il ne trébucha pas sur ses mots. Pas plus qu'il ne fit observer qu'il avait tenté à plusieurs reprises de la convaincre d'accepter de dire la vérité à Matt.

— Qui d'autre est au courant ? Frankie ? Eva ?

Son frère tourna un rapide regard dans sa direction, vit son expression et comprit.

— Tu leur as dit. Elles *savent.* Tout le monde est au courant sauf moi.

Se rendre compte qu'elle avait blessé son frère était encore plus insupportable que tout le reste.

— Elles ont deviné, en fait. Mais…

Matt n'écoutait déjà plus. Son attention était de nouveau rivée sur Jake.

— Tu as lâchement abusé de…

— Matt ! Stop ! Il n'a abusé de rien du tout !

Paige se plaça face à son frère pour le forcer à l'écouter.

— Je ne pensais pas que tu souhaiterais connaître les détails, mais puisque tu tires des conclusions hâtives sans savoir de quoi il retourne, je vais te donner les faits. Jake m'a toujours tenue à distance. Pendant toutes ces années, il n'a jamais eu le moindre mot, le moindre geste qui aurait pu passer pour de la séduction. C'est moi qui suis allée vers lui. J'ai débarqué ici en pleine nuit. Et je ne lui ai pas laissé le choix.

Matt émit un son écœuré.

— Le pauvre. Il t'a opposé une farouche résistance, je parie.

— Il ne s'est pas battu physiquement mais il était très inquiet, lui aussi, au sujet de tout ce qui te préoccupe : que je puisse être vulnérable, qu'il risquait de me faire souffrir, etc.

Elle déglutit avec peine.

— Et je lui ai répondu tout ce que je m'escrime à te répéter tous les jours : que je suis adulte. Que je n'ai pas besoin de protection, que je suis libre de faire mes propres expériences.

Matt lui jeta un regard prolongé.

— Je te connais. C'est de l'amour que tu veux — et de l'amour qui dure. Jake, lui, s'envoie en l'air, c'est tout. Il change de nana chaque semaine. Il ne peut pas t'offrir ce dont tu as besoin et que tu mérites.

Elle ne fit pas observer que leur histoire avait déjà duré beaucoup plus qu'une semaine.

— OK. Je sais. C'est mon problème, Matt.

Le visage de son frère se durcit.

— Ça t'amuse tant que ça de te ramasser une veste ? Il te baisera puis il te jettera, comme il jette toutes les autres parce qu'il refuse tout attachement. Je le vois faire tout le temps. La différence, c'est qu'avec les autres, je m'en foutais. Ce n'était pas ma sœur qu'il se tapait. Tu vas en prendre plein la figure, Paige.

Elle pouvait difficilement prétendre le contraire alors qu'elle avait cette horrible sensation d'avoir été poignardée en pleine poitrine.

Jake chercha son regard.

— Va t'habiller, Paige. C'est une histoire entre Matt et moi.

*La chose à ne pas dire.*

S'il y avait une attitude au monde susceptible de la mettre en rage, c'était bien celle-ci.

— Ah bon ? Notre relation ne regarde que toi et mon frère ? C'est intéressant. Au cas où tu l'aurais oublié, je suis nue sous cette serviette, Jake. Et je me suis déshabillée toute seule, comme une grande.

Jake se passa nerveusement la main dans la nuque et Matt parut sur le point de rugir.

— Tu lui as demandé comment il envisage votre avenir ? lança ce dernier, hors de lui. Demande-lui combien de temps il compte prolonger l'idylle !

La réponse à cette question, elle la connaissait déjà.

— Nous ne sommes plus ensemble, Matt. C'est terminé.

Elle réussit à prononcer les mots avec calme et bénit sa crise de larmes salutaire sous la douche.

— J'étais sur le point de m'en aller quand tu es arrivé.

— De t'en aller ?

Le regard de Matt glissa sur les vêtements qu'elle tenait toujours dans ses bras puis retourna se poser sur son visage.

— Tu as les yeux rouges. Tu as pleuré ? Il t'a fait *ça* ?

Voyant les poings de son frère se serrer, elle secoua la tête.

— Arrête, Matt. Jake n'y peut rien.

Son frère aboya un rire.

— Inutile de me raconter comment ça s'est passé, je connais le scénario par cœur : tu lui as dit que tu étais amoureuse de lui et il a rompu sur-le-champ. C'est le *modus operandi* de notre serial baiseur.

— On a déjà dit que c'était *mon* problème, Matt.

— S'il t'a fait souffrir, je suis aussi concerné.

— Non, tu n'es pas concerné. Si je suis triste, ça me regarde.

Matt la considéra d'un air sombre, la bouche crispée.

— Et tu es triste, ça se voit. Je parie que tu es amoureuse de lui.

— Oui ! rugit-elle. Je l'aime. Ça, je ne le nie pas.

— Et lui, non. Il n'en a rien à foutre. Et c'est pour ça que tu pleures.

Le visage de Matt était livide. Il se tourna vers Jake, les traits déformés par la colère.

— Tu m'avais fait une promesse, pourtant. Dans le temps, tu m'avais juré de ne jamais toucher à ma sœur. Tu as peut-être oublié ?

Paige fronça les sourcils.

*Une promesse ?*

— Hé ! une seconde, vous deux…

— Je n'ai pas oublié, répondit Jake d'une voix neutre. Je n'ai jamais oublié.

Paige secoua la tête, cherchant à chasser les épais nuages de chagrin pour clarifier ses pensées.

— Quelle promesse ? Je ne comprends pas.

Matt et Jake se tenaient presque nez contre nez et semblaient avoir totalement oublié sa présence.

Matt pointa un index sur la poitrine de Jake.

— Elle était déjà amoureuse de toi, dans le temps. On le savait tous les deux. Et tu m'as juré que, quoi qu'il arrive, tu ne la toucherais pas.

Le regard de Paige allait de l'un à l'autre pendant qu'elle digérait l'information.

Cette fois, tout s'expliquait. Le puzzle était entièrement reconstitué.

— Je rêve...

Elle se tourna face à Jake. Sa voix n'était guère plus qu'un murmure.

— Vous avez discuté de mon « cas » ensemble ? Et tu as fait une promesse à mon frère ?

— Paige...

Elle se tourna ensuite vers Matt.

— C'est à cause de *toi* que Jake m'a rejetée cette nuit-là ?

— Quelle nuit ?

Ce fut au tour de Matt de paraître désorienté. Jake jura entre ses dents.

— Et merde.

Le regard de Matt s'assombrit.

— Donc elle t'a bel et bien fait des avances, à l'époque ?

— Oui, elle m'a fait des avances, mais... Bon. On se calme, là ?

Jake se passa nerveusement la main sur la mâchoire et prit une profonde inspiration.

— Paige, c'est vrai que je me suis engagé auprès de ton frère à ne pas sortir avec toi, à l'époque. Mais uniquement parce que c'était aussi ma décision. Je savais que tu aspirais à quelque chose que je n'aurais pas pu te donner.

— Ah bon ? Et comment savais-tu à quoi « j'aspirais » ? Tu as pris la peine de me poser la question ? Avez-vous imaginé un seul instant, l'un et l'autre, que vous auriez pu me demander mon avis ? J'avais dix-huit ans, merde ! La dernière chose qui m'intéressait, à l'époque, c'était la stabilité et le mariage. Je n'attendais rien de définitif de toi, espèce de sal...

L'insulte lui resta au fond de la gorge.

— C'était juste un premier amour, à la fin ! Les adolescents, ça tombe amoureux tout le temps. Cela fait partie de leur apprentissage de la vie. Tout comme les gros chagrins qui vont avec les premières déceptions. Des cœurs se brisent. Puis on se relève et on passe à autre chose. C'est ce que j'ai fait. A part que cet épisode ne m'a pas appris à vivre un premier échec amoureux. Il m'a appris que je ne comprenais strictement rien à ce qui se passait entre un garçon et moi. Dans le temps, j'étais convaincue que je te plaisais. Alors j'y suis allée franco et j'ai offert tout le paquet.

Matt fronça les sourcils.

— Comment ça, « offert tout le paquet » ?

Sans tenir compte de son interruption, Paige garda les yeux rivés sur Jake.

— Je me suis mise à nu devant toi. Et j'ai été mortifiée par un rejet qu'à mes yeux rien ne laissait présager. Depuis, je n'ai plus jamais osé me faire confiance dans mes interactions amoureuses. Je ne savais plus comment interpréter les signes. Tu pensais me protéger, mais le vrai message, c'est que tu me voyais comme une fille incapable d'assumer ses propres choix.

Jake passa son poids d'un pied sur l'autre.

— Ce n'est pas...

— Tu ne pensais pas que c'était à moi de décider quels risques j'étais prête à prendre ? Peut-être que le sexe m'aurait suffi. Est-ce que cela t'a traversé l'esprit, au moins ?

En l'espace de quelques minutes, elle était passée du désespoir à la culpabilité puis à la colère.

Matt intervint :

— N'oublie pas que tu étais physiquement vulnérable. Tu as frôlé la mort, tu vivais un enfer.

— Et Jake m'a aidée à le traverser, cet enfer, justement. Il m'a donné la force et l'envie de vivre !

Sa fureur monta d'un cran lorsqu'elle se tourna vers son frère.

— Et toi que je croyais si proche, si solidaire ! S'il y avait une personne au monde qui aurait dû me comprendre, c'était toi. Tu as vu de près comment je me débattais ! Tu savais que c'était dur pour moi de subir passivement tout ce que les médecins et nos parents décidaient pour moi. Je pensais que j'étais au moins libre de choisir de qui je pouvais tomber amoureuse. Même pas. Mon grand frère s'est chargé d'opérer la sélection pour moi.

Le regard de Matt vacilla, comme si les premiers assauts du doute commençaient à l'ébranler.

— Paige…

— *Non.*

Les jambes tremblantes, elle recula d'un pas.

— Je n'ai pas envie d'entendre tes explications, maintenant. Je ne veux plus vous entendre ni l'un ni l'autre. Je m'en vais d'ici et vous laisse entre vous. Vous pourrez continuer à parler entre hommes, puisque vous êtes si forts, tous les deux, pour décider des choses dans mon dos. Maintenant, faites ce que vous voulez. Mais ne me mêlez plus à vos histoires.

— Tu ne peux pas partir comme ça…

— *Si*, je peux. Je ne suis pas fragile, Matt. Je peux souffrir sans me briser. Je t'aime et je suis heureuse que tu te soucies de moi, mais tu n'es pas mon père. Tu te demandes pourquoi je n'ai pas réussi à te dire ce qui se passait entre Jake et moi ? Eh bien, tu as ta réponse. Parce que je savais que tu interférerais de manière autoritaire dans un domaine où tu n'as pas lieu d'intervenir.

— Je suis ton aîné, Paige. Tant qu'il me restera un souffle de vie, je veillerai à ta protection.

— Tu ne me protèges pas. Tu prends mes décisions à ma place. Mais ça s'arrête aujourd'hui.

— Je ne sais pas qui j'ai envie d'assassiner le premier. Jake ou mon frère.

Paige était allongée sur le lit de Frankie, après une énième crise de larmes.

— Ils m'ont mise dans une colère folle. J'ai des goûts pourris en matière de mecs.

— Mais des goûts excellents dans le choix de tes amies.

Eva lui fourra une provision de mouchoirs en papier dans la main pendant que Frankie l'examinait, sourcils froncés.

— Tu es sûre que c'est de la rage ? D'après ce que je vois, ça ressemble plutôt à de la tristesse. Même si je ne suis pas experte pour définir la gamme émotionnelle d'*Homo sapiens*.

— *Homo sapiens !* Ouah.

Eva continuait de tirer des mouchoirs de sa boîte.

— Tu crois que c'est le moment de nous sortir les mots latins de ton encyclopédie des plantes ?

— Ce n'est pas une encyclopédie, c'est une nomenclature binomiale, autrement dit qui indique le genre, puis l'espèce. Et *Homo sapiens* n'est pas une plante. Rassure-moi, Ev, et dis-moi que tu sais au moins ça.

Paige releva la tête.

— Continuez à vous chamailler, toutes les deux. Ça me change les idées et ça me remonte le moral.

— Ah oui ? Il n'a pas l'air d'être très haut, ton moral.

Frankie la considéra d'un air de doute.

— Tu regrettes, pour Jake ?

Paige fit non de la tête tout en se mouchant énergiquement.

— Je ne regrette rien, non. Ça a été le meilleur mois de ma vie. Déjà pour commencer, faire l'amour avec Jake, ça m'a ouvert des horizons. Au lit, c'était intense, animal… Orgasmique +++, quoi.

Frankie devint rouge comme une pivoine.

— Stop. Excès d'informations.

Eva écarta Frankie pour prendre sa place.

— Jamais *assez* d'informations, au contraire.

Paige esquissa un faible sourire.

— Non seulement c'était sublime sur le plan sexuel,

mais en plus on se marrait tout le temps. On riait. On parlait. On était vraiment très, très proches. A part vous deux, je n'ai jamais pu parler avec quelqu'un comme je parlais avec Jake.

Une nouvelle vague de frustration lui fit serrer les poings.

— S'il entrait ici, maintenant, je le tuerais de mes mains.

— Hein ?

Frankie paraissait désarçonnée.

— Mais tu viens de nous expliquer en long, en large et en travers à quel point tu tenais à lui !

— Justement ! C'est pour ça que je veux l'étrangler. Parce qu'il a tout fichu en l'air, ce triple idiot. Il est buté, fermé, obstiné, et refuse de voir ce qui saute aux yeux.

— Qu'est-ce qu'il a dit quand tu as quitté l'appartement ? Il a essayé de te retenir ?

— Il a dit qu'il allait me raccompagner à moto, et du coup Matt est reparti en vrille. Je les ai laissés s'écharper, tous les deux, et j'en ai profité pour claquer la porte.

Eva replia les jambes sous elle et revint à la charge avec sa boîte de Kleenex.

— Donc il n'y a pas eu de vraie scène finale ?

— Le final est probablement toujours en cours.

Paige lui rendit la boîte de mouchoirs.

— Je n'en ai pas besoin. J'ai épuisé ma réserve de larmes pour l'année. Et tu ferais mieux de prévenir ton chéri du NYPD. Je soupçonne que deux corps sans vie pourraient être retrouvés sous peu dans un loft de Tribeca.

— Ce n'est pas mon chéri de la police ! Et je pense que tu as raison sur le fait que Jake est amoureux de toi. Mais il a peur.

Frankie fronça les sourcils.

— Tu peux arroser le fumier avec tout le parfum que tu veux. Ça n'en restera pas moins du fumier.

— C'est censé vouloir dire quoi, ça encore ? marmonna Eva, déconcertée.

Frankie s'arma de patience.

— Ça veut dire que cette histoire ne sent pas bon. Et que tu peux toujours essayer de dire des trucs à la Bisounours pour que ça sente meilleur, ça n'enlèvera pas que ça pue pour autant. C'est une citation de je ne sais plus qui. Un peu comme un de tes proverbes. Tu peux le mettre dans ton blog si tu veux.

— Merci bien !

Eva fronça les narines d'un air dégoûté.

— Non seulement ce n'est pas une citation très optimiste, mais je ne vais pas parler de *fumier* dans un blog branché *lifestyle* et cuisine !

Frankie haussa les épaules et poursuivit, imperturbable :

— Quoi qu'il en soit, que Jake soit amoureux de Paige ou non, s'il est trop trouillard pour assumer, elle sera mieux sans lui qu'avec lui.

Si seulement elle pouvait en être persuadée…

Serait-elle mieux lotie sans lui ?

Un jour, peut-être, elle pourrait se le dire avec conviction.

Mais pour l'instant, elle se demandait surtout comment elle allait survivre à la perspective du prochain quart d'heure.

— Je suis en colère et je me sens horriblement mal, mais le plus dur, c'est qu'il me manque déjà à hurler. Et la rupture ne remonte qu'à quelques heures.

Une tristesse immense la submergea.

— Peut-être que c'était une erreur, tout compte fait. Je ne sais plus quoi faire de moi. C'est horrible.

— Tu as été sincère et courageuse. Et ça, ce n'est jamais une erreur, décréta Eva. S'il ne veut pas s'engager dans une vraie relation avec toi, c'est qu'il est juste malade dans sa tête. Je sais que là, tout de suite, c'est affreux, mais petit à petit, tu vas te sentir mieux. Et au moins, quand tu auras quatre-vingt-dix ans, dans ton fauteuil, tu ne te demanderas pas ce qui serait arrivé si seulement tu t'étais pointée dans l'appartement de Jake en retirant tous tes vêtements. Il y a des moments dans la vie où il faut y aller, c'est tout. Si on laissait aux hommes le soin de prendre les grandes décisions, la terre cesserait de tourner. Pense à toutes les femmes extraordinaires qui ont agi sans hommes — Boadicée, Marie Curie, Lady Gaga.

Frankie en tressaillit d'indignation.

— C'est *ça* ta liste de femmes extraordinaires ?

— J'ai juste cité de mémoire les premiers noms qui me venaient à l'esprit.

— Il est bizarrement fait, ton esprit.

Paige prit un verre d'eau — dommage qu'elle n'ait rien de plus corsé sous la main.

— Ce qui me dérange le plus, c'est que lui aussi, finalement, il me protégeait. Et ça a duré des années.

Frankie arrangea l'oreiller.

— Je suis d'accord. Ça craint.

Eva hésita.

— En fait, je trouve que ça ne craint pas tant que ça. Je pense plutôt que c'est adorable.

Paige frotta son front douloureux.

— Adorable ? Tu trouves ça adorable, toi, de prendre des décisions pour quelqu'un d'autre ? Des décisions dont tu es exclue et qui se prennent à ton insu ?

— Sur ce plan-là, ce n'est pas top, d'accord. Mais l'intention derrière est mignonne. Ils *t'aiment* tous les deux, Paige.

Eva lui posa une main réconfortante sur le genou.

— Ils ont une façon de te le montrer qui laisse un peu à désirer, mais ça partait d'une bonne intention. Où est-il écrit qu'on est toujours dans le vrai quand on veut faire quelque chose pour les gens que l'on aime ? Il nous arrive à tous d'être à côté de la plaque alors que nous voulons bien faire. Nous ne sommes qu'humains — ou *Homo sapiens,* comme dit Frankie. Et par moments, *Homo sapiens* n'a guère plus de bon sens qu'un vulgaire *Ocimum basilicum.*

Elle se tourna vers Frankie avec un air de triomphe.

— Tu es impressionnée, j'espère ?

— Je suis sans voix. Même si l'*Ocimum basilicum* n'est jamais vulgaire.

— C'est quoi le mot latin pour « stupide » ?

— *Plumbeus.*

— Alors Jake est un *Homo plumbeus.*

Paige voyait bien qu'elles cherchaient à la faire sourire.

— A partir de maintenant, je prends mes décisions moi-même et il faudra qu'ils s'en accommodent.

— Bien dit. Tu es devenue une *Homo decisivus.*

Sans se soucier de la moue effarée de Frankie, Eva se laissa glisser du lit.

— Et tu peux commencer dès maintenant. Popcorn ou crème glacée ? Je ne voudrais pas t'influencer mais j'ai une super stracciatella avec des pépites de chocolat à l'orange. Une tuerie.

Paige se leva et examina son reflet dans le miroir de Frankie. Elle avait les yeux rouges et son mascara avait laissé des coulées noires.

— Crème glacée. Pas de coupe. Apporte-moi le pot en entier avec une cuillère.

— Tu es sûre ?

Eva croisa le regard de Frankie et toussota.

— *Naturellement* que tu es sûre. Tu sais ce que tu veux. La glace et la cuillère arrivent de ce pas. Et si tu avais demandé la livraison par camion, cela n'aurait pas fait un pli non plus. Tes décisions ne seront pas remises en cause. Frankie ?

— La même chose. Un gros pot et une grosse cuillère.

— Dis donc, toi ! Tu ne viens pas de perdre l'amour de ta vie, que je sache.

— Non. Mais j'absorbe le stress de Paige. Je fais une fringale nerveuse par procuration.

Eva disparut dans l'escalier, monta à l'étage et revint quelques minutes plus tard avec les glaces qu'elle avait sorties de leur congélateur.

Elles étaient assises en rang d'oignons sur le lit de Frankie, chacune avec un grand pot de stracciatella sur les genoux, lorsque Matt entra sans frapper.

Frankie s'étrangla sur sa cuillerée de glace, descendit du lit d'un bond et récupéra ses lunettes sur la table de chevet.

— Qu'est-ce que tu fais ici ? Tu es mon propriétaire, d'accord, mais ça ne te donne pas le droit de débarquer comme en terrain conquis.

Sa voix était plus froide que la crème glacée.

— En ce moment, tu es *persona non grata* ici, Matt. C'est zone interdite pour tout porteur de chromosome Y.

Matt ne bougea pas d'un iota.

— Il faut que je parle à Paige. Vous pouvez nous laisser seuls une minute ?

— Non.

Eva se leva à son tour. Et chose exceptionnelle, elle ne souriait pas.

— Et pourquoi as-tu besoin de lui parler ? Tu as encore pris de nouvelles décisions à sa place, que tu veux lui communiquer ?

Matt fit la grimace.

— Bon, OK. Celle-ci, je l'avais cherchée. Je suis venu voir comment allait Paige. Vu que vous mangez de la glace au lit à même le pot, j'en déduis que ça ne va pas du tout, donc je ne bougerai pas d'ici et il faudra faire avec.

Paige ne ressentait plus rien hormis une immense fatigue.

— Alors ? Tu lui as cassé la figure ? demanda-t-elle d'une voix indifférente.

— Non. On a parlé.

Il se dirigea vers la chaise placée dans un coin de la

chambre de Frankie, ôta la pile de magazines de jardinage et s'assit lourdement.

— Tu as le droit d'être furieuse contre moi, mais il y a deux ou trois choses que je voudrais te dire.

Frankie croisa les bras sur sa poitrine.

— OK. Tu peux lui parler. Mais si tu la fais pleurer encore une fois, c'est moi qui t'aplatis.

— Je ne vais pas la faire pleurer.

Matt se pencha en avant, les avant-bras posés sur les genoux. Il laissa passer un temps de silence.

— Presque dès le jour où tu es née, les parents ont commencé à me responsabiliser par rapport à toi : « Occupe-toi de ta sœur… Fais attention à Paige… Garde un œil sur elle, Matt. » Je ne saurais pas te dire à quel moment la mission de veiller sur toi s'est transformée en propension à décider à ta place. C'est devenu pour moi une seconde nature de prendre des mesures d'autorité pour assurer ce que j'estime être ta sécurité. Et je ne me suis jamais remis en question là-dessus. Jusqu'à ce soir.

Une poussée d'émotion la submergea.

— Oh ! Matt…

Frankie se releva, prête à passer en mode attaque.

— Tu avais promis de ne pas la faire pleurer !

Matt parut à peine l'entendre. Paige sentait son regard rivé sur elle.

— Je suis désolé d'avoir été aussi macho et interventionniste. Je suis désolé d'avoir été un crétin surprotecteur à qui tu ne pouvais même plus te confier. Et plus que tout, je suis désolé de t'avoir fait du mal. Accepteras-tu de me pardonner ?

Ses excuses venues du cœur la touchèrent plus profondément que tout ce qu'il avait dit jusque-là.

Elle descendit du lit et sentit à peine Frankie lui ôter le pot de glace ouvert des mains, une seconde avant que son frère ne se lève pour la serrer dans ses bras.

— Je regrette, moi aussi. Je suis désolée de ne t'avoir rien dit au sujet de ce qui se passait avec Jake.

— Ne t'excuse pas.

Matt lui caressa les cheveux.

— C'est ta vie, Paige. Tu ne partages avec moi que ce que tu as envie de partager. Pour le reste, tu prends les décisions qui te conviennent, tu fais ce qui te plaît et tu choisis qui tu veux. Je ne chercherai plus à décider à ta place, mais tu pourras toujours compter sur moi. Je serai là, quoi qu'il arrive.

Eva se mit à sangloter tout bas et Matt, surpris, tourna la tête pour regarder ce qu'il lui arrivait.

— Pourquoi tu pleures ? J'ai dit quelque chose qu'il ne fallait pas ?

— Pas du tout.

Frankie tripota ses lunettes.

— Tu as dit ce qu'il fallait, au contraire, idiot. Eva pleure en toutes circonstances. Tu devrais le savoir. A côté d'elle, même une guimauve a l'air robuste.

Paige se dégagea et Matt baissa son regard sur elle.

— Suis-je pardonné ?

— Peut-être.

Elle lui adressa un sourire en coin.

— Si je t'annonce que j'ai l'intention de rouler nue à moto sur le Brooklyn Bridge, tu dis quoi ?

Matt ouvrit la bouche et la referma.

— Je te dirai : « Fonce ! » Et je me préparerai à recevoir un appel du NYPD.

Paige reprit sa glace des mains de Frankie.

— Puisque vous avez échoué à vous entre-tuer, Jake et toi, vous avez fait quoi ?

— Je lui ai dit que c'était un imbécile.

Elle perçut la lassitude dans la voix de Matt et ressentit une pointe de remords.

— Parce qu'il t'avait caché la vérité à notre sujet ?

— Non. Parce qu'il t'a repoussée.

Elle éprouva une grande bouffée d'amour pour son frère, aussitôt suivie d'un accès de culpabilité.

— Jake voulait t'en parler dès le début. C'est moi qui l'ai supplié de se taire. Je l'ai mis dans une situation impossible.

Et cette pensée continuait de la hanter.

— Je ne veux pas jeter une ombre sur votre amitié, ajouta-t-elle.

— Notre amitié ? Elle est vieille et solide. Elle a été ébranlée mais elle s'en remettra. Peut-on dire que les choses ont changé ? Oui, forcément. Mais on va trouver des solutions.

Matt avait raison. Elle n'était pas la seule concernée.

Paige prit une décision.

— Je vais lui parler. Lui dire qu'il n'est pas obligé de nous éviter. Je veux continuer à garder mes quartiers chez Maria. Manger les pizzas du Romano's. Et faire des soirées cinéma en terrasse avec vous tous.

— Tu es sûre ? Si c'est trop dur pour toi de revoir Jake, il ne faut pas que tu te…

Son frère s'interrompit net en croisant son regard et s'éclaircit la voix.

— OK. Ça marche. Si c'est ce que tu veux.

— C'est ce que je veux.

Matt jeta un coup d'œil à sa montre.

— Je monte me coucher, mesdames. J'ai un rendez-vous tôt demain matin et il ne me reste que quelques heures pour dormir un peu.

Il hésita.

— On maintient notre soirée cinéma demain ? On peut en faire une nuit de la comédie sentimentale, si ça vous dit. Un marathon du film romantique. C'est vous qui choisirez. Et on commandera des pizzas. Ça fera des vacances pour Eva.

Voir des films d'amour était bien la dernière chose dont

elle avait envie en ce moment. Et comme par hasard, Matt, qui avait toujours refusé mordicus de faire une nuit du « cinéma de filles », se montrait soudain disposé à endurer l'épreuve.

*Ah les hommes !*

D'un autre côté, au point où elle en était, pouvait-elle tomber encore plus bas dans la déprime ? Probablement pas, non. Et une part d'elle-même était touchée que son frère fasse un tel effort alors qu'il détestait ce genre de films.

Elle afficha un sourire.

— C'est d'accord. Pourquoi pas ?

Frankie posa sa glace.

— Tu es sûr de ce que tu dis, Matt ? Tu es vraiment prêt à te taper un marathon de films *feelgood* avec deux femmes émotives et une sous-développée du sentiment ? Il faut vraiment que tu te sentes coupable.

Les yeux d'Eva brillèrent.

— Dis-nous ce que tu entends par « marathon », déjà ?

— Trois films. Pas *un* de plus. Chacune d'entre vous peut en choisir un. Par contre, vous me laissez la bouteille de tequila en exclusivité.

Ils faisaient tous de tels efforts pour lui changer les idées et lui amener un sourire aux lèvres que Paige n'eut pas le cœur de leur dire qu'ils se fatiguaient en vain et qu'elle aimerait autant passer la soirée au lit avec sa boîte de Kleenex.

— *Trois* films ? C'est royal.

Sa voix était si gaie qu'elle se demanda si elle n'en rajoutait pas un peu.

— Et nous avons le libre choix des œuvres, donc ?

Matt extirpa ses clés d'appartement de la poche de son jean.

— Oui. A condition qu'ils ne soient pas trop longs. Et il faut me donner les titres tout de suite pour que je puisse estimer la quantité d'alcool nécessaire à ma survie.

Eva comptait en silence sur ses doigts.

— J'ai du mal à en retenir trois sur l'ensemble.

— Pas trois, rectifia Paige. Un seul. C'est un chacune.

— *L'Amour à tout prix*, alors, annonça Eva.

Frankie parut horrifiée.

— C'est un film de Noël. Et on est en été.

— On s'en fiche. L'histoire est romantique et optimiste. Sandra Bullock est adorable. Et quand il lui offre la bague à la fin, c'est le top ten de la demande en mariage.

— J'aurais plutôt dit la déclaration d'amour la plus improbable au monde.

— C'est pas vrai !

— Mais il est dans le coma, le type !

— Ce n'est pas lui, c'est son frère. Evidemment, si tu ne regardes le film que d'un œil… C'est quoi ton choix, alors ?

— *Le Silence des agneaux*.

— Non, interdit. C'est de l'horreur.

— Je sais, mais Hannibal Lecter a un faible réel pour Jodie Foster…

— Arrête, c'est un serial killer ! Un monstre anthropophage ! Il est hors de question qu'on regarde ça… Paige ?

Paige avait perdu le fil de la conversation. De quoi parlaient-elles, déjà ? Quelque chose au sujet du top ten de la déclaration d'amour. Pour sa part, elle n'en demandait pas tant. Une déclaration toute simple aurait fait son affaire.

— Euh… La plus belle déclaration d'amour au monde, ça doit être Richard Gere grimpant à l'échelle d'incendie avec ses fleurs entre les dents.

Eva renifla avec une pointe de dédain.

— Ça, oui, c'est totalement irréaliste.

— Tous les films d'amour sont irréalistes, grommela Frankie en reposant sa cuillère. Attendre le bonheur de quelqu'un d'autre, c'est irréaliste en soi.

Paige fut tentée d'acquiescer mais se retint. Ce serait

injuste de sa part d'étendre la frilosité affective de Jake à toute la population masculine du globe.

— Allez, choisis un film, Frankie, au lieu de râler. Horreur interdite.

— Dans ce cas, ce sera *Crazy, Stupid, Love.* Parce que le titre au moins dit bien ce qu'il veut dire. Bonus supplémentaire : je verrai Ryan Gosling torse nu.

Paige se creusa la tête pour trouver un titre à son tour. N'importe quelle comédie ferait l'affaire.

— *Quand Harry rencontre Sally.*

— Ah tiens. Tu veux le voir parce que Billy Crystal te fait rire, j'espère ?

Frankie repoussa les cheveux qui lui tombaient sur la figure et lui jeta un regard féroce.

— Que le personnage principal soit un phobique de l'engagement qui finit par guérir de ses peurs n'a eu aucune incidence sur ton choix, *j'espère* ?

— Je l'ai choisi parce que les dialogues me font sourire. Et qu'il se passe quelque chose de fort entre les personnages.

Frankie hocha la tête.

— Bon. Tant que tu gardes à l'esprit que la vraie vie, ce n'est pas comme au cinéma, et que Jake ne va pas débarquer ici sur un destrier blanc en brandissant son épée...

— Ne t'inquiète pas, Frankie. J'ai intégré l'info.

Accessoirement, elle avait l'impression qu'un rocher lui broyait la poitrine. Quelques semaines plus tôt encore, elle aurait affiché son masque de Fille Courage, mais elle n'en était plus là. Jake lui manquait. La simple idée de traverser les quelques heures de solitude à venir lui paraissait insurmontable. Et les heures se transformeraient en jours. Les jours en semaines...

Matt avait les yeux rivés sur elle.

— On va te changer les idées. Le moment viendra où tu n'y penseras même plus.

— Vous pourriez peut-être m'assommer et me réveiller

quand ce moment-là sera venu ? Ou alors, assommer Jake, pourquoi pas ? Et le tirer du coma lorsqu'il aura compris.

— Je croyais que tu ne voulais pas que je le cogne ?

Paige soupira.

— Non, je ne veux pas que tu le cognes. Ne faites pas attention à ce que je raconte. C'est un peu le bazar dans ma tête en ce moment.

— La meilleure chose à faire quand on a du bazar dans la tête, c'est de s'asseoir dans un jardin sur un toit et de regarder un film sympa en buvant de la tequila.

Matt s'immobilisa avant de franchir la porte.

— Si tu as besoin de moi, appelle. Pas pour que je te donne des conseils, bien sûr. Mais je suis capable d'écouter.

Il referma derrière lui en partant et Frankie garda les yeux rivés sur le battant clos.

— Il faut reconnaître que, pour un homme, ton frère n'est quand même pas trop affreux.

Jake passa une nuit sans dormir.

Il ne se souvenait pas de s'être jamais senti aussi mal.

Ou peut-être que si.

A six ans, lorsqu'il avait attendu en vain le retour de sa mère. Le soleil s'était couché, puis la nuit était tombée tout à fait. Et il scrutait toujours la rue déserte sans voir la silhouette familière apparaître enfin dans la lumière des lampadaires. Il y avait eu alors ce moment de bascule — l'instant terrible où il avait compris, tout au fond de lui-même, que c'était fini, qu'elle ne reviendrait plus. Et il était resté là, tassé sur sa marche d'escalier, dévoré par la culpabilité, à se demander quelle bêtise il avait faite ou dite pour mériter cette punition. La sensation avait été horrible. Comme s'il avait été vidé de lui-même et qu'il ne restait plus que la douleur de la perte.

Il se sentait dans un état similaire aujourd'hui.

Lorsque les premiers rayons du soleil se glissèrent dans l'appartement, perçants comme des lames, il renonça à dormir et se leva. Dans sa tête résonnaient les derniers mots prononcés par Matt la veille.

« Ce que ma sœur t'offre a peut-être plus de prix à tes yeux que tu ne veux bien le voir, non ? Et si tu prenais au moins le temps de la réflexion avant de tout rejeter en bloc ? »

Jake porta la main à sa nuque en sueur.

Il voulait bien croire que pour certains, l'amour faisait partie du cocktail positif de base qui ensoleillait leur existence. Mais il savait que ça pouvait aussi tourner au désastre.

L'amour était une loterie.

Parfois ça marchait. Et parfois ça ne marchait pas. Compte tenu de ses antécédents, il estimait que les probabilités n'étaient pas très favorables. Et plus on s'investissait dans une relation, plus ça pouvait faire mal.

Or il s'était investi, avec Paige.

Il allait et venait dans sa chambre, exaspéré, indécis, en essayant de se débarrasser de la sensation douloureuse qui lui malmenait la poitrine. N'y parvenant pas, il fit ce qu'il avait toujours fait lorsque la vie lui réservait des coups durs. Il enfourcha sa moto et roula jusqu'à Brooklyn pour voir Maria.

C'était la seule à pouvoir comprendre ce qu'il ressentait.

Sa mère compatirait et il avait grand besoin d'un regard positif sur lui. Face à Paige, il s'était senti comme un minable. Idem avec Matt.

Maria, jamais, ne lui donnerait le sentiment d'être un minable.

Et en plus, elle lui ferait un super petit déjeuner.

*
* *

Malgré l'heure matinale, le restaurant bourdonnait déjà d'activité. Les habitués du matin s'attardaient autour de leur café en terrasse, profitant de la fraîcheur et de la pénombre mouchetée de lumière sous la treille.

Jake se dirigea directement vers le fond et trouva sa mère en cuisine, occupée à couper des tomates en dés. La vision de Maria à l'œuvre le réconforta. Les odeurs mêlées d'ail et d'origan avaient toujours le pouvoir de le ramener tout droit en enfance.

Maria tourna la tête à son entrée, vit son expression et reposa son couteau. Sans un mot, elle mit sur le feu la cafetière italienne et le fit asseoir à la table la plus proche.

— Qu'est-ce qui ne va pas, mon Giacomo ?

— Pourquoi voudrais-tu que ça n'aille pas ? J'ai faim. Et j'ai décidé que je voulais commencer ma journée avec de la granita et de la brioche sicilienne. Et des litres de café italien, bien sûr.

— Tu ferais tout le trajet de Tribeca jusqu'ici pour un petit déjeuner alors que ça grouille de bonnes adresses vers chez toi, plus que de chats errants ! Je vois à ta tête que ça ne va pas. Et j'ai tendance à penser que c'est à cause d'une femme.

La voix de sa mère était douce et réconfortante comme le miel. Il avait bien fait de venir, finalement.

Fatigué de lutter, il renonça à faire semblant.

— C'est à cause d'une femme, oui.

Elle hocha la tête et attendit.

— Alors ?

— Il s'agit de Paige, en fait.

Il y eut un sourire mais pas d'étonnement.

— Il y a longtemps que j'espérais que ça arriverait. L'autre soir, je vous ai vus côte à côte, tous les deux, et je me suis posé la question. Quelque chose avait changé dans votre façon d'être ensemble. Je suis heureuse pour toi, Jake. C'est d'une fille comme Paige que je rêvais pour mon fils.

Ce n'était pas la réaction à laquelle il s'attendait.

— On est sortis ensemble quelque temps. On s'amusait. C'était sympa.

— Ça ne me surprend pas. Vous riez tout le temps quand vous êtes ensemble. Et elle tient à toi.

— Elle dit qu'elle m'aime.

Le souvenir de ces mots lui fit battre le cœur.

— Mais ce sont des paroles sans fondement. Ça ne veut rien dire, bien sûr.

Sa mère soutint calmement son regard.

— Pour une fille comme Paige, ces mots veulent *tout* dire. Elle n'est pas de celles qui donnent leur cœur au premier venu. Elle est forte et généreuse, et c'est la femme d'un seul homme. Je ne sais pas où est le problème, mais tu trouveras à le résoudre, Jake.

Il nota qu'elle avait dit « *tu* trouveras » et non pas « *vous* trouverez ». Autrement dit, elle n'imaginait même pas que les complications puissent venir de Paige.

— C'est trop tard pour résoudre quoi que ce soit. J'ai déjà rompu.

— Vous étiez ensemble depuis un moment, ça se passait bien, et tu as tout arrêté ?

— Je ne peux pas lui donner ce qu'elle attend de moi. Je ne peux pas être l'homme qu'elle voudrait que je sois. Et je ne veux pas de ce qu'elle me propose.

Maria le regarda posément.

— Laisse-moi deviner : elle t'offre un amour inconditionnel, une vie faite de loyauté, d'amitié, de soutien, d'encouragements mutuels et, je suppose, de plaisir au lit. Qu'est-ce que tu trouves de si rebutant là-dedans, Jake ?

Il ouvrit la bouche pour répondre, mais rien de sensé ne lui vint à l'esprit.

Même avec sa mère, il se sentait comme un minable.

Cela faisait trois fois en l'espace de douze heures. Une émotion forte le submergea. De la frustration, sans doute. Ou de l'accablement. Ou peut-être même du désespoir.

— Je croyais que toi, au moins, tu me comprendrais.

— Ce que je comprends, c'est que tu as peur de l'amour. Que tu te méfies de ce sentiment. Mais le fait d'avoir peur de quelque chose et de s'en méfier n'empêchera pas de l'éprouver pour autant. Tu l'aimes, Jake.

*Et vlan.*

Il avait les paumes moites, tout à coup.

— Je ne suis pas sûr… Je ne sais pas si…

— C'était une affirmation. Pas une question. Tu as toujours été amoureux d'elle. Je l'ai su dès la première fois où tu es venu ici avec Paige. Quand je vous ai vus entrer côte à côte, tous les deux. Vous étiez assis tous les cinq à ce qui est devenu votre table attitrée. Et tu veillais sur elle à la manière d'un garde du corps. Je me souviens d'avoir été contente pour Matt. Je me disais qu'il pourrait passer un peu moins de temps à se faire du souci pour sa sœur parce que tu allais partager le fardeau de son inquiétude avec lui.

— Cela fait des années qu'on se bouffe le nez avec Paige.

— Jake…

Maria secoua la tête avec un sourire patient.

— Nous savons aussi bien l'un que l'autre pourquoi vous vous querelliez.

Jake commençait à regretter de ne pas s'être arrêté quelque part en chemin pour prendre un petit déjeuner n'importe où plutôt qu'ici. La tension lui procurait des picotements dans la nuque.

— J'avais beaucoup d'affection pour elle dans le temps, c'est vrai. Mais…

— Tu la protégeais. Et tu as continué de la protéger. C'est ce qu'on fait quand on aime quelqu'un.

— Sauf si on est ma mère.

Les mots étaient tombés d'eux-mêmes, sans qu'on l'y force. Il jura tout bas.

— Oublie ce que j'ai dit. Je pensais à ma mère biologique. C'est toi, ma vraie mère. Tu sais que c'est comme ça que je te vois. Je considère que je n'ai jamais eu d'autre mère que toi.

— Tu n'as ni à t'expliquer ni à t'excuser à ce sujet, Jake. Je sais quelle place j'ai dans ta vie, mais je sais aussi qu'il y a eu une autre mère avant moi.

Elle lui prit la main.

— Elle n'est pas partie parce qu'elle ne t'aimait pas. Elle est partie parce qu'elle pensait qu'elle était incapable de te donner ce dont tu avais besoin. « Il a une intelligence brillante, Maria. » Voilà ce qu'elle me répétait toujours. « Il lui faut quelqu'un d'autre que moi pour s'occuper de lui. » Je lui disais que tout ce dont un enfant a besoin dans la vie, c'est d'amour, de respect et de soutien. Mais elle ne voyait pas les choses de cette façon. Elle était obsédée par tout ce qu'elle aurait voulu te donner et qu'elle ne se sentait pas capable de te procurer. Les jouets qu'elle n'avait pas les moyens de t'acheter ; les études qu'elle ne serait jamais en mesure de financer pour toi. Elle a pris cette décision parce qu'elle pensait que la meilleure chose qu'elle pouvait faire pour toi, c'était de t'éloigner d'elle.

Elle marqua une pause et le regarda droit dans les yeux.

— Exactement comme tu pensais prendre la meilleure décision pour Paige en l'éloignant de toi.

— Ce n'est absolument pas la même chose !

— Ah non ? Paige désire-t-elle être protégée ? Te l'a-t-elle demandé ?

— Elle déteste qu'on la couve.

Il prit une profonde inspiration.

— Mais Paige a besoin de stabilité, de permanence. Et tu sais aussi bien que moi qu'en amour, rien n'est garanti d'avance. Aimer est un risque.

— Et pourquoi les gens choisissent-ils de le prendre, ce risque, à ton avis ?

Maria serra sa main plus fort dans la sienne.

— Paige le prend parce qu'elle t'aime. Parce qu'elle croit que ce que vous pourriez vivre ensemble en vaut la peine. Elle a mis son cœur à nu et n'a pas eu peur de te dévoiler ses sentiments. Alors qu'elle savait, te connaissant, qu'il y avait de grandes chances pour que tu les piétines sans merci.

Jake fit la grimace. C'était très précisément ce qu'il avait fait.

Elle avait mis son cœur à nu et il l'avait piétiné.

Maria lui lâcha la main.

— Son choix est clair. Il faut maintenant que tu fasses le tien. Que tu décides si tu l'aimes assez pour prendre quelques risques à ton tour. Es-tu prêt à faire le grand plongeon ? En vaut-elle la peine ? Ou préfères-tu opter pour une vie dont elle serait absente ?

— *Absente ?* Qui te dit qu'elle va disparaître de ma vie ?

Jake se leva d'un mouvement brusque. Il aurait dû se terrer quelque part pour panser ses plaies tout seul au lieu de venir se faire torturer ici.

— Paige et moi, on restera forcément amis. On se verra tout le temps. C'est quand même la sœur de Matt !

— Oui, vous serez amis. Jusqu'au moment où elle va rebondir et rencontrer quelqu'un d'autre. Tu feras quoi lorsqu'elle croisera le chemin d'un homme qui ne sera pas aussi frileux que toi dans ses engagements amoureux ? Parce que c'est ce qui va se produire, Jake. Paige retombera amoureuse tôt ou tard. Et sachant quel genre de femme elle est, ce ne sera pas une de ces histoires molles et tièdes comme tu les affectionnes. Elle s'investira.

Penser à Paige avec un autre homme lui donna une furieuse envie de défoncer la cloison.

— Hé ! c'est quoi, cet acharnement contre moi, tout à coup ? C'est la journée « On attaque Jake » ?

L'expression de Maria se radoucit mais elle ne mit pas d'eau dans son vin pour autant.

— Je crois que ce serait plutôt la journée « Essaie d'ouvrir les yeux à Jake ». Comment le vivras-tu lorsque Paige aura séché ses larmes, qu'elle renoncera à toi pour de bon et qu'elle passera à autre chose ?

Il ne voulait pas penser à Paige en larmes. Pas plus qu'il ne voulait s'imaginer entrant un jour au Romano's pour la trouver main dans la main avec un type quelconque. Un qui la ferait rire. Un contre qui elle se blottirait la nuit.

Il recommença à transpirer de plus belle.

— Si tu crois que tu protèges Paige en la repoussant, tu te fais des illusions, Jake. Tout ce qu'elle veut, c'est vivre ce qu'elle a à vivre et le vivre avec passion. Elle prendra les bons moments et elle encaissera les coups durs, parce qu'elle sait que l'existence est ainsi faite. Une succession de hauts et de bas. De rires et de larmes. Toi, tu as juste à décider si tu veux faire partie ou non de cette vie-là. C'est une décision importante. Ta mère a pris la sienne, dans le temps. Aujourd'hui, c'est à toi de prendre la tienne. En arrêtant de tout mélanger.

La fatigue tomba comme un coup de massue sur les épaules de Jake.

— J'ai débarqué ici en pensant que tu allais me serrer dans tes bras, me nourrir et m'aider à me sentir moins mal.

— Je te serrerai dans mes bras et je te nourrirai tant que tu voudras, mais la seule personne qui puisse faire que tu te sentes mieux, c'est toi. Ta décision n'appartient qu'à toi.

Maria soupira.

— Tu crois que ça m'amuse, Jake, de te voir souffrir comme ça ? Je n'ai aucune envie de te faire des misères, crois-moi. Mais tu es et tu restes mon fils. Et quand une mère voit son fils faire un truc stupide, elle le dit. Et maintenant, file retrouver Paige.

— Parce que tu crois qu'elle va accepter de me parler, peut-être ?

— Elle n'a plus besoin de parler. Tout ce qu'elle avait à te dire, elle l'a déjà dit. A présent, c'est à toi de causer. Alors je n'ai plus qu'un conseil à te donner, mon grand : secoue-toi et tâche de trouver les mots qu'il faut.

# Chapitre 21

« *Les* happy ends *n'arrivent pas que dans les contes de fées.* »

— *Eva*

L'un des nombreux avantages d'être son propre patron, c'était qu'on était libre de travailler n'importe quand, y compris les week-ends ou au beau milieu de la nuit.

Et le travail anesthésiait la douleur.

Paige avait laissé Eva à l'étage au-dessus, occupée à tester une nouvelle recette et à mettre son blog à jour, et elle était descendue chez Frankie. Pour aujourd'hui, elles avaient établi leur QG sur sa table de cuisine, ce qui leur évitait de se déplacer jusqu'à Manhattan.

Son téléphone vibra.

Comme elle savait que ce n'était pas un client, Paige ne réagit pas.

Frankie se pencha pour lire le nom à l'écran.

— C'est encore Jake. Pour la cinquième fois. Tu veux que je lui dise d'aller se faire voir ?

— Non, surtout pas.

Ses doigts tremblaient sur son clavier.

— Laisse sonner.

— Tu es sûre ? Il a l'air d'avoir quelque chose d'urgent à te dire.

— S'il a un message pour moi, il peut le laisser sur mon répondeur. Je lui parlerai quand je serai prête.

Et pour cela, elle voulait d'abord être sûre de pouvoir s'adresser à lui sans risquer de s'effondrer et d'être ridicule. D'un tapotement sur l'écran de sa tablette, elle fit surgir sa liste de tâches.

— Tu as reçu la demande d'un bouquet de fleurs surprise pour un anniversaire de mariage ?

— Oui, je l'ai eue. Via l'appli. Qui est géniale, entre parenthèses. Je me suis occupée de la composition florale. Ce sera le vieux couple le plus heureux de tout Manhattan.

L'appli était géniale, en effet, mais Paige préférait autant ne pas y songer. Cela l'aurait menée tout droit à des pensées où figurait Jake — et c'était justement ce qu'elle essayait d'éviter.

— L'un de nos clients cherche quelqu'un pour l'entretien de son jardin en terrasse, enchaîna-t-elle sans lever le nez de sa liste.

— Exact. J'ai rendez-vous là-bas lundi pour faire une mise au point. J'irai avec Poppy. J'ai déjà eu l'occasion de bosser avec elle.

— Poppy ? L'Anglaise avec l'accent adorable et le sourire à mille watts ?

— Celle-là même. Elle a besoin de bosser et elle fait du bon boulot.

— Et pourquoi a-t-elle besoin de travail ?

— Parce qu'elle veut rester à New York. Je crois qu'elle tient à maintenir la largeur d'un océan entre elle et son horrible ex-mec qui a couché avec sa meilleure amie.

— N'en dis pas plus. C'est réglé. Le job est pour elle.

Paige retourna à sa liste. Frankie hésita.

— Tu as réussi à dormir un peu cette nuit ?

— Pas trop, non. J'ai passé mon temps en répétition générale, à me réciter ce que je vais raconter à Jake la prochaine fois qu'on se verra. Il faut que je pense à commander un nouveau rouge à lèvres. Histoire de booster ma confiance en moi.

— Je peux peut-être t'aider sur ce coup-là.

Frankie lui fit passer un petit paquet emballé. Paige le soupesa.

— Oh Frankie… Tu m'as acheté du rouge à lèvres !

D'un haussement d'épaules, son amie minimisa son geste.

— C'est le genre de cochonneries qui a toujours l'air de te remonter le moral. Pour moi, ça reste un mystère, mais du moment que ça marche pour toi… Avec Eva, on a fouillé dans ton tiroir de maquillage pour essayer de trouver une couleur que tu n'avais pas encore. La plupart des filles ont une *trousse* de maquillage, soit dit en passant. Eva et toi êtes les seules personnes que je connaisse à réquisitionner un tiroir complet.

Touchée, Paige déballa son cadeau.

— Mais quand as-tu trouvé le temps d'aller l'acheter ?

— J'ai tambouriné aux portes de chez Saks pile à l'heure d'ouverture.

— Tu as horreur d'aller chez Saks.

— Ouais. Mais toi, je t'adore.

Le ton de Frankie était plus rugueux que jamais. Paige en eut chaud au cœur.

— Tu es la meilleure, murmura-t-elle. J'ai des amies en or.

Elle examina le rouge à lèvres.

— J'adore. Pile la nuance dont j'avais envie. Je me sens prête à affronter Jake la tête haute. Presque.

A force de répéter mentalement la scène de leurs retrouvailles, elle avait tout programmé. Lui s'attendrait à des larmes. Il n'y en aurait pas. Il se préparerait à la trouver meurtrie et blessée. Elle serait forte. Ses plaies resteraient au plus profond d'elle-même. Invisibles. Et Jake ne les verrait pas saigner. Elle les garderait fermées à grand renfort de volonté et de force d'âme féminine.

Sa priorité était claire : s'assurer que cet incident de parcours ne gâcherait pas leur amitié à tous.

C'était le plus important pour le moment. Plus important que ses propres sentiments. Son cœur guérirait avec le temps. Et s'il ne guérissait pas, elle apprendrait à vivre avec quelques égratignures cachées en plus de ses cicatrices visibles.

Son téléphone vibra de nouveau. Un client cette fois. Elle prit l'appel et réussit à se concentrer entièrement sur la conversation.

Pareil pour l'appel suivant.

Et c'est ainsi qu'elle s'en sortirait. Etape par étape. Appel après appel. Jour après jour.

Le coup de fil qui suivit les enthousiasma toutes les trois.

Eva fit irruption dans la cuisine de Frankie au pas de course en agitant son téléphone.

— Matilda se marie et elle veut nous confier l'organisation !

Paige referma le document sur lequel elle travaillait.

— Nous ? Mais on n'a encore jamais fait de mariage !

— Et alors ? Un événement est un événement, rétorqua Frankie, l'éternelle pragmatique. C'est toujours la même chose, au fond : restauration, boissons, musique, fleurs, et un gros bazar qu'il faut nettoyer à la fin. Au moins, cette fois, on le fera pour une amie. Je vote pour qu'on accepte. A moins que ça ne te déprime, Paige ? demanda-t-elle à mi-voix.

— Bien sûr que non. Pourquoi voudrais-tu que ça me déprime ?

— Qui dit mariage, dit guimauve, romance et émotions lacrymogènes. Sans compter que Jake risque d'être présent.

— Justement. Au moins comme ça, je serai bien trop occupée pour prêter attention aux autres invités. Dis oui, Eva.

Eva reprit sa conversation téléphonique, félicita Matilda

en leur nom à toutes les trois et discuta de quelques idées de cadre.

— Les Hamptons ? Oui, ce serait pas mal… Une noce sur la plage ?

L'expression d'Eva se fit rêveuse.

— Oh ! Matilda. Ça va être grandiose… De la poésie à l'état pur.

Et en plus, ce serait du travail, se dit Paige en réprimant une petite pointe d'envie. Autrement dit, un dérivatif. La perspective d'un événement nouveau à organiser lui permettrait de tenir une journée de plus dans un état relativement supportable.

En toute fin d'après-midi, elle éteignit son ordinateur à regret, prit une douche et enfila une robe d'été dont les couleurs flamboyantes compenseraient, avec un peu de chance, le gris plombé de son humeur. Puis elle appliqua son nouveau rouge à lèvres et monta rejoindre les autres en terrasse.

De l'autre côté du fleuve, le soleil se couchait sur Manhattan, déposant des coulées d'or sur les grandes tours où étincelaient le verre et le métal.

Matt avait préparé l'écran.

Et la tequila.

Paige examina les bouteilles.

— C'est la dose dont un homme a besoin pour endurer six heures d'émotions purement féminines ?

— C'est ce dont un homme a besoin pour endurer *vingt minutes* des émotions en question. J'ai encore d'autres bouteilles en réserve chez moi.

Il déposa des glaçons dans les verres et les servit tous les quatre.

— On boit à quoi, alors ?

Frankie leva son verre.

— C'est la nuit de la romance. Je bois à la niaiserie

des contes de fées, aux dénouements pseudo-heureux et à toutes ces foutaises.

Eva roula les yeux.

— Ce n'est pas tout à fait un hasard si tu es célibataire.

— Tu as raison. Ça n'a rien d'un hasard. C'est même un boulot de chaque instant pour moi.

Paige attrapa un verre. Mais pourquoi avait-elle poussé le masochisme jusqu'à accepter une nuit du film sentimental ?

— Ce soir, nous buvons à l'amitié. Une valeur sûre d'entre les valeurs sûres.

C'était grâce à ses amies qu'elle passerait le cap. Tout comme elles l'avaient déjà aidée à traverser d'autres passages à vide.

Soudain, des pas résonnèrent dans l'escalier et Paige vit l'expression de son frère se figer. Matt posa son verre avec précaution. Son ton de voix resta égal.

— Jake ? On ne pensait pas te voir ici ce soir.

— C'est samedi, non ? Soirée cinéma.

Jake apparut sur la terrasse. Ses cheveux noirs avaient leur éclat habituel mais ses yeux accusaient la fatigue.

— Je suis encore accepté ici ?

Une bouffée de panique monta en Paige.

Elle n'était pas prête. Il lui fallait un peu plus de temps. Pas un instant elle n'avait imaginé qu'il débarquerait sans prévenir ce soir.

Silence de mort sur la terrasse.

Tous les regards étaient rivés sur elle. Matt, Eva et Frankie attendaient son signal pour réagir. Et désormais, il en irait toujours ainsi vis-à-vis de Jake, Paige le savait.

C'était à elle de faire en sorte d'alléger l'atmosphère.

— Bien sûr qu'on t'accepte !

Elle lui adressa un sourire jusqu'aux oreilles — si large qu'elle crut que son visage se fendait.

— C'est sympa que tu sois venu. On n'était pas sûrs

que tu pourrais te libérer mais on est ravis de te voir. Assieds-toi. On a de la pizza et…

Miss Tigresse traversa la terrasse de son pas prudent de féline rôdeuse. Sans les honorer d'un seul regard, elle s'octroya le coussin le plus confortable et s'étira d'un air dédaigneux.

Jake ne toucha pas à la pizza.

— Avant le début de la projection, je voudrais te parler un instant, Paige. J'ai essayé de te téléphoner mais tu n'as pas pris mes appels.

Le sourire de Paige se crispa.

— Désolée. Trop de boulot.

— C'est une bonne nouvelle pour Urban Génie. Mais cela ne change rien au fait qu'il faut que je te parle.

— Je crois que nous nous sommes déjà dit tout ce que nous avions à nous dire, Jake. Tout ça, c'est derrière nous, maintenant. Du passé. Oublié.

Paige agita la main.

— Assieds-toi donc. Le thème du soir est axé romantisme, donc je ne pense pas que tu resteras très longtemps.

Elle comptait fermement là-dessus, même.

— Tu as peut-être fait le tour du sujet en ce qui te concerne, mais pas moi. Et c'est tout sauf de l'histoire ancienne. Non seulement je n'ai pas oublié, mais je n'ai pas arrêté d'y penser depuis que tu es partie hier soir et je suis sûr que c'est pareil pour toi.

— Eh bien, tu te trompes. Il faut qu'on démarre la projection, maintenant, sinon l'aube va se lever avant qu'on ait fini nos trois films. Si après ce marathon sentimental dégoulinant de guimauve, tu as encore envie de parler, on parlera… Matt ? Tu peux appuyer sur « Play » ?

La panique commençait à percer dans sa voix. Par chance, Matt s'exécuta et les premières images défilèrent à l'écran.

Elle estimait que Jake tiendrait cinq minutes. Dix

maxi. Reconnaîtrait-il quelque chose de lui-même s'il prenait le temps de regarder *Quand Harry rencontre Sally* ? Peut-être. Mais même si ça ne le faisait pas fuir en courant, il ne résisterait jamais, au grand jamais, face à *L'Amour à tout prix*.

Quoi qu'il arrive, il aurait disparu avant la fin de leur nuit cinématographique. Ça, au moins, elle en avait la certitude. Et la prochaine fois qu'ils se reverraient, elle se sentirait déjà plus aguerrie.

Elle s'assit sur le coussin le plus proche, riva les yeux sur l'écran et ne bougea plus d'un cil. Matt avait commencé par *Crazy, Stupid, Love*. Mais elle aurait pu tout aussi bien regarder un film en chinois. Elle n'avait conscience que d'une chose : la présence de Jake assis à côté d'elle, qui attendait.

Attendait quoi ?

De lui fournir des explications supplémentaires sur le fait qu'il ne pourrait jamais l'aimer ?

Elle ne voulait surtout pas les entendre.

Même si ces fichus films d'amour la déprimaient, elle priait pour qu'ils ne s'arrêtent jamais.

Matt ouvrit la bouteille de tequila.

— C'est ça que les filles veulent ? Sérieux ?

Il considéra l'écran d'un œil sceptique.

— Moi aussi, je me mets torse nu, quand je bosse, quand il fait chaud et qu'il n'y a pas trop de monde autour. Personne a priori ne se pâme. Je devrais peut-être essayer de jouer ma version personnelle de *Dirty Dancing*.

— Si tu te mettais torse nu, je suis sûre que ça ne passerait pas inaperçu, rétorqua Eva. Mais là, c'est Ryan Gosling. Il peut jouer n'importe quoi ou même ne rien jouer du tout. De toute façon, quoi qu'il fasse, on est toutes là à baver et à penser que le film où il joue est un chef-d'œuvre.

Paige savait qu'ils essayaient de désamorcer la tension entre Jake et elle, mais elle n'avait pas l'énergie de se joindre à la conversation. Pour une fois, elle n'avait pas le cœur de s'intéresser à ce que faisait Ryan Gosling.

Seul Jake occupait son esprit.

Ils étaient arrivés à mi-parcours de *Quand Harry rencontre Sally* lorsqu'il se leva.

Et retira son T-shirt.

Matt avala sa tequila de travers et Frankie rajusta ses lunettes.

— Pas mal. Ryan n'a plus qu'à aller se rhabiller.

La bouche de Paige était sèche comme du papier de verre. Jake avait une anatomie en tout point admirable — mais elle le savait déjà pour avoir posé les mains dessus tant et tant de fois.

Elle toussota.

— On peut savoir ce que tu fais ?

— J'essaie d'obtenir ton attention. Et si j'ai bien compris, c'est LA méthode qui marche. Dans les films que vous affectionnez, vous les filles, on voit régulièrement le mec arracher sa chemise dans la scène finale et braver le ridicule.

Eva siffla entre ses doigts et attrapa le popcorn.

— Super abdos. Tu as déjà songé à faire carrière dans le strip-tease ?

Paige ne dit rien. Elle était concentrée sur Jake. Et lui sur elle.

Rien que sur elle.

Ses yeux étaient d'un gris profond ; son regard intense.

— J'ai des choses à te dire, Paige.

Frankie se leva d'un bond en entraînant Eva avec elle et fit tomber quelques coussins dans sa hâte.

— Bon, allez. On dégage d'ici, nous deux.

Mais Jake les arrêta.

— Pourquoi ? Paige vous ressortira notre conversation à la première occasion, de toute façon. Autant que vous restiez présentes pour suivre la scène en direct.

— Ah ! moi, je n'ai rien contre.

Les yeux brillants, Eva se rassit sans se faire prier. Frankie parut horrifiée.

— Mais s'il s'agit d'une explication entre vous…

— Dans votre trio, il n'y a pas beaucoup de place pour les secrets, si ? Ce n'est pas un problème pour moi. Je trouve ça plutôt bien que vous soyez aussi soudées.

Jake secoua la tête lorsque Matt se leva.

— Au point où on en est, reste donc, toi aussi. Comme ça, tu pourras juger sur pièces si tu dois me casser la figure ou non.

— C'est la nuit du film romantique, intervint Paige. Personne ne frappe personne. Et il nous reste encore un film à voir.

Elle ne voulait pas de cette conversation — privée ou publique. Elle n'était pas prête.

— Quel film ? *Nuits blanches à Manhattan* ? Vous l'avez celui-là ?

Paige déglutit avec peine.

— Tu veux parler de *Nuits blanches à Seattle*, je suppose ?

— Non, pas du tout. *Nuits blanches à Manhattan*, ce n'est pas le même scénario. Tu veux que je te dise comment celui-ci se termine ?

— Non.

— Le personnage est un idiot, comme dans à peu près tous les films que tu aimes. Il ne sait pas lui-même ce qu'il veut et il faut que ses amis l'aident à ouvrir les yeux, car il ne comprend rien à rien.

Il lui tendit la main et lui intima d'un ton sans réplique :

— Lève-toi.

— Quoi ? Je ne crois pas que…

— J'ai dit : lève-toi.

Eva frissonna.

— Je sais que c'est politiquement incorrect, mais j'ai un faible coupable pour les hommes forts.

— Eva ! Si tu ne te tais pas tout de suite, je te tords le

cou, marmonna Frankie. Et là, tu verras ce que « fort » veut dire.

Paige était prisonnière du regard de Jake, de ce qu'elle pouvait y lire. Son cœur battait à lui faire mal.

Elle attaqua :

— Qu'attends-tu de moi ? Que je te saute dans les bras comme on vient de le voir faire à l'écran ? Parce que si tu perds l'équilibre, je chuterai de trois étages et j'atterrirai sur mon postérieur en plein Brooklyn. Ce ne sera pas très joli à voir.

— Une fois dans ta vie, tu pourrais faire ce qu'on te dit, Paige ? Ce serait trop te demander ?

Il se pencha et la tira d'autorité sur ses pieds.

— La première fois que je t'ai vue, tu étais assise toute seule sur ton lit d'hôpital à essayer de cacher que tu étais terrifiée. Ce jour-là, j'ai compris que tu étais la personne la plus courageuse que j'avais jamais rencontrée.

Son cœur s'accéléra encore. Elle essaya de dégager ses mains mais il la tenait fermement.

— En vérité, je mourais de peur, donc je ne suis pas, à l'évidence, si courageuse que ça.

Non seulement elle mourait de peur à l'époque, mais c'était encore le cas maintenant.

Peur de ce qu'il pouvait lui dire. Et, plus encore, peur de ce qu'il pourrait ne *pas* lui dire.

— Oh si, tu étais héroïque, Paige. Tout le monde paniquait autour de toi, et toi, tu souriais et tu disais que ça irait. Que c'était juste un petit bobo. Je n'arrêtais pas de me dire que tu n'étais qu'une gamine, mais je savais que tu n'avais déjà plus rien d'une enfant. On a ri, on a parlé, on s'est chambrés. J'ai introduit en douce de la nourriture à l'hôpital.

— Des cookies. Je me souviens.

— On a semé des miettes partout dans ton lit. Je te parlais comme je n'avais encore jamais parlé à personne et comme je n'ai plus jamais parlé à personne depuis. Tu sais que tu es la seule avec qui j'ai abordé le sujet de ma mère biologique ?

Il prit une pause pour respirer.

— Le jour où tu m'as dit que tu m'aimais — j'étais terrifié. Troublé, aussi, et très attiré, mais j'avais fait cette promesse à Matt et je me disais qu'il avait raison : j'aurais été toxique pour toi.

— Jake…

— Alors je t'ai rejetée et je l'ai fait d'une manière qui, je l'espérais, te guérirait de moi définitivement. Après cela, j'ai toujours fait en sorte de te hérisser et de te maintenir sur la défensive avec moi.

Matt fronça les sourcils.

— C'est pour ça que tu n'arrêtais pas de la contrarier ?

Jake ne tourna même pas la tête. Son regard restait arrimé à celui de Paige.

— Deux fois dans ta vie, tu m'as dit que tu m'aimais, et les deux fois je n'ai pas su m'y prendre.

— Tu as été franc.

— Je n'étais pas franc, non. Ni avec moi-même ni avec toi. Mais je suis franc maintenant. Je t'aime, Paige.

Elle cessa un instant de respirer.

Depuis combien d'années rêvait-elle de l'entendre lui adresser ces mots ?

— Jake…

— Tu le sais déjà, tu me l'as dit toi-même. Mais peut-être que tu ignores encore à quel point. C'est quelque chose que je dois te prouver et je ne compte pas attendre pour le faire. J'ai été un lâche et un idiot mais ça s'arrête aujourd'hui.

Quelqu'un émit un murmure étouffé. Peut-être Eva. Ou Frankie. A moins que le son étranglé ne soit monté de sa propre poitrine.

Elle ne tourna pas la tête pour s'en assurer. Jake la regardait toujours, et elle avait attendu si longtemps de trouver dans son regard ce qu'elle y lisait maintenant qu'elle refusait d'en perdre une miette.

— Tu dis que tu *m'aimes*, Jake ?

— Je t'ai toujours aimée, mais l'amour était pour moi ce qui pouvait m'arriver de plus terrifiant. Aimer, c'était comme entrer de plain-pied dans mes propres zones sinistrées. S'il y avait une expérience que je refusais de vivre une seconde fois, c'était celle de perdre l'amour de quelqu'un. Des risques, j'en ai pris. Beaucoup même, et des gros. Mais je n'ai jamais risqué mon cœur. Je me disais que je te préservais, mais c'était moi-même que je protégeais, au fond. A mes yeux, l'amour était le seul risque pour lequel le jeu ne valait pas la chandelle. Le gain que je pouvais espérer me paraissait minime par rapport aux possibilités de pertes. Mais quand tu es partie hier soir, j'ai découvert que la souffrance dont je croyais me préserver en te repoussant était en fait déjà là. J'avais mal de t'avoir perdue. Et je me suis aperçu qu'être avec toi, t'aimer, m'importe plus que tout le reste. Je croyais que je ne rencontrerais jamais aucune femme pour qui j'aurais envie de mettre mon cœur dans la balance. Je me trompais.

Paige s'était promis que, quoi que Jake trouverait à lui raconter lorsqu'ils se reverraient, elle se contenterait d'acquiescer et de sourire, et s'arrangerait juste pour garder les yeux secs jusqu'au moment où elle regagnerait sa chambre.

Mais de tous les scénarios qu'elle avait anticipés, aucun ne ressemblait à celui-ci, ni de près ni de loin.

— Tu es vraiment sûr, sûr, *sûr* de m'aimer ?

Il eut un sourire en coin.

— *Truly, madly, deeply*[1], pour citer encore un de vos films fétiches, mesdames. Jusqu'à mes *Nuits blanches à Manhattan*.

1. « Un amour fou, sincère, profond » (NdT).

L'émotion menaçait de déborder.

— Je t'ai déjà dit que ce n'était pas un titre de film, Jake !

— Dommage. Car ça sonne bien. Je t'ai acheté quelque chose.

Il tira quelque chose de la poche arrière de son jean.

— J'espère que ça te plaira. Dommage que vous n'ayez pas programmé *Diamants sur canapé.*

Elle reconnut la pochette caractéristique du bijoutier Tiffany's, et son cœur recommença à faire des siennes.

Elle n'osait pas espérer.

Une fois déjà, elle avait cru que…

Elle jeta prudemment un regard dans la pochette et vit quelque chose scintiller au fond.

— Une bague ?

D'une main tremblante, elle la sortit du sac. Pourquoi l'avait-il laissée en vrac comme ça ?

— La dernière fois que je t'ai offert un bijou dans un écrin, tu as imaginé un instant que cela pourrait être une bague, je me trompe ? Et j'ai vu la déception sur ton visage. Cette fois, je n'ai pas voulu t'infliger l'épreuve du doute. L'écrin est dans mon appartement, si tu le veux.

La voix de Jake se fit plus basse et plus rauque.

— Epouse-moi et je te promets de faire le nécessaire pour que tu ne sois jamais à court de rouge à lèvres jusqu'à la fin de tes jours.

Elle arracha son regard du diamant étincelant pour le lever sur Jake.

— *T'épouser?*

— Oui. Je t'aime. Tu es la seule femme que je veux dans ma vie. La seule femme que je voudrai jamais. Et pour vivre avec toi, je suis prêt à prendre des risques majeurs.

Le silence autour d'eux était total. Seul le bruit intermittent de la circulation montait jusqu'à la terrasse où chacun retenait son souffle.

Frankie restait muette.

Matt ne bougeait pas d'un pouce.

Même Eva, pour une fois, ne trouvait rien à dire.

Paige déglutit avec difficulté.

— Jake...

— Ça a toujours été toi et seulement toi, Paige. Et je sais qu'il me faudra plus que des mots pour te convaincre, donc j'ai mis une aide au point pour que tu puisses décider de ta réponse en toute objectivité.

Il sortit son téléphone de sa poche.

— J'ai conçu une appli. Elle s'appelle : « Est-ce que Paige devrait épouser Jake ? » Son utilisation est intuitive, donc en tant que geekette, tu n'auras probablement aucune difficulté à t'en servir. Mais je peux te montrer comment on fait, si tu veux.

— Tu me traites de geekette ?

Une puissante sensation d'euphorie la submergea — du bonheur effervescent qui montait à grosses bulles.

— Et tu as développé une appli de demande en mariage ?

— Non. Mais maintenant que tu le dis, ce serait une idée intéressante, car c'est terrifiant de faire ce genre de déclarations. Un genou ? Deux genoux ? Pas de genoux ? Avec chemise ? Sans chemise ? Les options sont innombrables.

Eva poussa un petit soupir comblé.

— Je vote pour « sans chemise ».

Paige rit faiblement.

— Tu peux être debout, à genoux, nu, tête en bas, je m'en fiche. C'est ton amour qui m'intéresse !

L'émotion était soudain trop forte. Pouvait-on passer d'une minute à l'autre des abîmes du chagrin à des sommets de félicité sans succomber au choc des contrastes ?

— Tu veux qu'on se marie, sérieusement ? Tu es sûr ?

— Absolument. Mais je veux que tu sois sûre aussi. Donc commence par consulter l'appli. Tu as dit que tu voulais faire tes propres choix. Et celui-ci est déterminant. Il s'agit de ne pas prendre la mauvaise décision.

Intriguée, Frankie se leva pour regarder par-dessus son épaule.

— C'est cool, comme appli. Réponds à la première question, Paige.

— Il suffit de faire glisser ton doigt sur l'écran pour indiquer si c'est oui ou non.

Jake lui montra comment procéder.

— Quelle est ta boisson préférée le matin ? Réponse : le café. Et c'est la même chose pour moi. Tu vois ? Nous sommes assortis, sur ce point.

— OK. Passe-moi ton téléphone.

Elle donna une réponse, puis se ravisa et essaya la réponse contraire.

— Hé ! C'est quoi ce truc ? Quel que soit le choix que je fais, ça indique que nous sommes assortis à la perfection !

Jake eut un sourire penaud.

— Je ne voulais prendre aucun risque quant au résultat final.

Elle se mit à rire.

— Tu as triché ? Je croyais que tu étais un preneur de risques.

— Dans certains domaines, j'évite. Et tu en fais partie.

Paige savait qu'elle n'oublierait jamais le regard de ses yeux gris à cet instant-là.

Un regard qui levait ses derniers doutes.

— Je n'ai pas besoin d'appli pour m'aider à faire mon choix.

Elle replaça le téléphone dans la poche de Jake et il l'attira contre lui, le visage grave.

— Avant que tu me donnes ta réponse, je dois te prévenir : je ne pourrai pas m'empêcher de te protéger. Je t'aime et je tiens à toi, et te protéger est inclus dans le kit.

Il repoussa avec tendresse les cheveux qui glissaient sur la joue de Paige.

— En revanche, je te promets de ne jamais faire tes

choix à ta place. Je respecterai tes décisions, quelles qu'elles soient.

Sa vision s'embuait et Paige cligna les paupières à plusieurs reprises pour l'éclaircir.

Elle glissa la bague à son doigt avant de lui livrer son regard, sachant qu'il lirait dans ses yeux tout ce qu'il voulait entendre.

— Moi aussi, je t'aime, Jake. Tu le sais. Depuis toujours. Je n'ai jamais voulu personne d'autre que toi. Et je t'épouserai, quelles que soient les conclusions fournies par l'appli. Quant à ta protection, je l'accepte de tout cœur, à condition que je puisse te protéger en retour.

En guise de réponse, Jake pencha la tête pour l'embrasser. Un baiser prolongé s'ensuivit.

— La nuit de la romance en live, commenta Matt en voix off.

Paige s'écarta en souriant.

— Tu m'avais promis du *happy end* pour cette nuit, Matt. Mais les résultats dépassent les espérances.

— Ce n'est pas encore terminé.

Jake la fit asseoir tout contre lui sur les coussins.

— Il nous reste un film à regarder, si j'ai bien compris ?

— Exact. *L'Amour à tout prix*. Sentimental à souhait. De la pure eau de rose.

Paige se pelotonna contre lui et la bague à son doigt scintilla sous la lune, renvoyant les lumières étincelantes de Manhattan.

— Tu crois que tu es de taille à affronter ça comme un homme, Jake ?

— Absolument.

Il la serra fort contre lui puis tourna la tête vers Matt.

— Envoie la tequila.

## Remerciements

J'ai découvert récemment que j'avais écrit pas moins de soixante-quinze romans pour Harlequin. Il y a bien longtemps que j'avais cessé de compter, et c'est seulement lorsqu'ils m'ont offert un très joli porte-clés Tiffany en gage de reconnaissance que le nombre m'est revenu.

J'ai eu beaucoup de chance dans ma carrière, et vous pensez sans doute que mes premiers et mes plus grands remerciements devraient aller à mon éditeur — et l'équipe est effectivement GRANDIOSE —, mais en fait ils vont à mes lecteurs.

Si les lecteurs n'achetaient pas mes livres, je ne pourrais pas poursuivre comme auteur. Je pourrais toujours écrire, bien sûr, mais ce serait juste un hobby, ce qui serait beaucoup moins drôle — et il aurait fallu que je trouve un « vrai boulot », ce qui aurait été encore moins réjouissant ! On dit que la plupart des écrivains sont introvertis, mais ce n'est pas mon cas : j'adore avoir des interactions avec mes lecteurs. J'ai la meilleure communauté Facebook de la planète et si je passe par un moment difficile, je vais traîner un moment sur mon compte et vos commentaires et encouragements me remettent le pied à l'étrier. Donc je veux adresser un grand merci à quiconque a acheté un jour un de mes livres, m'a recommandée à des amis, a bavardé avec moi sur les réseaux sociaux — vous pouvez me trouver sur Facebook, Twitter, Instagram, Pinterest et Goodreads, tous les liens sont sur mon site. J'adore entendre parler de vos vies, échanger sur nos lectures et lire vos mails. Je suis touchée que certains parmi vous se sentent libres de s'ouvrir à moi sur certains chapitres difficiles de leurs vies et me réjouis en toute humilité que mes romans aient pu constituer une aide, même modeste. Je sais que, quand la vie est difficile pour moi, je trouve mon meilleur soutien auprès de ma famille, mes amis, mais aussi dans mon écriture et dans les livres que je lis.

Merci d'avoir fait un peu de place pour moi sur les étagères de vos bibliothèques ou dans vos liseuses.

Découvrez, en avant-première, un extrait de *Rendez-vous à Central Park*,

Le tome 2 de la série *Coup de foudre à Manhattan*

*parution le 31 mai 2017*

Frankie enfila des leggings noirs et un T-shirt, disposa du fromage sur une assiette et ouvrit son thriller. Immergée dans l'univers noir du roman, elle faillit hurler lorsqu'un grand bruit s'éleva de la cuisine.

— Oh, nom d'un chien !

Il lui fallut une seconde pour reprendre ses esprits et comprendre qu'un de ses pots d'herbes aromatiques posé en équilibre précaire sur le bord de la fenêtre avait éclaté sur le carrelage de la cuisine.

Elle n'avait pas besoin de mener l'enquête pour identifier le responsable du forfait ; elle connaissait déjà le coupable.

Pas un tueur en série mais un chat de gouttière.

— Claws ? C'est toi ?

Son livre à la main, elle passa dans la cuisine, vit le terreau et les éclats de pot qui jonchaient le sol ainsi qu'un félin terrifié.

— Oups ! Fais attention où tu mets les pattes, toi.

Les poils dressés presque à la verticale, la chatte fila sous la table de la cuisine et la dévisagea à distance prudente.

— Tu t'es fait peur, le chat ? Parce que tu as failli me provoquer une crise cardiaque au cas où tu te poserais la question.

Tout doucement, Frankie posa son livre sur la table et s'accroupit pour nettoyer le bazar. La chatte se recroquevilla encore un peu plus dans sa cachette.

— Qu'est-ce que tu fais ici, d'ailleurs ? Où est Matt ? Il n'est pas encore rentré du travail ?

Matt — le frère aîné de Paige et le propriétaire des lieux — occupait les deux étages du haut. Il était architecte paysager et avait déniché la vieille maison de ville à l'abandon des années plus tôt, la retapant amoureusement pour la diviser en trois appartements. Les quatre occupants de l'immeuble vivaient en harmonie presque parfaite. Les *cinq* occupants plutôt, si on comptait la chatte traumatisée que Matt avait adoptée.

Attentive à ne faire aucun mouvement brusque, Frankie nettoya les dégâts avec une pelle et une balayette. Puis elle prit une boîte de nourriture pour chats sur l'étagère tout en continuant à parler à Claws d'une voix rassurante.

— Tu as faim, je parie ?

Comme la chatte continuait à attendre sans broncher, Frankie ouvrit la boîte et versa le contenu dans une gamelle en inox qu'elle avait achetée à la suite de la première visite de Claws chez elle.

— Voilà. Je te pose ça là et je te laisse tranquille.

Elle s'éloigna de quelques pas et vit la chatte se diriger vers sa pâtée avec précaution. Claws faisait toujours preuve de la plus grande circonspection envers les humains.

Ayant elle-même une attitude similaire envers les individus de sa propre espèce, Frankie n'avait aucun mal à s'identifier à elle.

— Je ne sais pas comment tu as fait pour descendre de l'appartement de Matt, mais j'espère que tu as été prudente. Il ne faudrait pas que tu te ramasses.

La pauvre Claws avait déjà pris suffisamment de coups comme cela, dans sa courte existence. Avant que Matt ne l'adopte, elle avait subi un tel traitement qu'elle ne faisait confiance à personne, sauf à Matt. Et encore, même lui récoltait régulièrement des coups de griffe s'il avait le malheur de faire un geste un peu trop brusque.

Claws renifla sa gamelle avec précaution et Frankie recula d'un pas supplémentaire pour lui laisser plus d'espace.

Faisant mine de se désintéresser de la chatte, elle se versa un doigt de vin pour remplir de nouveau son verre, coupa quelques tranches de fromage supplémentaires et s'assit à la table de cuisine qu'elle avait reçue de ses amies en cadeau de crémaillère. C'était son endroit préféré où s'asseoir, surtout tôt le matin. Elle aimait ouvrir ses fenêtres et regarder le soleil inonder le jardin, emmagasinant chaleur et lumière.

— Et si on arrosait ta visite, Claws ?

Elle leva solennellement son verre.

— Buvons au célibat ! Je peux aller où je veux, faire ce que je veux et je ne dépends de personne. Je mène ma barque dans les eaux où je choisis de naviguer. La vie est belle.

Claws renifla de nouveau la pâtée, son œil méfiant toujours vissé sur elle. Puis, d'un coup, la chatte se détendit et se mit à manger. La bouffée de joie qui envahit Frankie devant cette preuve de confiance la prit par surprise. Au fond, pourquoi n'adopterait-elle pas un chat, elle aussi ?

A la différence de nombreux humains, le chat cultivait l'indépendance et savait faire respecter son espace personnel.

Ce n'était peut-être pas une mauvaise idée. Elle reprit son livre et se replongea dans sa lecture. A mi-chemin du troisième chapitre, elle entendit frapper à la porte. Claws se pétrifia, les poils dressés.

Contrariée, Frankie attrapa un bout de papier en guise de marque-page.

— Calme-toi, Claws. C'est juste Paige ou Eva, donc tu n'as pas besoin d'avoir peur. Je parie qu'elles sont à court de vin. Essaie de ne pas casser un de mes pots pendant que je vais ouvrir.

Elle tira le battant à elle.

— Vous avez déjà bu comme des brutes, toutes les deux, et vous n'êtes même plus capables de… Oh…

C'était Matt qui se découpait dans l'encadrement de la porte, même si « se découper » ne semblait pas être le terme approprié, tellement il semblait monopoliser tout l'espace. Non seulement il était grand, mais il avait un torse de bûcheron à force de trimballer des objets lourds et d'enchaîner de longues journées de travail physique sur ses chantiers. Il aurait pu être intimidant, mais un sourire relevait les coins de sa bouche et adoucissait le côté « masculinité brute » de son allure. Matt Walker était le genre d'hommes sur lequel les femmes se retournaient dans la rue. Mais son principal atout, c'était ce petit sourire à vous couper les jambes. Aucun risque pour Matt de se trouver un jour à court d'admiration féminine.

— Non seulement je n'ai pas bu comme une brute, mais jusqu'à maintenant, je n'ai pas encore ingurgité la moindre goutte d'alcool. Cela dit, j'espère remédier à cette situation très vite.

Il fronça les sourcils en regardant la porte.

— Tu devrais utiliser la chaîne que je t'ai installée.

— Normalement, je la mets. Mais je croyais que c'était Paige.

Matt sentait bon. Comme la brise de mer lorsqu'elle se mêle à la pluie d'été. Son odeur lui donnait envie d'enfouir son visage dans son cou et de s'en remplir les poumons.

Grande question : lequel des deux serait le plus gêné si elle cédait à cette impulsion ?

Elle, sans l'ombre d'un doute. Il en fallait beaucoup pour embarrasser Matt Walker.

— Je te dérange ? Tu sors de la douche ?

Le regard de Matt glissa sur ses cheveux humides et elle y porta nerveusement la main. Lorsqu'ils étaient mouillés, ils prenaient une couleur peu flatteuse. « On dirait qu'ils sont rouillés, tes tifs », avait commenté un garçon de son lycée, un jour où ils avaient été surpris par une grosse pluie d'orage. Et lorsqu'elle rougissait, comme c'était le cas maintenant à cause des drôles de fantasmes qui lui passaient par la tête en présence de Matt, la couleur de sa peau jurait horriblement.

— Tu ne me déranges pas, mais si tu cherches Paige et Eva, elles sont sur le toit.

— Ce n'est pas elles que je cherche. J'ai perdu Claws. Tu l'as vue récemment ?

— Elle est ici. Entre. Je viens d'ouvrir une bouteille de vin.

Elle lui avait proposé de prendre un verre sans même s'en rendre compte. Mais cela n'avait rien de surprenant à bien y réfléchir, c'était Matt. Matt qu'elle connaissait depuis toujours et à qui elle vouait une confiance totale.

— Tu m'invites à boire un coup ?

Son regard scintilla d'humour.

— Je suis honoré. Je sais que tu apprécies qu'on te fiche la paix quand tu décides de te boucler chez toi le soir.

Frankie retint un sourire. C'était exactement pour ça que leurs rapports étaient simples, spontanés et confortables. Parce qu'il la connaissait sur le bout des doigts.

— En tant que proprio, tu bénéficies de quelques privilèges.

— Ah oui ? J'ignorais que j'avais certains droits sur toi. A quels autres avantages puis-je prétendre que je n'aurais pas encore exigés jusqu'ici ?

— Un verre de vin occasionnel figure sur la liste.

Elle ouvrit la porte en grand et il passa devant elle pour entrer dans l'appartement.

Le regard de Frankie s'attarda sur ses épaules. Elle avait beau être une célibataire endurcie, elle n'en restait pas moins humaine. Et les épaules de Matt méritaient le coup d'œil. Elles étaient de celles qui donnent envie d'y prendre appui. A condition d'être du genre à se laisser porter, bien sûr. Ce qui n'était pas son cas. Mais même elle, elle ne pouvait nier qu'il était sexy sous tous les angles, y compris côté pile. Il allait sans dire que le trouble sensuel que Matt induisait chez elle restait un secret bien gardé. Un secret dont elle ne parlerait jamais, même à ses amies les plus proches.

Ce n'était rien du tout, en somme. Juste une parenthèse fantasmatique cachée. Avec Matt, elle pouvait se laisser aller à quelques rêveries colorées d'érotisme, avec la certitude rassurante que personne ne le saurait jamais.

Frankie referma la porte derrière lui.

— Comment as-tu perdu ton chat, alors ?

— J'ai laissé la fenêtre ouverte mais jusqu'ici, elle ne s'était encore jamais risquée à l'escalader. Je ne sais pas si je dois être fier qu'elle ait enfin trouvé le courage de pousser son champ d'exploration plus loin ou si je dois trouver préoccupant qu'elle ait éprouvé le besoin de me fuir.

— Mm… tout dépend. Le phénomène se reproduit-il fréquemment ? Les femmes éprouvent-elles souvent le besoin de te fuir ?

*Non, bien sûr. Au contraire, même.*

— Elles me fuient tout le temps. C'est horriblement dur pour mon ego.

Matt était cool, relax, et elle aimait son humour. Le cœur de Frankie frissonna, comme chaque fois qu'elle était seule en présence de Matt.

Et comme chaque fois, elle fit comme si de rien n'était.

A la différence de sa mère, elle ne considérait pas qu'une attirance sexuelle devait forcément se traduire par un passage à l'acte. Entre l'amitié à long terme et la brève aventure sexuelle, elle choisissait la première option sans hésiter. A ses yeux, il y avait des milliers de choses au monde plus intéressantes que l'activité sexuelle — qui finissait toujours entachée par des complications, des attentes irréalistes et des pressions en tout genre.

« Si les prestations au lit étaient notées, je t'accorderais un D moins, avec l'appréciation : *Pourrait faire plus d'efforts.* »

Elle fronça les sourcils, étonnée que ce souvenir lui remonte à l'esprit maintenant. Ce type avait été infect. Un connard fini avec un ego tellement vaste qu'il aurait eu besoin qu'on lui attribue un code postal pour lui tout seul.

Alors que Matt, lui, était un ami depuis toujours. Elle le voyait régulièrement, chez leurs amis communs. Et aussi sur le toit-terrasse, lorsqu'ils se retrouvaient pour boire un verre ou pour une de leurs soirées cinéma. Ou au Romano's, le restaurant italien tenu par la mère de Jake.

Elle considérait son amitié avec Matt comme un des liens affectifs majeurs qui faisait le prix de son existence.

C'était d'ailleurs une des raisons pour lesquelles elle tolérait sa chatte griffeuse et réfractaire.

— Je pense que tu devrais être content que Claws ait trouvé le chemin de mon appartement. Ça montre qu'elle gagne en assurance. Avec un peu de chance, elle s'arrêtera bientôt de tous nous griffer jusqu'à l'os. Viens voir, elle est dans la cuisine.

Matt lui emboîta le pas.

— Tu fais pousser des aromatiques, maintenant ?

— Quelques-unes. Thym, basilic, persil italien, coriandre. Je les cultive pour Eva.

— Le persil italien ? Ça existe, ça ?

Il se dirigea vers la fenêtre et contempla le jardin.

— Tu en as fait un endroit complètement à part. Un îlot enchanté au cœur de la ville. J'ai de la chance de t'avoir comme locataire.

Ils abordaient régulièrement ensemble les sujets les plus variés, mais il était rare que Matt émette une observation aussi personnelle.

A sa grande contrariété, elle se troubla.

— C'est moi qui ai de la chance. Si tu n'avais pas été là,

je vivrais dans un appart grand comme un mouchoir de poche et je serais obligée de stocker mes vêtements dans le four. Tu sais comment c'est, à New York.

Gênée, elle s'accroupit pour caresser le chat, ce qui eut pour effet immédiat de faire détaler Claws sous la table.

— Oups. Approche un peu trop directe. Je l'ai stressée, la pauvre.

Matt se retourna vers elle.

— Elle va quand même bien mieux. Il y a quelques mois, elle ne serait jamais venue te rendre visite.

Il s'assit sur une chaise de cuisine et Claws rampa aussitôt hors de sa cachette pour bondir sur ses genoux.

— Merci de l'avoir nourrie, au fait.

— De rien.

Frankie regarda Claws s'étirer puis perdre l'équilibre et sortir ses griffes pour se raccrocher. Matt la rattrapa en la retenant par le dos et la maintint en sécurité contre les muscles durs de ses cuisses.

Les yeux rivés sur sa main, Frankie suivait le mouvement régulier de ses doigts caressants. Des ondes de chaleur couraient en elle, l'envahissaient petit à petit.

— Ça va, Frankie ?

— Pardon ?

Frankie détacha les yeux du va-et-vient hypnotique de ses doigts et planta son regard dans celui de Matt.

— Tu as une façon étrange de fixer ce chat.

*Chat ?* Ah oui ! chat.

— Je… euh…

Il y avait un moment qu'elle avait cessé de regarder Claws.

— Je me disais qu'elle était encore bien maigre.

— D'après le véto, cela prendra du temps avant qu'elle reprenne tout le poids qu'elle a perdu pendant qu'elle était enfermée dans ce réduit.

La bouche de Matt avait pris un pli sévère, preuve que même sa patience à lui avait ses limites.

Mais presque aussitôt, il retrouva le sourire.

— Je le connais, ce T-shirt ? Il te va bien.

— Quoi ?

Désarçonnée à la fois par le sourire et par la remarque, elle étudia ses traits d'un œil perplexe.

Tel qu'elle connaissait Matt, il semblait exclu qu'il se paie sa tête. Donc cela ne pouvait signifier qu'une chose…

— Tu as un service à me demander ?

Elle le regarda droit dans les yeux, avant de poursuivre :

— Si c'est le cas, tu peux le faire directement, sans passer par la case « Comme tu es jolie avec ce T-shirt » pour m'amadouer. Grâce à toi, je vis dans le meilleur appart de Brooklyn et en plus, tu es un ami, donc tu peux me demander plus ou moins n'importe quoi et je le ferai.

— Ça aussi, ça fait partie de mes privilèges de proprio ?

Il souleva la chatte en douceur et la posa sur le sol.

— Tu n'aurais peut-être pas dû me parler de ça. Je pourrais être tenté de vouloir faire valoir mes droits.

Serait-il en train de flirter avec elle ?

Une étrange sensation de confusion lui embrouillait l'esprit. Avec Matt, elle savait toujours où elle en était, d'habitude. Pourquoi se sentait-elle soudain en territoire étranger ?

Evidemment qu'il ne flirtait pas avec elle ! Ils ne flirtaient jamais, elle et lui. Elle ne savait pas faire, de toute façon. Les compétences qu'elle avait mis une décennie à développer lui servaient à repousser les hommes. Pas à les encourager.

Et puis, Matt ne s'intéresserait jamais à une fille comme elle. Il lui manquait tous les ingrédients de base : la classe, l'expérience, le talent pour l'art de l'amour.

C'était le moment de sortir un truc spirituel et drôle pour alléger l'atmosphère. Mais son sens de la repartie était en panne.

Matt soutenait calmement son regard.

— Je t'ai fait un compliment, Frankie. Tu n'es pas obligée de l'examiner sous toutes les coutures pour essayer de détecter les défauts de fabrication et les micros cachés. Il suffit de dire merci et de passer à autre chose.

Un compliment ?

Mais pourquoi ? Il ne lui en faisait jamais.

— Ça fait cinq ans que j'ai ce T-shirt, Matt. Et on ne peut pas dire qu'il casse trois pattes à un canard.

— Je n'ai pas dit que j'aimais ton T-shirt. Je t'ai dit qu'il t'allait bien. C'est différent. Je te complimentais *toi,* pas ton vêtement. Tu m'avais proposé un verre de vin, je crois ?

Il était passé en douceur d'un sujet à l'autre. Irritée contre elle-même, Frankie prit la bouteille et un verre.

Pourquoi fallait-il toujours qu'elle réagisse de façon aussi défensive, rigide et compliquée ? Etait-ce si difficile que ça de flirter sans arrière-pensée avec un bon copain ? Eva faisait ça merveilleusement. Et Paige se débrouillait tout aussi bien.

Elle était la seule à ne pas savoir s'y prendre. Il était temps de faire l'achat d'un manuel approprié. *Le Flirt pour les nuls*, ça devait bien exister. Comment éviter de se ridiculiser en présence masculine. Avec leçons et exercices pratiques à l'appui.

Composé et édité par HarperCollins France

Achevé d'imprimer en France par CPI
en avril 2017

Dépôt légal : mars 2017
N° d'impression : 2029556

Pour limiter l'empreinte environnementale de ses livres, HarperCollins France s'engage à n'utiliser que du papier fabriqué à partir de bois provenant de forêts gérées durablement et de manière responsable.